SV

Band 1270 der Bibliothek Suhrkamp

Rafael Alberti
Der Verlorene Hain

Erinnerungen
Aus dem Spanischen
von Joachim A. Frank

Suhrkamp Verlag

Originaltitel: *La Arboleda Perdida*

Erste Auflage 1997
Suhrkamp Verlag Frankfurt am Main
Mit freundlicher Genehmigung des Insel Verlags

Druck: Nomos Verlagsgesellschaft, Baden-Baden
Printed in Germany

Erstes Buch

1902—1917

Ich weiß nicht, wie jemand leben kann,
der nicht auf dem Grunde der Seele die
Erinnerungen an seine Kindheit bewahrt.

Miguel de Unamuno

In der Hafenstadt Puerto de Santa María bei Cádiz gab es zur Rechten eines von Feigenkakteen gesäumten Weges, der zum Meer hinführte und auf seinem Rücken den Namen eines alten Stierkämpfers – Mazzantini – trug, einen melancholischen Ort voll weißen und gelben Ginsters; er hieß Der Verlorene Hain.

Alles war dort wie Erinnerung: die Vögel, die um schon verschwundene Bäume kreisten, zornig, weil sie auf vergangenen Zweigen sangen; der Wind, der zwischen den Ginsterbüschen umherstreifte und laut nach hohen grünen Wipfeln rief, die er schütteln könnte, um seinen vollen Klang zu fühlen; die Münder, die Hände, die Stirnen, die schattige Kühle und freundliche Rast suchten. Alles klang dort nach Vergangenheit, nach altem, gewesenem Wald. Sogar das Licht fiel herab wie eine Erinnerung an das Licht, und auch unsere Kinderspiele, während wir die Schule schwänzten, klangen verloren in jenem Hain.

Jetzt, je weiter ich vordringe und mich immer kleiner, zu einem immer ferneren Punkt mache auf dieser Straße, die zum Ende führen wird, zu jenem »Golf des Schattens«, der mich nur erwartet, um sich zu schließen, höre ich hinter mir die Schritte, den stummen Vormarsch, die unnachgiebige Invasion jenes erinnerten verlorenen Hains meiner Jahre.

Dann geschieht es, daß ich mit den Augen lausche, mit den Ohren schaue, mit dem Kopf mein Herz erforsche, ohne den gehorsamen Marsch zu unterbrechen. Er aber kommt mir nach, schreitet weiter Tag und Nacht, erobert meine Spuren, meinen gesprenkelten Schlaf, nimmt verflüchtigtes Licht in sich auf, verstorbene Schatten von Schreien und Worten.

Wenn endlich, dort drüben, der Augenblick des letzten Landes beendet und seine Eroberung vollzogen ist, wenn wir eins sind im Versinken für immer und dieser Golf offener, unabänderlicher Dunkelheit bereit ist, wer weiß, ob ich mich dann nicht zur Rechten eines anderen, neuen Weges, der wie jener zum Meer hinführt, hinstrecken

werde unter weißem und gelbem Ginster, um mich zu erinnern, um selbst ganz der verlorene Hain meines Blutes zu sein.
Und eine lange Erinnerung, von der niemand wird je Kenntnis haben können, wird geschrieben durch die Lüfte streifen, vollends verirrt, vollends verloren.

I

1902. Ein Jahr großer Unruhe unter den Bauernmassen ganz Andalusiens, ein Jahr der Vorbereitung auf spätere revolutionäre Erhebungen. Der 16. Dezember: Datum meiner Geburt in einer Nacht, in der, wie ich einmal von meiner Mutter hörte, ein unerwartetes Gewitter niederging, und in einem jener Häfen, die an der vollkommenen Bucht von Cádiz liegen: in Puerto de Santa María – ehedem Puerto de Menesteos – an der Mündung des Guadalete oder Fluß des Vergessens.
Meine beiden Großväter waren Italiener. Ich erinnere mich, diese Sprache als Kind in unserem Haus gehört zu haben. Eine meiner Großmütter kam aus Irland, die andere war in der Stadt Huelva geboren worden. Meinen Großvater väterlicherseits sah ich, glaube ich, nur ein einziges Mal: groß, dunkel, im Bett, beinahe bis über die Augen geschoben eine jener Mützen, wie sie heute die Postbeamten tragen. Ich erinnere mich jetzt weder an sein Gesicht, noch vermag ich mir seine Stimme zu vergegenwärtigen. Seine Frau, meine Großmutter väterlicherseits, sehe ich noch durch eine halb offene Tür in der Ecke eines Zimmers sitzen, unbeweglich auf einem Stuhl mit einer sehr hohen Lehne, in der herabgesunkenen Hand einen Stock aus Holz oder Rohr.
Don Agustín, der Vater meiner Mutter, liegt seit vielen Jahren vergilbt und verblaßt in der Lade irgendeiner alten Kommode oder in einer jener staubigen Schachteln, die allmählich in den Kellern zerfallen. Ich weiß, daß seine Augen hell waren, daß ihm ein blonder italienischer Backenbart das Lächeln schärfte und daß er von der Schulter herab quer über die Brust des zugeknöpften Fracks eine breite, schillernde Schärpe trug, die ihm dank der Gnade S. M. des Königs Alfons XII. verliehen worden war. Seine Frau, meine Großmutter mütterlicherseits, sehe ich nun kurz vor dem Abendläuten mit einem Fächer im Garten sitzen, vor einem Jasminbusch und einem nied-

rigen Brunnen, in Höhe des Beckens. Sie starb in Südamerika. Mein Vater, der gerade krank, vor Gelbsucht fahl, im Bett lag, wurde dringend in das Haus meines Onkels gerufen. Als wir Brüder mit unserer Mutter vom Spaziergang an der Dampferanlegestelle zurückkamen, stießen wir an einer Straßenecke mit unserem Vater zusammen, der olivgrün im Gesicht und ganz verstört war. Meine Großmutter Josefa war auf einem der Güter ihrer Söhne, fünf oder sechs Kilometer außerhalb von Buenos Aires, gestorben.

Meine Großeltern waren Weinbauern gewesen, Großbürger, Besitzer von Weinbergen und Kellereien, katholisch bis zur verschrobensten Narrheit und heftigsten Tyrannei. Sie und einige andere mächtige Familien waren noch zu Beginn unseres Jahrhunderts die wirklichen Herren von Puerto. Im Hause meiner Eltern oder meiner Onkel hörte ich während meiner ganzen Kindheit langweilige und eitle Reden über »jene Jahre, jene gute alte Zeit« des Luxus, der weiten, anekdotenreichen Reisen nach Rußland, Schweden und Dänemark, wohin meine Großväter ihre Weine lieferten. Noch vor wenigen Jahren fielen dann und wann ganz unerwartet aus irgendwelchen Möbeln in meinem Haus in Madrid, schon entfärbt wie trockenes Laub und von Feuchtigkeit und Mäusen zerfressen, die alten, mit Goldbuchstaben bedruckten Flaschenetikette, deren oberen Rand Medaillen mit den Bildnissen der Herrscher Schwedens und Dänemarks zierten, über denen das Profil des von der Hand revolutionärer Terroristen in den Straßen St. Petersburgs gestorbenen Zaren Alexanders II. thronte. Unter den drei Bildnissen stand die Marke zu lesen: »GEBRÜDER MERELLO, Lieferanten I. M. der Könige von ...« Hier folgten die Namen jener Länder, die ich mir in vielen Nächten vorstellte als weite, schneebedeckte, unbewohnte Ebenen und dunkle Tannenwälder. Doch die »gute alte Zeit« mit ihren Becquer-Harfen in den Salons, ihren langen, mißvergnügten Rosenkränzen in der einfallenden Dämmerung,

ihren Fächern und leierförmigen Sofas ... versank langsam in den Büchern, hatte schon keinen Puls mehr, schleppte sich, starr wie ein ins Heute hereinreichender, abgestorbener Ast, hin in einem endlosen Alptraum von scheinheiligen, verschrobenen, versoffenen, reichen, armen, gräßlichen Onkeln, Tanten, Vettern, Basen, Großtanten und Großonkeln.
Da mein Vater immer in den Norden Spaniens reiste, nicht mehr, um seine eigenen Weine zu verkaufen, sondern die einer anderen großen Firma Puertos, und wir, die wir noch klein waren, bei unserer Mutter lebten, kann man sagen, daß in meinem Leben die wahre, tyrannische Herrschaft der Onkel und Tanten begann. Überall begegnete ich ihnen, an den unwahrscheinlichsten Orten tauchten sie unversehens auf: hinter einem Felsen, wenn ich beispielsweise den Arithmetikunterricht in einen fröhlichen Fischfang zwischen dem Castillo de la Pólvora und Santa Catalina vor Cádiz verwandelte; oder hinter einer Salzpyramide, eines Nachmittags, als mich das Latein das Pinienufer in Richtung San Fernando entlangtrieb. Onkel und Tanten im Norden, im Osten, im Westen, im Süden der Stadt und zu jeder Stunde: um die Mittagszeit, unter der Gewalt der heißesten Sonne, an einer Straßenecke, in einem Haustor stehend, wo man sie am wenigsten erwartet hätte; des Abends um acht, auf der Steinbank einer einsamen Promenade, oder im dunklen Winkel der entlegensten Kirche, auf den Knien murmelnd. Sie waren es, die meiner Mutter verrieten, daß ich eine Freundin hatte, irgendwo da oben auf einem Dach; meine alten Tanten waren es, die an den Rektor des eleganten Jesuitenkollegs San Luis Gonzaga schrieben und mich des absoluten Mangels an Andacht bei der täglichen Schulmesse bezichtigten; und Tanten und Onkel waren es auch, die eifrig meinen fulminanten Ausschluß aus dem Kolleg betrieben und mich damit um das letzte Jahr an der höheren Schule brachten, die ich endgültig aufgab, als meine Familie 1917 nach Madrid übersiedelte.

Doch diese hysterische Herrschaft, diese eifernde, wohlmeinende Macht zeigte sich mir und schmerzte mich erst einige Jahre nach dem Zeitpunkt, da man, wie man so sagt, den Gebrauch des Verstandes erlangt, welcher sich mir mit den ersten Zornausbrüchen und den Schrammen moralischer Natur eröffnete, die mir einige Patres der Gesellschaft Jesu zufügten. In der Zeit der Fibel und des Lesebuchs im Kolleg der Karmeliterinnen trat die Herrschaft meiner Onkel Fernando, Miguel, José María oder Guillermo noch nicht in Erscheinung. Noch mehr Gewalt über mich als meine Mutter hatte damals Paca Moy, die alte Dienerin, die alle im Haus hatte zur Welt kommen sehen, die meine Eltern duzte und manchmal sogar schalt und die mit der Geduld einer zur Seligkeit Auserkorenen unsere ständigen Ungezogenheiten ertrug.

Alte, alte, alte
uralte Schlampe!

Jeden Nachmittag, wenn wir Jungen von den Nonnen kamen, sandten wir ihr im Chor diesen grausamen Ruf nach, fünfzehn oder zwanzig kleine Besessene, Klassenkameraden, deren Anführer ich war. Bei anderen Gelegenheiten hielten wir unsere Schürzen wie Stierkämpfermäntel, kreisten Paca Moy ein und forderten sie unter schrillem Geschrei auf, uns anzugreifen, und wir stießen vor und wichen wieder zurück, bis uns die arme verzweifelte Frau in die Flucht schlug, indem sie uns mit einem Stein drohte. Wenn dann jeder auf einem anderen Wege nach Hause gekommen war, sie vor Entrüstung vor sich hin redend, ich mit der Gewißheit, von meiner Mutter bestraft zu werden, wenn sie es erfuhr, begnügte sich die gute Dienerin damit, beim Überqueren des Hofes zu murmeln:

»Teufelsjunge!«

Am nächsten Nachmittag wiederholte sich dann freilich das beleidigende Halleluja oder der Stierkampf, sofern wir nicht zur Abwechslung den Rücken der armen Paca Moy mit einem großen »Laß-ihn-los« verzierten, einem aus Zeitungspapier ausgeschnittenen Hampelmann, den sie durch die Straßen spazierentrug, bis sie nach den Rufen »Laß ihn los, laß ihn los, er gehört dir nicht!«, die wir ihr von den Straßenecken nachplärrten, den Umhang abnahm und den wenig respektvollen Scherz entdeckte und in tausend Fetzen riß. Die Liebe, die sie für mich hegte, bewog jedoch sie, sogar der Bande, die ich anführte, zu verzeihen, und mich, ihr aus Dankbarkeit und Zuneigung zu gehorchen und sie manchmal mehr zu fürchten als einen wutschnaubenden alten Matador.

Am Tage meiner ersten Kommunion, an einem regnerischen Märzmorgen, weckte mich Paca Moy, indem sie einen Streifen Licht über meinem Bett hereinließ, voller Freude:

»Heute ist der glücklichste Tag deines Lebens ... Du wirst den Herrn empfangen ...«

»Ja, aber meine zwei Unzen Schokolade?«

»Was redest du da, Kind?«

»Mein tägliches Frühstück ...«

»Die Karmeliterinnen werden dir dann Schokolade und Ölkringel geben.«

»Die der Nonnen will ich nicht. Ich will die Schokolade, die Mama mir jeden Abend auf den Nachttisch legt ...«

»Teufelsjunge!«

»Ich bin kein Teufel. Ich kommuniziere nicht, wenn du sie mir nicht bringst.«

Angesichts meiner Entschlossenheit ging Paca Moy halb entsetzt, halb verwirrt aus dem Schlafzimmer. Im nächsten Augenblick kehrte sie auch schon wieder zurück und brachte mir die zwei Unzen noch in das Silberpapier eingewickelter Schokolade.

»Da ist sie; aber du weißt, mein Kind, daß man Gott nüchtern empfängt.«

Während die Alte noch die Schokolade in den Händen hielt und ich in einen lächerlichen blauen Matrosenanzug schlüpfte, der eigens für diesen Tag angefertigt worden war, kam meine Mutter und küßte mich gerührt.

»Heute ist der glücklichste Tag deines Lebens, mein Sohn. Schau, was für eine wunderschöne Schleife dir deine Tante Josefa gestickt hat.«

Diese Schleife muß ich damals sehr hübsch gefunden haben, denn ich erinnere mich noch, mit was für einer Miene ich auf dem Wege zum Kloster durch die noch leeren Straßen ging. Bevor wir das Haus verließen, gab mir Paca Moy, als meine Mutter gerade wegsah, rasch die Schokolade, die ich in zwei Teile brach und in die Taschen meines Matrosenanzugs steckte.

In der Kirche der Karmeliterinnen wurde die Messe gelesen und eine vorbereitende Predigt für die Erstkommunikanten gehalten. Wir waren nur wenige. Etwa fünf. Ich war vielleicht der Älteste. Um den kleineren Zöglingen ein Beispiel zu geben, hörten wir die Messe auf den Knien und ohne den Blick vom Gebetbuch zu heben, bisweilen in tiefe Meditation versinkend, die wir noch vertieften, indem wir die Nasen in den Büchern plattdrückten, bis wir kaum noch atmen konnten. Die Predigt, die wohl in einem Tone gehalten wurde, von dem ein Pfarrerverstand annahm, daß ihn ein Kind mit leerem Magen verstehen konnte, muß lang und voller Albernheiten gewesen sein, denn ich begann zu vergessen, daß dies von allen Tagen, die mich auf dieser Welt erwarteten, der glücklichste war, während mich eine mit Hunger vermischte Langeweile mehrere Male auf wenig erbauliche Weise gähnen machte. Da ich aber wegen dieser Predigt nicht mehr meditieren und den so leicht aufgehenden Mund nicht mit dem Gebetbuch verdecken konnte, mußte ich die Miene eines Knaben aufsetzen, den die Worte des Priesters tief beeindrucken, und ich legte schließlich das Gesicht in die Hände und hielt mir mit den Daumen die Ohren zu. Der Hunger marterte mich weiter, und aus meinen Taschen stieg ein wahrhaft satanischer Schokoladenduft zu mir auf. Als nach ich weiß nicht, wie langer

Zeit der Priester seine Predigt beendete und sagte: »Und nun, liebe Kinder, bereitet euch vor, den Herrn zu empfangen«, da ging meine Linke, die nicht zu wissen vorgab, was die Rechte schon getan hatte, daran, die zweite Unze Schokolade auszuwickeln, deren infernalischer Duft immer unwiderstehlicher wurde.
Von diesem Sakrileg erfuhr trotz der Gewissensbisse, die mir viele Nächte lang den Schlaf verscheuchten, niemand etwas. Niemals klagte ich mich seiner einem Beichtvater gegenüber an. Ich weiß nicht, ob ich seit damals nicht in der Todsünde lebe. Während des Frühstücks, das die Karmeliterinnen uns fünf Kindern am glücklichsten Tag unseres Lebens gaben, schenkte ich Paca Moy, um sie zu beruhigen, die verbliebene Unze Schokolade und sagte: »Da hast du einen Imbiß«.«
Sie war sehr beeindruckt und küßte mich schluchzend.
Aus meiner Kindheit in jener Nonnenschule ist mir deutlicher als alles andere ein Garten mit Kieswegen in Erinnerung geblieben, in dem es einen Abort gab, einen winzigen, »das Zimmerchen« genannten Raum, wohin die reizende Schwester Jacoba und die zierliche Schwester Visitación die kleinsten Kinder führten, und wenn die beiden dann zur Klasse zurückkehrten, waren ihre häßlichen Schuhe oft mit Urin bespritzt. Dieser Garten mit seinen vier gekalkten Mauern, in dem man zu gewissen Zeiten mehr Spatzen als Blumen sah, bewahrt sicherlich noch das Echo meiner ersten Spiele, jener ersten Rufe und Lieder, die hell und kostbar am Beginn meiner Erinnerungen stehen:

Die Karmeliternonnen
mit blauen Schürzen
gleichen dem Himmel,
wenn die Wolken verziehn.

Von sehr vielen Blaus war meine Kindheit in Puerto de Santa María erfüllt und gemacht. Doch sie habe ich schon in den Gesängen meiner ersten Bücher wiedergegeben, bis mir die Stimme versagte. Aber jetzt erwachen sie wieder und hüllen mich von neuem ein. In all den Blaus von Schürzen, Matrosenblusen, Himmel, Fluß, Bucht, Insel, Booten, Lüften öffnete ich die Augen und lernte lesen. Ich kann jetzt nicht mehr genau sagen, in welchem Augenblick sich mir die Buchstaben zu Wörtern zusammenschlossen, noch wann diese Wörter sich miteinander verbanden und verketteten und mir einen Sinn enthüllten. Wieviel dunkles Leid und Schlaflosigkeit, wie viele Tränen im Strafwinkel, wie viele traurige Mahlzeiten ohne Nachtisch fühle ich heute mit Schaudern in mir zusammenströmen von dem trüben Morgen des *a-b, ab* bis zu dem schwierigen, außergewöhnlichen Tag, an dem die vor irgendeinem Buch gerundeten Augen alle Kraft des Blutes in der Zunge sammeln und sie mit schwindelerregender Behendigkeit, so als lösten sie sie von einer Fessel, einen ganzen Abschnitt in einem Zuge hervorstoßen lassen: »Es zogen die Soldaten in den Kampf, und sie marschierten neun Stunden ohne Rast...« Tag der Bestürzung, Stunde des Wunders, in der das Schweigen unversehens zu sprechen beginnt; aus dem Wind brechen Silben hervor, vereinen sich zu Worten, die von den Bergen in die Täler rollen, und aus dem Meer steigen Hymnen auf, die zu Sand und Schaum zerfallen! Doch das Kind weint an jenem Nachmittag und weiß nichts, es träumt in der Nacht von riesigen, dickbäuchigen Buchstaben, die es schwerfällig verfolgen, um es einzuschließen, einzupferchen im Winkel der Spinnen, die so dick und grau sind wie die Majuskeln, die ihm nachstellen. Am folgenden Morgen wird der Schüler, der schon zu groß ist, um noch das Bett zu nässen, von seiner Mutter bestraft und ausgescholten, und Paca Moy droht ihm, alles den anderen Jungen zu erzählen, die er so stolz anführt.

Wie war meine Mutter in jenen fernen Tagen? Groß und weiß: sehr schön. Sie hieß María. Heute stelle ich sie mir vor wie gewisse schöne Italienerinnen, die ich in den Mu-

seen sah oder vielleicht in Filmen und Zeitschriften, die es nicht mehr gibt.
Meine Mutter war fast immer allein, denn mein Vater reiste, wie ich schon sagte, nach Madrid, Galicia, San Sebastián, Bilbao ... Und manchmal vergingen bis zu anderthalb Jahre, ohne daß er nach Hause kam. Ich kann versichern, daß ich bis zu seinen letzten Lebensjahren, in denen wir schon alle in Madrid wohnten, keinen Umgang mit ihm hatte und nicht wußte, wie er war. Ich glaube, meine Mutter war in dieser Zeit meiner Kindheit eine anmutige Frau, aber sie war immer ein wenig traurig – sicherlich weil sie ihre Jugend in ständiger Trennung von ihrem Mann und in drückenden finanziellen Verhältnissen verbrachte. Für sie als Tochter und Schwester fanatischer Katholiken und verrückter andalusischer Frömmler war es nur natürlich, daß sie in ihrer Einsamkeit und Trauer Trost suchte in den Konventualmessen von Espíritu Santo, in dem Nonnengeflüster durch die strengen Gitter der Klausuren, den eucharistischen Donnerstagen, dem Dritten Orden und den Gebeten beim Abendläuten in dunklen Kapellen, in die sie mich oft mitnahm. Ich erinnere mich noch, da ich sie fast jeden Nachmittag aufsuchte, an die des heiligen Thomas von Villanueva. Wir erreichten sie durch geheimnisvolle Kirchenschiffe beinahe immer in dem Augenblick, in dem der Glöckner – ein bleicher Mann mit dem Gesicht eines guillotinierten Henkers – in einem dunklen Winkel der Kirche wie Galgenstricke die Seile der Glocken handhabte, die ihre Klage um die verlorenen Seelen zum schlafenden Meer hinuntersandten. Vor dem verschlossenen Gitter des Heiligen standen wir dann beide mit Almosen heischender Hand, und meine Mutter ließ mich ein Gebet sprechen, von dem ich noch heute den Anfang und die letzten Verse weiß:

Heiliger Thomas von Villanueva,
von Gott geliebter Heiliger,
diese Börse, die Du in Deinen Händen hältst,

hat der Herr Dir geschickt,
auf daß Du Deinem Wohltäter hilfst.
Dies bin ich ...

Das Folgende habe ich mir nie mehr rekonstruieren können, aber dafür klang mir das hübsche, anmutige Ende des Gebetes immer in den Ohren, und schon damals öffnete es mir, ohne daß ich es gleich erkannte, jenes Fenster, durch das das andalusische Volkstum in seiner ganzen Fülle in mich einströmen sollte:

... und durch diese Wellen des Meeres
die kommen und gehen,
fülle mir mein Haus
mit Gesundheit und Gütern.

Das Gute und Schöne an dem Glauben meiner Mutter waren das Unschuldige, Volkhafte, von dem er durchdrungen war. Deshalb kann er mich heute, in der Erinnerung, nicht verletzen und kränken wie die häßliche, strenge, schmutzige und widerliche Frömmelei der anderen Mitglieder meiner Familie. Als Andalusierin, die zwischen weißgekalkten Patios und Gärten aufgewachsen war, züchtete meine Mutter Blumen, sie wußte, wie man Rosenstöcke veredelt und beschneidet, sie kannte all die tausendmal neu erfundenen Legenden der Narzissen, Passionsblumen, Anemonen, Immortellen ... sie wußte zu Hunderten die Namen der wildwachsenden Blumen, die sie mich lehrte, wenn wir an den Sonntagen aufs Land gingen: Osterluzei, Frauenschuh, Josefsrute, Fuchsschwanz, Männertreu ... An Augustabenden schlief sie gern unter den Jasminbüschen und zu dem Summen einer Stechmücke ein – für mich eine unbegreifliche Vorliebe, die ich jedoch später auch bei anderen Andalusiern feststellte. Sie war mit all dem eine seltsame Frau voll zarter Empfindung, die ebensosehr wie ihre Heiligen und Jungfrauen auch die Pflanzen und Blumen liebte und die Lieder Schuberts, die sie auf dem Klavier spielte, und die Volkslieder und Romanzen des Südens, die sie an mich allein weitergab, vielleicht weil ich der einzige im Hause war, den ihre Kulte und Neigungen anzogen.

Wir wohnten in diesen Jahren in einem Haus in der Calle Santo Domingo, das einen Hof mit roten Steinplatten und einem großen Orangenbaum in der Mitte hatte. Der Baum war so hoch, daß ich ihn nicht anders kannte als mit beschnittenen oberen Zweigen. So konnte er das Sonnendach nicht zerreißen, wenn es im Sommer ausgespannt wurde. Den Fuß des Stammes umringten mehrere Reihen von Blumentöpfen, und in allen wuchsen saftige dunkle Aspidistren. Unter der Treppe, die vom Hof zum ersten Stock hinaufführte, lag der Kohlenkeller, das finstere Gelaß der ersten Strafen und Ängste. Gegenüber, aber immer verschlossen, war der Krippenkeller, den einige Tage vor Weihnachten nur der öffnen konnte, der das ganze Jahr über den Schlüssel verwahrte: Federico.

Er war ein Mann aus dem Volke, ein Küfer in der ehemaligen Kellerei meines Vaters, mit lebhafter Vorstellungskraft begabt und dem Inhalt der Fässer sehr zugetan, die er selbst bearbeitete und reinigte. Wenn der Heilige Abend nahte, kam Federico mit vom Jerez leuchtenden Augen ins Haus, um uns in die Wälder am Meeresufer zu führen, wo wir Wacholder-, Pinien- und Mastixzweige suchten, die dann die von seiner Phantasie gestalteten Berge und Täler schmückten. Dabei begleitete uns auch Centella, eine schwarze maurische Hündin, die am selben Tage wie ich im Winkel einer leeren Zisterne zur Welt gekommen war. Die Wälder gehörten dem Herzog von Medinaceli. Was für ein Geheimnis für unsere noch in den Windeln liegende Phantasie!

»Wer war das, Federico?«

Der Küfer wußte alles. Er hatte immer etwas zu sagen. »Der Herzog von Medinaceli war ein Herr, der ganz allein mit seinem Degen so machte: sasch! . . . und alle Mauren aus Puerto hinauswarf.«

»Und wohin warf er sie?« fragten wir bestürzt.

»Wohin wohl? Ins Meer. Die ganze Bucht war voller Mauren. Und die große Pinie, die ihr dort seht ... sasch! Auch sie schlug er mit einem Hieb um. Und alles Hohe, das er sah, machte er kürzer. So fielen die Türme, die Wetterfahnen, die Schornsteine, die Vogelnester ...«

»Und warum kommt er jetzt nicht mit seinem Degen und schlägt diese Pinie noch einmal um?«

»Weil ihn der König nicht läßt: er hält ihn in seinem eigenen Palast gefangen.«

Wir schwiegen. Aber dann fragten wir weiter:

»Kennst du den Herzog?«

»Das will ich meinen! Seit mehr als hundert Jahren.«

»Wie alt bist dann du, Federico?«

»Wie alt werde ich sein, Kinder? Siebenundfünfzig.«

Neuerliches Schweigen. Dann aber gleich wieder:

»Und Papa, kennt er ihn auch?«

»Nein, denn der Herzog kann nicht nach Galicia fahren.«

»Wo liegt Galicia?«

»Auf der andern Seite des Meeres. Sehr weit weg vom Herrn Herzog.«

»Aber Papa fährt nach Madrid.«

»Den Herrn Herzog kenne nur ich. Aber er wird nicht mehr nach Puerto kommen, und er wird mir auch nicht schreiben. Der König hält ihn im Kerker gefangen.«

»Sagtest du nicht, in seinem Palast?«

»In seinem Palast, den er in das Zuchthaus von Ceuta verwandelt hat.«

Angesichts der Undurchschaubarkeit dieser Behauptung Federicos und mit der Befürchtung, er könnte andere, neue Fragen nicht mehr beantworten wollen, gingen wir weiter und rissen schweigend die Rosmarin- und Mastixzweige ab, und nach beendeter Arbeit luden wir jedem die Last auf, die seine Schultern tragen konnten.

Dann kehrten wir zurück, meine kleine Schwester, die wir Pipi nannten, meine Schwester Milagros und ich: gebeugt unter unseren Bündeln von Weihnachtszweigen und behütet von dem Küfer, der uns langsamer nachfolgte, das Haupt mit langen Pinienästen gekrönt wie ein shakespearescher Krieger im Wald von Birnam. So gingen wir über die Alexanderbrücke auf das andere Ufer des Flusses hinüber und so, wie Kinder des Waldes, durch die Hauptstraßen von Puerto bis zu unserem Haus. Selbstverständlich verloren wir auch Centella nicht, die immer vor uns herlief.

An den Abenden, nach dem Essen, wurde die Krippe gebaut. Federico war stolz auf dieses Bethlehem, das ganz seiner Erfindung entsprang. Er ließ sich von niemandem, weder von den Großen noch von den Kleinen, dreinreden und wurde zornig auf alle, die es auch nur versuchten. Unsere Hilfe brauchte er nur zum Herbeitragen der Hirten und anderen Figuren, wenn er sie aus ihren Schachteln nahm, zum Aufstellen der Bäume und Sträucher nach seinen Weisungen und zum Ausstreuen des Sandes auf den Feldern und Wegen. Im übrigen – nur nicht zu viel Initiative! Und dieses Theater aus Papierbögen, die mit Kleister auf ein Brettergestell geklebt waren und Berge zeigten, auf die ein in Bleiweiß getauchter Pinsel von weitem Schnee spritzte, diese Bühne, auf der kleine Gestalten aus Ton das Mysterium der Geburt Christi darstellten, dieses von Federico, dem alten Küfer, erdachte Bethlehem stand zuletzt zu unserem Erstaunen da als ein Wunder an Lieblichkeit, als eine zarte Schöpfung des andalusischen Volksgeistes.

Meine Mutter vertrug sich sehr gut mit Federico, aber Paca Moy fürchtete ihn, denn er nahm ihr oft das Schultertuch weg, schwärzte sich mit einem angesengten Korken das Gesicht und äffte sie nach, womit er uns alle zum Lachen brachte. So, mit einem rußschwarzen Schnurrbart, verschwitzt und immer ein wenig angetrunken, erfand oder improvisierte er vor seinem Bethlehem zu den Klängen der Schnarrtrommel Tänze und Volksweisen mit der Geschicklichkeit und Sprunghaftigkeit eines primitiven

Gauklers. Seit damals erinnere ich mich an ein Lied, dessen ersten Vers ich erst viel später verstand. Ich hörte es aus dem Munde des Küfers, der vor dem Tor des tönernen Neugeborenen den Takt stampfte:

Leg dich nieder im Brunnen,
denn müd' wirst du sein,
und um mich mach dir nur
keine Mühen und Sorgen.

Immer, wenn mir während meiner Jünglings- und ersten Mannesjahre diese kleine Strophe einfiel, wußte ich mir nicht zu erklären, warum die Jungfrau Maria ihrem Mann, dem heiligen Josef, riet, sich an einem so unbequemen und gefährlichen Ort auszuruhen.

Leg dich nieder im Brunnen . . .

Eines Tages endlich erfuhr ich unversehens, was diese Zeile bedeutete. Ich blätterte in den *Spanischen Volksliedern* von Francisco Rodríguez Marín und verweilte ein wenig länger bei den Weihnachtsliedern, als ich plötzlich beim Umblättern auf das stieß, was Federico auf eine so typisch andalusische, ungereimte und doch poetische Weise umgedichtet hatte:

Leg dich nieder, mein Gatte,
denn müd' wirst du sein . . .

Aus dem Wort *esposo* (Gatte), das für ein Weihnachtslied normal und logisch war, hatte der aus Cádiz stammende Küfer durch flüchtige, gedankenlose Wiederholung *en el pozo* (im Brunnen) gemacht, eine unerwartete Verwandlung und überraschende Variante – Grundlage des frischen, neuen Lebens alles wahrhaft Volkstümlichen. Damals lernte ich auch eine Romanze, deren letztes Wort mich tief beeindruckte:

Weiter oben dann ein Garten
und in dem Garten ein Orangenbaum . . .

Doch für »Orangenbaum« stand nicht *naranjo,* sondern *naranjel!* Eine wunderschöne andalusische Abwandlung, die Jahre später García Lorca und ich in unseren ersten Gesängen so oft verwenden sollten!
Das Weihnachtsfest mit seinen Krippen füllt in meinem Kindheitstraum große, undeutlich abgegrenzte Bereiche aus.
Wir hatten einen Großonkel, einen Bruder Don Agustíns, des Vaters meiner Mutter, der ein Wunder an Verrücktheit war und ein selten großes Wissen, Erfindungsgabe und Witz besaß. Mein Onkel Vicente! Nie werde ich es müde sein, mich seiner zu erinnern und aus ihm fortwährend Substanz und Materie für meine lyrische oder dramatische Dichtung zu schöpfen.
Mein Onkel Vicente war sehr besorgt um eine Tochter, deren fortgeschrittener Ledigenstand nach und nach zu einer seltsamen Liebe zu den Heiligen und den armen Zigeunern im Stadtviertel La Rosa führte. Für diese meine Tante Josefa und ihre zerlumpten Schüler, denn sie hatte ihnen aus Barmherzigkeit in einem niedrigen, schäbigen Raum ihres eigenen Hauses eine Schule eingerichtet, baute ihr Vater jedes Jahr ein Bethlehem, das gewiß das sonderbarste und erstaunlichste von allen war, die man um diese Zeit in Puerto finden konnte. Er selbst mit seinen gelben, stumpfen Fingern knetete aus Ton und trocknete auf dem Dach in der Sonne die Hirten und Herden, die heilige Familie und die Weisen aus dem Morgenland, und er selbst machte auch die Landschaft, in der das Mysterium dargestellt wurde. Ich und Paquillo, der Sohn des Kutschers, meine Geschwister und Vettern und Kusinen bemalten mit in Terpentin verdünnten Ölfarben die sonderbaren prähistorischen Figuren, die aus seinen Händen hervorgingen. Ich erinnere mich, daß ich es an einem jener geschäftigen Nachmittage, eine kurze Abwe-

senheit meines Onkels nutzend, wagte, selbst ein Kamel zu modellieren, das ich ihm dann schüchtern zeigte. Er fand es offenbar nicht allzu schlecht, denn es stand noch am selben Abend neben den anderen Kamelen der Weisen, die er gemacht hatte, auf dem Weg zum Stall des neugeborenen Gottessohnes.

Die Krippe meines Großonkels war so ganz anders als die Federicos. In letzterer gab es Mastix- und Pinienzweige, Flußbetten, in denen echtes oder durch Glasstücke imitiertes Wasser rann, funkelnde Sterne aus Bonbonpapier, durch Bleiweiß oder Rohbaumwolle angedeuteten Schnee, und all das erfüllte sie mit einer warmen, intimen, poetischen Atmosphäre, an die ich noch heute voll Sehnsucht zurückdenke. Dagegen war in der Krippe Onkel Vicentes alles starr und eisig, hart wie ein versteinerter Planet. In ihren unbeholfen angelegten Flüssen und Bächen stand der Schlamm, und die Bäume und Pflanzen ihrer Hügel waren ebenso blaß und fade wie die falschen Getreidehalme, die einzeln die vierteiligen, von Pfaden umrandeten Gärten verunzierten. Trauriges Bethlehem aus Lehm, aus von sengender Sonne verkrustetem Schlamm! Ungemütlicher Weihnachtsstall, den die Zigeuner mehrere Abende lang mit unbeweglichen großen Augen betrachteten!

Mein Onkel Vicente wohnte in einem dumpfigen, schlecht erhaltenen Haus in der Calle Fernán Caballero. Die Familie lebte auf einem immer engeren Raum beisammen. Die Einstürze, die Risse und Sprünge, die sich auftaten, zwangen sie, sich nach und nach zurückzuziehen, bis sie zu der Zeit, von der ich jetzt spreche, nur noch ein häßliches Speisezimmer, das auf eine große Dachterrasse ging, zwei oder drei Schlafzimmer und einen Korridor bewohnte. Die übrigen Räume, der Salon und die Zimmer, in denen früher mehrere, mittlerweile verheiratete Neffen meines Onkels gewohnt hatten, waren Berge von Schutt, über die man in einen finsteren Keller hinuntersteigen konnte, wo nur noch scheußliche Spinnen hausten. Ein

düsteres, geheimnisvolles Haus voller Schrecken, das wir nie allein zu betreten wagten, sondern nur in Gesellschaft der Mutter oder indem wir den Besuch irgendeines Erwachsenen ausnutzten, damit er uns half, unsere panische Angst zu bezwingen auf der dunklen Treppe, auf der unter unseren Tritten der von der Decke rieselnde Sand knirschte! Mit dieser Wohnung ging es wie mit der ganzen Familie, die darin lebte, jeden Tag ein wenig weiter bergab, bis der endgültige Ruin erreicht war. Als ich gegen 1919, nachdem ich schon drei Jahre von Puerto fort gewesen war, für kurze Zeit zurückkehrte, war das alte Haus meines Onkels Vicente nur noch eine Mauer, deren Fenster sich auf das Firmament öffneten. Damals frischte ich meine Erinnerungen an diesen für mich ungewöhnlichen Mann von so edler Gestalt und so verrücktem Geiste auf. Vor der Flugasche seiner Vergangenheit füllten sich meine Augen mit seinem Schatten. Erinnerungsbruchstükke und Geschichten aus seinem Leben, die er selbst uns in der Abenddämmerung erzählte, während er unablässig mit einem Papagei spielte, klangen mir noch in den Ohren. Mein Onkel Vicente durchquerte einmal ganz Europa in der Postkutsche, als er nach Rußland reiste.
»Damals, Kinder, gab es wie in der Sierra Morena von Córdoba überall auf der Welt viele Straßenräuber. Ich begab mich, um meine Weine zu verkaufen, an den Hof des Zaren. Nachdem ich durch Spanien, Frankreich und Deutschland gefahren war und an den Poststationen tausendmal die Pferde und Maultiere gewechselt hatte, kam ich in die erste polnische Herberge. Polen ist ein sehr fernes Land, das schon zu Rußland gehört. Es war Winter. Bei Tagesanbruch sollte ich weiterreisen. Nach dem Abendessen führte mich der Herbergswirt auf mein Zimmer, und ich bat ihn, mich eine halbe Stunde vor Abgang der Postkutsche zu wecken. Ich war sehr müde. Als ich aber das Bett aufdeckte, in das ich mich legen sollte, sah ich im Licht der Kerzen voller Ekel, wie schmutzig und zerrissen die Laken waren. Da beschloß ich, lieber in ei-

nem halb zusammengefallenen Sessel in einer Ecke des Zimmers zu schlafen. Er war so unbequem, daß ich trotz meiner Erschöpfung keinen Schlaf finden konnte, obwohl ich die Augen zumachte, um ihn herbeizurufen. In diesem beschwerlichen Wachzustand hörte ich mit einemmal über mir ein seltsames Geräusch, wie wenn etwas zerreißt, aber ich konnte nicht genau sagen, woher es kam. Ich öffne die Augen. Ein Kerzenstumpf, den zu löschen ich vergessen habe, wirft einen zittrigen Schein auf das Bett. Plötzlich fällt etwas in dessen Mitte und verschwindet lautlos, und noch etwas fällt auf das Kopfkissen und gleitet ab. Ich begriff nicht, was es sein mochte. Ich nahm die Kerze und leuchtete hin. O Graus!« (Mein Onkel sprach wie in den romantischen Erzählungen.) »Zwei große Dolche! Der erste stak bis zum Heft im Federbett, der zweite lag wie ein Kreuz zwischen dem Kopfkissen und dem Überschlag der Decke; das heißt, der eine war auf das Herz geworfen worden und der andere auf den Unterleib. Unter Mariengebeten und anderen Gebeten zu unserer wundertätigen Gottesmutter, in denen ich für die Errettung vor diesem Verbrechen dankte, verbrachte ich den Rest der Nacht, bis ich noch vor der Morgenröte das Zimmer verließ, ohne das Klopfen des Wirtes abzuwarten, bei dem ich liebenswürdig, so als wäre nichts geschehen, meine Rechnung beglich. Erst als sich der Schlitten in Richtung Warschau in Bewegung setzte, erkühnte ich mich, diese Bemerkung zu machen: ›Seht darauf, mein Freund, daß bei meiner Rückkehr die Bettlaken sauberer sind!‹ Damit fuhr ich davon und ließ ihn erschrocken im Schnee stehen.«
Onkel Vicente sprach mehrere Sprachen, unter anderen auch Arabisch und Hebräisch. Er wollte mir Englisch beibringen und verschaffte mir als Lehrbuch eine Grammatik, in der in vierzig Lektionen die Geschichte des Sultans Muhammad berichtet wurde. Dieser Sultan wollte, soviel ich mich erinnere, von seinem Wesir, der sie verstand, die wunderbare Sprache der Vögel erlernen. Noch heute kann ich mit meinen sechsunddreißig Jahren die ersten

sieben oder acht Kapitel dieses Buches auswendig hersagen: »We are told that the Sultan Mamuth ...«
Während dieser Unterrichtsstunden sprach mein Onkel mit mir über Dinge, für die ich noch zu jung war und deren Sinn und Zweck ich erst später verstand. Er war ein erbitterter Gegner Voltaires, den er zornig einen »Gottlosen« nannte, und beschäftigte sich unaufhörlich mit den Freimaurern, von denen er mir teuflische Verbrechen und Ketzereien berichtete, aber der Mann, den er am meisten verabscheute, war Emile Zola. Mit einer gewissen Befriedigung schilderte er mir eines Tages den Tod dieses großen Schriftstellers:
»Am Rauch eines Kohlenbeckens erstickt, in seiner eigenen Scheiße, so wie er gelebt hatte. Alle seine ekelhaften Romane stehen auf dem Index. Verboten. Damit du Bescheid weißt, wenn du sie einmal in die Finger bekommst.«

(Armer, einfältiger, fanatischer Onkel Vicente! Jetzt, in dieser verregneten Kriegsnacht, stelle ich dich mir vor, wie du vor Kälte starr durch die Himmelsräume schwebst, von deinen Vögeln wie mit einem Heiligenschein umgeben, auf deiner Schulter der alte Königssittich, der dich so sehr liebte. Du hast Angst. Wenn du die spanischen Lande betrachtest, die du als junger Mann so oft in der Postkutsche bereist hast, siehst du sie voller Feuerschein, hörst du ein Krachen und Bersten und das Rauschen des Blutes in den ungeheuren Gräben, die sie durchfurchen. Vielleicht verfolgen dich Zola und Voltaire, auf ihren ironischen Lippen harte Fragen, die zu hören du fürchtest, und du entfliehst ihnen, indem du den Schritt durch die Lüfte beschleunigst. Auch ich möchte dir etwas sagen, Onkel. Ah, du hörst mich nicht? Du hältst dir die Ohren zu? Dein Neffe ruft zu dir hinauf. Aus Madrid. Du kommst nicht herunter? Gehst du vielleicht nach Cádiz, Sevilla oder Burgos? [Heute nacht ist Barcelona gefallen.] Du entfernst dich? Du willst mich nicht

einmal sehen! Du schämst dich meiner, Onkel! Mein armer Onkel! Adieu! Voltaire und Zola verstehen mich.)

Wie man noch sehen wird, war meine ganze Familie vor allem um unsere religiöse Erziehung besorgt, um unsere Schulung in den strengsten Prinzipien des katholischen Glaubens mit all seinen überaus lästigen Konsequenzen. Meine Eltern, meine Onkel und Tanten und alle übrigen Verwandten zogen ein ohne Stottern aufgesagtes Salve oder »Herr, du mein Jesus Christ« einer mittelmäßigen Vorführung von Lese- und Schreibkünsten vor, denn dergleichen Dinge kamen für sie erst nach solchen, die dem Seelenheil dienten. So war, zum Beispiel, mein Onkel Javier mit seinen zwanzig und soundsoviel Jahren über alle Pflichten des Christen vollkommen im Bilde, aber während der Messe hielt er sein Gebetbuch verkehrt herum und runzelte andächtig leidend seine Analphabetenstirn. Aus all diesen religiösen Elementar- und Oberschulen Andalusiens wurde man mit einem von Vaterunsern und furchterregenden Predigten verdrehten Kopf und einem solchen Übermaß von Rechtschreibfehlern und Wissenslücken entlassen, daß ich noch mit zwanzig Jahren, von denen ich schon fünf in Madrid verbracht hatte, vor Scham errötete angesichts der Kenntnisse eines elfjährigen Jungen, der das *Instituto Escuela* oder irgendeine andere Lehranstalt besuchte. Beklagenswerte spanische Generationen, die aus solchem Moder hervorgingen, die in solchen armseligen, schmutzigen Höhlen großgezogen wurden! Obgleich ich heute die dumme antireligiöse Prahlerei verabscheue und hasse, die, wennschon in ihrer extremsten Form nicht schlimmer, so doch mindestens ebenso widerwärtig und ungebildet ist wie das Geplapper des engstirnigsten Frömmlers, so möchte ich doch noch einmal in meinem Werk den Abscheu ausdrücken, den ich vor diesem spanischen katholischen Geist empfinde, diesem reaktionären, rohen Geist, der uns schon in frühester Kindheit das Blau des Himmels verdunkelte und uns hundert

Aschensäcke überwarf, in deren Finsternis so manche echte Intelligenz erstickte. Wie viele Arme, Unterdrückte sahen wir wild und verzweifelt ringen, um aus diesem Abgrund emporzusteigen, ohne daß sie zuletzt auch nur für einen Augenblick eine Handvoll Sonne erhaschten! Wie viele zerstörte Familien! Furchtbares Erbe an Trümmern und Schiffbrüchen! Die liebsten Menschen meiner Kindheit und Jugendjahre schwimmen in der Tiefe dieser traurigen Trümmerseen, für immer verloren, und schon ist in mir die Hoffnung gestorben, sie eines Tages kraftvoll ins Licht treten zu sehen. Durch diese Meere des Unheils treiben wie lebendige Ertrunkene meine Brüder und Schwestern, meine Vettern, eine Unzahl ferner Schulfreunde und, was mich am meisten schmerzt, bewunderte Lehrer, literarische Generationsgefährten, Menschen, deren Echo ich noch in mir vernehme, von deren Stimmen und Gebärden ich noch Fragmente in mir aufbewahre. Das Ende eines Ortega y Gasset, eines Pérez de Ayala, die beide Jesuitenzöglinge gewesen waren, ist nicht schlimmer als das meiner närrischen Tante Josefa oder irgendeines meiner falangistischen Vettern, die ebenfalls Zöglinge jener Gesellschaft Jesu waren, die Franco so sehr bewunderte. Trauriger Niedergang der Gestirne, gewisser Lichter, die wir für Sterne hielten und die heute jäh in die Abtritte stürzten, wo sie zuletzt, nach einem Zug an der Kette, unter Wasserrauschen in den wohlverdienten schwarzen Schächten verschwanden!

... Doch ich war schon zu sehr Mann, um noch unter Mädchen zu sein und mich von der schönen Schwester Jacoba oder der fröhlichen Schwester Visitación ins »Zimmerchen« führen und mir zum Pipimachen oder anderen, häßlicheren Dingen die Hose hinunterstreifen zu lassen. Meine Mutter schickte mich daher in die Schule der Doña Concha, von der ich vor allem noch in Erinnerung behalten habe, daß sie die Karmeliterinnen und alle übrigen Schulen haßte, denn diese sehr wirtschaftlich denkende alte Dame war der Ansicht, daß alle Kinder von Puerto ihre Schüler sein müßten. Bei Doña Concha lernte ich ein wenig Heiligengeschichte, wobei mich die Geschichte Josefs sehr beeindruckte, der von seinen Brüdern an die ägyptischen Händler verkauft wurde, ferner ein wenig Addieren und Multiplizieren, nichts vom Dividieren und allem andern, und ich brachte es fertig, den Katechismus von Ripalda beinahe mit dem scharfen Akzent von Valladolid aufzusagen, der einem Kind Andalusiens so schwerfällt. Denn was meine neue Lehrerin an den Nonnen am heftigsten kritisierte, war ebendies: die schlechte Aussprache all der Unschuldigen, die sie aus ihren blauen Schürzen entließen. Warum schreibt es der Katechismus im ersten Kapitel vor? Damit man sich darüber lustig macht?

Mit deutlicher Aussprache,
gläubig und tätig,
so wollen wir beten:
Vater unser etc. etc.

»Mit deutlicher Aussprache! Mit deutlicher Aussprache! Hörst du?« tadelte sie mich voll Widerwillen. »Wenn es der Katechismus so verlangt, warum dulden dann manche Schwestern diese weichen, gelispelten ›es‹, diese ›vaus‹, an deren Stelle man ein ›b‹ so groß wie deine Ohren hört?

Mientras la niña lavaba,
a la abuela se le caía la baba. *

Diesen Satz, der für jeden meiner Schüler so leicht ist«, fuhr die schreckliche Professorin fort, »wird keine der Karmeliterinnen je so aussprechen können, wie es sich gehört.«

* Während das Mädchen wusch, sah die Großmutter mit offenem Munde zu« (wörtlich: »troff ihr der Speichel – *la baba* – herunter«). In der üblichen Aussprache klingt v wie b, daher *lavaba* wie *la baba*. Anm. des Übers.

Das stimmte auch, wenngleich wir nichts dafür konnten. Den anderen Kindern und mir, die wir die freie andalusische Aussprache gewohnt waren, erschien das alles so lächerlich, daß wir es komisch und traurig fanden, uns selbst vor der imponierenden, ein wenig schnurrbärtigen Erscheinung Doña Conchas laut irgendeine Heiligengeschichte lesen zu hören, oder eine dieser schwachsinnigen kleinen Erzählungen, die uns nur unsere frische kindliche Vorstellungskraft verdarben:

Als Pepe mit seinem Brüderchen Lisardo
im Garten spielte, hob er
vom Boden einen Igel auf,
der vom Kastanienbaum gefallen war ...

Doña Concha in einem grünen Hauskleid, einem Erbstück ihrer geliebten Taufpatin, die der Schule in Gestalt eines gräßlichen Porträts hoch oben an einer Wand vorstand, beobachtete mich während der Pausen mit einer besonderen Kälte in den Augen, der ich nicht standzuhalten vermochte. Bei anderen Gelegenheiten kam sie plötzlich auf mich zugeschossen, um mich bei einer jener gelangweilten Kritzeleien auf den weißen Rändern der Lehrbücher zu ertappen, die die Frucht kindlicher Schwermut waren. Beinahe immer war sie mir gegenüber hart und unwirsch, und schuld daran war vielleicht ihr Haß auf die Nonnen oder auch die kleine Ermäßigung des für alle Schüler festgesetzten Monatsgeldes, die sie meiner Familie mit Rücksicht auf ihre schlechte wirtschaftliche Lage gewährte. Die Folgen dieser Atmosphäre der Zurücksetzung und Antipathie waren: eine wahrhaft panische Angst vor der Lehrerin, ein angenehmer Mangel an Interesse für alles, was meiner Bildung förderlich gewesen wäre, und ein dumpfer, mit Neid und Bewunderung vermischter Zorn auf meine Vettern ersten Grades, die ebenfalls Schüler Doña Conchas waren, aber von ihr vorgezogen wurden wegen ihrer Landgüter und einer prächtigen Kutsche mit glän-

zenden Pferden, die ihr jeden Nachmittag für eine Spazierfahrt zur Verfügung stand, sobald sie nach den deutlich ausgesprochenen Lektionen die Schule verließ.
Gegen diese häßliche Frau wandte ich im Geiste immer, wenn ich sie sah, und auch in den Augenblicken, in denen ich den Rosenkranz betete, einen seltsamen Zungenbrecher an, den ich unter den vielen von meiner Mutter gehörten auswählte und der sie – noch heute empfinde ich seine Richtigkeit – sehr treffend porträtierte und mit den Worten *Doña Dírriga, Dárriga, Dórriga* begann.
Der unterhaltsame und, vor allem, wenn sie in ihrem wedelnden grünen Kleid erschien, passende Name Dírriga oder Dárriga war das einzige, womit ich mich rächen konnte für meine Traurigkeit und für den Zorn des insgeheim gekränkten ehemaligen Schülers der Karmeliterinnen.
Ein Glück noch, daß Pepilla, die Wäscherin, wenn ich am Nachmittag nach Hause kam, die »Rolle« herausholte, sie mir mit einer Schnur anhängte und sich damit vergnügte, mich im ganzen Waschhaus, das weiß von Seifenschaum war, zwischen Bergen von frischgewaschener, nach Lauge riechender Wäsche spazieren zu führen.
Meine Mutter schickte mich schließlich zur Vollendung meiner religiösen Erziehung auf das Jesuitenkolleg San Luis Gonzaga.
Ich muß damals etwas mehr als zehn Jahre alt gewesen sein.

II

Auf Grund irgendeines Erfolges, den die Revolutionäre – die Freimaurer, wie mein Großonkel sagte – um die Mitte des 19. Jahrhunderts in Spanien errangen, mußten die Jesuiten von Puerto zeitweilig ihr soeben erst gegründetes Kolleg verlassen, und viele suchten Zuflucht in den reichsten Häusern der Provinzhauptstadt und der kleineren Städte an ihrer Bucht. Meine Familie nahm mit großer Bereitwilligkeit eine große Anzahl dieser gewandten, glatten und gottesfürchtigen Padres auf, deren nicht minder wohlgeratene Nachfolger später meine kaltherzigen und auch grausamen Professoren sein sollten. Aus Dank für den Schutz, den die Reichen ihnen gewährt hatten, beschlossen die Jesuiten, ausschließlich für die Knaben Puertos ein kostenloses Externat zu eröffnen. Dorthin brachte mich meine Mutter, und dort hatte ich zwischen Müßiggang und aufschlußreichen kleinen Spielen Demütigungen und Kränkungen zu erdulden, die mich noch heute schmerzen.

Das Kolleg des heiligen Luis Gonzaga war sehr schön. Dank seiner großen räumlichen Ausdehnung und Schülerzahl war es in ganz Spanien als »das große Kolleg« bekannt, so wie das Madrider Kolleg Chamartín de la Rosa die Bezeichnung »das bedeutende Kolleg« dem Umstand verdankte, daß viele seiner Zöglinge dem Adel angehörten. Eine vielsagende Unterscheidung ganz im Geiste der Gesellschaft Jesu.

Das Kolleg von Puerto hatte eine wunderbare Lage am Rande der Stadt. Es wurde begrenzt: von dem alten Franziskusplatz mit seinen Magnolien und Araukarien unweit der Stierarena, die den ihren Arrest absitzenden Zöglingen an Frühlingssonntagen ihre Trompetenklänge herübersandte; von einer breiten Ladenstraße, die in einen Anger mündete, wo Kühe und Stierkälber weideten, welche in mir und anderen Jungen Stierkampfhoffnungen weckten; und von dem herrlichen Meer von

Cádiz, auf dem wir während des Studiums aus den westseitigen Fenstern des Gebäudes zwischen den Eukalypten und Palmen hindurch die Bewegungen der Möwen und der Boote verfolgten.
Der erste Morgen, an dem ich diesen Jesuitenpalast betrat, ist meiner Erinnerung abhanden gekommen, aber da ein Morgen mehr oder minder dem andern glich, kann ich sagen, daß ich immer fast noch schlafend ankam, denn halb sieben, im Winter noch stockfinstere Nacht, ist keine sehr angenehme Zeit, die Messe zu hören, zu kommunizieren und dann, immer noch mit leerem Magen, ein Arithmetikbuch aufzuschlagen.
Im ersten Jahr war ich, ich weiß nicht mehr, ob aus Schüchternheit oder allzu großer Unschuld, beinahe ein Musterschüler: pünktlich, lerneifrig, fromm, voller Respekt vor meinen Mitschülern und Lehrern. Bei der Verlesung der Rangordnung wurde ich zum zweiten Rottenführer ernannt. Man kennt die nach militärischem Vorbild ausgerichtete Organisation der Jesuitenkollegien: Für alle dasselbe mit kleinen Abweichungen. Unser Kolleg umfaßte vier Divisionen. Jede der ersten drei entsprach zwei Jahren Gymnasium, der vierten Division gehörten die Elementarschüler und die Kleinen im Kindergartenalter an. Das Externat bildete eine Division für sich mit einem eigenen Studiensaal. Mit den Internen kamen wir nur während der gemeinsamen Unterrichtsstunden zusammen. Der höchste im Kolleg zu erreichende Rang war der des *príncipe,* der niedrigste der des Rottenführers. *Príncipe* wurde im allgemeinen nur ein Aristokrat, der Sohn irgendeines Bonzen oder reichen Grundbesitzers, das heißt jemand, der auf die eine oder andere Weise der Gesellschaft Jesu nützlich sein konnte. Wir Externen durften, zweifellos wegen unseres als ausgemacht geltenden niedrigeren Standes, niemals nach dieser Würde streben; uns standen nur die Ränge des Brigadiers, Armenpflegers, Ädils und Rottenführers offen. Die Internen trugen eine dunkelblaue Uniform mit gol-

denen Tressen an Hose und Mütze, wir nur eine einfache Bauerntracht. Die Inhaber von Diensträngen hatten wie in der Armee Sterne und Streifen an den Ärmelaufschlägen. Unsere Ränge waren dagegen durch Medaillons gekennzeichnet, die sich auf unseren demokratischen Jakken noch scheußlicher ausnahmen, als sie ohnehin schon waren. Die Diplome, die wir für Fleiß oder gutes Betragen bekamen, waren aus einem schlechten, dünnen Karton, auf dem, mit der Schreibmaschine getippt und halb verwischt, unsere Namen standen, und nicht aus mit schönen gotischen Buchstaben beschriftetem Pergament wie die, welche die Internen offenbar mit der größten Leichtigkeit bekommen konnten. Diese großen und kleinen Unterschiede schmerzten uns sehr und erfüllten uns mit einem Haß, den ich heute nur mit dem vergleichen kann, den der Arbeiter gegenüber seinem Arbeitgeber empfindet, das heißt mit einem Klassenhaß.

Im ersten Jahr gehörte ich außerdem – was ein weiteres Verdienst war – der Kongregation des heiligen Stanislaus Kostka an, eines kleinen Heiligen der Gesellschaft Jesu, der seinen Bildern und Statuen nach zu urteilen ziemlich dumm gewesen sein muß. Er, der heilige Luis Gonzaga und der heilige Johannes Bergman bilden die junge engelsgleiche Dreieinigkeit der Gesellschaft, und dem Beispiel dieser drei blassen Jünglinge nachzueifern, wurden wir in jeder Predigt aufgefordert. Viele von uns schenkten ihre Sympathie vor allem dem heiligen Luis. Die Gestalt des einer keuschen Lilie gleichen schlanken Gonzaga, des Schutzpatrons unseres Kollegs, weckte in uns eine gewisse Bewunderung, in die sich ein dunkles, in diesem Alter voll frühreifer, vieldeutiger Empfindungen leicht erklärliches Gefühl mischte. Heute sehe ich diese drei Tugendgestalten unwillkürlich eingerahmt in ihre gräßlichen spitzbogigen, von Licht gefirnißten Kapellennischen, und die Säume ihrer Gewänder leuchten in jener schlechten Goldbronze, die sich mit der Zeit zu einem grünlichen Ocker verfärbt und schließlich abfällt.

Meine religiöse Erziehung entsprach nicht mehr der großen Epoche der feuervergoldeten Altare und Füllhörner, sondern der dekadenten, beklagenswerten der Goldimitationen, des trügerischen Glanzes, der in Serie hergestellten Heiligen Herzen und jener albernen, einträglichen Wunder einer heiligen Jungfrau von Lourdes oder eines Christus von Limpias.

Man kann sich anhand verschiedener Beispiele eine sehr traurige, aufschlußreiche Stufenleiter vorstellen, die vom schöpferischen christlichen Geist herabführt zum katholischen, von dessen letzter, jesuitischer Stufe ich abspringen und entwischen konnte:

Von den schlichten Seligpreisungen und dem »Ehre sei Gott in der Höhe und Friede den Menschen, die guten Willens sind«, zu dem unverschämten, parteipolitischen »Ich werde in Spanien herrschen und mehr als auf der ganzen übrigen Welt«.

Vom angstvollen, langsamen, himmlischen Gregorianischen Gesang zu den schwachsinnigen Worten der alten spanischen Nationalhymne, diesem typischen Produkt der neueren Jesuitenpoetik.*

Von den religiösen Dramen Calderóns über den ökonomistischen Opportunismus Eduardo Marquinas zu Pemáns *Divino impaciente*.

Vom Kloster Escorial zur stümperhaften und nie fertiggestellten Almudena von Madrid oder irgendeinem anderen der neuesten Jesuitentempel.

Vom heiligen Ignatius von Loyola und den Padres Mariana, Gracian, Suárez und anderen zum ehrwürdigen Padre Laburu, dem stierkämpferisch-politischen Propagandisten für Kinos und Theater vor dem 14. April.

Von den echten Granaten, Amethysten, Smaragden, Topasen und Perlen der heiligen Mäntel zur armseligsten,

* Die Jungfrau Maria
ist unsere Retterin,
unsere Wohltäterin
Wir haben nichts zu fürchten.
Krieg der Welt,
dem Dämon und dem Fleisch,
Krieg, Krieg, Krieg
gegen Luzifer!

kitschigen Basarbijouterie – o diese glanzlosen Scherben! Von den lebensvollen spanischen Bildschnitzern zur industriellen Fabrikation des spießigen, geschniegelten *Sacré coeur* in Standardausführung mit dem knalligen roten Herzen auf dem Unterhemd.
Vom erhabenen Glauben voller Donner und Blitz zur niedrigsten Heuchelei und elendsten Ausbeutung.
Zusammengefaßt: vom reinen Gold der Sterne zur reinsten moribunden Kacke.
Von diesem menschlichen Material quoll die Seele der Gesellschaft Jesu über, als ich in das Kolleg von Puerto eintrat. Dort litt ich, wütete ich, haßte ich, liebte ich, amüsierte ich mich und lernte in den rund vier Jahren meines Externats so gut wie nichts.
Wer waren meine Lehrer, wer führte mich ein in die Mathematik, die lateinische Sprache, die Geschichte etc.? Ich möchte eine Liste aufstellen, eine Liste nicht nur der Padres und Brüder, die mich unterrichteten, sondern auch jener, die andere Ämter im Kolleg innehatten und die ich auf den Gängen oder unter den Bäumen des Parks sah, ohne viel mit ihnen zu tun zu haben. Da waren:
Padre Márquez, der Religionslehrer, den wir, zweifellos wegen seiner Weisheit, »Bileams Eselin« nannten.
Padre Salaverri, der Lateinlehrer, ein Peruaner mit dem Gesicht eines Götzen, der wegen seiner kräftigen Hauttönung von einem seiner Schüler, dem Sevillaner Jorge Parladé, den nicht eben ehrenvollen Spitznamen »Enriqueta die Rote« erhielt. So hieß eine allgemein bekannte Prostituierte.
Padre Madrid, der uns die Grundkenntnisse in Arithmetik und Geometrie beibrachte, ein bleicher, ganz in der Liebe zu seinen Schülern aufgehender Mann.
Padre Risco, der uns in die Geographie Spaniens einführte, ein alberner Poet und Verfasser unglaublich dummer erbaulicher Erzählungen.
Padre Romero, Lehrer für spanische Geschichte, ebenfalls in seine Schüler verliebt. (Einmal versetzte mir dieser

Padre eine solche Ohrfeige, daß ich sie ihm noch heute, wenn ich ihm begegnete, mit Freuden zurückgeben würde.)

Padre Aguilar, Bruder irgendeines Grafen Aguilar, ein freundlicher und verständnisvoller Jesuit und ein Weltmann, milde in seinen Strafen und Rügen.

Padre La Torre, Algebra- und Trigonometrie-Lehrer, wegen seiner häßlichen feisten Backen mit dem Spitznamen »Padre Maulvoll« ausgezeichnet.

Padre Hurtado, der Chemielehrer, ein verkleideter alter Besen mit spitzen, von Schuppen aschgrauen Schultern.

Padre Ropero, Naturkundelehrer, halb verrückt; wenn er sich schneuzte, sprangen ihm winzige flinke Eidechsen, die er in der Sonne des Parks aufsammelte, aus dem Taschentuch.

Padre Zamarriga, Rektor des Kollegs, höchste Autorität, ein rotblonder Baske, lang und dünn, eiskalt, schneidend und fürchtenswert wie ein Rapier; er tauchte immer in den ungelegensten Augenblicken auf.

Padre Lirola, der Seelsorger, ein einfältiger, rührseliger Mensch, der in der Einsamkeit seines abgesperrten Zimmers fester als nötig die irregeleiteten Schüler an sein schmerzerfülltes Herz drückte.

Padre Ayala, der Präfekt, schmutzig, auch er mit Schuppen auf den schwerbeladenen Schultern, ein wachsamer Schatten mit lautlosen Flanellschritten.

Padre Fernández, eingebildet, elegant, geschniegelt, vielleicht der einzige Jesuit, den ich mit einem sauber gezogenen Scheitel in Erinnerung habe. In den zwei Jahren, in denen er die Division der Externen unter seiner Obhut hatte, zeichnete er sich aus durch seine Güte mir gegenüber und durch ein unerwartetes Feingefühl für unsere Lage als nichtzahlende Schüler.

Padre Andrés, ein unglücklicher Märtyrer unserer grausamen Streiche. Er war der zweite Vormund der Externen.

Padre Lambertini, Italiener, zartfühlend, kränklich, ein

guter Mann, mein Beichtvater; aber während ich mich von meinen Sünden erleichterte, roch er immer nach dem Milchkaffee, den er zum Frühstück getrunken hatte.
Bruder »Gemüse«, so genannt, weil er uns ständig und ohne gültigen Grund zwang, seinen Spitznamen zu essen. (Wir Schüler der dritten Klasse wußten – und redeten heimlich darüber –, daß dieser Bruder an einer einsamen Eukalypte des Parks in der Sonne masturbierte.)
Ich erinnere mich auch noch an den Bruder Krankenpfleger, den Bruder Pförtner, den Gärtner und andere, die ich nur vom Sehen kannte und mit denen ich nie sprach. Von den Kameraden, die mit mir das Studium begannen und es in dem Jahr noch fortsetzten, in dem ich das Kolleg verließ, weil meine Familie nach Madrid übersiedelte, sind mir nur noch wenige erinnerlich. Sie müssen in mir nur sehr undeutliche Spuren hinterlassen haben, wenn mir heute kaum noch ihre Namen im Gedächtnis widerhallen. Von den Internen sehe ich allerdings wegen ihres unsympathischen Wesens und ihrer provinziellen Eitelkeit noch Jorge und Enrique Parladé vor mir. Sie waren Sevillaner, Söhne von Viehzüchtern, geliebt und umschmeichelt von den Jesuiten und im Unterricht auf ungerechte Weise begünstigt, obwohl sie nichts weiter waren als ein Paar andalusischer Esel. Und ich sehe noch: Galnares Sagastizábal, ebenfalls Sevillaner; er war rachitisch und benutzte schon ein Haarfixativ, aber er war begabt für die Mathematik; Guzmán, ein römischer oder karthagischer Imperator im Lateinunterricht; Claudio Gómez aus Córdoba, unfreundlich und finster, mit dem Gesicht eines Rifkabylen, Sohn irgendeines Bonzen in Montoro oder Pozoblanco; José Ignacio Merello, einer meiner Vettern ersten Grades und Schulkamerad im Institut der Doña Concha, dem ich aber, als er ins Kolleg San Luis Gonzaga, und zwar ins Internat, eintrat, eine gewisse schlecht verhohlene, mit Stolz vermischte Kälte anmerkte, die mich – seinen alten Freund und Gefährten bei so vielen Spielen und Streichen in den dunklen

Höfen der Kellereien – sehr kränkte und betrübte; Eduardo Llosent, der immer glänzende Hemden und leuchtende Krawatten trug; Sánchez Dalp, Ponce de León, Pemartín, Osborne, Estrada etc., lauter Söhne großer Weinbauern oder Grundbesitzer und selbst künftige Besitzer grenzenlos ausgedehnter Wein- und Ölgärten ... Von den Externen, das heißt dem Schülerproletariat, sind mir noch erinnerlich: die Brüder Bootello, die ein wenig besser behandelt wurden als die übrigen, weil ihr Vater Vorstand des Bahnhofs von Puerto war und den Jesuiten als Bahnbeamter irgendwelche Fahrpreisermäßigungen verschaffen konnte, wenn wir Schüler von San Luis Gonzaga während der Juni-Examina täglich die Züge nach Jerez benutzten, denn dem Institut dort war unser Kolleg unterstellt; José Murciano, der an einem Märznachmittag starb und zu dessen Beerdigung auf einem außerhalb der Stadt, in Richtung Sanlúcar gelegenen Friedhof wir alle mit Padre Fernández gingen; Gutiérrez, ein rauher, unausstehlicher Zigeuner, der nicht gerade stolz auf seinen Vater, einen Viehdoktor und Hufschmied, war; Cantillo, ein kleiner, ewig fröstelnder Bursche mit einem runden gestärkten Kragen und einer rosa Schleife – er war der Sohn des Leutnants der *Guardia Civil;* Porreyro, dessen Mutter angeblich eine Prostituierte in der Calle Jardines war; Juan Guilloto, der Sohn einer schlanken, zarten Frau, die Milagros hieß und von der ich nicht weiß, ob sie nicht einmal Näherin in unserem Haus war. Dieser Guilloto, der ein wenig jünger als ich war, wurde in den letzten zwanzig Jahren mein würdigster und außergewöhnlichster Schulkamerad, und aus meinen Empfindungen und meinem Gedächtnis löschte er beinahe alle anderen, die nur noch ein Name, ein Wesenszug oder eine kleine Anekdote sind.

Es war in Madrid, während der großen heroischen Tage des Novembers 1936. Das Fünfte Regiment hatte mich eines regnerischen Nachmittags, an dem Bomben fielen, eingeladen, über seinen Sender einige meiner Romanzen und Gedichte über die Verteidigung der Hauptstadt vorzutragen. Im Vorraum dieses kleinen besetzten Palais hielt mich plötzlich, als ich schon gehen wollte, ein Milizoffizier an, ein junger Kommandant.

»Dich kenne ich gut«, sagte er mit andalusischem Akzent und legte mir eine harte Hand auf die Schulter. »Ich bin Modesto.«

»Modesto! Wer hat noch nicht von dir gehört! Aber ich sehe dich zum erstenmal.«

»In Wirklichkeit heiße ich Juan Guilloto. Ich bin aus Puerto. Wir haben zusammen das Jesuitenkolleg besucht.«

Ich umarmte ihn stolz.

»Wenn das Padre Andrés wüßte! Ich bin sicher, in Puerto haben sie keine Ahnung!«

»Nicht einmal meine Eltern wissen es. Die Presse der Aufständischen fällt über mich her. Sie nennt mich einen Banditen, Räuberhauptmann und Russen ... Und sie weiß nicht, daß ich ein Faßbinder aus der Provinz Cádiz bin!«

Wir gingen in einen kleinen Salon, wo man uns Kognak servierte. Was für eine freudige Überraschung! Ich fühlte die rechtschaffene Eitelkeit, den würdevollen Stolz eines Menschen, der etwas entdeckt, wovon er weiß, daß es ihm einmal Ansehen eintragen wird, denn dieser junge Andalusier war ein Held; ich stellte ihn mir als Kind vor, als Freund meiner Jugendjahre, und plötzlich wurde dieses Ferne zu einer willkommenen Gegenwart, die vergessene Landschaften erhellte.

Welcher echte andalusische Junge hat nicht einmal davon geträumt, Stierkämpfer zu werden? Hinter dem Kolleg lag ein großes, mit Ginsterbüschen bestandenes Wiesengelände, auf dem die Kühe und Jungstiere meines Onkels José Luis de la Cuesta weideten. Mit elf Jahren und vor allem, wenn man Stierkämpferillusionen hegt, ist man ein ganzer Held. In der Latein- oder Mathematikstunde zogen einige von uns – Luis Bootello, José Antonio Benvenuti, Aranda und andere, lauter Schüler der zweiten und dritten Klasse – los, um ein Stierkalb oder was immer uns in die Hände fiel, von den anderen Tieren zu trennen. Juan Guilloto begleitete uns manchmal, obwohl er jünger war, und ab und zu schloß sich uns auch ein Zigeuner an, der den Spitznamen »La Negrita« hatte. Er war etwas älter als wir und durfte mit unserer Bewunderung rechnen, denn er war bei einem Kampf mit Jungstieren in die Arena gesprungen und dafür eingesperrt worden.

Es kam der Augenblick, das Tier abzusondern. Aber die Hirten paßten auf. Man mußte sie ablenken. Ein gefährliches Unterfangen. Wir bartlosen Stierkämpfer näherten uns getrennt den Tieren, wir hatten die Taschen voller Steine und außerdem eine Munitionsreserve, die Juan Guilloto in seiner Kappe sammelte und hinter den unserem Vorhaben günstigen Ginsterbüschen anhäufte. Ein Pfiff war das Zeichen zum Angriff. Und bevor sich die Viehhüter zur Wehr setzen konnten, ging ein Steinhagel auf ihre ahnungslosen Köpfe nieder und zwang sie, davonzulaufen oder sich auf den Boden zu werfen, um nicht mit zerschlagenen Köpfen zu sterben. Auf diese Weise hinderten wir sie daran, uns mit ihren Steinschleudern zu antworten. Während des Kampfes trieb derjenige, der am besten dazu imstande war, das Stierkalb fort, das sich manchmal als furchterregende Kuh entpuppte, eine gehörnte Lokomotive, die uns in die Flucht schlug, wobei sich unser Rückzug durch die aufgescheuchte Herde und unter einem Schwall von Steinen und Flüchen vollzog. Wenn es wirklich zu einer *Corrida* kam, reizten wir das Tier ein wenig mit unseren Jacken, und dann wurden wir auch schon auf den Boden geschleudert und bekamen einige Huftritte ab, und zuletzt blieben uns von all dem nur ein Muskelkater und blaue Flecke, die sich nicht verbergen ließen. Aber diese Flecke und Schrammen waren trotz der heimlichen Schmerzen, die sie uns bereiteten, unser ganzer Stolz. Wir dachten an die schweren Hornstöße, die die berühmten Matadore in den großen Arenen unter begeistertem Beifall hinnehmen mußten. Und dann die schwärmerischen Gespräche, die enthusiastischen Kommentare! Immer wieder tauchten in ihnen die obskuren Unfallstationen der Arenen auf, das Jodoform, das Gedärm, der Wundbrand, der Oberschenkelbruch oder der augenblickliche Tod durch Schock (!) — lauter Ausdrücke, die wir von den Stierkampfreportern gelernt hatten und manchmal mit mehr Entsetzen als Prahlerei aussprachen wegen des Geheimnisses, das sie für ein paar müßige angehende Studenten wie uns noch bargen.

»Diese Gespräche«, erinnerte mich Modesto, »hatten wir gewöhnlich, während wir Kaktusfeigen oder grüne Mandeln aßen, die wir in den Gärten gestohlen hatten, unter denen wir immer den deines Onkels José Luis bevorzugten. Immer hatte dein armer Onkel den größten Schaden.«

»Eines Tages spielten wir Stierkampf mit einer seiner trächtigen Kühe. Sie verwarf, und er ging, mit Recht wütend, zu meiner Mutter, um sich zu beklagen. Sie meldete mich Padre Ayala und gefährdete damit meine Stierkämpferkarriere.«

Modesto fuhr in seinen Erinnerungen fort: »Einmal stahl ›La Negrita‹ deinem Onkel einen Haufen Zwiebeln und Tomaten ...«

»... mit denen er mir ein Schulterblatt einrieb und den reinsten Salat darauf anrichtete, um mich von der Wut zu erleichtern, die dieses rote Stierkalb in seinen Huftritt gelegt hatte.«

Eine ungewöhnliche Zeit war das gewesen, in der wir einfältig allen Ernstes von einer Zukunft voll glorreicher Nachmittage und von Fotos in den Illustrierten träumten und unsere kühnen Gesichter schon auf Streichholzschachteln abgebildet sahen!

»Aber vielleicht weißt du nicht, Modesto, wie meine Stierkämpferambitionen endeten. Du kanntest Manolillo sehr gut, den Friseur in der Calle Luna, der ein großer Stierkampffanatiker war. Als er mir einmal die Haare schnitt, ließ er mir den Schopf im Nacken stehen. Ich ging an jenem Tag mit einem kleinen Torerozopf aus seinen Händen hervor, der mir unter dem Hinterkopf hinausstand wie der Keim einer großen Erbse. Anfangs merkte man noch nichts, und ich vertraute mich nur Benvenuti an, der von uns allen am ernsthaftesten daran dachte, Stierkämpfer zu werden. Ihm zeigte ich stolz meinen Zopf. Nach zwei Monaten war er kräftig gewachsen, er zwang mich, die meiste Zeit meine Kappe aufzubehalten und ihn während des Unterrichts mit der Hand zu bedecken, so daß ich immer die verkrampfte und reichlich verdächtige Haltung eines nachdenklichen Schülers einnahm. Schließlich kam aber der Tag, an dem mein Geheimnis offenbar wurde. Einem meiner Brüder war es schon bekannt und einigen kleinen Jungen auch, die noch die Grundschule besuchten und denen ich ab und zu erlaubte, dieses geflochtene Schwänzchen zu berühren, das sich unter dem anderen, kürzeren Haar nicht mehr verbergen ließ. Ich wurde verpetzt. Es geschah während der Französischstunde. Ein Interner, der hinter mir saß. Eine Unachtsamkeit meinerseits. Eine Unvorsichtigkeit der Hand, die als Deckel diente. Der Interne (sein Name fällt mir nicht mehr ein) mußte es entdecken. Dieses Anhängsel war zu auffällig, zu unanständig. Ein Auflachen. Ich war entsetzt.

›Was soll das heißen?‹

›Schaun Sie, Padre Aguilar.‹

Der Padre stand mit strengem, fragendem Blick auf, stieg aber nicht von seinem Podium herunter.

›Erklären Sie mir den Grund für dieses Gelächter.‹

›Alberti hat einen Zopf! Schaun Sie, schaun Sie!‹

Skandal. Die ganze Klasse stand auf. Und der harte Blick Padre Aguilars drang mir wie ein Stoßdegen in die Seele. Die Scham ließ mich, glaube ich, erröten bis an die Wurzeln des bedrohten Stierkampfsymbols, das ich noch immer unter meinen zitternden Fingern zu verbergen versuchte.

›Ruhe!‹ befahl der Französischlehrer.

Da zog Benvenuti, der neben mir saß, ein stumpfes, rostiges Taschenmesser heraus, eines von denen, die man als Reklame für die Kognakmarke Domecq bekam, trennte mir mit einem unvergeßlichen Schnitt den Zopf ab und warf ihn auf das Pult Padre Aguilars, der ihn mit einer unverhohlenen Gebärde des Abscheus in den Papierkorb fegte. Ohne den Zopf fühlte ich mich vernichtet, alt wie einer jener beklagenswerten fünfzigjährigen Matadore, die ihre Triumphe überleben.«

»Das alles wußte ich gar nicht«, sagte Modesto lachend. »Ich war aber auch nur ein Jahr bei den Jesuiten. Meine Eltern waren arm ... Sie brauchten meine Hilfe ... Sie schickten mich in die Kellereien Don Edmundo Grants, wo ich ein halbes Jahr später wieder hinausgeworfen wurde. Ich ging in die Apotheke Lucuys (an der Ecke Larga-Palacios, weißt du noch?), wo ich Pulverkapseln gegen die Grippe machen lernte. Aber auch dort setzten sie mich bald wieder auf die Straße, weil ich mit den Glastrichtern, die die Apotheker benutzen, Wurfspiele machte. Ich warf von weitem Münzen hinein und zerbrach einige ... Und Lucuy feuerte mich in hohem Bogen hinaus.«

Modesto begann mir – sicherlich ohne es zu wissen – sein Leben im Stile Lazarillos de Tormes oder einer anderen Figur aus einem Schelmenroman zu erzählen: das drollige und bittere Leben eines spanischen Kindes aus dem Volke, das stets Held anonymen Elends und sagenhafter Größe ist.

»Ich vertauschte das Apothekerhandwerk mit dem eines Faßbinders und wurde Lehrling in dem mechanischen Sägewerk von Don José María Pastor. Dort arbeitete ich, bis ich zum Militärdienst einberufen wurde, und ging dann nach Cádiz, wo ich in das Erste Regiment der Küstenartillerie eintrat. Eines Tages entfernte ich mich ohne Urlaub aus Cádiz und bekam dafür ein halbes Jahr Arrest. Danach befand ich mich in einer schwierigen Lage, und deshalb bewarb ich mich zusammen mit einigen Kameraden um die Versetzung nach Afrika. Ich kam auch tatsächlich hin und holte mir in der Vierten Abteilung der Linientruppen von Larache die Korporalsstreifen. Kurz darauf verlor ich sie wieder, weil ich mich betrunken hatte. Unterdessen ging meine Dienstzeit zu Ende, die Stunde der Entlassung nahte. Aber wegen des Trinkens und eines dummen Streits mit einem Angehörigen der *Guardia Civil* erlebte ich statt der Heimkehr die Verschickung in ein Zwangsarbeitslager. Eines Tages hatte ich es satt und floh, ohne Papiere ... Ich hatte Pech, denn kaum war ich in Cádiz an Land gegangen, da schnappten sie mich auch schon und steckten mich ins Gefängnis der Infanteriekaserne. Nach ein paar Monaten und nachdem ich mir das Vertrauen einiger Offiziere erworben hatte, bat ich um die Erlaubnis, auswärts essen zu dürfen. Ich bekam sie und – weg war ich! Ich nahm den Zug nach Puerto und entließ mich selbst endgültig.«

Ich setze meine Memoiren in Paris fort, diese heißgeliebten Erinnerungen an meine ersten Jahre auf dieser Welt, an diesen süßen, traurigen und fröhlichen verlorenen Hain meiner Kindheit. Es ist fünf Minuten nach vier Uhr morgens. Der 6. Oktober. Wieder ist Krieg. Mein Gott, was für ein kurzer Urlaub! Als ich kaum begonnen hatte, wieder zu begreifen, was es heißt, ruhig durch eine hell erleuchtete Stadt zu schlendern, gingen plötzlich in ganz Frankreich die Lichter aus, in Paris erklangen die Alarmsirenen und an der Maginotlinie die ersten Kanonenschüsse. Hier lebe ich seit dem 12. März. Am sechsten desselben Monats verließ ich Spanien, mein teures, unglückliches Spanien, in Richtung Oran. (»Er diente dem König in Oran ...«) Auf einem himmlischen Weg, denn ich flog über das Mittelmeer. In Elda (Alicante), der letzten Station der republikanischen Regierung, sah ich Modesto. Und den Doktor Negrín. Modesto zum letztenmal. In dem kleinen Garten des Hauses der Generale Hidalgo de Cisneros und Cordón, wo María Teresa und ich Unterkunft gefunden hatte, deutete Modesto für uns in einer *scheinbar ruhigen Nacht in dem großartigen Stil des besten Tänzers von Cádiz einige Bulerías-Schritte* an. Er lachte. »Eines Tages, wenn wir allein sind, werden wir tanzen. Aber wir müssen allein sein«, betonte er und sah sich um. Am selben Morgen erhob sich die Festung Cartagena und hißte die Monarchistenfahne auf ihren Schanzen. Einige Stunden später stürzte Oberst Segismundo Casado die Regierung Negrín und schenkte Franco unsere hartnäckige, anbetungswürdige, unbesiegliche, heldenmütige Hauptstadt, die mehr als zwei Jahre lang die Welt in Erstaunen versetzt hatte. Unterwegs nach Oran verflogen wir uns; beinahe wären wir in Melilla niedergegangen. Einige Minuten nach uns landete auf demselben Flugplatz eine zweite Maschine und brachte die Pasionaria. Wieder einmal war das Herz Spaniens verraten und verkauft worden.*

Die Seele von edelstem Blute voll und den Lärm von Explosionen in den Ohren, so ging ich durch die Straßen von Paris und wohnte am Seine-Ufer, Quai de l'Horloge Nr. 31, mit dem großen, menschlichen Pablo Neruda zusammen, der ein wahrer Engel der Spanier war. Mitte August nahmen María Teresa und ich mit der begreiflichen Absicht, nicht zu verhungern und den keineswegs freigebigen, furchtsamen Franzosen nicht zur Last zu fallen, auf Vorschlag und Empfehlung Picassos hin einen bescheidenen Übersetzerposten an, den Radio Paris-Mondiale für die Sendungen in spanischer Sprache anbot, die für Lateinamerika bestimmt waren. Was habe ich in diesen Monaten getan? Was habe ich geschaffen? So gut wie nichts. Ich sah nur viele gute Spanier an Hunger und Verfolgung zugrundegehen und sehr gute Freunde die Küsten Europas verlassen. Aber davon werde ich eines Tages noch sprechen. Die Tage, die ich jetzt erlebe, sind zu schwer, zu traurig, um darüber zu schreiben. Ich kehre lieber zurück zu jenen anderen meiner Kindheit am Meer von Cádiz, ich kühle mir die Stirn mit den Wogen der

* *Bulerías*, ein andalusischer Volkstanz. Anm. des. Übers.

Pinienwälder am Ufer und fühle, wie sich meine Schuhe mit Sand füllen, mit dem goldgelben Sand der heißen, stellenweise von Ginster beschatteten Dünen.

Die Dünen! Wenn ich die Schule schwänzte, womit ich im dritten Jahr begann, waren sie mit ihrem goldenen, rieselnden Sand meine heiß ersehnte Zuflucht, mein kühles Versteck während der schweren Mathematikstunden und der Rosenkränze des frühen Abends. Unter Bäumen wie grüne Kugeln, die man dort die »Durchsichtigen« nennt, vielleicht weil ihre langen Äste so weit auseinanderstehen und nur an den Spitzen benadelt sind, richteten wir uns ein wie unter Zelten. Fröhliche Beobachtungsstände, von denen wir, Bücher und Kleidung vergessend, nackt ans Ufer hinunter rannten. Das Meer von Cádiz! Welche Harmonie, welche strahlende Helle bringen mir diese Worte! (Und auch, blendend, das Sonett Lopes:

Es floß das Haar ihr auf die Schultern beide,
die wunderbaren, die die Sonne nie gekannt;
so sammelt' Silvia dort am grünen Strand
des Meers von Cadíz Muscheln in ihrem Kleide.)

Nur die blinden, guten und dummen Schüler des Kollegs kannten nicht diese leuchtenden Stunden voller Wind und Salz, die zitterten im Weiß der Salinen drüben auf Puerto Real und die Insel zu und ausreichten, um das ganze Leben mit einem unendlichen blauen Licht zu tränken, das sich nicht mehr aus den Augen verbannen läßt. Am Tag, an dem ich sterbe, sofern nicht eine Bombe Europas meinen Körper zerfetzte, öffnet sanft meine Augen; dann werden sie sehen, wie die Finger vom Schaum der Brandung und die Nägel vom feinen Sand weiß schimmern; und in meinen Pupillen, wie in zwei winzigen Salzgärten, rund und vollkommen die Bucht mit all ihren Segeln und dem ganzen Kreis meiner ewig jungen Städte, von Masten und Schornsteinen gewiegt.

»Schau, dem wachsen schon Haare.«
»Er ist ja auch älter als du.«
»Ja, ich bin zwölf.«
»Mir passiert schon was anderes. Wollt ihr es sehen«?
Neugierig und zugleich voll Scham, denn beinahe wußten wir schon, was geschehen sollte, sagten wir ja. Nackt, wie wir waren, setzten wir uns alle im Kreis um den Eingang unseres »Zeltes«. Jener Schüler führte den Vorsitz. Niemand sprach. Beim Hinsetzen hatte der Schüler gesagt: »Ich bin schon in der Fünften. Ich studiere Physiologie.« Er war der Älteste von uns allen. Keiner verstand, warum er sich an diesem Tage den Schülern der zweiten und dritten Klasse angeschlossen hatte oder warum er damit prahlte, daß er schon in die fünfte ging. Physiologie! Ein seltsames Wort, das nach verbotenem Garten klang. Hatte das nicht etwas mit nackten Frauen zu tun? Und wenn ja: wie konnte man solche Studien in einem christlichen Kolleg erlauben? Wir glaubten, nur flüchtig und ohne zu wissen, wo, große rosa Bildtafeln von geöffneten weiblichen Körpern gesehen zu haben, auf denen ein Wort mit einer Nummer stand: PHYSIOLOGIE Nr. 1, Nr. 2 ...
Schweigend betrachteten wir den Schüler, der mit trauriger Miene und verlorenem Blick die geschlossene Faust zwischen den dunklen, halb geöffneten Leisten hin und her zu bewegen begann; seine Finger waren noch schmutzig vom warmen, feuchten Sand, und zitternd, kriechend streifte ihm die Klaue des Löwen die Schenkel. Ah, wieviel fehlte uns noch, bis sich dieses Wunder auch an uns ereignete? Wir waren nur Schüler der zweiten und dritten Klasse; wir lernten Geschichte und Latein ... Erst in zwei oder drei Jahren sollten wir Physiologie bekommen ... Aber dann ... Oh!
An jenem Nachmittag gingen wir alle traurig und nachdenklich nach Hause. Niemand sprach unterwegs. Danach gab sich der Physiologiestudent uns gegenüber sehr reserviert, und er wollte nie mehr mit uns in den Dünen die Schule schwänzen.

Als ich wieder einmal im Unterricht gefehlt und wie gewöhnlich völlig unbekleidet am Strand gespielt und mit den anderen zusammen versucht hatte, das Wunder des Schülers der fünften Klasse zu wiederholen, ließ mich am folgenden Tag der Padre Seelsorger in sein Zimmer rufen.
»Mein Sohn«, säuselte er, nachdem er die Tür abgesperrt und meinen Kopf gegen die Brust seiner Soutane gedrückt hatte. »Ich bin deinetwegen sehr bekümmert. Wenn das dein armer Onkel Vicente wüßte, der ein Heiliger ist! Was du da mit den anderen Teufeln treibst, ist eine der schwersten Sünden, die ein Knabe begehen kann. Denkst du denn, ich wüßte nichts davon?«
»Wovon, Padre?« wagte ich erschrocken zu fragen, und gleich fiel mir auch der Physiologiestudent ein.
»Nichts. Ich schäme mich, es zu sagen.«
Er drückte mich noch fester an seine Soutane und küßte mich auf die Stirn.
»Padre!« seufzte ich, tot vor Angst.
»Gott hat euch gesehen und im besonderen dich!«
Ein trauriges Schweigen folgte, das von Fliegengesumme erfüllt war. Dann sprach der Padre Seelsorger weiter. Da er das eine meiner Ohren gegen die Knöpfe seiner Soutane drückte und mir durch seine Umarmung, ohne es zu bemerken, das andere zuhielt, klang seine Stimme wie von weither, wie durch eine gepolsterte Wand.
»Was hast du davon, mein Junge? Nur, daß du Ihn und mich abstößt. Denn es handelt sich nicht nur um einen Schaden für die Seele, sondern auch um etwas sehr Schlimmes für den Körper. Versprichst du mir, es nie mehr zu tun? Der Padre Präfekt weiß noch nichts. Er würde dich aus dem Kolleg weisen, wenn ich es ihm sagte. Versprichst du es mir? Wenn es dein armer Onkel Vicente erführe!«
An demselben Abend noch erzählte ein Schüler der Sechsten alles meinem Bruder Agustín, der mit mir sehr ernst darüber sprach, obwohl er sich vielleicht das Lachen verbeißen mußte:

»Padre Hurtado hat euch vom Physiksaal aus mit dem großen Fernrohr gesehen ...«
Unter den Angeklagten ging diese Entdeckung um und erfüllte uns zugleich mit Verwunderung und Entsetzen. Es stimmte: aus einem der Fenster, die auf den Garten gingen, ragte ein großes, weitreichendes Fernrohr, das in Richtung Cádiz zeigte.
Von diesem Augenblick an suchten wir, wenn wir die Schule schwänzten oder frei hatten, ein anderes Dünental auf, von dem aus wir nicht einmal mehr die Blitzableiter des Kollegs erkennen konnten.
Wenn ich aber, wie ich schon sagte, oft im Unterricht fehlte, so ließ ich mir doch im allgemeinen die spanische Geschichte nicht entgehen. Wir arbeiteten nach dem in einem sehr gezierten Stil geschriebenen Lehrbuch eines Professors am Institut in Cádiz: Moreno Espinosa. Meine Spezialität waren die Daten. Es gab keine Schlacht, von der ich nicht die Jahreszahl wußte. Und ohne es zu wollen, brachte ich auch meine Kameraden dazu, sie zu lernen.
»Wer sie beim Jahresschlußexamen nicht wie am Schnürchen hersagen kann, fällt durch«, drohte Padre Romero, der Geschichte unterrichtete, vor einer Tafel, auf die ich, während ich wegen irgendeines Vergehens, an das ich mich nicht mehr erinnere, einige Stunden in dieser Klasse eingesperrt gewesen war, mit Kreide die Orte und Jahreszahlen beinahe aller Schlachten in der Geschichte Spaniens geschrieben hatte. Die Schüler haßten mich. Bei den Prüfungen gab es meinetwegen viele »Nichtbestanden«, aber ich kam mit einem »Sehr gut« durch und erwarb mir das Anrecht auf eine ehrenhafte Erwähnung.
Aus diesem metaphernreichen Lehrbuch sind mir noch kleine Abschnitte voll wohlklingender Rhetorik erinnerlich, die ich mit Erfolg zitierte, sooft ich Gelegenheit hatte, mich an den so häufigen und unterhaltsamen Diskussionen über die Einfalt und Naivität der Lehrbücher jener Jahre zu beteiligen.

So ließ sich Moreno Espinosa über die Phönizier wie folgt vernehmen: »... *Und all dies geschah zu der Zeit des unsterblichen und vielgeschmähten Assurbanipals und der wollüstigen Semiramis.*«
In der gleichen Lektion kam der folgende Schlußsatz vor, den die ganze Klasse mit Begeisterung aufsagte: »... *weshalb diese uns brachten: in ihrer Sprache das Alphabet, in ihren Fingern das Geld und in den Segeln ihrer Schiffe den zivilisatorischen Hauch des Orients.*«
Und dann diese Lektion, die begann: »*Dank der vergleichenden Sprachwissenschaft wissen wir heute ...*«
Auch aus anderen Schulbüchern, selbst aus den am weitesten in der Kindheit zurückliegenden, tanzen mir noch Zeilen und ganze Seiten in meinem Gedächtnis herum, die ich manchmal, wenn ich allein bin, vor mich hinsage, um mich zu unterhalten.
Aus dem *Juanito*, den ich noch in der Schule der Karmeliterinnen las: »*Nein, nein. Ich darf nicht sterben. Meine Cecilia ist sehr krank: eine Viper hat sie gebissen ... Ich wäre eine schlechte Mutter ... Nein, nein ...*«
Ebenfalls aus diesem unvergleichlichen, erzengelhaften Buch die »Kleine Erzählung«: »*Juanito, der ein sehr schlimmer Knabe ist, sprang eines Tages über eine Mauer und stahl die schönste Birne, die es in dem ganzen Garten gab. Als er aber schon ganz zuversichtlich wieder davonging und seinen Raub verbarg, da vernahm er eine geheimnisvolle Stimme, die ihm zurief: Gott hat dich gesehen, du Schlingelchen!*«
Von allen Sätzen, die mir im Kopf herumgehen, ist mir dieser letzte der liebste, vor allem wegen der reizenden Verkleinerungsform *Schlingelchen.* Es gibt noch andere Wörter, die ich später lernte und die mich glücklich machen, sooft sie mir begegnen. Kann es in unserer Sprache etwas Anmutigeres und Lächerlicheres geben als Bezeichnungen wie *badulaque* und *mentecato* (»Einfaltspinsel«, »Schwachkopf«) oder den Ausruf *cáspita*! (etwa: »potztausend!«).

Wie jeder Schriftsteller habe ich meine Vorlieben und Abneigungen. Schon als ich noch ganz jung war, hatte ich eine besondere Antipathie und Aversion gegen das Substantiv *voluptuosidad* (Wollust) und vor allem die dazugehörige Adjektivform *voluptuoso*. Entsetzlich! Der Speichel läuft mir im Munde zusammen und die Nägel meines linken Fußes krümmen sich mir, sooft ich sie höre oder geschrieben sehe. Wollüstig! Sogar im Französischen irritiert es mich. Allein Baudelaire ließ es mir annehmbar erscheinen in dem Refrain seiner »Invitation au voyage«:

Là, tout n'est qu'ordre et beauté,
Luxe, calme et volupté.

Ebenso verabscheue ich das Substantiv *terruño* (Erdreich, Heimaterde). In meinem ganzen Werk, gleich ob Lyrik oder Drama, wird man nirgends diese verhaßten Wörter finden, und ich habe mir geschworen, auch keine zukünftige Seite mit ihnen zu besudeln.

Womit ich allerdings meine Seele im Kolleg San Luis Gonzaga häufig besudelte, das war, wie ich schon unter Anführung von Beispielen zeigte, die Sünde der Unkeuschheit, zu der sich notwendigerweise die der Lüge gesellte. Mein zweiter geistlicher Führer war Padre Lambertini, ein Italiener. Wie oft tadelte er mich hart und wortreich, wenn er mir bei der Beichte meine Sünden entlockte!

»Könntest du deine Seele sehen, du würdest vor Entsetzen sterben. Schmutzig ist sie wie ein mit Kot besudeltes Tuch. Denn wenn die Unzucht die Seele schwärzt, so macht die Lüge sie noch schwärzer. Du sündigst und leugnest deine Schuld. Das heißt, du sündigst zweifach . . .«

Damals war Paquillo, der Sohn des Kutschers, der Gefährte meiner Sünde. Die Gelegenheit bot sich immer in Form eines Fensters, eines Gucklochs oben auf einem grünlichen Wetterdach. Zu ihm stiegen wir heimlich hinauf, wenn es Abend wurde, und wir streckten uns am

Rande dieser Glasscheibe aus wie an einer Pfütze. Das trug sich während der Ferien an vielen Sonntagen und bei meinem Onkel Vicente zu. Wir warteten schwer atmend und voll Beklommenheit. Manchmal geschah gar nichts. Das Fensterglas wurde, parallel zur Nacht, schwarz und spiegelte das Licht des ersten Sterns. Aber wenn geschah, was wir ersehnten ... oh, dann ging unten das Licht an, und zu uns stieg ein verschleierter Glanz herauf wie von einer Kerze in der Tiefe eines Teiches. Und wir sahen da unten, vor dem blassen Gelb einer Schilfmatte, meine damals noch junge Tante Josefita, die sich umzog und sich uns für einige Augenblicke im Hemd zeigte, in einem langen, traurigen Hemd. Verzückt und stumm blieben dann der Sohn des Kutschers und ich bis zum Abendessen auf dem Dach.

Die Keuschheit! Die Keuschheit!

Wie sollte man in dieser Atmosphäre eines verrückten Katholizismus und frömmlerischer Übertreibungen nicht in den zugleich von Schrecken und Süße erfüllten Augen das flüchtige Bild der sich entkleidenden Schwester oder Mutter bewahren oder das der Kusine und der Schwester, die man beim Picknick auf dem Lande dabei überraschte, wie sie hinter den Zistrosen des Bischofswaldes mit vor Lachen breiten Mündern zusammen ihr Wasser abschlugen?

O Gott, was für eine große Sünde! Wie sollte man sie am folgenden Tage ohne Zittern dem Padre Lambertini gestehen? Was sollte man antworten auf die gefürchtete eindringliche Frage: »Hast du wider die Keuschheit gesündigt und wie oft?« Entsetzen über Entsetzen!

»Nein, Padre. Schon lange nicht mehr. Glauben Sie mir.«

Die Lüge war die einzige Verteidigung, das einzige Mittel, den Zorn des Beichtvaters zu besänftigen und niedergeschlagen und im Stande der Gotteslästerung zur Kommunionsbank zu schreiten.

Für das Masturbieren gebraucht man in Andalusien den Ausdruck »sich einen Strohhalm machen«.

Voll von Strohhalmen sind die Dachterrassen, die Meeresufer und die Steine der Schlösser. Erste kindliche Strohhalme, ich grüße euch, längst frei von Gewissensbissen, um des Schönen und Elementaren willen, das ihr hattet unter jener Sonne in jener Bucht, während ich vor dem Himmel undeutlich die ersten Bilder von Mädchen oder Frauen sah, auf die durch Zufall und Absicht meine Augen fielen.

In der Zeit der Strohhalme brach der große Krieg von 1914 aus. Von seinem ersten Jahr weiß ich nichts. Ich erinnere mich nur an ein Wort, das ich sicherlich damals lernte: *Ultimatum.* Bis beinahe zwei Jahre nach dem Beginn der Feindseligkeiten konnte ich kein Interesse dafür aufbringen. Unterdessen ...

Mein Vater bereiste noch immer den Norden Spaniens, und die Familie – Mama, die sechs Kinder und Paca Moy – zog um. Wir wohnten nun in einem Haus in der Calle Neverías, der Straße des Eises und der kühlen Getränke an den Sommerabenden.

Mein Bruder Vicente, er war der Älteste, hatte schon sein Abitur gemacht, und kurz darauf ging er nach Cádiz, um an der Technischen Hochschule zu studieren oder »die Ingenieurslaufbahn einzuschlagen«, wie die alte Dienerin stolz betonte. Er war ein hübscher Junge, groß, blond und blauäugig. Im atlantischen Andalusien gibt es viele mit meerblauen Augen und flammend hellem Haar. Ich sah Zigeuner aus der Gegend von Cádiz, die blond waren und deutsche Familiennamen hatten, unter den Brücken des Guadalete lagern oder in der Niederung von Jerez und in Sanlúcar de Barrameda, an der Mündung des Guadalquivir. In meiner Familie finden sich zahllose anmutige braune und weiße Mädchen, die zugleich mediterran und nordisch sind.

Als die Weine von Jerez und Puerto international bekann wurden, war mein Urgroßvater, Don Vicente Alberti, zugleich einer der ersten Könige und Botschafter des Saftes der Reben von Cádiz im Norden Europas. Die

Herrscher Schwedens, Norwegens und Dänemarks und die russischen Zaren ernannten ihn zum Hoflieferanten, und auch England fand Geschmack an den duftenden Weinen aus diesem Winkel der Provinz Cádiz. Skandinavier kamen aus ihren Fjorden wie die Enten, die über die Heiden Frankreichs und die Berge und Ebenen Spaniens fliegen, um in den warmen Marschen des Guadalquivir zu überwintern, zu den Kais von Cádiz und gründeten Niederlassungen für jene reichen, ungewöhnlichen Völker. Die Soleras, die Dessertweine, die Muskateller, die beinahe schwarzen, die hellen Weine von den jungen Weinbergen um Jerez und die Amontillados wurden bald in ganz Europa getrunken. Italiener kamen, Engländer und Deutsche. Von Puerta Tierra bis Sanlúcar erklangen die Namen der Domecq aus Frankreich, der Burdon, Gordon, Osborne, Pemartín, Ivison, Byass, Bolin und später der Terry, Ahupol und Grant. Die meisten von ihnen kamen, vom Duft des Weines angelockt, mit leerer Börse. Meine Mutter hörte ich immer sagen, der erste Osborne sei ein bettelarmer Engländer mit geflickten Hosen gewesen, der auf den Plätzen und Straßen von Puerto Heiligenbilder, Rosenkränze und anderen Devotionalienkram verkaufte.

Daher die blauen Augen, die blonden Haare, daher auch dieses ganze romantische, empfindsame Andalusien von Cádiz, an Gibraltar vorbei, bis zu den Zitronenhainen, den Nelken und den heiligen Weinbergen von Malaga. Mein Urgroßvater Don Vicente Alberti heiratete eine Merello, die Tochter eines anderen Italieners aus Genua, und hatte fünf Söhne – Agustín, Vicente, Julio, Ernesto und Eduardo –, die am Sterbebett des Vaters gelobten, sich niemals zu trennen, gemeinsam das wunderbare Erbe zu erhalten und Wein zu bauen. Aber bei dem verschwenderischen Leben Agustíns, den unglücklichen Geschäften Vicentes, der Dummheit Ernestos, der Faulheit Eduardos und der Gleichgültigkeit Julios und dazu der vollkommensten und verrücktesten Frömmelei war das Erbe bald vertan, und es sammelten sich die Gläubiger, die nach und nach die feuchten Kellereien in ihre Hände brachten.

Mit die wichtigsten unter ihnen waren die Osborne, die im Laufe der Jahre den ganzen Weinreichtum Puertos monopolisierten. Obwohl die Söhne meiner Großonkei noch eine Zeitlang einen kleinen Grundbesitz hatten, waren es die Osborne in Puerto und die Domecq in Jerez de la Frontera, die das Reich des Bacchus an sich rissen und die kleineren Firmen ruinierten.

Ein Opfer dieser Herrschaft war mein Vater, den Osborne, der bis dahin seine Weine nur nach England exportiert hatte, zum Generalvertreter für Spanien ernannte und in das kantabrische und galicische Gebiet schickte, zuerst nur als Botschafter des *Fino Quina* und *Fino Coquinero* und dann eines Cognacs, der allein zu dem Zweck kreiert wurde, den »Domecq« zu verdrängen. So vergingen ganze Jahre, ohne daß ich ihn sah; ich kannte sein Gesicht nicht und erinnerte mich nicht einmal an seine Stimme. Ich weiß, daß mein Vater rechtschaffen und äußerst arbeitsam war und daß er, wie ich öfter andeutungsweise sagen hörte, ein großer Liebhaber und Trinker der Flüssigkeiten war, die er verkaufte, und so die Tradition seiner Familie und seiner Heimat fortsetzte.

Wer hat nicht im Zwielicht des Spätnachmittags die Straßen von Puerto erzittern sehen vor vollkommen betrunkenen Männern? Die einen sind, ernst und würdevoll, unterwegs zum Schrein der Wundertätigen Jungfrau, um auf den Knien ein frommes Salve Regina zu beten und manchmal auch im Dunkeln reuevoll zu schluchzen; die andern streben traurig, melancholisch, am Flußufer entlang den Eukalypten des Strandes zu; wieder andere sitzen verloren auf den Bänken der Promenaden und sprechen mit ihrem eigenen Schatten, oder sie stehen schreiend und heftig gestikulierend in den Türen der Schenken, rufen den Frauen Schmeicheleien nach und machen den Abendspaziergang unmöglich, und in der Unterstadt torkeln die Hafen- und Kellereiarbeiter im Zickzack von

einer Straßenseite zur andern unter dem Geschrei der wilden Kinderschar, die aus den Hausfluren und tiefen Höfen hervorquillt.
Gewaltige alkoholische Dämmerungen, eingetaucht in den Duft des Basilienkrauts und des abendlichen Jasmins und in die faulige Säure von Erbrochenem! Die Betrunkenen kamen bis zum Meer hinunter und drückten die vom Weingeist flammende Stirn in den Sand, der schon kühl war von den flüchtigen Wellengirlanden. Und wem in der Einsamkeit eines nächtlichen Platzes oder Weges der Wein ans Herz stieg, daß es krank wurde vor Gefühl, der stieß einen zerrissenen Gesang aus und ängstigte mit seinen Wehklagen die schaudernden Echos.
Mein Onkel Guillermo ist allein, er sitzt auf den Stufen vor irgendeiner schon geschlossenen Tür. In seiner frühen Jugend wollte er Pfarrer werden. Seit damals sagen alle, die Erwachsenen und die Kinder seiner Familie, seine Freunde und Feinde: Guillermo der Pfarrer. Er kam aus einem Seminar in Cádiz oder Sevilla zurück. Und nun betrinkt er sich, allein, und weint über irgendeine zerbrochene Liebe zu einer Kusine. Manchmal, wenn er durchs Haus geht, murmelt Paca Moy boshaft hinter ihm her:

Student bei Tage,
Galan bei Nacht,
der rechte Priester
wirst du mir sein.

Onkel Guillermo der Pfarrer arbeitet nicht. Er hat sich einen großen Ruf als Müßiggänger erworben, als ein Mensch ohne Platz im Leben. Jeden Tag ißt er im Hause irgendeines anderen Verwandten. Zu uns kommt er sehr oft. Wir lieben ihn. Wir hänseln ihn mit seiner Tonsur.
»Geh, Guillermo, zeig sie uns.«
Er lächelt gutmütig und neigt den rosigen, völlig kahlen Schädel.

Wir wußten, daß ihn die Jesuiten ermahnten, auf den rechten Weg zurückzukehren, daß sie ihm oft die Leviten lasen. Lange hielt er ihnen stand. Er war verliebt. Aber eines Tages verschwand er plötzlich auf geheimnisvolle Weise. Anderthalb Jahre später erfuhren wir, daß Onkel Guillermo in Malaga seine erste Messe gelesen hatte. Er kehrte nach Puerto zurück, und alle wollten wir bei ihm beichten. Nur eine Schwester meiner Mutter, Tante Pepa, eine hübsche, lustige Frau, erreichte es tatsächlich.
Binnen weniger Monate war dieses frische, gut ausgefütterte Gesicht, diese runde, füllige Natur, »völlig heruntergekommen«, wie Paca Moy voll Mitleid sagte. Die rosige Farbe der Wangen und der Glatze verblaßte dermaßen, daß sie zuletzt dem alten vergilbten Einband eines Meßbuchs glich. Man begann ihn ernst zu nehmen und zu respektieren. Bald sagten wir alle:
»Onkel Guillermo hat das Gesicht eines Heiligen.«
Der Bischof von Malaga, der im Seminar sein Mitschüler gewesen war, machte ihn zu seinem Vertrauten und holte ihn ins Palais der Diözese. Unter alten Betschwestern und jungen Damen der guten Gesellschaft von Malaga erwarb er sich Ruhm als Beichtvater. Von ihm die Absolution zu erhalten, wurde Mode. Aber sein Gesicht wurde immer mehr das eines Heiligen. Bis er eines Tages nach langer, geduldig ertragener Krankheit seine Seele dem Herrn übergab und hier auf Erden einen angenehmen Duft von Muskatellertrauben, von geheimnisvollem, verdunstetem *Solera* zurückließ.
Auch mein Onkel Ignacio schwamm auf einer Alkoholflut dahin, aber die Wogen, die ihn packten und in die Höhe hoben, waren nicht die des Weines, sondern die des Kognaks. Er war Amtsrichter und lebte nur im Sitzen, an seinem Tisch daheim wie an dem des Gerichtssaals, vor einem großen Glas *Martel,* in das er mit zerstreutem Blick seine Havanna-Zigarren tunkte. Wenn er ging, nahm er an den Ärmeln und auf den Knien seiner salomonischen Hosen den ganzen Kalk der Wände mit. Ich

sehe ihn in der Erinnerung von seinen Kindern umgeben, wie er in der Abenddämmerung das Rosenkranzbeten anführt, in schwindelerregendem Tempo und – einer anderen Familientradition folgend, die Onkel Vicente allerdings noch besser vertrat – zu den Litaneien furzend: »Sancta Maria. (Bum, bum!) Sancta Dei Genitrix. (Bum, bum, bum!) Sancta Virgo Virginum. (Bum, bum, bum!) Ein genialer, sympathischer Mann, den ich in meinem ganzen Leben nicht mehr wiedersah.

Da mein Vater abwesend war, berieten, wie ich schon sagte, Onkel und Tanten meine Mutter bezüglich der Erziehung, die wir erhalten sollten, und diktierten ihr Normen für unser Verhalten. Ich war, vielleicht weil ich der Jüngste war, der besondere Liebling meiner Mutter. Ich weiß, zum Beispiel, daß mich Tante Tití oft bei Mama verklagte:

»Dieser Junge ist sonst so aufgeweckt, aber zur Messe kommt er beinahe immer zu spät.«

Es stimmte allerdings, daß diese engelsgleiche arme Schwester meines Vaters meine Unpünklichkeit sehr genau zu beurteilen vermochte, da sie alle Tage schon bei Anbruch der Morgendämmerung zusammengekauert und allein hinten in der Kirche des heiligen Franziskus saß, die zum Kolleg gehörte und in der wir Externen die obligatorische tägliche Siebenuhrmesse hörten.

Das Schulschwänzen wurde sehr gefährlich, da meine Onkel und Tanten die Manie hatten, an den ausgefallensten Orten spazierenzugehen. Der Verlorene Hain und der Mazzantini-Weg kamen für unsere Besuche nicht mehr in Frage. Meine Tanten Josefa und María Luisa fanden diese Orte dafür geeignet, am späten Nachmittag zwischen Ginsterbüschen und Feigenkakteen laut ihre romantischen Rosenkränze zu beten.

Nicht weniger gefährlich war die Landstraße nach Jerez. Denn dort waren zu allen Tageszeiten die Onkel unterwegs, die ihren Weingeschäften nachgingen. Ebensowenig empfahl sich der Weg nach Puerto Real, der zwischen

Salinen und Pinienwäldern zur Brücke von San Pedro führte, als Aufenthaltsort während der Lateinstunden, denn auf ihm fuhren in einer kostbaren Kutsche, die mein Onkel Jesús selbst lenkte, meine jüngsten Vettern hin und her.
Im Frühling war die von Eukalypten gesäumte Strandpromenade unten beim Gaswerk ebenso gefährlich wie alle anderen Straßen und Wege: Onkel José Luis und Tante Milagros betrachteten, elegant, schweigsam und melancholisch, von einer Kutsche aus, die von englischen Pferden in gemächlichem Schritt gezogen wurde, das Licht der untergehenden Sonne auf den goldenen Kuppeln der Kathedrale von Cádiz. Aus all diesen Gründen konnte man die Schule nur am Vormittag und nur auf dem welligen Rücken der Dünen schwänzen.
Obwohl jene eifrigen Ratgeber meiner Mutter mich oft bei ihr verpetzten und ich die härtesten Strafen zu erdulden hatte, vernachlässigten sie aber keineswegs meine anderen Brüder.
Durch ein kühles Schlüsselloch wurde ich eines Tages Zeuge, wie sie nacheinander in dem unteren Speisezimmer, das auf den Garten ging, erschienen und schweigend Platz nahmen. Etwas Ernstes mußte geschehen sein, wenn Mama die grimmigen Onkel ins Haus lud. Um den Tisch versammelt, an dem sie den Vorsitz führte, hörten sie sich in tiefem Ernst die Gründe für diesen dringenden Familienrat an. Mit angehaltenem Atem drückte ich das Händchen Pipis, die zu klein war, um zum Schlüsselloch hinaufzureichen oder irgend etwas zu verstehen, und von einer unbeschreiblichen Mischung aus Zärtlichkeit und Angst um meine Mutter bedrückt, richtete ich zitternd die Pupille auf sie, überzeugt, daß sie gleich in Tränen und Schreie ausbrechen oder bewußtlos auf die Tischplatte sinken mußte – so fassungslos und bleich sah ich sie.
»Ich habe einen Brief aus Cádiz bekommen, von Onkel Julio«, sagte sie endlich. Dann faltete sie zitternd ein

Blatt Papier auseinander und las mit halb erloschener Stimme: »Dein Sohn Vicentito, der sonst ein guter Junge ist und eifrig studiert, wandelt seit einiger Zeit nicht mehr auf dem rechten Wege. Die schlechte Gesellschaft wird ihn noch verderben. Stell Dir vor, daß ihn neulich abends einer, der die gebührende Berechtigung besitzt, dergleichen Orte aufzusuchen, mit der ganzen Bande seiner sauberen Freunde im Theater ertappte, wo er sich nichts Geringeres ansah als *Der Hof des Pharaos!*«
Die arme Mama, die weiterlesen wollte, schwieg, unterbrochen von dem dumpfen Gemurmel, das dieses seltsame Tribunal vernehmen ließ und sogleich zu erregten, wenig abwechslungsreichen Ausrufen steigerte:
»Der Hof des Pharaos!«
»Herrjesus!«
»So eine Schamlosigkeit!«
»Herrjesus!«
»Vicentito in *Der Hof des Pharaos!*«
»Herrjesus!«
»Der Hof des Pharaos!«
»Nein, sowas, nein sowas!«
Dann ließen sie meine Mutter einen gemeinsam verfaßten, ungeheuerlichen Brief an Onkel Julio unterschreiben, in dem sie Vicentito an die Strafen der Hölle erinnerten und ihm, ich weiß nicht mehr, was für gräßliche Martern in aller Ewigkeit androhten.

(Ihr meine Onkel, Onkel, Onkelchen! Ich liebe euch noch und bewundere euch und unterhalte mich, indem ich zärtlich von euch spreche. Was verlangt ihr noch von mir? Seht her. Es ist fünf Uhr morgens. Die deutschen Flugzeuge haben auf der Suche nach der britischen Flotte die Brücken über den engen Buchten Schottlands bombardiert. Und ich denke unterdessen an euch und erlebe noch einmal eure Manien und frommen Verrücktheiten, hier in dieser Pariser Rundfunkstation, wo ich sechzig Francs mit einem Abzug von zwölf Francs Kriegssteuer ver-

diene und mich dafür die ganze Nacht plage und nur tagsüber ein paar Stunden ausruhen kann.)

... Die größte Macht über meine Mutter und uns alle übte jedoch ihr Bruder Jesús aus.

Onkel Jesús hatte damals vierzehn oder fünfzehn Kinder. (Er brachte es schließlich auf siebzehn, wenn ich mich recht erinnere.) Der Älteste, José Ignacio, studierte mit mir zusammen, aber als Interner, im Kolleg San Luis Gonzaga. Onkel Jesús hatte wie kein zweiter den Familiengeist geerbt. In ihm konnte man deutlich, vermischt mit dem Geist der anderen Großonkel, die Schrullen und hartnäckigen religiösen Absonderlichkeiten des alten Onkel Vicente wiederentdecken. Aber, obwohl ich mich seiner in dieser kalten Regennacht in Paris voll Sympathie erinnere, betrachtete ich ihn doch niemals mit dem gleichen Vertrauen wie meine anderen Onkel. Während der Jahre im Kolleg war sein Gesicht für mich das Abbild des Schreckens, des pflichtschuldigen Respekts und der erzwungenen Dankbarkeit. Er war Beistand und Helfer meiner Mutter. In den schlimmen Monaten, in denen Papa nichts nach Hause schicken konnte, war es Onkel Jesús, der uns »durchbrachte«, indem er Mama nicht nur mit Geld half, sondern auch mit Kleidern und Anzügen, die er oder seine Töchter und Söhne schon abgetragen hatten und die Mama ausbesserte. Mich bedrückte das, obwohl ich es nie auszusprechen vermochte, auf eine unbestimmte Weise, und manchmal schmerzte es mich so sehr, daß ich von Dachterrasse zu Dachterrasse und von Dach zu Dach stieg, um einsam darüber zu weinen.

Das ganze unbeschreibliche Wohlbehagen, das ich beispielsweise bei meinem alten Onkel Vicente empfand, verwandelte sich in Gegenwart dieses Bruders meiner Mutter in Zurückhaltung und Verzagtheit.

Der Umgang mit seinen Kindern erfüllte mich mit einer Mischung aus Neid und Trauer. Obwohl ich die schönsten Ferien meiner Kindheit mit ihnen verbrachte, konnte

ich nie ohne eine Qual, die sich manchmal in Haß verwandelte, diese prunkvollen Kutschen sehen, die von »Morita« und »Alzano« gezogen wurden, oder diese tiefen Keller, diese Wochenendhäuser, die ich nur als Gast genießen durfte. Ich werde nie vergessen, daß kurz nach meinem Eintritt in das Jesuitenkolleg als Externer mein Vetter José Ignacio, wenn er in der Reihe der Internen auf dem Weg zur Siebenuhrmesse an mir vorbeiging, beinahe den Kopf abwandte, um mich nicht grüßen zu müssen, oder mich, wenn er es tat, so kalt grüßte, daß er mir viele kommende Tage vergällte. Trotzdem sagte ich nie etwas davon. Erst heute, nach beinahe dreißig Jahren, wage ich diese traurigen kleinen, transzendentalen Tragödien zu gestehen, und es ist unter den heutigen Umständen vielleicht lächerlich, noch von ihnen zu sprechen.
José Ignacio war immer barsch und sonderbar. Als junger Mann ritt er allein den Strand oder die Straße nach Puerto Real entlang und trieb, wie wenn er sich fürchtete, sein Pferd an, sobald er von weitem jemanden sah – auch wenn es ein Angehöriger war. Ich erinnere mich jetzt, daß er zu Hause »der Sonderbare« genannt wurde. Sein kleiner Bruder Agustín war besser. Er war voller Lebhaftigkeit und Witz und besaß zudem eine wunderbare Gabe: Er konnte so viele Fürze lassen, wie man von ihm verlangte.
»Agustinillo, laß zwei lange Fürze«, befahl man ihm manchmal vor Besuchern.
Agustinillo machte kugelrunde Augen, hob das Bein und führte den Befehl aus.
»Jetzt fünf, aber drei lange, einen kurzen und den letzten so lang, bis ich ›genug‹ sage!«
Agustinillo fragte mit dem Ausdruck eines Pferdes und indem er die Kinnlade hängen ließ:
»Wollt ihr, daß ich auf allen vieren furze wie die ›Morita‹?«
Als er noch jünger war, wäre Agustinillo am liebsten ein Pferd gewesen. Er verbrachte ganze Vormittage im

Stall seiner Eltern und studierte die Haltungen und Bewegungen von »Morita« und »Alzano«. Wenn wir spazierengingen, lief er immer voraus, er trabte oder schüttelte rhythmisch den Kopf wie ein Pferdchen. Wenn er eine Pfütze oder einen Wassertrog entdeckte, bückte er sich augenblicklich, streckte den Hals und den Mund vor und schlürfte laut, bis einer seiner Brüder zu ihm hinging und ihm einen liebevollen Tritt in den hochgereckten Hintern versetzte. Ein Stück weiter wälzte er sich im Gras, streckte alle viere in die Luft und wieherte so vollkommen, daß ihm die Pferde, die mit Beinfesseln auf den Wiesen grasten, traurig antworteten.

Er war immer fröhlich, ein schlechter Schüler und ein guter Junge. Als ich ihn zum letztenmal sah, es muß etwa zehn Jahre her sein, bewahrte er in seinen großen, hervorstehenden Augen und auf seinen kantigen Backenknochen noch eine seltsame Erinnerung an »Alzano« und »Morita«, seine beiden Vorbilder in jener gücklichen Zeit, in der es seine liebste Beschäftigung war, in gestrecktem Galopp, mit langer Mähne und langen Ohren, durch die Auen des Guadalete zu jagen.

Wer wollte nicht irgendwann einmal ein Vierfüßer oder Vogel sein? Eine meiner Tanten, ich erinnere mich nicht mehr, welche, träumte davon, sich in ein Vögelchen zu verwandeln, um in irgendein Fenster hineinflattern zu können. Dieser Wunsch war nichts weiter als ein Stück von einem Lied, das ihr im Kopf herumging. Sie blieb ledig und wurde im Laufe der Jahre wahnsinnig. Sie versicherte, ihre Wohnung sei ein Käfig und sie könne sie nicht verlassen, weil sie ein gefangener Vogel sei und Flügel habe. Sie starb schließlich, blaß vor Dunkelheit und Mangel an frischer Luft, in einem Dorf der Provinz Sevilla.

Andrés »der Selige«, einer der Armen, die meine Familie beschützte, und vor allem ein großer Bewunderer und Freund meiner Mutter, behauptete, ein Floh zu sein und in der Stierarena gegen den Apotheker Palomo gekämpft

zu haben, wobei dieser verlor, obwohl er ihn in der Gestalt eines weißen Elefanten angriff.
Mein Onkel Javier wäre gern eine Trappe oder ein Wasserhuhn gewesen, um an einem Schuß zu sterben, der von einem Boot auf der Lagune aus abgefeuert wurde. Er war kaum imstande, seinen eigenen Namen zu buchstabieren und zu schreiben. Damit er irgend etwas tat, richtete ihm seine Familie ein Sportgeschäft ein, das sie mit protzigen weißen Buchstaben auf rotem Grund »Sport Portuense« nannte. Als mein Bruder Agustín eines Tages vor der Tür seines Ladens vorbeiging, rief ihn Onkel Javier mit einem Pfiff zu sich hinein.
»Sieh mal, Agustín, mein Junge«, bat er mit der Miene eines Menschen, der sich mit einem unlösbaren Konflikt abquält, »du kannst doch Englisch. Schreib mir auf das Etikett dieser Flasche, was ich dir diktiere: ›Eng-li-sches Pulver‹.«
Beim Ausprobieren einer Flinte blieb er mit dem Lid am Schlagbolzen hängen und verlor beinahe das Auge. Statt *edificio* (Gebäude) sagte er *orificio* (Öffnung), und sooft er das Wort *navío* (Schiff) entziffern wollte, brachte er unfehlbar *novio* (Bräutigam) heraus. In einem Heft notierte er Tag für Tag, wie viele Eier die Hühner legten, die er auf einem hohen Dachgarten hielt. Da er ehrlich glaubte, die Nullen hätten rechts den gleichen Wert wie links, geschah es, daß er eines Abends glücklich und erstaunt herunterkam und laut verkündete, seine freigebigen Hühner hätten an einem einzigen Tag 10.000 Eier gelegt.
Ein Schwiegeronkel meiner Mutter, Don Manuel Docavo, kroch, immer wenn er nach der Vesper aus der *Prioral* heimkam, schnell wie der Blitz ins Bett und zog sich nur die Socken aus, die er wie Handschuhe über seine Hände streifte. So setzte er seine fromme Lektüre fort. Man erfuhr nie, ob er das wegen der Kälte oder wegen der Stechmücken tat, oder ob es nur eine sonderbare Marotte war. Wenn er seine Gebete beendet hatte, sprang er aus dem

Bett, lief, immer wenn niemand darin war, in die Küche, bewaffnete sich mit einer Gabel und fischte mit einem einzigen Stich den Speck für das Abendessen aus dem Topf, der in der brodelnden Brühe bald auftauchte, bald wieder verschwand. Gleich darauf stürzte er aus dem Haus und suchte irgendeine Schenke am Stadtrand auf, wo er mit einigen meiner anderen Onkel trinkend und plaudernd die frühen Abende verbrachte, bis es Zeit war, nach Hause zu gehen.

(Heilige, anbetungswürdige Familienfauna! Ich habe Sehnsucht nach euch, ihr poetischen Onkel meines Lebens. Ich möchte euch herbeizitieren, hier in Paris, in dieser regnerischen Kriegsnacht, die sich so sehr von den Nächten im Herzen Spaniens unterscheidet, einsam, wie ich bin hier in diesem riesigen Gebäude in der Avenue de Ségur, dem Ort meiner ermüdenden Nachtarbeit.
Tretet ein. Tretet ein. Setzt euch. Es ist ein wenig kalt. Eure Schuhe sind durchnäßt. Und obwohl ihr von der Sonne von Cádiz verbrannt seid, tropft von euren Schirmen eine traurige Pariser Pisse, die mir den neuen Parkettboden in diesem Rundfunkbüro überschwemmen wird, in dem ich Nacht für Nacht die langweiligen, ernsten Kriegsberichte des französischen Oberkommandos übersetze.
Was berichtet ihr mir über Spanien? Was über seine Berge und Meere? Was über seine Ölbäume und Orangenbäume? Über seinen Himmel, seine wilden Stiere voll Todessehnsucht in den Marschen und auf den Weiden?
Blut. Blut. Blut.
Ich greife euch nicht an und will euch nichts Böses, ihr fernen Onkel, denn ich erinnere mich eurer bewundernswerten Tugenden, Unwissenheiten, Späße und Narrheiten. Dieser arme Neffe hat euch enttäuscht. »Haben wir nicht gesagt, daß er über die Stränge schlagen wird!« Ich weiß, daß dieses Schweigen, in das ihr mich einhüllt, voller Vorwürfe und christlicher Verdammung ist. Aber mir

macht das nichts aus, meine lieben Onkel. Ihr wart verrückt und feurig wie der Wein in euern Fässern. Was sagt ihr mir über die Weinberge von Jerez und die Trauben von Valdepeñas? Über die in Schlachtfelder verwandelten Ländereien? Über die wahren Freunde, die wahren Brüder?
Blut. Blut. Blut.
Ihr meine Onkel, Onkel, Onkel! Geht. Geht fort. Dieses französische Rheumaklima wird euch in die Knochen fahren. Dort, wohin ich durch die Lüfte fliegen möchte, kann ich nicht sein. Mein Kopf rollt auf der Erde hin und her und schlägt dreimal auf. Aus meinen Augen sprühen Blitze und vereinigen sich zuletzt mit denen meiner Toten. Gut. Jetzt geht es uns gut.
Eine schöne gute Nacht, ihr Onkel.)

In diesem Augenblick rufen mich die Straßenecken, an denen die hellblauen Plakate der »Compañía Transatlántica kleben: die *Balvanera*, die *Patricio Satrústegui*, die *Infanta Isabel*.
Auf der *Balvanera* fuhr – um nie wieder unter dem Jasmin in ihrem Garten betend einzuschlafen – meine Großmutter nach Buenos Aires, und sie nahm drei ihrer Söhne mit: Pepe, Agustín und Miguel.
Ich sehe mich jetzt wieder, wie ich auf einem Gitter stehe und voller Angst, ertappt zu werden, mit einem Griff dieses gemalte Schiff herunterreiße, auf dem ich mir immer die Großmutter vorstellte, die sich ganz klein und einen langen, traurigen Blick durch ein Bullauge werfend, von Welle zu Welle nach Amerika entfernte.
Ich begann den Ozeandampfer zu zeichnen, ihn in demselben Maßstab wie auf dem Plakat zu kopieren. Die *Balvanera* kennzeichnet einen ganzen Abschnitt meines Lebens. Die Bücher und das Studium gefielen mir von Tag zu Tag weniger. In der Schule unterhielt ich mich wochenlang damit, die weißen Blattränder mit kleinen *Balvaneras* vollzuzeichnen, denen melancholisch ein »V«

von Möwen folgte. Immer häufiger schwänzte ich den Unterricht. Zu Hause, nachdem ich angeblich aus der Schule zurückgekehrt war, zeichnete ich sorgfältig das Schiff auf dem Plakat. Am Strand und am Ufer des Guadalete füllte ich die Seiten eines Heftes mit Aquarellen und Zeichnungen von Strandlandschaften, in deren Hintergrund ich immer das in Pyramiden versteinerte glänzende Salz der Salinen und die Schlösser Santa Catalina und La Pólvora darstellte, und auch Cádiz fehlte nie, das verschwommen zwischen Masten und Rauchfahnen aus den Schornsteinen zu sehen war.

Die *Balvanera* gelang mir, nachdem ich viele Nachmittage daran gearbeitet hatte, vollkommen. Mit großen, wohlgeformten, stolz hingemalten Buchstaben setzte ich meine Unterschrift in eine der Ecken des Blattes. Dann lief ich los, um es anderen zu zeigen, zuerst María, der Köchin, dann Tante Lola, der aus Granada.

María, die Köchin unseres Hauses, war eine kurzsichtige alte Frau aus Algeciras, die an Hexen glaubte und mich sehr bewunderte; Tante Lola, die aus Granada, war eine Schwester meiner Großmutter, Gärtnerin und in ihren Mußestunden Malerin. Die Meinung dieser beiden betrachtete ich damals als die einzig maßgebliche.

María hielt sich eine Hand wie einen Mützenschirm über die Augen und sagte zu meiner Zeichnung nur:

»Sehr treffend.«

Und Tante Lola nach aufmerksamer Prüfung:

»Gut gemacht, Cuco.«

(Die ganze Familie nannte mich immer Cuco, so wie den Vogel* und den Banderillero. Ich vergaß, es zu sagen.)

Tante Lola, die seit ihrer Jugend herzleidend war und beinahe immer an einem niedrigen Erkerfenster saß, das auf die Straße ging, ließ ihre Tochter Gloria kommen.

»Ich werde Cuco meine Farben geben. Such die Schachtel heraus, die in der mittleren Lade der Kommode liegt.«

An diesem Nachmittag erfuhr ich, daß es eine Farbe gibt,

* cuco = Kuckuck

die gebrannte Siena heißt und noch andere wie Veroneser Grün, Schlämmkreide und Kadmiumgelb ...

»Jetzt möchte ich dir etwas von mir geben, damit du es kopierst. Aber es muß hier, im Hause sein, denn es könnte zerbrechen.«

Und Gloria legte auf Weisung ihrer Mutter eine große runde, mit Landschaften und Figuren bemalte Palette vor mich hin.

»Das sind lauter Dinge aus Granada«, erklärte Tante Lola stolz. »Hier unten die katholischen Könige, Don Fernando und Doña Isabel. Auf dieser Seite Boabdil und Aixa, seine Mutter, die ihn tadelt: ›Beweine als Frau, was du als Mann nicht zu verteidigen wußtest.‹ In der Mitte ein Stück der *Übergabe von Granada*, nach dem berühmten Gemälde von Pradilla kopiert. Oben ein Landhaus am Ufer des Darro ... Ich möchte, daß du mit dem Leichtesten beginnst: mit dem Landhaus. Ich habe es gemalt, als wir darin wohnten. Du wirst es auf einem Täfelchen kopieren, das ich dir ebenfalls geben werde. Da ich schon lange nicht mehr gemalt habe, ist mir das Terpentinöl ausgegangen ... Du kannst es in der Apotheke kaufen oder in der Eisenwarenhandlung unten an der Ecke ... Es kostet nur ein paar Céntimos.«

Terpentinöl! Terpentinöl! Was für ein seltsames Öl! Ich hatte noch nie davon gehört.

Am nächsten Morgen ging ich schon früh aus dem Haus, um welches zu holen. Und unter dem ebenso fordernden wie gütigen Blick meiner Tante malte ich in wenigen Stunden das Landhaus am Ufer des Darro, verwundert über die magische Kraft des Terpentins, mit dem ich die Pinsel reinigte und die Ölfarbe glatt und dünn auf dem Brettchen ausstrich.

Im Hause Tante Lolas entdeckte ich auch die Madrider Wochenschrift *La Esfera* mit ihren Farbdrucken, in der immer irgendein berühmtes Gemälde aus dem Prado-Museum reproduziert war.

Unter allen spanischen Malern war Murillo derjenige,

von dem ich schon seit meiner frühen Kindheit am häufigsten gehört hatte. Er war sehr beliebt, vor allem in Andalusien. Von Reproduktionen her kannte ich seine Darstellungen der Unbefleckten Empfängnis und seine Heiligen ... sonst, glaube ich, nichts. Velázquez dagegen ... Nur für mich war er damals ein bekannter Name, aber er wurde weit weniger oft genannt als der des anderen Malers aus Sevilla.

Schon während ich das Landhaus in Granada kopierte, hatte Tante Lola voll Überzeugung prophezeit:

»Dieser Junge wird ein Murillo.«

Eine Prophezeiung, die andere Mitglieder meiner Familie wiederholten, wenn auch ohne die geringste Begeisterung:

»Er wird ein Murillo.«

Niemand kam auf den Gedanken, daß ich ein Velázquez werden könnte. Ich glaube, sie wußten nicht einmal so recht, wer das war.

Murillo!

»Wenn du bei den Prüfungen im Juni nicht durchfällst, fahren wir mit dir nach Cádiz, damit du seine Bilder siehst.«

Und von Tante Lola erfuhr ich eines Nachmittags, daß der sanfte, zärtliche Bartolomé Esteban dort ums Leben gekommen war: Er fiel von einem Gerüst, als er in einer Kirche Fresken malte.

Vielleicht, weil der Name Velázquez mir weniger vertraut war und ich seine Werke gar nicht kannte, war meine Verwunderung so groß, als ich einige seiner Bilder in *La Esfera* sah. Ich werde nie das mit Freude vermischte Befremden vergessen, das ich bei der Betrachtung des Reiterbildnisses des Prinzen Baltasar Carlos empfand. Dieser riesige, unmögliche Gaul mit dem prächtig gekleideten goldenen Knaben auf seinem Rücken öffnete mir ein Fenster auf ein wahrhaft unerklärliches Ich-weiß-nicht-wo.

»Leihst du mir *La Esfera*, Tante Lola?«

»Aber, Kind, das ist sehr schwierig. Nicht einmal ich würde mich trauen, es zu kopieren.«
Und auf einem hohen, nicht mehr benutzten Trockenboden unseres Hauses begann ich am nächsten Morgen, sobald es hell wurde, den kleinen Prinzen von Velázquez zu kopieren.
Ich verbesserte, übermalte, wartete, bis die Farbe trocken war, um noch einmal zu übermalen, und nach wenig mehr als einer Woche, als die Farbe hart und trocken war, deckte ich einen duftenden durchsichtigen Firnis darüber, den ich in der nächsten Drogerie gekauft hatte.
Dann rannte ich atemlos hinunter, um die alte Köchin zu suchen.
»Schau, María, schau!«
Die so kurzsichtige María beschirmte sich mit der Hand die Augen, um ihr ganzes klägliches, müdes Sehvermögen auf das zu konzentrieren, was ich ihr so ungestüm unter die Nase hielt.
»Sehr schön, mein Junge, sehr schön«, sagte sie nach einem kurzen Schweigen, das mir in meiner Bangnis endlos erschien.
»Was ist es?« fragte ich mit engelhafter Unschuld, überzeugt, daß sie mir das Bild haarklein erklären könnte.
María betrachtete es gedankenverloren, legte die Hand wieder wie ein Dach über die Augen und ließ sich nach einer beklemmenden Stille vernehmen:
»Was soll es schon sein, Junge? Eine kleine Engländerin auf einem Gebirgspferd.«
Wütend und ihr den Rücken kehrend, antwortete ich wortwörtlich:
»Scher dich zum Teufel!«
Ich rannte keuchend ins Haus meiner Tante Lola, wo ich einen beachtlichen Erfolg verbuchen konnte, und schwor mir, in Zukunft die alte María in künstlerischen Fragen nicht mehr zu konsultieren.
Indessen war, wie ich schon sagte, in Europa der Krieg ausgebrochen, und Deutschland hatte Frankreich ein

Ultimatum gestellt. Kurz nach dem Beginn der Kampfhandlungen ging *La Esfera* dazu über, in jeder Nummer auf zwei Seiten schreckliche Kriegszeichnungen zu bringen, die von einem gewissen Matania signiert waren. Man sah die erbitterten Angriffe der Deutschen auf die französischen Drahtverhaue, Explosionen, die in einem Gewirr von Stahlhelmen, zersplitterten Gewehren und Koppelzeug Körper mit abgerissenen Köpfen durch die Luft schleuderten, sich bäumende Pferde, die Kanonen zogen, Kampfwagen, die Leichen zermalmten – Schauergeschichten, die mich erschütterten und dazu verlockten, diese gräßlichen Drucke zu kopieren.
Tante Lola stießen sie ab, und sie war dagegen, daß ich mir die Zeit damit vertrieb, einen Bogen Papier nach dem andern mit so grauenhaften Massakern vollzukritzeln, die zuletzt den törichten Wunsch in mir weckten, Krieg zu spielen.
Als leicht zu besiegenden Gegner wählte ich mir meine Schwester Josefa oder Pipi, wie wir sie nannten, aus. In einem Innenhof des Hauses zeichnete ich mit Kohle Karten von Frankreich und Deutschland, die ich willkürlich durch den Ärmelkanal trennte. Dann begann ich Papiersoldaten zu kaufen, die ich an den Abenden auf Karton klebte und ausschnitt. So brachte ich bald eine Armee von über tausend Infanteristen zusammen, die ich, nicht ohne dabei ein wenig zu schwindeln, mit meiner Schwester teilte. Ich war Deutschland: der Kaiser, sie Frankreich: Monsieur Poincaré. Zerknüllte Stanniolkappen, wie sie auf den Weinflaschen meines Vaters staken, waren die, beinahe echten, Kugeln, mit denen wir einander in den Gefechten beschossen. Die Flotte bestand aus mit Werg gefüllten Blechbüchsen, die wir in großen Seeschlachten in Brand steckten, indem wir sie mit brennenden Streichhölzern und Knallfröschen beschossen. Die Leidenschaft für dieses dumme Spiel riß uns so weit hin, daß wir oft Streit bekamen, einander ohrfeigten und die Feindseligkeiten einstellten, solange wir aufeinander böse waren.

Papa, der immer noch den Norden Spaniens bereiste, baten wir dringend um Nachschub, um den Krieg fortsetzen zu können. Unsere Armeen wuchsen, und Anfang 1917 hatten wir beide zusammen an die fünftausend Mann. Unter unsern Vettern und in der ganzen Verwandtschaft war dieser Krieg unter dem Sonnendach des Hofes so berühmt, daß kein Tag verging, an dem nicht irgend jemand erschien, um sich die Wiederholung einer Schlacht anzusehen, von der man tags zuvor in den Zeitungen hatte lesen können. Ein abscheuliches Spiel, das sich mir mit den Jahren in der Erinnerung verwandelte, bis ich es heute schließlich als einen dunklen Fleck echten Blutes, eine traurige Pfütze inmitten meiner hellen andalusischen Kindheit betrachte! Immer bedrückt es mich und bohrt in mir und fordert eine Entlastung meines Gewissens, wovon unter anderem das folgende Gedicht Zeugnis ablegt, das ich heute zufällig unter den wenigen alten Originalen fand, die ich, zusammen mit meinem Kopf, aus dem spanischen Krieg rettete:

Was wußten wir,
mit unserer Kindheit der Dachterrassen,
müßigen Gärten und langen Ferien am Fluß!
Abends kamen die Zeitungen,
bebildert mit Toten,
gesprengten Schützengräben
und Schiffen, die im Sinken sich
in hohe Blutsäulen verwandelten.
Was wußten wir!
Gestern stürzten zehn Flugzeuge ins Meer,
und ein verwundetes U-Boot verletzte neutrale
Gewässer.
Schau.
Im Lampenschein war
für die ruhig und fern Lebenden
der Krieg ein Spiel, das im Kissen wirre
Heldenträume öffnete.

(Neue erzwungene Rast in diesem verlorenen Hain, dem von Mal zu Mal mehr verlorenen, immer ferneren und meiner andalusischen Kindheit näheren.

Wie mir Monsieur Fraisse, der junge Direktor von Paris-Mondiale, vertraulich und voll Anteilnahme mitteilt, verlangt Marschall Pétain höchstpersönlich, der unlängst wie ein kleiner Gefreiter vor der Tür des Generalissimus Franco in der Schlange stand, von der Regierung der »France éternelle« unser sofortiges Ausscheiden aus dem Rundfunk, da man auf irgendeine Weise das geeinte Spanien des Caudillo zufriedenstellen muß. Wie könnte man dulden, daß zwei fürchtenswerte Rote, zwei gefährliche Schriftsteller, die eines Tages in den Räumen des Kremls von Stalin empfangen worden waren, zwei Feinde – wer wagte, daran zu zweifeln? – jenes Frankreich, das soeben den 150. Jahrestag der Revolution feierte, sich für achtundvierzig Francs pro Nacht abmühten, über die geistvollen gallischen Wellen die »heldenhaften« Kriegsberichte in die Welt hinauszusenden, die das besiegte französische Oberkommando ausbrütete?

»Votre travail comme speaker, mes chers amis, était excellent ... mais ... c'est le maréchal ... vous comprenez?«

»Oui, Monsieur Fraisse«, antworten wir dankbar. »Nous sommes fiers d'être mis à la porte de la France de votre noble maréchal ...«

Und in einer dunklen Pariser Nacht, die zitterte vor jener unsterblichen Angst, die in den Jahren 36, 37, 38, 39, 40 ... das französische Bürgertum kennzeichnete, fuhren wir von der Gare de Lyon aus nach Marseille, wo wir vor der Weiterreise den letzten freien Langusten und Bouillabaisses dieses Landes die Ehre erwiesen, das noch einen leuchtenden, ewigen Namen trug, der wenige Monate später traurig und symbolisch durch den eines in Flaschen abgefüllten Mineralwassers ersetzt wurde: Vichy.

»Je quitte l'Europe« ... wie Rimbaud – jedoch nicht, um Pferde zu verkaufen und fieberheiße Wüsten zu durch-

wandern. Ich verlasse Europa, mein Europa, um das Schicksal des heimatlosen Spaniers zu erfüllen, des ausgewanderten Pilgers, der seine Hoffnung auf die amerikanische Erde setzt.
Auf wunderbare Weise komme ich zum drittenmal in vier Jahren mit dem Leben davon. Die Mendoza befreit mich auf ihrer letzten Fahrt nach Buenos Aires aus den Händen des »edlen« Marschalls, der so viele gute, vertrauensvolle Spanier Franco auslieferte.

Auf der *Mendoza*
klingt alles nach dem abgenutzten
Spanisch von Oran.

Blau bleibt Ibiza zurück.
Dort war ich Gefangener
in einem Pinienwald.
Mein Leben war eine Hütte
aus Sonnenschirm und Seewinden.

1936.
Goldene aus der Kaserne von Santander sind
auf diesem alten Schiff.
Unfreiwillig marschiert zur Legion
das reine Gold Spaniens.

So begann mein »Bordtagebuch« auf diesem traurigen Schiff. Und aus den Laderäumen, aus der Tiefe seines schmutzigen, stinkenden Bauches, stiegen unter den roten Fesses einiger algerischer Schützen zwischen seltsamen kastilischen Brocken verdorbene Lieder der spanischen Levante auf. In unserer Sprache und nicht ohne einen gewissen Stolz antwortete uns einer dieser Soldaten:
»Die meisten der fünfhundert Männer hier auf diesem Schiff sind aus Oran, Söhne von Leuten aus Alicante. Wir kommen von der Maginotlinie und haben einen Monat Urlaub.«

Vom Deck aus beobachteten wir ihre Ausschiffung und etwas sehr Schmerzliches – vor allem für uns, die wir mit einigem Glück ausgewandert waren und nach Amerika fuhren: Vor dem Hafen von Oran, auf einer breiten Terrasse, wurden im Licht des späten Nachmittags die Freiwilligen für die Fremdenlegion aufgestellt und gemustert: beinahe alle reines, unglückliches Gold Spaniens – Studenten, Professoren, Arbeiter, Bauern, Helden unseres glorreichen Krieges, die dem langsamen Dahinsterben in den französischen Konzentrationslagern das harte Abenteuer, den Tod in verzweifeltem Kampf und vielleicht die Flucht vorzogen ...

Mit Tränen sah ich sie, schlecht gekleidet und ernst, in langer Reihe im heißen Innern Afrikas verschwinden, sicherlich um nie mehr zurückzukehren.

Das Schiff legte wieder ab ... Nacht vor den Küsten von Almería, Granada, Malaga, Stunden furchtbarer, dunkler Gegenwärtigkeit des Heimatlandes.

Noch von den Schrecken der Schlaflosigkeit geängstigt, trat ich vor Tagesanbruch an das Bullauge meiner Kabine. Gibraltar. Der Fels: der schwarze usurpierte Schwanz des armen spanischen Stiers, im Morgenlicht in dunstbedecktes, blutrotes Wasser getaucht. Und unter den silbrigen Bögen von Delphinen, hinter den Gestaden von Tarifa hatte ich eine heitere Vision von Gärten neben Schulhöfen, von goldgelben Dünen, von mir selbst, frei am Ufer des Meeres ...

Dann Casablanca ... Die Kanarischen Inseln nur erahnt, unerreichbar ... Dakar ... Eine lange, lange, lange Reise, auf der ich zum erstenmal fühlte, wie mir Europa im Blute verlorenging.

Und endlich Amerika, Buenos Aires, Argentinien, auf der Durchreise nach Chile. Nach Chile? Nein, denn ich bleibe in Buenos Aires, wo mir gute Freundeshände ein Netz der Hoffnung spannten und wo ich nun schon – schwer zu erlangende Frucht meiner Arbeit – ein kleines Appartement unweit des Flusses bewohne, in dem ich meine

Schmerzen um Spanien ein wenig zu ordnen versuche und mit ihnen diese zersplitterten Erinnerungen an meinen ersten verlorenen Hain.)

Dolores, María, Gloria: drei weiße, wunderschöne Andalusierinnen; drei seltsame, geheimnisvolle, einsame, unverheiratete Frauen aus Granada.
»Dolorcitas«, flüsterte mir Tante Lola vertraulich zu, als sie sie, ganz ein Geschöpf aus buntem Glas, durch das Gitter des Gartentors ihrer Beschäftigung nachgehen sah, »Dolorcitas nannte man in Granada ›die Huri der Alhambra‹.«
Damals wagte ich meine Tante nicht zu fragen, was das Wort *Huri* bedeutete, aber ich stellte mir ihre schweigsame, schneeweiße Dolorcitas immer vor, wie sie einen langen weißen, bunt bestickten Mantel zwischen den Myrten und Wasserspielen des Sommerschlosses der Königinnen von Granada spazierentrug, über ihrem Kopf ein grüner Sonnenschirm als zierlicher Schutz gegen die Vögel und Schmetterlinge, die ihr folgten und sie umspielten.
Die drei Schwestern waren berühmt, Gegenstand der Sehnsucht leidenschaftlicher Verehrer an den Ufern des Darro.
Dolores hatte einen Bewerber, einen Marquis, den ihre Schwester María verscheuchte; María hatte einen Bräutigam, den schließlich ihre Schwester Gloria verjagte; und Gloria hatte mehrere Galane, denen María und Dolores einmütig untersagten, jemals aus den Oleanderbüschen des Hofes hervorzutreten.
Um nicht gesehen und bewundert zu werden, eilten die drei Schwestern, jede durch eine andere Straße, zur Frühmesse, die sie in verschiedenen Kirchen hörten. Der Rest des Tages war für die drei ein faules Dahinsterben in einem niedrigen Erker des Hauses, einem Gegenstück zu dem, der in demselben Schlafzimmer die herzkranke Mutter von ihrem keuchenden Atmen ablenkte. Im Winter

starben die drei weiter und verbrannten, um ein Kohlenbecken sitzend, ihre Schönheit. Ihr einziger Trost war die verdrossene Betrachtung der Straße durch den Schleier der zarten Scheibengardinen aus Batist. Sie sprachen wenig, und wenn sie es taten, spielten sie auf unbestimmte Dinge aus ihrem Leben in Granada an, auf bruchstückhafte Erinnerungen, die sie nie vervollständigten, sondern mit einem Seufzer oder einem schwachen Lächeln abtaten. Gegenüber Tomás und Luis, den beiden Brüdern, die für den Unterhalt dieser glücklosen Schönheiten sorgten, waren sie auch nicht sehr gesprächig. Sie hatten noch einen dritten Bruder: Pepe Ignacio, den Atheisten und Republikaner, den Schandfleck der Familie, der als junger Mann nach Madrid gegangen war, mit einer guten Frau schlecht verheiratet war, der übrigen Familie wenig bedeutete und ab und zu aristokratische Allüren hatte. Dieser Wirrkopf war ein wenig seinem Vater, Onkel Tomás, nachgeraten, einem gutaussehenden alten Garibaldiner, der stolz seine rechte Hand zeigte, an der drei Finger fehlten; beim Sturm auf die Gärten des Vatikans waren sie ihm von einer Kugel weggerissen worden.

Vor diesem Onkel Tomás lernte ich seinen Sohn kennen, diesen fürchtenswerten »Wilden«. Eine Atmosphäre, wie sie der Teufel vor seinem Erscheinen verbreiten mag, erfüllte das Haus, sobald seine Ankunft in Puerto gemeldet wurde. Tante Lola erinnerte in jenem stillen Schmerzenswinkel des Schlafzimmers ihre drei einsiedlerischen Jungfrauen an die Pflicht, sogleich den Beichtvater zu benachrichtigen. Und von diesem Nachmittag an folgte dann auf die Rosenkränze immer eine lange Kette von besonderen Vaterunsern und Avemarias für die »irregeleiteten Seelen«.

Andere Tanten kamen mit den erwachsenen Kusinen zu Besuch, geheimnisvoll und mit Trauermienen, so als wollten sie ihr Beileid aussprechen, und sie blieben stundenlang, um bei Schokolade und Biskuits »die Verirrung eines so guten Jungen« zu beklagen. Sogar Onkel Vicente er-

schien, schweigsam und voll übler Laune, und schimpfte zwischen einem Glas Jerez und dem nächsten über die Machenschaften der Freimaurer, die ihm den Neffen entfremdet hatten.
Und eines Abends traf dann der Neffe ein.
»Da ist ja unser Republikaner.«
So begrüßten die drei Schwestern lieb und ernst Pepe Ignacio.
Pepe Ignacio war ein friedfertiger, sanfter, sentimentaler Mensch. Er war sehr gebildet und ein guter Übersetzer von Bühnenwerken, die in Madrid mit Erfolg uraufgeführt wurden. In Granada hatte er zunächst Maler werden wollen, aber seine literarischen Neigungen waren stärker gewesen, und er hatte schließlich den Wunsch seiner Jugendjahre aufgegeben. Er liebte seine Mutter und, obwohl sie ihn manchmal zur Verzweiflung trieben, auch seine Schwestern sehr.
»Du wirst uns keine Schande machen, indem du am Sonntag nicht zur Messe gehst!«
»Wir wollen doch nicht, daß man mit Fingern auf uns zeigt!«
»Einen Atheisten können wir nicht im Hause brauchen.«
Mit diesen abwechselnden Ermahnungen vergällten die Mutter und die Schwestern die wenigen Tage, die der arme irregeleitete Pepe Ignacio geruhsam bei ihnen in Puerto hatte verbringen wollen. Er kehrte nach Madrid zurück, bedrückt von Altarkerzen und anderen Seelen-Rettungsmitteln und zudem hatte er auf der Stirn einen blauen Fleck, der vom Relief eines Heiligenmedaillons stammte, das Dolorcitas in ihrem engelhaften Wahnsinn heimlich zwischen dem Lederband und dem Filz seines Hutes versteckt hatte, um seine Bekehrung zu beschleunigen.
Was für eine Vorstellung vom Liberalismus und von den anderen infernalischen Lehren der Demokratie impften die Jesuiten uns armen Zöglingen in ihren Kollegs ein? Die des Schreckens. Und in den Familien, vor allem in

denen einiger meiner von heraldischen Säften durchtränkten Onkel, die des Schreckens und des Hasses, in den sich eine lächerliche, modische Kritik mengte. Es »machte sich nicht gut«, es war nicht »elegant«, Republikaner zu sein. Die Nachtwächter, die Kutscher, die Farbenhändler, vielleicht sogar der eine oder andere kleine Gemeindeangestellte konnten sich diese »Gewöhnlichkeit« erlauben. Und natürlich auch die Trunkenbolde. Seit jenen Tagen bewahre ich in meiner Erinnerung das schwankende Bild eines angetrunkenen Mannes, der am späten Nachmittag allein und verirrt in irgendeiner kleinen Gasse, seinem konfusen Freiheitstraum durch ein »Es lebe die Republik!« Luft machte.

»Rafaelito, merke dir diesen Rat: Ahme niemals deinen Onkel Pepe Ignacio nach«, legte mir Padre Lambertini sanft und mit schlichten Worten nahe, wenn er mir nach der Sonntagsbeichte die Absolution erteilt hatte und ich ihm die Hand küßte, bevor ich zur Kommunionbank ging, was ich immer mit besonderer Andacht tat, wenn ich mich von Milagritos Sancho beobachtet wußte.

Milagritos Sancho, etwas jünger als ich, war recht hübsch, wenn auch alles andere als groß und schlank, und sie hatte vor allem sehr dicke Beine. Obwohl sie nie meine Freundin wurde, war sie Anlaß und Vorwand für unzählige geschwänzte Schulstunden, schlechte Wochenzensuren und zuletzt meinen Ausschluß aus dem Jesuitenkolleg.

Ich teilte meine keimende Leidenschaft mit Treviño, einem Schüler der Fünften, der schon zu groß war, um noch in kurzen Hosen zu gehen. In jenem Schuljahr – 1916/1917 — sprach man bei mir zu Hause immer wieder von der Übersiedlung der ganzen Familie nach Madrid, ein Grund mehr für mich, am Strand und auf den Dachterrassen, fern dem zweiten Jahr Französisch und der verhaßten Verslehre, von Milagritos zu träumen.

Ein unbewohntes, baufälliges altes Haus an einer Straßenecke grenzte an das bescheidene kleine zweistöckige

Haus, in dem Milagritos mit ihrer Mutter und ihren Schwestern wohnte. Ein einziges Mal nur war ich mit ihr zusammen gewesen und hatte, sie dicht neben mir fühlend, halb tot vor Verlegenheit ihre Hand gestreift, unter den dunklen Bäumen der Victoria-Promenade vor dem Gefängnis, diesem traurigen Gefängnis von Puerto, das der Kehle des andalusischen Volksliedes so viele Klagen entlockte.

»Kennst du Milagritos?« rief rot vor Aufregung eine Freundin meiner Schwestern, die sie an diesem Nachmittag begleitete und sich plötzlich zu mir umdrehte.

Ich war seit dem Strandweg hinter den beiden hergegangen, und die Frage kam so rasch und unerwartet, daß ich keine Zeit mehr hatte, mich zu verstecken oder davonzulaufen. Ich trat zitternd zu ihnen, das Blut schoß mir in den Kopf, und dann ging ich eine lange Allee hinunter neben Milagritos her. Es begann dunkel zu werden, während sie sich beim Zapfenstreich aus dem nahen Gefängnis an meine Seite drückte und im schattigen Wohlgeruch der Promenade auflöste. Dann fühlte ich, wie sie sich einen schon halb losen Knopf von ihrem Mantel riß und ihn mir heimlich in die Hand gleiten ließ, zweifellos als romantisches Pfand unserer ersten Begegnung.

Als nach diesem schweigsamen Beisammensein schon mehr als ein Monat vergangen war, in dem unsere Beziehung nur aus flüchtigen Grüßen und zaghaften Blicken auf dem Wege zum und vom Kolleg bestanden hatte, beschlossen Treviño und ich, den Besitzer des alten leerstehenden Eckhauses aufzusuchen und zu behaupten, meine Familie brauche den Schlüssel, um es zu besichtigen.

Die Mauer der Dachterrasse Milagritos' ragte nur ein Stockwerk über die der niedrigsten Terrasse des alten Hauses empor. An einem Spätnachmittag, als wir schon im Besitz des riesigen, rostzerfressenen Schlüssels waren, öffneten wir, als wären es die Pforten des Paradieses gewesen, die Türen, die uns durch verfallene Gänge, Schlafzimmer und Rattenwaschküchen Zutritt gewähren sollten zu den Augen, dem Lächeln, vielleicht sogar der Hand des einsamen, rotwangigen, dicklichen, ein wenig aufgeblasenen Mädchens, das um diese Zeit immer da oben stand und uns durch seine Straße gehen zu sehen hoffte.

Als wir nach hartnäckigem und ängstlichem Zischeln endlich erreichten, daß sie, überrascht und errötend, zu uns heruntersah, lähmte uns die Angst, entdeckt zu werden, sie durch unsere Kühnheit zu verärgern oder ihre Mutter erscheinen zu sehen – wozu bei mir noch ein bislang unbekanntes Pochen des Blutes in den Schläfen kam –, dermaßen die Zunge, daß das ganze Abenteuer mit einem verzückten dreifachen Schweigen endete, das erst durch einen langen Ruf von irgendwoher unterbrochen wurde, der unserer Geliebten befahl, auf der Stelle zum Essen hinunterzukommen.

In der Dunkelheit und in unserer Angst vor dieser leeren Einsamkeit voll geheimnisvoller knarrender Laute wollten wir die, wie wir glaubten, nur vorübergehende Abwesenheit Milagritos' nutzen, um aus dem alten Haus zu fliehen, jedoch nicht durch das Straßentor, sondern über die Dachterrassen. Die erste auf unserem Wege sollte die ihre sein, auf der wir sie zu überraschen hofften, um dann vor ihren bewundernden Blicken über den ganzen Häuserblock zu steigen, bis wir zuletzt auf das flache Dach des Hauses eines Schulkameraden gelangten, der dort wohnte, und auf die Plaza de San Francisco hinuntersteigen konnten.

Um die erste Etappe unseres Abenteuers zu erreichen, wollten wir eine alte Leiter benutzen, die in einer der Waschküchen zurückgelassen worden war. Auf ihr gedachten wir über die Mauer, die in unserer Phantasie schon das dicke Gemäuer einer alten Burg war, zu einem mit Zinnen bewehrten alten Turm hinaufzuklettern. Ich sollte als erster gehen, während Treviño die Leiter gut festhielt, damit sie nicht auf dem Moos abrutschte. Sobald ich mich auf der Dachterrasse befand, wollte ich die Leiter an den Holmen halten, damit er ohne Gefahr hinaufsteigen konnte. Nachdem das abgesprochen worden war, begann ich meinen Aufstieg über die etwa vierzig Sprossen, aber als ich sah, wie die Leiter über mir in den Himmel hinaufragte, überfiel mich ein Zittern, von dem ich heute nicht mehr sagen kann, ob es von der Unsicherheit der Leiter kam oder von der beklemmenden Angst, plötzlich Milagritos gegenüberzustehen oder, schlimmer noch, ihrer Mutter, einer dicken Frau, die ich wie nichts auf der Welt fürchtete. Angstvoll griffen meine Hände endlich nach dem Rand der Brüstung und umklammerten ihn fest, um den Körper hinaufzuziehen; meine Augen blickten schon über die Mauer und nahmen durch Palmen und Araukarien hindurch das verwischte Bild der Bucht mit den Kuppeln von Cádiz im Hintergrund in sich auf. Und schon wollte ich auf die Terrasse steigen, als mir plötzlich ein kleiner Hund, der eben dort geschlafen hatte, wohin ich meine Füße zu setzen gedachte, wütend ins Gesicht sprang und mit seinem überlauten Gebell die ganze Nachbarschaft alarmierte. Ich war überrascht und zu Tode erschrocken, konnte mich mit den Händen nicht wehren, meine baumelnden Beine suchten verzweifelt nach der Leiter und fanden sie endlich auch, aber schon wurde auf allen Terrassen das skandalöse Ereignis mit lauten Rufen kommentiert.

Am folgenden Morgen, als ich schon sehr früh mit Treviño an dem Haus von Milagritos vorbeiging, fuhren plötzlich rauhe Hände aus der Tür, packten meinen Freund und waren im nächsten Augenblick mit ihm verschwunden. Was dann geschah, erklärte ich Milagritos am Nachmittag in einem Brief, den ich im Kolleg schrieb und ihr am nächsten Tag durch das Mädchen zukommen lassen wollte, das mit ihr und mit meinen Schwestern befreundet war.

Ich sagte ihr ungefähr folgendes:

»Meine unvergeßliche Milagritos,

als Treviño und ich gestern abend auf Deine Terrasse klettern wollten, um auf Dich zu warten und bei Dir zu

sein, was *unsere Seele* ersehnte, sprang mich Dein Hund an und bellte, und beinahe wäre ich durch seine Schuld ums Leben gekommen. Als wir gehen wollten, drängten sich die Leute des Viertels vor der Tür des alten Hauses, und die Kinder schrien, drinnen seien Gespenster. Dann antwortete jemand wütend, nein, es sind die Burschen von den Jesuiten, und wir öffneten mutig die Tür und sagten stolz, ja, das sind wir, und dann entflohen wir unter Beleidigungen und Beschimpfungen. Als wir heute morgen an Deiner Tür vorbeigingen, kam Toto (die Dienerin) heraus, um uns zu schnappen. Ich konnte ihr davonlaufen, aber Treviño nicht. Toto stieß ihn in ein Zimmer Deines Hauses, wo Deine Mutter wütend auf uns wartete, um uns auszuschelten. Treviño hat mir erzählt, daß sie, auf mich anspielend, zu ihm sagte, es sei nicht zu glauben, daß es ein Junge, der aus einer so ordentlichen Familie stamme, wagen würde, ihre Tochter Milagritos ins Gerede zu bringen und das ganze Viertel in Aufruhr zu versetzen.«
Der Brief, den ich noch mit anderen unschuldigen Einzelheiten unseres vereitelten Abenteuers ausschmückte, endete mit einer Wendung aus einem geheimnisvollen kleinen Buch, das unter den Schülern der dritten und vierten Klasse zirkulierte und Ratschläge für alle Liebesangelegenheiten enthielt:
»In Erwartung Deiner geschätzten und willkommenen Antwort, die meiner Seele die ersehnte Ruhe bringen wird, verabschiedet sich von Dir ergebenst, Dein Rafael.«
Meine Familie hatte schon die längste Zeit einen gewissen Verdacht hinsichtlich meines Fleißes und meiner Anwesenheit im Kolleg San Luis Gonzaga. Es gab aufschlußreiche Hinweise, unter anderem den, daß mein Bett sehr häufig voll war von dem feinen Sand der Dünen. Paca Moy, die alte Dienerin, deutete es ohne Bosheit meiner Mutter an, wenn sie mein Zimmer aufräumte:
»Dieser Teufelsjunge scheint mir eher in einer Sandgrube zu studieren als in einem Kolleg . . .«

An dieser Entdeckung meiner Schulschwänzerei durch Paca Moy war ich selbst schuld, denn ich legte mich immer vollständig angezogen ins Bett, manchmal sogar mit meinem gestärkten Kragen und immer mit den Socken.

An jenem Nachmittag nun verließ ich nach einer donnernden Predigt über die Qualen der Hölle voller Freude das Kolleg. Mein Brief stak säuberlich zusammengefaltet in meiner Brieftasche, und ich sehnte den nächsten Morgen herbei, um ihn Milagritos zu schicken. Ich aß kaum zu abend, ging zu Bett, schlief auch gleich ein und träumte von blauen Dachterrassen, über die sie munter hinsprang, verfolgt von mir und dem Gebell ihres Hundes und unter dem Gezeter der Leute des ganzen Viertels, die sogar auf die Wetterfahnen geklettert waren, was uns aber nichts ausmachte. Ohne Treviño, der sich in irgendeinem Winkel meines Traumes verirrte, eilten wir, auf den Brüstungen reitend, weiter und entfernten uns immer mehr von denen, die hinter uns herschrien, bis wir endlich im kühlen Halbschatten des Häuserblocks verschwanden, der sich zum Meer hinunter erstreckte und aus dessen Schornsteinen leuchtender Rauch stieg.

Als um Punkt sechs der Wecker läutete und mir die Zeit, ins Kolleg zu gehen, anzeigte, sah ich auf dem Stuhl, auf dessen Lehne jede Nacht meine Jacke hing, neben den zwei Unzen Schokolade meines Frühstücks – mit einem Entsetzen, das mich mit einem Satz in die Mitte des Zimmers springen ließ – die Brieftasche, in der ich meinen Brief so sorgfältig in der Jackentasche verwahrt hatte ... meinen Brief, der verschwunden war, während ich im Traum über Dachterrassen und Mauerbrüstungen hinter Milagritos hergelaufen war.

Wie tot und nach einem langen Umweg über die Kais am Fluß ging ich, immer noch ohne Sonne, auf dem Weg zur Siebenuhrmesse unter ihren Balkons vorbei, dann in der Reihe der andern über die leeren, hallenden Pausenhöfe zum Studierzimmer; die Arme hielt ich übereinander gekreuzt wie ein Toter, und ich drückte sie gegen die

Brust und fühlte mich des Briefes beraubt, der fast einen ganzen Tag lang mehr als ihr Herz gewesen war. Tieftraurig war dieser Vormittag vor dem Algebralehrbuch, dessen Anleitungen für die Lösung von Gleichungen zweiten Grades ich gern verstanden hätte, und sei es nur, um ein wenig Erleichterung, ein wenig Vergessen über mein Unglück zu breiten und die schwarze Schwinge der Strafe zurückzudrängen, die ich schon um mich her schlagen hörte.

Als ich schon zutiefst niedergeschlagen war, rief der Ädil zum Unterricht. Ich war völlig abwesend, den Zahlen nur zugewandt durch das kalte Kratzen der Kreide auf der Tafel, und plötzlich trat ein Junge aus der Fünften ein und sprach halblaut und geheimnisvoll mit Padre La Torre, dem Arithmetiklehrer.

»Rafael Alberti in das Besuchszimmer«, lautete der Befehl, den mir der Padre barsch erteilte, sobald der Schüler wieder gegangen war.

Ich ging, von den gespannten Blicken der ganzen Klasse verfolgt. Es kam sehr selten vor, daß man einen Externen in diesen Saal rief, der den sonntäglichen Besuchen der Angehörigen der Internen vorbehalten war.

Ich überquerte den großen Hof, der noch im Schatten lag, und sah zu einem Stück Sonnenlicht hinauf, das schon von der Turmuhr herabhing. Ich ging langsam, mit verhaltenem Schritt und der festen Absicht, niemals anzukommen. Warum in den Saal und nicht in das Zimmer des Padre Seelsorgers oder des Präfekten? dachte ich immer wieder. Mama! Mama! Konnte es sein, daß sie die Besucherin war? Mama mit dem Brief, um mich anzuklagen? Und ich fühlte einen Schmerz, der so heftig war wie Zahnweh, ein unerträgliches Stechen und Ziehen, das mir die Tränen in die Augen trieb. Als mir zuletzt nichts anderes übrigblieb, als das Sprechzimmer zu betreten, weil ich schon mit zitternden Beinen vor der Tür stand, faßte ich plötzlich Mut und trat mit ruhiger, beinahe heiterer Miene ein.

Im Hintergrund des großen Raumes erwartete mich neben dem Präfekten eine hochgewachsene Frau in Trauerkleidung, die ich zunächst nicht erkannte, aber als ich mich ihr näherte, verwandelte sie sich vor meinen Blicken zu meiner größten Überraschung und Entrüstung in Tante Tití, die unglückliche, frömmlerische Schwester meines Vaters, die in der Calle de las Cruces wohnte, meiner Angebeteten genau gegenüber.
Zu ernst und kalt erwarteten mich diese Gesichter, als daß ich noch gelassen auf sie hätte zugehen können. Trotzdem glaube ich, daß ich ihnen leidlich beherrscht entgegentrat, wenn mich auch die unerwartete Anwesenheit meiner Tante – von der ich wußte, daß sie eine Nachbarin Milagritos' war – an der Stelle, die meiner Mutter gebührt hätte, so sehr erschreckte, daß ich mich wie tot fühlte.
»Rafael«, begann der Präfekt in hartem, scharfem Ton, während Tante Tití den Blick senkte und den Rosenkranz nervös gegen das Meßbuch preßte.
Er machte eine kurze, bange Pause, in der ich sah, wie ihm eine Fliege um die Schildpattfassung eines der Gläser seiner Brille summte; wie an dem großen Fenster, das sich auf den Garten öffnete, der Bruder Gärtner mit geschürzter Soutane vorbeiging und einen Schubkarren voll Gras vor sich herschob; wie sich dem Gekreuzigten, der den ganzen Raum beherrschte, die Bartlocken lösten, so daß er sein übliches geschniegeltes Aussehen eines Mannes, der gerade vom Friseur kommt, verlor ... Was immer ich sonst noch in dieser kurzen, tödlichen Stille sah: die Stimme des Präfekten fuhr schneidend fort:
»Nimm deine Bücher, den Mantel und die Mütze ...«
Ich erinnere mich, daß ich ihn betroffen ansah mit Augen wie offene Münder, mit Augen, die vorsprangen, um hinauszuschreien, wie übertrieben, ungerecht und unerwartet diese Maßnahme war.
»Ja«, fuhr der ehrwürdige Padre, scharf wie ein Messer, fort. »Genug der Skandale und Schulschwänzereien. Ein

Schüler des Kollegs San Luis Gonzaga, ein Externer mitten in den geistlichen Übungen, der die Gesellschaft Jesu in Verruf bringt! Geh ... Laß es mich nicht noch einmal sagen ... Den Mantel, die Mütze, die Bücher ... Deine Tante hat mit mir gesprochen ...« Und bei diesen Worten sah ich, wie er meinen Brief von einem Ärmel seiner Soutane in den andern gleiten ließ, scheinbar heimlich, aber doch so, daß ich ihn sehen mußte. »Du gehst mit ihr ... Du weißt schon, warum ...«

Und ohne sich auch nur von der bestürzten Frau zu verabschieden, ging er als erster, voller Schuppen und schmutzig wie immer, mit seinen leisen Flanellschritten davon.

Als ich das Kolleg verlassen hatte und mich mit meinem Mantel, meiner Mütze und meinen Büchern, wie es der Padre Präfekt gewollt, mitten auf der Plaza de San Francisco befand, brach ich in ein wütendes Geschrei aus und riß mich von Tante Titís Arm los.

»Du bist schuld! Du, du, du bist gekommen, um mich zu verpetzen, denn du wohnst den Sanchos gegenüber, und Mama hat dir den Brief gegeben.« (Den Namen Milagritos wagte ich nicht auszusprechen.)

Und ich begann, die Schlangengasse hinunter zum Strand zu laufen, während meine Tante fassungslos hinter mir herjammerte:

»Junge! Cuco! Das habe ich nicht gewollt. Wie gräßlich! Was für ein Unglück! Wenn deine Mutter erfährt, daß sie dich hinausgeworfen haben!«

In den Dünen, nackt, ungehemmt weinend vor dem Meer, verzieh ich nicht nur meiner Mutter, sondern auch der armen Tití, und ich dachte von den Jesuiten Dinge, die ich erst viele Jahre später auszudrücken vermochte.

(Jetzt schlingen sich mir zwischen die Stämme und Ginsterbüsche der Erinnerungen an diesen verlorenen Hain wirre blutige Lianen aus jüngster Zeit. Mit ihnen verwoben und verknotet, so daß es mir schwerfällt, sie ausein-

anderzuhalten, sehe ich meine drei Reisen – 1932, 1934, 1937 – in die Sowjetunion, die heute so niederträchtig von Deutschland angegriffen wird. Meine Hände und mein Herz sind von Tränen des Zorns, des Glaubens, des Stolzes und der Hoffnung benetzt für ihre Soldaten, für ihr großes Volk, die grüne Saat der Zukunft.)

Onkel Tomás war eines Morgens vor den erstaunten, fragenden Augen von uns Neffen und Nichten erschienen, die wir ihn zum erstenmal sahen.

Alt, mehr als nur gut aussehend: schön; mit einem weißen Backenbart nach italienischer Art, adrett, voller Geist und Anmut seine kastilische Sprache, in der ab und zu andalusische Brocken auftauchten, die ganz nach Granada klangen.

Sehr krank war Onkel Tomás zu uns gekommen, um mit dem Pinienduft und den Salzen von Cádiz seine erschöpfte, in seinen jungen Jahren so sehr überanstrengte Gesundheit wiederherzustellen. Er war ein treffliches Beispiel für die stolze garibaldinische Jugend, die das einige Italien geschaffen hatte.

Onkel Tommaso war heiter und ironisch, und in seiner Redeweise, in seiner ganzen Wesensart, hatte er sich noch etwas von dem tollen Kerl bewahrt, der er einmal gewesen war.

Von seinem Soldatenruhm berichteten die drei fehlenden Finger der rechten Hand, die er, seine romantische Geschichte erzählend, nur den wenigen verachteten Liberalen von Puerto zeigte. In der frömmlerischen, unerträglichen Strenge der Familie dagegen war Onkel Tomás darauf bedacht, die Hand in einem feinen Wildlederhandschuh zu verbergen, zweifellos um kränkenden Anspielungen und versteckter Kritik an seiner Vergangenheit auszuweichen, die »so beschämend wie abscheulich« war. Aber weder uns Kindern noch den Erwachsenen entging das geheimnisvolle Gemunkel, daß Onkel Tomás exkommuniziert worden sei und daß ihm die Kugel die drei Finger als Strafe dafür, daß er gegen den Papst gekämpft hatte, mit Stumpf und Stiel ausgerissen habe.

»Onkel, Onkel, wir möchten sie sehen!« baten wir aufdringlich, sobald wir ihn allein antrafen.

Onkel Tomás kam unserem Wunsche freundlich nach und zog den Handschuh aus.

»Dürfen wir sie berühren? Bitte!«

Und voll kindlicher Angst und mit der Gewißheit, daß höllische blaue Flämmchen aus dieser verstümmelten frevlerischen Hand hervorbrechen müßten, tippten wir mit einem Finger rasch in die Vertiefungen, die dem Daumen, dem Zeige- und dem Mittelfinger entsprachen, und zählten mit einem Schauder: »Eins, zwei, drei!«

Onkel Tomás war sehr vergeßlich, absichtlich oder unabsichtlich, wie es ihm gerade paßte. Seiner religiösen Pflichten erinnerte er sich nie, oder er täuschte vollendet vor, sich ihrer nicht zu entsinnen, obwohl sich die arme Tante Lola in seine ständige Mahnerin und Lenkerin verwandelt hatte:

»Tomás, morgen ist Sonntag ... Zum Jahresanfang mußt du kommunizieren ... Und die Novene der Schutzheiligen ... Und die Nächtliche Anbetung ...«

Seine echte Vergeßlichkeit betraf jedoch andere Dinge. Er konnte sich nie entscheiden, ob er in Genua oder Florenz geboren worden war oder ob er fünf oder sieben Brüder hatte, und so groß waren die Lücken in seinem Gedächtnis, daß er mit einem von ihnen sogar heftig wegen des Namens seiner Mutter stritt.

»Ich sage dir, Augusto, unsere Mutter hieß Rosa.«

»Du irrst dich, Tommaso; unsere Mutter hieß Catalina.«

»Aber nein, Augusto: Rosa, Rosa ...«

»Catalina, Catalina ...«

»Rosa!«

»Catalina!«

Da sie sich aber nie einigen konnten, schlief die Diskussion nach einer Weile ein, um schließlich mit der gleichen fragwürdigen Heftigkeit von neuem zu beginnen:

»Aber doch Rosa ...«
»Aber doch Catalina ...«
Etcetera, etcetera.
Und plötzlich, als es schon ganz so aussah, als hätte ihn die Luft von Puerto gekräftigt und aufgerichtet, legte sich Onkel Tomás ins Bett und rang wie ein braver Soldat lange und hartnäckig mit dem Tode. Geheimnisvoll wurden die Töchter, Gloria, María und Dolorcitas, geheimnisvoll wurde Tante Lola, geheimnisvoll das Haus, geheimnisvoll und dunkel die Umgebung des Krankenbettes. Etwas Ernstes ging vor, das man um jeden Preis verbergen mußte. Niemand wußte so recht, was es war, obwohl das ständige Getuschel, das Kommen und Gehen im Schlafzimmer des Sterbenden, das obendrein mit der traurigen Anwesenheit eines Jesuitenpaters im Halbdunkel des Salons zusammenfiel, es ahnen ließ.
Die anderen Onkel erschienen der Reihe nach und umgaben die Sterbestunde des Onkels Tomás mit noch mehr Gerüchten und Geheimnissen. Auch ich ging mit meiner Mutter hin, denn ich war der Lieblingsneffe, und auch mich durchdrangen der Kummer und die Sorge, die von allen ausstrahlten. Man vernahm im Hause so etwas wie das Vibrieren einer unsichtbaren gespannten Saite, deren unvermeidliches Reißen man mit Schrecken erwartete, und schon sah man die dünne Stelle, an der sich das Unglück ereignen mußte.
Der Jesuit, der immer undeutlich sichtbar im dunklen Filter einer Ecke saß, forderte in drängendem Tone auf, den Rosenkranz zu beten. Gloria, María und Dolorcitas fielen, während die trauernden Anwesenden den Priester umringten, auf die Knie nieder und überschwemmten mit stoßweisem Weinen die fünf endlosen Mysterien und den monotonen Wirbel der Litaneien.
Nur Tante Lola stand am Kopfende des Bettes und bewachte den Kampf des Sterbenden.
Als der Jesuit nach den drei *Agnus Dei* den heiligen Josef um seine himmlische Fürsprache bat, damit jemand, des-

sen Namen er nicht nannte, einen guten Tod habe, erschien der Schatten der Tante und rief ihn mit einem stummen Kopfnicken beiseite. Der Augenblick schien gekommen, in dem die unsichtbare Saite reißen und jenes gespannte Vibrieren verstummen mußte. Als das Gebet unterbrochen worden war, summte ein banges Schweigen durch den Raum, den die einbrechende Nacht noch schwärzer machte, die alle Ritzen verstopfte.

»Heilige Madonna!« kam es plötzlich, schwach und langgezogen, aus dem Sterbezimmer.

Nach einigen Augenblicken, in denen die Stimme des Jesuiten zugleich mit dem stoßweisen Geflüster Tante Lolas ihr Latein vernehmen ließ, hörte man ein zweites Mal die reuige Klage des Sterbenden:

»Herr Jesus Christus! ...«

Gloria, María und Dolorcitas zündeten eine Kerze an, liefen auf das Schlafzimmer ihres Vaters zu und stießen mit dem Priester zusammen, der als riesiger Schatten im Rechteck des Türrahmens stand.

»Nun kann er getrost den Herrn empfangen«, verkündete er so laut, daß es alle hörten.

Und während er triumphierend verschwand, um das Viatikum zu holen, traten die drei Töchter jubelnd ein, um den verlöschenden Atem des reuigen alten Soldaten noch einmal anzufachen.

Am folgenden Morgen holte mich Mama wieder in Tante Lolas Haus. Gloria empfing uns mit vor Schlaflosigkeit geröteten Augen und näßte mir die Stirn mit einem langen schmerzlichen Kuß. Dann legte sie mir die Hände auf die Schultern und führte mich langsam durch Korridore und leere Zimmer in das des Onkels Tomás, der schon in einer weißen Kartäuserkutte in seinem Sarg lag. Beim ersten Hahnenschrei hatte er zu sein aufgehört. Ein dicker Rosenkranz wand sich nun um die Wurzeln der Finger, die eine vatikanische Salve von der rechten Hand des Patrioten gerissen hatte.

»Bring dieses Kind hinaus«, befahl Tante Lola ihrer Toch-

ter, nachdem sie mich, neben mir kniend, einige Gebete hatte murmeln lassen.
Als ich den Salon betrat, sah ich in einer Ecke den Jesuiten, der von einigen Onkeln und anderen Männern umgeben war, die ich nur kannte, weil sie mir auf dem Weg ins Kolleg als Betrunkene begegnet waren. Die Frauen waren nicht da. Wahrscheinlich hielten sie sich in einem anderen Teil des Hauses auf, wohin nun auch Gloria mit der Überzeugung ging, daß ich ihr folgte.
Der Jesuit, der in der Hand ein bedrucktes Blatt mit Trauerrand hielt, tadelte Onkel Luis streng:
»Es gibt da eine Auszeichnung, die in der Todesanzeige eines als Christ gestorbenen Mannes nicht erwähnt werden kann, ohne einen Skandal zu erregen.«
Das erschöpfte Gesicht des Onkels verlor seine gelbliche Farbe und nahm die des Schnees an, die Gesichter der anderen, die zuhörten, dagegen wurden dunkel, und ihre Stirnen runzelten sich fragend.
»Und obwohl wir ihre vollständige Verteilung zum Glück noch rechtzeitig verhindert haben, dürften die wenigen bereits verschickten um diese Stunde schon das Gewissen so manches guten Katholiken empört haben«, fügte der Jesuit hinzu und zeigte auf einen großen Stoß breiter Umschläge, die ebenfalls einen Trauerrand hatten.
Er machte eine kurze Pause, in der er zweimal hüstelte, und fuhr im allgemeinen Schweigen noch betrübter fort:
»Man muß eine neue Todesanzeige drucken lassen. Die Beerdigung findet erst morgen statt . . .«
Damit händigte er Onkel Luis das Blatt aus, das er anfangs gezeigt hatte und auf dem eine Zeile dick durchgestrichen war, die einer der Männer mit zitternder Stimme laut zu entziffern wagte:
»Medaille der Einheit Italiens.«
»Herrjesus!« lautete der einzige, einstimmige Kommentar.
Ich brauche nicht eigens zu erwähnen, daß in der neuen, wenige Stunden später gedruckten und verteilten Todesanzeige die teuflische Auszeichnung verschwunden war.

Am nächsten Vormittag um elf erhielt Don Tomás Alberti y Sanguinetti, Träger des Großkreuzes Carlos' III. und des Kreuzes Alfonsos XII., Ritter des Malteser Ordens etc. etc., der alle seine Sünden bereut und gebeichtet hatte, ein katholisches Begräbnis auf dem Friedhof der Stadt Puerto de Santa María.
Dank dem militanten Eifer der Gesellschaft Jesu ruhte der alte garibaldinische Held für immer ohne die einzige Medaille, mit der er stolz gestorben war.

(Dich habe ich geliebt, Onkel Tommaso, nicht nur wegen der furchtsamen Bewunderung, die deine drei verlorenen Finger in mir weckten, sondern auch weil du einer der wenigen in unserer Familie warst, die gut zu Centella, meiner kleinen, unglücklichen maurischen Hündin waren. Du hast sie gestreichelt, sooft du sie sahst.
Diese Nacht in Buenos Aires hat sich bis zum Alptraum in die Länge gezogen. Ganze Legionen riesiger roter Flöhe haben Tusca in der Dunkelheit erbarmungslos überfallen. Mein Halbschlaf litt unter dem ständigen Getrommel ihrer Pfoten auf dem Boden, während sie sich durch ein wütendes Kratzen gegen den Angriff zur Wehr setzte. Drei Hündinnen bellen laut, kommen herbeigelaufen und sehen mich an, drei Hündinnen, die zu meinem Leben gehören:
Centella, die meiner Kindheit.
Niebla, die meiner reifen Jugend.
Tusca, die der Verbannung in Amerika.
Centella in den Salinen und an den Stränden, in den Pinienwäldern und Schlössern von Puerto.
Nieblas in den Trümmern von Madrid, in den Explosionen und vom Tode umgeben; Gefangene Francos beim Fall von Castellón de la Plana.
Und Tusca, die kreolisch-schottische Rattenfängerin, fröhlich und leichtsinnig, frei im Wind auf den Feldern von El Totoral de Córdoba; heute verzweifelt in der Enge zweier Zimmer in Buenos Aires.)

Als man mich aus dem Kolleg hinausgeworfen hatte und nach dem Tode meines Onkels Tomás, hatte meine Liebe zu Centella ihren Vollmond. Die Hündin weckte mich vor Tagesanbruch, indem sie mir die Augen leckte, und ich mußte rasch das Gesicht vor ihren närrischen Angriffen schützen. Sobald wir unten im Hof waren, stürzte sie als erste auf die Straße hinaus, entfernte sich auf dem Weg zum Strand einen Steinwurf weit in Richtung der Glasfabrik und rannte, zweifelnd, ob ich ihr auch folgte, hin und her.

Tage der Freiheit ohne Lügen bei der Heimkehr, weite, nackte Stunden, in denen mir die Flut bis zur Brust steigt, ohne die Angst vor dem Fernrohr im Physiksaal, vor den hinterhältigen Reden des Padre Seelsorger, den erniedrigenden Kränkungen durch den Präfekten!

»Komm, Centella!«

Die flachen, vom Wasser glattgeleckten Steine, die ich über den ruhigen Rücken des Meeres schleuderte, berührten ihn in drei, fünf oder sogar sieben Sprüngen, denen die Hündin begeistert folgte.

»Du wirst ertrinken, du Närrin!«

Und noch keuchend, ein seltsames Geschöpf voll Sand, Algen und Salpeter, streckte sie sich verwirrt zu meinen Füßen nieder und lauschte aufmerksam auf die Schiffsjungengeschichten – Maine Reid – oder die labyrinthischen Heldentaten der Detektive – Sherlock Holmes, Nick Carter –, die ich ihr in meiner Begeisterung laut vorlas.

Sie wußte, wann und wo sie geboren worden war. Sie war an demselben Tag wie ich zur Welt gekommen, in einem Winkel einer leeren Zisterne, in der sich eine vierzigjährige Wasserschildkröte langweilte, immer auf derselben Stelle und nachts von wilden Ratten vergeblich angegriffen.

»Centella! Wir sind beinahe schon vierzehn Jahre alt. Bald werde ich dich nach Madrid mitnehmen. Dort gibt es sehr gute Augenärzte . . .«

Im Alter wurde sie nur von wenigen geliebt, die übrigen gingen ihr mißtrauisch aus dem Wege. Eine blaue Wolke breitete sich in dem einen ihrer Augen aus und stieß sie der Nacht entgegen. Aber auch so, kränklich, halb blind, mit zahllosen kahlen Stellen im Fell hatte sie noch genug Kraft und Mut, um sich ins Meer zu werfen, sich im Sand zu wälzen und mit unerwartetem Elan davonzujagen.

Ja, bald sollte sie geheilt werden, denn die Übersiedlung nach Madrid kündigte sich schon an in der Anwesenheit Federicos, des alten Küfers, der beim Einpacken der Möbel als Tischlermeister fungierte, und in dem ständigen aufgeregten Gerede der Vettern, die uns um die Reise in – man denke nur! – die Hauptstadt beneideten, wo wir, wie sie gehört hatten, sicherlich »König Alfonso XIII. und die Königin Victoria sehen« würden.

Papa kam aus dem Norden zurück, und sein Erscheinen verlieh den Reisevorbereitungen den Charakter des unmittelbar Bevorstehenden. Obwohl meine Phantasie, vor allem nach dem Ausschluß aus dem Kolleg, schon fern von Puerto schweifte, verursachte mir die Aussicht auf eine baldige Verpflanzung in eine unbekannte Stadt ohne Strand, ohne Milagritos und ohne jene Onkel, die ich ebensosehr haßte, wie ich sie liebte, einen plötzlichen Kummer, in den sich Unlust und Gleichgültigkeit hinsichtlich der Abreise mischten.

»Du gehst also nach Madrid? Da gibt es Weiber!« erklärte mir am Flußkai zwinkernd Paquillo, der Kutscher.

»Weiber?«

»Was ich dir sage! Hübscher und billiger als die aus dem Gefängnis.«

Meine Träume färbten sich bunt in dieser Nacht, und Madrid rollte mir durch den ganzen Körper wie ein reifer roter Pfirsich oder eine frische, süße Limone mit vorspringender Zitze.

Am nächsten Tag ging ich ins Kolleg, um mich von den Jesuiten zu verabschieden. Der gefürchtete Padre Präfekt empfing mich allein in seinem Zimmer.

»Du wirst dort deine Studien in unserem großen Kolleg Chamartín de la Rosa beenden«, lauteten seine schrecklichen Worte, und er hob mir die Hand vor den Mund, damit ich sie küßte, wozu ich nicht imstande war, denn ich stand wie versteinert vor ihm.
Und in meiner Schlaflosigkeit erhob sich Madrid in der folgenden Nacht vor mir mit den düsteren Türmen und Fenstern des Zuchthauses.
»Schreib mir gleich, sobald du dort bist«, bat mich Tante Gloria, und sie umarmte und küßte mich.
Und Tante Lola sagte, nachdem sie mich eindringlich ermahnt hatte, immer gut zu sein:
»Wirst du an mich denken, wenn du den Prado besuchst?«
Und jene andere Nacht, die letzte meiner Kindheit in Puerto, verbrachte ich schlaflos und ging mit Centella durch die Höfe und die schon leeren Räume, und dann stieg ich auf die Dächer hinauf, um die Morgendämmerung zu erwarten.
Beim ersten Frühlicht lief ich hinunter, um meine Schwester Pepita zu wecken.
»Pipi, wir wollen die Soldaten verbrennen. Was sollen sie noch hier?«
»Alle, Cuco?«
»Alle.«
Pipi stand beeindruckt auf. Noch mit dem Schlaf kämpfend, half sie mir, mitten auf dem inneren Hof, dem Schauplatz so wirklichkeitsgetreuer Schlachten, unsere Papphelden, die ich in so vielen Arbeitsstunden ausgeschnitten hatte, zu einem hohen Scheiterhaufen zusammenzutragen. Und während sich die Scheiben des Glasdachs über dem Hof röteten, verbrannten sie alle, in einer einzigen Flamme vereint, und bald war ihre Asche nur noch Kehricht für María, die Köchin.
Nun half alles nichts mehr. Die Stunde war gekommen. Mit den älteren Vettern, die früh aufgestanden waren, um uns Lebewohl zu sagen, erschienen – mit Trauerbinden an den Armen – die Enkelkinder Paca Moys, der al-

ten Dienerin, die vor kurzem »wie eine Heilige« gestorben war, inmitten der Kürbisse, Tomaten und Weinstöcke ihres kleinen Gartens in dem Dorf Rota, das am Meer der Bucht lag.

Um halb acht fuhren wir alle in zwei von Onkel Jesús zur Verfügung gestellten Kutschen zum Bahnhof.

Adieu, Calle de las Neverías, Straße der bunten Sorbetts und des sommerlichen Eises; adieu, Gärten an den Ufern des Flusses, Alexanderbrücke, Sümpfe und Salinen! Adieu, freie Kindheit mit Fischfang am Meer und tiefen Höfen und Kellern! In meiner Erinnerung wirst du immer fortbestehen wie ein Boot aus Nelken mit Segeln aus Basilienkraut, auf einem Meer von verlorenem Jasmin schaukelnd...

Auf dem Bahnhof begrüßte Carreja, der Fischer, barfuß, mit aufgerollten Ärmeln und Hosenbeinen, meine Mutter:

»Doña María ...«

Im Gegensatz zu Onkel Tomás, dem drei Finger fehlten, hatte Carreja einen zuviel, ein winziges Däumchen mit einem Nagel wie eine Entenmuschel, das wir oft hingerissen und mit einem Schauder streichelten.

Mama schenkte ihm fünf Peseten.

»Die gibst du aber deiner Frau ...«

Weinerlich, denn wie allen Trinkern kamen ihm leicht die Tränen, hob er, als die Lokomotive schon pfiff, die Hand zum Waggonfenster, in dem wir uns gerührt drängten.

»Nun gut, Kinder ...« sagte er dankbar. »Bevor ihr davonfahrt ...«

Alle zugleich und heftiger bewegt denn je nahmen wir Abschied von Carrejas Däumchen, das an unseren Fingern einen kräftigen Geruch von blauen Makrelen zurückließ. Der Zug setzte sich in Bewegung.

Einen Augenblick lang zogen noch, wie an seinem Rauchschwanz hängend, die Victoriapromenade, das Gefängnis, der Tiro de Pichón vorbei ...

Als hinter den ersten Schöpfrädern des Gartens von Onkel Jesús das schattige Email eines Orangenhains erschien, stand vor meinen Augen ein vergessenes Rätsel, das ich einmal von Federico gehört hatte:

In einem Schlößchen viele Damen,
und alle gelb gekleidet kamen.

Und im Rhythmus des Zuges, der das Tal des Guadalete hinauffuhr, wiederholte ich mir stumm die Lösung des Rätsels, bis wir nach Jerez de la Frontera kamen:
Die Orangen, die Orangen, die Orangen ...

Zweites Buch

1917—1931

I

Als ich in diesen Frühlingstagen in Buenos Aires die leichtfertige, ungestüme, hinreißende und manchmal sicherlich sehr verlogene Lebensgeschichte Benvenuto Cellinis las, überkam mich das unbezähmbare Verlangen, wieder an meinen vergessenen Verlorenen Hain anzuknüpfen. Sein erstes, von den weißen und blauen Tagen meiner andalusischen Kindheit handelndes Buch endete mit der Vision einiger goldener Orangen, die ich flüchtig vom Fenster des Zuges aus erblickte, der mich mit meiner ganzen Familie nach Madrid brachte. Und jetzt, an diesem fieberheißen Nachmittag des 18. November 1954, in meinem eingefriedeten kleinen Garten in der Calle Las Heras, unter zwei blühenden »Bundessternen«, in dem schwindelerregenden Duft einer nahen Magnolie und vierer kümmerlicher, von Ameisen gemarterter Rosenstöcke und vor dem grünen Gewirr einer Mauerwinde, beginne ich mit dem zweiten Buch meiner Erinnerungen. Ferner, verlorener oder vielmehr schlafender Hain, der heute, wieder geweckt, dem Ruf meines reifen Blutes entgegeneilt! Ich trete heraus aus meinen jetzigen einundfünfzig Jahren, ich fliege durch die vielen Jahre der Schrekken und des Unheils zurück zu jenen andern, in denen die Anmut, die Freude, der durchsichtige Glaube und die Begeisterung kaum getrübt wurden durch die reinen ersten Tränen, die uns das Schöne, Große und Tiefe des Lebens, anstatt es zu verschleiern, nur deutlicher erkennen lassen.

... Und ich sehe mich, in den unausgeschlafenen Augen noch den flüchtigen Schimmer des Turms der Kathedrale von Sevilla, auf der Plaza de Atocha in Madrid. Mai 1917. Enttäuschung und Trauer! Ein grauer Morgen ohne Sonne, von diesem feinen Madrider Silber, das ich später lieben lernte, an jenem Tag der Ankunft aber zum Verzweifeln schwarz fand. Mein Gott! Ich kam mit

Pupillen, die berauscht waren vom Weiß der gekalkten Mauern, voll von dem weißen Salz der Sümpfe der Insel, durchdrungen von dem Blau, dem hellen Gelb, dem Violett und Grün meines Flusses, meines Meeres, meiner Strände und meiner Pinienwälder. Und dieses Ziegelrot der niedrigen, dunklen Balkonreihen, auf denen tropfnasse, schmutzige Wäsche hing, war nun die Stadt – die Hauptstadt Spaniens! –, die meine Familie gegen Puerto einzutauschen wagte. In diesem Kohlenkeller sollten wir leben! Das Haus, in dem mein Vater schon eine Wohnung für uns gemietet hatte, stand nicht weit vom Südbahnhof, gleich in der Calle Atocha. Ein weiterer Grund für Enttäuschung und Protest.

»Hier bleibe ich nicht eine Minute. Pipi und ich fahren nach Puerto zurück«, erklärte ich nachdrücklich und bezog so meine jüngste Schwester in meine Pläne mit ein, ohne sie gefragt zu haben.

Was sollten wir, vor allem sie und ich, anfangen in der winzigen dunklen Wohnung, in dieser engen Straße, in der die Straßenbahnen lärmten? In welchen sonnigen Höfen sollten wir spielen, unsere gefährlichen Schlachten schlagen? Von welcher Dachterrasse aus sollte ich auf die andern springen und auf dem Weg über den ganzen Häuserblock an den Schornsteinöffnungen auf die Geräusche in den Küchen lauschen? Wir mußten fort, oder zumindest mußte ich, wenn mich meine Schwester nicht begleiten konnte, allein fliehen, zu Fuß, auf der Landstraße nach Andalusien. Und um mir Mut zu machen, schrieb ich Tante Gloria einen Brief, in dem ich Madrid in den schwärzesten Farben malte, sogar von der Puerta del Sol schlecht sprach und ihr schließlich meinen Fluchtplan mitteilte. Ich erinnere mich aber, daß ich mehrere Male fragte, wie man nach Puerto käme, und daß mir niemand antworten konnte, vielleicht weil ich in meiner Unschuld beinahe immer statt nach dem Weg nach Andalusien nach dem Weg nach meiner Heimatstadt fragte, die vielen kaum bekannt war. Da aber die

Flucht nicht leicht und mein Entschluß, wie ich heute vermute, nicht sehr fest war, hatte meine Tante Gloria Zeit, auf meinen Brief zu antworten und mich zu bitten, mich zu beruhigen, was mich nicht nur ärgerte, sondern auch nicht wenig dazu beitrug, die laue Liebe abzukühlen, die ich noch für sie empfand. Zudem übertrieb sie, um mich »von meinem unsinnigen Vorhaben abzubringen« – das waren ihre Worte –, die Langeweile des Lebens in Puerto, und neben anderen unangenehmen kleinen Neuigkeiten, die ich vergessen habe, schilderte sie mir das traurige Ende Centellas, meiner armen, halb blinden maurischen Hündin, die wir bei unserer Übersiedlung nach Madrid barbarisch ihrem Schicksal überlassen hatten.

Als die unglückliche kleine Hündin das Tor ihres Hauses verschlossen fand, blieb sie Tag und Nacht auf den Stufen sitzen, um treu auf unsere Rückkehr zu warten. In der ersten Woche brachten ihr einige gute Nachbarn Futter, das sie aber in ihrem Kummer kaum anrührte. Halb tot vor Hunger und Gram, blieb sie so vor der Tür sitzen, bis sie eines Nachmittags zwei Armenschwestern in ihrer Barmherzigkeit in ihr Asyl mitnahmen, wo sie trotz ihrer Blindheit und ihres Alters zur Begleiterin des Hirten wurde, der die Rinder der Nonnen hütete. Draußen auf den Weiden kam sie aber, weil sie zu schwerfällig war und nicht mehr gut genug sah, den Hörnern eines unruhigen, feurigen Jungstiers zu nahe, und dieser versetzte ihr schließlich, zweifellos irritiert von dem schwarzen Ding, das ihm ständig in den Weg geriet, einen Hornstoß, der sie mit durchbohrtem Herzen gegen einen Baumstamm schleuderte. Dieser unerwartete, gleichsam stierkämpferische Tod einer alten, erschöpften Hündin wie Centella erschreckte uns alle, am meisten aber mich, und von diesem Augenblick an betrachtete ich mich als denjenigen, der vor allen anderen schuld daran war, daß wir sie so grausam verlassen hatten. In dieser Nacht schlief in unserem Hause niemand ein, ohne daß sich Reue in seinem Gewissen regte und ihn bedrückte. Meine Familie vergaß dann freilich diese traurige Episode, ich aber nicht; mich schmerzt sie noch immer, und ich erzähle sie, vielleicht um mein Gewissen zu erleichtern, wann immer von Hunden gesprochen wird.

Nachdem etwa zwei Monate vergangen waren, in denen meine Sehnsucht nach dem Meer und den Salinen ihre erste Schärfe verlor und mein verzweifelter Drang zu fliehen sich einigermaßen legte, erklärte ich meinen Eltern offen, daß ich das Gymnasium nicht weiter besuchen, sondern, da ich nun schon einmal in Madrid war, Maler werden wollte. (Das hatten sie schon mehrere Male von mir zu hören bekommen.)

»Du wirst verhungern«, wandten beide ein, und meine älteren Geschwister pflichteten ihnen bei.

»Das ist mir gleichgültig.«

»Male, aber mach trotzdem dein Abitur, auch wenn du dann keine Laufbahn wählst«, bat mich Mama mit wachsendem Verständnis.

»Nein!« rief ich.

»Du bekommst nicht einen Céntimo für Stifte und Farben.«

»Ich brauche nichts.«

»Dann sieh, wo du bleibst.«

Da ich mich schließlich aber eines Besseren besann und da gerade Sommer war, sagte ich nach einigen Tagen, ja, ich wollte noch in aller Ruhe das vierte Jahr machen und im Juni oder September des folgenden Jahres zu den Prüfungen antreten.

Diese kluge Entscheidung brachte mir einige Peseten ein, für die ich mir Zeichenutensilien, einen kleinen Ölfarbenkasten und sogar eine kleine Staffelei für die Arbeit im Freien kaufte. O Wunder! Schon am selben Vormittag fühlte ich mich von meiner finsteren Melancholie befreit und schon ganz als großer, ruhmreicher Maler. Atemlos lief ich zum Casón, jenem hübschen kleinen Palast Philipps IV. in der Calle Alfonso XII, gegenüber den Gärten des Buen Retiro. Ich wollte als erstes zeichnen, »Akademiestücke machen«. Nicht ohne Schüchternheit betrat ich das Sekretariat, um mich einschreiben zu lassen, aber man sagte mir, das sei nicht nötig, man könne in diesem Museum nach Belieben arbeiten, und der Pförtner werde mir sogar – gratis! – ein Zeichenbrett geben. Nur Papier und Kohle müsse ich selbst mitbringen. Am nächsten Morgen war ich schon vor neun Uhr im Casón und saß verzückt vor der Venus vom Esquilin.

Nur wenige junge Männer können so sehr wie ich mit meinen fünfzehn Jahren davon überzeugt gewesen sein, daß die Kunst des Zeichnens und Malens ihre wahre Berufung sei. Damals hatte ich ältere Maler noch nicht – wie später so oft – über die Schule spotten hören, über die Lehrzeit, die Disziplin, die nötig sind, um dem künftigen Werk eine feste Grundlage und Fülle zu geben. Mit wahrer Inbrunst kopierte ich in diesem Haus König Philipps IV. unter der lebhaften Allegorie Giordanos an der Decke des Hauptsaals, in allen Formaten den weißen Stuckgips, der die anmutige Reinheit der Nike von Samothrake, die gekrümmte Kontur des Diskuswerfers von Myron, die schlanke Einfachheit des Apoxyomenos von Lysippos, die endlose Qual Laokoons, die grobe Anatomie des Herkules, die knabenhafte Leichtigkeit des Fauns mit dem Zicklein wiedergab, nicht zu vergessen die berühmtesten Mütter der Liebe und Anmut: die Venus von Milo und die Mediceische Venus. Was dieses Museum an Reproduktionen besaß – an Fragmenten, vollständigen Statuen oder Köpfen (unter anderem den Senecas, des Poeten, der einer Ratte ähnelt) –, entstand aufs neue in scharfen Umrissen oder in verwischtem Helldunkel unter dem Kohlestift, den meine Hand bald geschickt über die gespannte Fläche des Papiers zu führen verstand. Nach wenigen Monaten kannte ich den Casón auswendig, und noch heute, nach so vielen Jahren, wäre ich vielleicht imstande, einige dieser Statuen zu zeichnen, ohne sie vor Augen zu haben. Was jedoch so schön für mich begonnen hatte, verwandelte sich bald, da ich es nun schon kannte und beherrschte, in etwas Monotones und Geistloses. So daß ich, ohne das Zeichnen von Statuen ganz aufzugeben, etwas versuchen wollte, was mir schwieriger erschien: Ich wollte im Prado-Museum kopieren und wählte für meinen ersten Versuch einen toten heiligen Franziskus, der Zurbarán zugeschrieben wurde. Ich habe noch nichts von der Überraschung gesagt, die ich in unserem wunderbaren Museum bei meinen ersten Besuchen erlebte. In meiner kleinen andalusischen Stadt war ich nur die schlechten Farbdrucke gewohnt gewesen und einige Landschaften aus der Schule des Velázquez im Hause meines Großvaters, und ich hatte daher gedacht, die alte Malerei sei nur dunkel, voll brauner Erdigkeit, unfähig zum Blau, Rot, Rosa, Gold, Grün und Weiß, zu all den Farben, die sich mir nun plötzlich bei Velázquez, Tizian, Tintoretto, Rubens, Zurbarán und Goya offenbarten ... Da hatte ich nun den wirklichen Prinzen Baltasar Carlos vor mir, und er hob sich deutlich ab vor dem strahlenden Blau des Himmels und dem reinen Weiß des Schnees der Guadarrama – ein toter bleifarbener Hintergrund auf dem schlechten Druck, den ich vor zwei Jahren kopiert hatte und der Ursache meines Zerwürfnisses mit María, der Köchin unseres Hauses in Puerto, gewesen war. Vor meinen unschuldigen Augen öffnete sich, nicht ohne mir am ersten Tage eine gewisse Röte in die Wangen zu treiben, das glänzende Perlmutt des von Rubens gemalten Fleisches all jener fülligen Grazien, verschwenderischen Pomonen, durch Wälder gehetzten Nymphen, Dianen mit ihren Hunden und Olifanten, hohen Venusgestalten mit gelösten Gürteln, nackten Göttinnen, die in meine schlaflosen Jünglingsnächte eindrangen und ihnen die Ruhe raubten. Nur wenig wußte ich damals von Satyrn, Faunen, Kentauren, Tritonen und all den andern Bewohnern der Wälder und Meere, deren Augen gerötet und deren Muskeln gespannt waren vor Liebe zu all den Gottheiten, die Rubens' Pinsel aus Rosen und Jasmin geschaffen hatte. Und wenn diese ungestümen, kraftvollen Gestalten des flämischen Malers in mir ein Gefühl für all das Fruchtbare, Begehrenswerte, Entfesselte weckte, das uns das Leben einmal bieten kann, so senkten mir die goldene Klarheit Tizians, die ruhige Gelassenheit seiner in die Musik verliebten Venusse, sein mildes Lächeln und seine glücklichen Spiele unter dem »sanften Wind« der Bäume für immer die Sehnsucht nach ewiger Jugend und grenzenloser, lichtvoller Harmonie ins Blut. In diesem Italiener aus Venedig, in den frühlingshaften Dächern Veroneses und in den warmen Lüften Tintorettos erkannte ich, ohne es noch ganz zu begreifen, wieviel Weiß und Blau, wieviel Sonne und Wind des Mittelmeers im italienisch-andalusischen Mark meiner Knochen lebte. Dort im Prado zog unversehens vor meinem stummen Erstaunen die volle Reife nackter Anmut vorüber, das Goldene Zeitalter der Farbe, der unbeschreibliche Ausdruck liebenden Begehrens, der ungehemmten Leidenschaft aller Sinne. Als ich mich der wenigen Gemälde erinnerte, die ich bei meiner Tante Lola in Zeitschriften und Büchern gesehen hatte, glaubte ich, die klassische Malerei sei nicht nur dunkel in den Farben, sondern auch, was ihre Themen anbetraf, auf das Religiöse beschränkt, und nichts als Dämonen, Engel, Jungfrauen, Christusgestalten, Heilige, Päpste und Mönche und Nonnen aller Arten füllten die Wände der Museen. Wie gewaltsam trieb mir der riesige mittlere Saal des Prados diese provinzlerische Idee aus! Nicht einmal die spanische Malerei, der ein Teil dieses Saals gewidmet war, hielt sich an diesen Themenkreis, wenngleich ihr melancholischer Ernst mit der schimmernden Raserei von Rubens und der melodischen Heiterkeit der Venezianer kontrastierte und dadurch noch trauriger wirkte. Und ich begriff, daß trotz der grauen, silbernen, bläulichen und rosaroten Töne des Velázquez, der himmlischen Dunstschleier Murillos, des glühenden Schwefels El Grecos, des Weiß und Elfenbeins Zurbaráns und der Farbengewalt Goyas meine Augen, mein Blut und mein ganzes Ich jener Welt des goldenen und grünen Heidentums angehörten, deren Herr und Meister über allen anderen Großen – o Tiepolo! – Tizian war. Mehr als jeder andere bestätigte er mir durch seinen ausgeprägten Sinn für das Helle endgültig, daß meine Wurzeln hinabreichten in die Zivilisationen des Blau und des Weiß, der Farben, die ich schon als Kind in mich aufgenommen hatte, Farben der Häuserwände, Tür- und Fensterrahmen der Städte meiner Bucht, die überschattet sind von jenem durchsichtigen Blau, das herkam von den Fresken Kretas, durch Italien strömte und das ganze spanische Mittelmeergestade bis zu den Städten der Provinz Cádiz am Atlantik übergoß und weiter durch Huelva bis hinauf zur Grenze Portugals floß.

Ich erinnere mich, daß ich diese ersten Eindrücke vom Prado-Museum in mehreren aufeinanderfolgenden Briefen Tante Lola mitteilte, die ich immer noch als diejenige liebte, die mich in die Malerei eingeführt hatte. Sie starb bald nach unserer Abreise nach Madrid, aber solange sie lebte, antwortete sie mir mit ermutigenden Worten, wenn ihr Herzleiden ihr ein wenig Ruhe ließ, und in einem ihrer letzten Briefe bat sie mich, für sie *Die Unbefleckte Empfängnis als Kind* Murillos zu kopieren. Ein Maler, den ich gegen Zurbarán austauschte, der von den Spaniern neben Velázquez, El Greco und Goya derjenige war, der mich anfangs am meisten erstaunte.

Ich hegte, seitdem ich sie im Prado entdeckt hatte, immer große Neugier und Bewunderung für die Kopisten, eine Bewunderung, die ich dann sogar auf die Bilderfälscher ausdehnte, als ich mich mit einem anfreundete. Im Velázquez-Saal gab es einen Kopisten, der gleichsam auf *Die Trinker* abonniert war; er reproduzierte sie meisterhaft in allen Größen. Ich selbst war eines Vormittags, als das Museum von Besuchern überquoll, Zeuge seines größten Triumphes. Er hatte eine Kopie seines Lieblingsgemäldes in Originalgröße beendet, und als er mit seinem Werk, das auf einer rollenden Staffelei stand, den Saal des Ma-

lers Philipps IV. verließ, traten die Menschen, die sich dort drängten, zur Seite und brachen in einen Beifall aus, den der gute Mann – ein wegen seiner Kleinheit und seines langen Bartes einzigartiger Typ – mit einem Lächeln und einem Kopfnicken entgegennahm.
Leicht zu beeindrucken, wie ich war, träumte ich damals davon, in dieser gelehrten kleinen Kunst des Kopierens Vollkommenheit zu erlangen, um die von mir bevorzugten Meisterwerke an den Wänden meines Hauses aufhängen zu können. Doch meine Ruhelosigkeit in jenen Jahren und mein schon erwachendes brennendes Interesse für die neuen Tendenzen der Malerei führten dazu, daß ich nicht einmal den toten heiligen Franziskus von Zurbarán und eine andere Kopie beendete, die ich kurz darauf begonnen hatte: das *Blinde Huhn* von Goya. Was mich letzten Endes am meisten fesselte, war die Atmosphäre des Museums, dieses Kommen und Gehen in den Sälen und spiegelblanken Korridoren, die eingehüllt waren in das beinahe klebrige Aroma von Firnis und Wachs – ein unvergeßlicher Geruch, der mich immer wieder zurückführte zu dem verwitterten Harz der Pinienwälder von Puerto.
Im Winter herrschte im Prado eine angenehme Temperatur. Diese wohlgewärmten Nymphen, die nackt vor Satyrn flohen, diese ebenfalls aller Kleidung ledigen Grazien und Aphroditen boten sich still meiner Begeisterung dar in der Wärme der Säle, die geschützt waren vor den scharfen Messern der von der Guadarrama herabwehenden Kälte. Im Sommer war der Aufenthalt noch angenehmer, denn das Museum war wie ein kühler Wald, und am stillsten und dunkelsten waren zur Stunde der Siesta die Säle des Erdgeschosses, die Poussin, Lorrain und den Skulpturen gewidmet waren. Die tiefe Schattigkeit der Landschaften Claude Lorrains mit ihren apotheosehaften Abenddämmerungen und ihren Kolonnaden und Tempelruinen erfüllten meine Madrider Sommer mit einer noch poetischeren Realität, als sie mir die schönsten Bäume von Aranjuez oder La Granja vermittelt hatten.

Als ich das *Blinde Huhn* Goyas zu kopieren begann, das ich dann, wie ich schon sagte, nicht beendete, war es auch Sommer. Fast der gesamte Goya war damals im Erdgeschoß untergebracht, so daß ich das Museum durch das Tor bei der Velázquez-Statue betrat, das von den schönsten Zedern bewacht wird, die ich je in Spanien sah. Es gab kaum einen Morgen, an dem mich nicht meine Schwester Pepita begleitete, um mir zuzusehen, wie ich dieses reizende Gemälde Goyas kopierte. Ich hatte sie für die Malerei begeistert und ein wenig auch für die Verse, die wir gemeinsam lasen auf unseren Spaziergängen auf den Hügeln des Hippodroms, in den Gärten des Buen Retiro und im Botanischen Garten. Ich muß noch sagen, daß wir damals schon nicht mehr in der Calle de Atocha wohnten, sondern in der Calle de Lagasca Nr. 101, ziemlich weit vom Prado entfernt. Ich mußte daher früh aufstehen und beinahe immer eine große Strecke zu Fuß zurücklegen, denn meine Schüchternheit und Eigenliebe quälten mich damals schon sehr, und ich mochte zu Hause nicht um Geld bitten. Ich kannte den Widerwillen, den meine Familie gegen meinen Wunsch, Maler zu werden, hegte, und der immer vorhanden war, wenn er auch im allgemeinen nur die Form des Schweigens annahm. Schuld an diesem Widerwillen war freilich auch der begründete Verdacht, daß ich nicht in meine Bücher schaute, denn ich hatte mein Versprechen, zum Examen anzutreten, nicht gehalten. Diese Verfehlung war der Hauptgrund dafür, daß ich es nicht wagte, auch nur um zehn Céntimos für meine bescheidensten Bedürfnisse wie etwa das Fahrgeld zu bitten. Doch damals wäre ich nicht nur zu Fuß ins Prado-Museum gegangen, sondern auch an jeden anderen Ort der Welt.

Die Goya-Säle, in denen alle seine Kartons für die Königliche Teppichmanufaktur hingen, öffneten jeden Morgen meine Augen einem Fest, dem einzig wahren Fest, das inmitten der traurigen, ernsten spanischen Malerei wie ein Strahl der Anmut und erfrischenden, heiteren Klarheit emporsteigt. Volksfest der Farben, erlesenes Preislied Spaniens. Spiel der Lüfte der Straße, Festtracht der Spätnachmittage in Kaleschen, Papierdrachen und Feuerwerkssterne. Zartestes Gelb, Rosa, Grün und Blau wie von einem wunderbaren Wasser ausgebreitet, ein Strom, der aus einem Pinsel quillt, den die Natur dem Licht entriß. Ein Spanien endlich, fähig der Klarheit und Helle, des lieblichen Lächelns, eines offenen, in seiner gesunden Freude beinahe lärmenden Herzens. Als grausamer Kontrast befanden sich aber in der Nähe dieses frischen Trunks der Wandteppiche die Zeichnungen und, wenn ich mich recht erinnere, ein Teil der schrecklichen Wandbilder aus Goyas Landhaus, der *Quinta del Sordo*, die später in die oberen Säle des Museums gebracht wurden, und es war, als schleuderten sie einen Strahl ätzender Dunkelheit über diese leuchtende Arena, um zu zeigen, was Goya und das ganze Spanien, das er darstellte, wirklich waren: eine ungeheure Stierarena, schroff in zwei Farben unterteilt: Schwarz und Weiß. Weiß der Sonne und der üppigen Kraft. Tiefes Schwarz des Schattens, des schwarzen, geronnenen Blutes.

Die Titel, die der Maler selbst unter seine Zeichnungen und Radierungen geschrieben hatte, amüsierten mich und machten mich oft auch erröten, und ich gab mir große Mühe, die frechsten vor meiner Schwester zu verbergen. Die Rechtschreibung Goyas war in vielen dieser kleinen Bildlegenden überaus frei, und man mußte die genaue Bedeutung nicht im geschriebenen Wort, sondern im gezeichneten Bild suchen. Was konnten aber auch einem Mann, der im Zeichenstift ein so geniales Ausdrucksmittel besaß, die Regeln der Grammatik bedeuten? Was mich, dem sie in jenen Jahren auch gleichgültig waren, erschreckte, war die Entdeckung einer Kühnheit, die ich nie für möglich gehalten hätte. Wie sollte ein Junge, der eben erst aus seiner Provinzstadt gekommen war, nicht verwirrt werden von Schreckgespenstern wie *El maricón de la tía Gila* (Der Schwule der Tante Gila), *Ciego enamorado de su potra* (Blinder, in sein Stutenfüllen verliebt), *Nada dicen* (Sie sagen nichts) oder den vielen schmutzigen, gefräßigen und schamlosen Mönchen, die wie ein Alptraum diese Museumswand schwärzten?

Die Vor- und Nachmittage des erstickend heißen Madrider Sommers des Jahres 1918, die ich zwischen der Leichtigkeit des *Blinden Huhns* und den Tuschen und Bleistiftzeichnungen des keineswegs barmherzigen Porträtisten der letzten bourbonischen Carlos und Fernandos verbrachte, trugen dazu bei, in mir, wenn auch zunächst nur auf eine unbestimmte und naive Weise, die Begeisterung für Goya und das Verständnis für sein unglückliches Spanien zu wecken, das leider so sehr dem Spanien ähnelt, das wir heute ertragen müssen.

Meine geringe Geduld als Kopist im Prado ließ mich immer wieder den Casón aufsuchen, wo ich unter den Jungen, die dort zeichneten, einen kennengelernt hatte, der es viel besser machte als die meisten anderen und der mir bald ein sehr guter Freund wurde. Er hieß Servando del Pilar, war von kleiner Gestalt, klug und aufgeweckt und sehr arm. Sein Vater war Abfallsammler, ein herzensguter Mann, der im Morgengrauen mit einem Sack loszog, um die Abfälle und den Schmutz vor den Häusern aufzulesen. Ich ging eines Morgens in das Haus, in dem er mit seinem Sohn Servando wohnte, und war bestürzt und erschüttert. Ein kleiner Tisch und eine Pritsche waren alles, was ich in der feuchten Dunkelheit des schäbigen Raumes entdeckte, der die ganze Wohnung darstellte. Dieser einfache und wahrhaft heiligenmäßige arme Mann war stolz auf die Berufung seines Sohnes, für den er vom frühen Morgen an eine so niedrige Arbeit verrichtete, und er träumte davon, daß eines Tages sein kleiner Maler imstande sein werde, ihm noch einige wenige Jahre wohlverdienter Ruhe und Behaglichkeit zu bieten. Da ich damals Servando bewunderte, erzählte ich ihm manchmal, um ihn wegen seiner finsteren Armut zu trösten, die goldene Legende Giottos, des kleinen Schafhirten, die ich mit Entzücken von meiner Tante Lola in Puerto gehört hatte.

Wenn wir beide nicht im Casón zeichneten oder uns im Prado abmühten, füllten wir die Blätter unserer Zeichenblöcke mit Skizzen nach der Natur – Landschaften, Menschen auf den Terrassen der Cafés, Arbeitern am Werk oder zur Stunde der Siesta im Schatten ruhend. An manchen Nachmittagen kam Servando del Pilar auch zu mir in mein Studierzimmer, das zugleich mein Schlafzimmer war, und ich saß ihm Modell, wie er mir bei anderen Gelegenheiten als Modell diente. Dort träumten wir dann beide vor dem offenen Fenster, durch das das verschwommene Blau der Berge der Guadarrama hereinsah, bis die Sonne hinter den Gipfeln verschwand und mit den ersten Sternen im fernen Halbdunkel Madrids die Lichter aufzuleuchten begannen.

Mein Zimmer in der Lagasca-Straße war ungeachtet der Unordnung, die darin herrschte – bei meiner Mutter hieß es »die Rumpelkammer«, bei meinen Freunden »das Triklinium« –, stets das meistbesuchte des Hauses. Und alle Besucher wollten schnüffeln und sehen, was dort vorging. Ich war von diesen Inspektionen nicht sehr erbaut, denn meistens endeten sie mit spöttischem Gelächter oder anderen Unverschämtheiten, zu denen meine Gemälde und Zeichnungen herausforderten, die trotz ihrer beinahe akademischen Normalität noch immer zu »verrückt und extravagant« waren.

Andere dagegen waren im »Triklinium« immer willkommen. Nach Servando del Pilar an erster Stelle meine Schwester Pepita. Sie hatte die Erlaubnis, in meinem geliebten Durcheinander zu wühlen und sogar Bücher mitzunehmen, vor allem die Werke gewisser Dichter, die wir gemeinsam bewunderten. Die anderen Freunde, die freien Zutritt hatten, waren Manuel Gil Cala, Celestino Espinosa und María Luisa, ein hübsches Mädchen, das eine neue Freundin meiner Schwester und um einiges

älter als ich war. Ich zeichnete ein großes Porträt von ihr und glaubte in sie verliebt zu sein.
Manuel Gil Cala war Dichter, Celestino Espinosa ebenfalls, María Luisa gar nichts, das heißt: sehr viel. Sie war hochgewachsen und dunkel, hatte sehr große, aufmerksam blickende Augen und las Bécquer und damals auch Amado Nervo und Rubén Darío, mit denen uns Gil Cala bekannt machte. Diese María Luisa, die den Teufel im Leib hatte, war Anlaß einer sehr ernsten, nie hinlänglich geklärten Situation, die Manuel, Celestino und mich betraf. An vielen Nachmittagen, wenn es schon dunkel wurde, ging María Luisa, nachdem sie mir ein oder zwei Stunden in meinem Zimmer Modell gesessen hatte, mit mir heimlich in die Glorieta de Salamanca, die damals sehr einsam und geheimnisvoll und dicht mit Tannen bestanden war, in deren tiefen Schatten man die Bänke kaum sah. Auf einer dieser Bänke, es war immer dieselbe, saßen wir beide, manchmal ohne miteinander zu sprechen, bis gegen zehn Uhr abends. Um diese Zeit verschwand sie dann rasch aus Angst, von jemandem gesehen zu werden. Meine beiden Freunde wußten nichts von diesen Stelldicheins, bis eines Tages der eine, Celestino Espinosa – woher er es erfahren hatte, weiß ich nicht – mir gegenüber plötzlich eine sonderbare beschützerische Haltung einnahm, mir Warnungen zuflüsterte und meine Beziehungen zu María Luisa nicht eben wohlwollend kritisierte; er hielt sie für gefährlich und meinte, sie könnten, nun da die Freundschaft zwischen meiner Familie und der ihren immer enger wurde, leicht mit einem Skandal enden. Ich erfuhr nie so recht, was geschehen war. María Luisa kam jedenfalls kurz nach diesem Gespräch nicht mehr in die geheimnisvolle Glorieta, und Celestino widmete mir, gewiß um mich zu trösten, ein Gedicht über unsere Liebe, von dem einige Strophen auf die Tannen und jene im Schatten verborgene Bank anspielten. Gil Cala, von dem ich annahm, daß er von nichts wisse, überraschte plötzlich Espinosa und mich, indem er uns einige

leidenschaftliche Verse vorlas, die er María Luisa gewidmet hatte und die wir beide schweigend und ohne uns die geringste Überraschung anmerken zu lassen, anhörten. Nach dieser bitteren Enttäuschung mochte ich nie herausfinden, ob María Luisa mich mit Celestino und diesen wiederum mit Gil Cala betrogen hatte. Während der ganzen Dauer unserer Freundschaft, die sehr groß war, gab es aber immer einen dunklen Winkel, in den nie ein Licht fiel und den wir mit einer gewissen lächelnden Gewandtheit umgingen, wenn er gelegentlich in unseren Gesprächen auftauchte.

María Luisa kam nie mehr ins »Triklinium«, aber ihr mit Kohle gezeichnetes Porträt in voller Größe hing noch lange an der Wand gegenüber meinem Bett.

Nie werde ich meine »Rumpelkammer« vergessen, bezauberndes Zimmer, das Zeuge so vieler Freuden und kummervoller Schlaflosigkeit war, bis ich es mit achtundzwanzig Jahren endgültig verließ. Wie viele Male drang das erste Frühlicht durch sein Fenster und legte sich mir auf die vor Schlafmangel und Müdigkeit geröteten Augen! Doch nicht nur die langsame Morgendämmerung oder die rauschenden Sonnenuntergänge über der fernen Guadarrama traten immer in dieses Zimmer ein und färbten mein Kissen, meine Bücher, mein Zeichenbrett oder meine Malstaffelei rosa. Eines Tages war sein Fenster auch den Echos des Todes geöffnet. Das hastige Rattern einiger Maschinengewehre ließ mich aus der Schläfrigkeit der Siesta auffahren. Es kam aus Cuatro Caminos, dem Arbeiterviertel im Westen Madrids. Ich wußte damals noch nichts von Streiks, ich verstand nichts von dem Recht auf Leben dieser Menschen, die man Proletarier nannte. Ich begriff nicht recht, was vorging. Aber ich erfuhr dann von Toten, Verwundeten, Verhafteten und hörte zum erstenmal die Namen Largo Caballero, Anguiano, Saborit, Besteiro, Fernando de los Ríos . . .

Bald darauf hörte ich auch von Lenin und den Bolschewisten sprechen, aber das waren Synonyme für Bandi-

ten oder Dämonen, Feinden nicht nur der Religion, sondern der ganzen Menschheit. Heute begreife ich, daß ich damals von reaktionären, größtenteils ungebildeten Menschen umgeben war, die solche Meinungen vertraten, die sich dem erhellenden Licht der Tatsachen verschlossen und in ihre Worte den wilden Haß legten, der so typisch ist für die allzu große Klasse jener Spanier, die man so treffend als »Höhlenbewohner« bezeichnet. Ganz in meiner Berufung aufgehend und jung, wie ich war, hatte ich keinen Blick für diese transzendentalen Ereignisse, die keine sichtbare Spur in mir hinterließen, schließlich aber doch von meinem Gedächtnis registriert wurden.
Von Gil Cala, der schon ein Mann war, hielten meine Eltern viel. Sie meinten, der Beruf des Malers sei eine – wenngleich wenig lohnende – Karriere wie die des Ingenieurs oder Anwalts, doch habe er eben nichts zu tun mit dem unordentlichen Leben, das ich als Zeichner auf den Straßen führte, oder mit den Verrücktheiten, die ich mir als unbeständiger Kopist im Prado-Museum leistete. Nachdem sie Gil Cala konsultiert hatten, beschlossen sie, mir einen Lehrer zu geben. Das gefiel mir nicht sehr, denn ich sah die Freiheit bedroht, die ich seit dem ersten Augenblick meines Lebens in Madrid genossen hatte. Dennoch akzeptierte ich ohne große Proteste und in der Annahme, daß er mir für meine Lehrzeit nützlich sein könnte, den Lehrer, den mir Gil Cala brachte, einen guten, sympathischen und völlig unbekannten Mann mit einem langen gezwirbelten Schnurrbart, der Emilio Coli hieß. Was lernte ich bei ihm Neues in diesen langweiligen Unterrichtsstunden, in denen ich ständig Nasen, Ohren, Füße, Hände und Augen kopierte? Diese Stunden nützten mir wenig, aber für Coli waren sie vorteilhaft, denn sie fanden in der Galerie unseres Hauses statt, und Coli legte es darauf an, mit meiner Schwester Pepita zu flirten, diesem Mädchen, das den Zauber seiner fünfzehn Jahre zu entfalten begann. Bald darauf sagte ich Coli, daß ich es satt hatte und für nutzlos hielt, so viele Nasen

und Augen zu reproduzieren, und er riet mir, ins Casón zurückzukehren und mich wieder den Venus- und Apollfiguren aus Gips zu widmen.
Mit Freuden nahm ich mein Leben auf der Straße wieder auf und eilte schon am frühen Morgen in den kleinen Palast Philipps IV., um mich mit mehr Eifer als zuvor im Abzeichnen griechischer und römischer Statuen zu üben. Dem Professor Emilio Coli bereitete es kaum schlaflose Nächte, daß ich die Galerie unseres Hauses mit dem Casón vertauscht hatte, denn von nun an machte er sich nur noch selten die Mühe, meine Arbeiten zu prüfen. Diese Nachlässigkeit seinerseits verschaffte mir wiederum ein Gefühl der Selbstsicherheit, das nur gelegentlich gestört wurde durch die verwirrende Scham, die ich empfand, wenn ich sah, wie er plötzlich hinter mir erschien und den lächelnden Blick und den absurden, stacheligen Schnurrbart auf die begehrenswertesten Teile derer heftete, die ich gerade zeichnete – und ich war ein notorischer Venus-Spezialist. Ich erinnere mich, daß mich eines Morgens jemand – irgendein junger Mann, der nicht weit von mir in demselben Saal kopierte –, als Coli gegangen war, hämisch fragte, ob ich einen Lehrer hätte, worauf ich wütend antwortete, nein, das sei nur ein mit meinen Eltern befreundeter Herr, der sich für die Malerei interessiere und ins Casón gekommen sei, um zu sehen, was ich treibe.
Coli verschwand eines Tages, ich weiß nicht, wie, und ich hatte einen zweiten Lehrer, der sich noch weniger um mich kümmerte und in meinem Leben nicht einmal die spaßige Erinnerung an einen spitzen Schnurrbart zurückließ, wie ihn der erste gehabt hatte. Von neuem völlig frei, widmete ich mich mit wahrer Leidenschaft der Malerei nach der Natur. Zum erstenmal ging ich hinaus in die Parks, auf die Wiesen und in die Gassen mit einem Malkasten, der ganz mir gehörte, unbehelligt von Köchinnen und Familienangehörigen und, was mich am meisten beruhigte, ohne so tun zu müssen, als käme ich

vom Kolleg nach Hause. Nie werde ich das Wunder vergessen, im Sommer im Schatten der Bäume zu sitzen, um die spiegelnden Wellen eines Springbrunnens wiederzugeben oder das Grün der von der Sonne durchwärmten Blätter, das wechselnde Violett der Berge, das scharf zeichnende Licht Spaniens. (Um wieviel besser war das, als später, nachdem ich die Malerei aufgegeben hatte, immer in einem Zimmer zu sitzen, vor einem leblosen Stück Papier oder der schrecklichen Kälte der Schreibmaschine.) Ja, im Freien malen, mit reinem Eifer die Farben mischen und mit Hilfe von Flecken oder Punkten die Vision der einer Landschaft geöffneten Augen nach Hause tragen. Ich war damals als bartloser Anfänger, wie es meinem Alter und dem Umstand, daß ich in Madrid lebte, entsprach, Impressionist oder Pointillist, stand aber auch den anderen Richtungen – dem Kubismus und allen sonstigen »Ismen« – nicht sehr fern, die nach dem Krieg die jungen Maler der ganzen Welt in Unruhe versetzten.

In Madrid sah ich einmal irgendeine Ausstellung schlechter Landschaften, die im Mondlicht gemalt worden waren. Ich wollte unter gleichen Bedingungen zu malen versuchen. Daher schlich ich in einer hellen Vollmondnacht zu einer Stunde aus dem Haus, in der ich annehmen konnte, daß meine Eltern schliefen. Nachdem ich eine Weile auf den Straßen und Plätzen meines Viertels umhergewandert war, entschied ich mich für die Puerta de Alcalá, deren schattendunkle Bögen das Blau des Mondlichts auf ihren Granitsteinen noch heller glitzern ließen. Gegen drei Uhr morgens betrachtete ich diesen breiten Säulengang Karls III. als beendet, und ich kehrte glücklich durch die Velázquez-Straße heim, begeistert von meiner ersten Ruhmestat als Maler von Nachtstücken. In meiner Unschuld wußte ich jedoch nicht, daß sich für die stockkatholischen spanischen Familien die Gelegenheit zur Sünde nur in den dunklen Tiefen der Nacht ergeben kann. Und nicht einmal die helle Nacht, die ich mir ausgesucht hatte, konnte meinen Vater von dieser traditionellen Vorstellung abbringen. Der Fausthieb, den ich bei meiner Heimkehr bekam, sagte mir, daß für ihn die Teufel der Versuchung ihre verderblichen Praktiken auch in den hellsten Strahlen Lunas, der Göttin der Liebenden, nicht aufgeben. Als der Morgen gekommen war, zeigte ich meinen Angehörigen meine vom Mond beschienene Puerta de Alcalá, und ich nahm dabei einen meiner Brüder, den ältesten, der spöttisch lächelte, beiseite und sagte:

»Da siehst du nun, daß man nachts das Haus verlassen kann, ohne gleich zu den Huren gehen zu müssen.«

Sein anzügliches Lächeln hatte mich begreifen lassen, daß er sich jedenfalls in diesen Dingen schon sehr gut auskannte. Zum Frühstück kam dann mein Vater und küßte mich wie immer, und daran erkannte ich, daß er mir verziehen hatte oder vielleicht seine ungerechte Heftigkeit bereute. Ich brauche nicht eigens zu erwähnen, daß ich in der nächsten Nacht wieder meinen Malkasten nahm und, ohne jemanden um Erlaubnis zu bitten, auf der Suche nach einer anderen Landschaft im Mondlicht an den Stadtrand von Madrid wanderte. So erzog ich mir meine Familie; ich verteidigte meine Freiheit und brachte sie dazu, meine heißgeliebte Malerei zu respektieren.

Tagsüber waren meine Lieblingsplätze für die Malerei nach der Natur: die Gärten des Buen Retiro mit der kunstvollen Geometrie ihrer Beete und, im Herbst, ihrer ernsten Statuenallee; die romantischen Alleen des Botanischen Gartens, in dem Brunnen mit moosgrünen Skulpturen rauschten und seltene Blumen und Bäume mit Namen standen, die ich vor mich hinsprach wie eine Litanei: Salix babylonica, hängende Sophore, Himmelsbaum ... Andere bevorzugte Orte waren die grünen Hänge der Moncloa mit dem Blau der Sierra de Guadarrama im Hintergrund, die an Goya gemahnenden, mit Wäscherinnen und in der Sonne leuchtenden Trockenplätzen geschmückten Ufer des Manzanares, und im Osten die endlose kastilische Ebene, deren gerade Horizontlinie der

Cerro de los Ángeles unterbrach. Auch die alten Friedhöfe übten damals eine eigenartige Anziehung auf mich aus. Schaurige, regnerische, windige Nachmittage, an denen der Geist Bécquers umging, verbrachte ich malend in ihren Zypressenalleen und an verfallenen, von Efeu umrankten Gräbern. Am meisten faszinierte mich der verlassene Friedhof von Santa Engracia. Seine Kinderabteilung rührte mich tief, nicht nur wegen der vielen Brennesseln und mit Schnecken übersäten Rauken und der ekstatisch in der Sonne liegenden Mauereidechsen, sondern vor allem auch wegen der Grabinschriften, die ich manchmal in mein Skizzenbuch kopierte. Über eine mußte ich wegen der zärtlichen und grotesken Koseform immer lachen. Da rief die kleine Grabplatte eines 1870 verstorbenen Knaben aus: »Ach, mein *Serapito*, Sohn meines Herzens!« Das war von allen die tragischste.

In demselben Jahr, das heißt Anfang 1919, kehrte ich nach Puerto zurück. Es war eine kurze, unerwartete Reise mit meinem Bruder Vicente. Mein Vater, der mich ungeachtet seiner Unruhe und Besorgnis hinsichtlich meiner trüben Zukunft sehr liebte, sagte eines Abends beim Essen zu mir:

»Obwohl du es nicht verdienst, weil du nicht zur Schule gegangen bist, wie du es uns versprochen hattest, sollst du die Gelegenheit nutzen und mit deinem Bruder fahren, da du nun einmal so gern wieder in Puerto sein möchtest.«

Nach Puerto zu fahren war allerdings noch immer mein Traum, obwohl ich gestehen muß, daß mir Madrid schon nicht mehr als die grauenhafte Stadt erschien, die es bei meiner Ankunft für mich gewesen war, und daß die Freiheit, die ich in Madrid genoß, etwas unschätzbar Neues in meinem jungen Leben darstellte. Wenn ich mich zu dieser Reise bereit erklärte, so dachte ich dabei, nun da ich mich für viel erfahrener hielt, an die Strandlandschaften, die ich wenige Jahre zuvor unter der begeisterten Anleitung Tante Lolas gezeichnet und gemalt hatte.

War mir Puerto, so wie ich es mir immer im Traum vorgestellt hatte, als ein Wunder erschienen, so fand ich es traurig ohne *sie*, denn sie war kurz nach unserer Abreise gestorben, und traurig fand ich es mit seinem Kolleg San Luis Gonzaga, an dem in diesem Jahr meine alten Schulkameraden ihre Reifeprüfung ablegten; ja, traurig war die Stadt ... traurig aus so vielen Gründen: auch weil es keine Milagritos Sancho mehr gab, das unerreichbare Mädchen mit den stämmigen Waden, das mir von der in der Dämmerung versinkenden Brüstung ihrer weißen Dachterrasse herab Liebe einflößte, und weil auf alles, die Sonne, das Meer, den Fluß, die Häuser, die Pinienwälder so etwas wie ein gelber Staub gefallen war, der es in die Melancholie einer Blume tauchte, die gleich den Kopf sinken läßt.

Den knappen Monat meines Aufenthalts in Puerto verbrachte ich – obwohl ich im Hause meines Onkels Fernando Terrys, des Kognakfabrikanten, schlief – bei meinem Vetter José Luis de la Cuesta, der ein wenig älter war als ich, sich für meine Malerei begeisterte und jederzeit bereit war, mich in seiner Kutsche mit den prachtvollen Pferden an die entferntesten Orte zu bringen, um erstaunt zuzusehen, auf was für eine *sonderbare* Weise ich sie malte. Von allen Bildern, die ich in diesen kurzen Tagen malte, schockierte nicht nur ihn, sondern auch die übrigen Verwandten und Freunde am meisten der Hof und der Kreuzgang der verlassenen Kartause von Jerez. Ich malte ihn in einer divisionistischen Technik, mit der ich – was mir ein wenig später bewußt wurde – Paul Signac imitierte. Die beißenden Kommentare, mit denen alle, die es sahen, mein Werk bedachten, zeigten mir, daß dort, in meiner Heimatstadt, niemand geneigt war, mich zu bewundern, und daß man mich, wenn ich nicht bald wieder abreiste, für verrückt halten, daß man über mich lachen würde mit der unverhohlenen Grobheit derer, die sich von allem beleidigt fühlen, was sie nicht verstehen.

Was ich bei meiner Rückkehr nach Madrid wieder für

Puerto empfand, war eine schmerzliche Sehnsucht nach seinem Weiß und Blau, nach seinem gelben Sand mit den vielen Burgen, nach meiner glücklichen Kindheit voller Ozeandampfer und Segelboote im leuchtenden Wind der Bucht.

II

Ich setze meinen Verlorenen Hain fort, dieses zweite Kapitel über meine Jugendjahre, immer noch zwischen der Mauerwinde und den »Bundessternen« meines schmalen Gartens in Buenos Aires. Der dritte Sommer ist das nun, fern von Punta del Este, von »La Gallarda«, dem Haus Aitanas, zwischen den Pinienwäldern am Strand, den Akazien mit dem goldenen, gezackten Blattwerk und der nahen Stimme des Meeres. Die Hitze regt mich zur Arbeit an. Das Feuer, das durch das Laub der zwei oder drei mich schützenden Bäume sickert, ist ein gutes Schwert, um mir die überwucherten Pfade der Erinnerung zu öffnen.

Als ich nach Madrid zurückgekehrt war, richtete die kurz nach Kriegsende auftretende Grippe, jene Grippe, die man aus Gründen, die mir nie klar wurden, die »spanische« nannte, Verheerungen in beinahe allen Städten und Dörfern Spaniens an. Wenige Tage nach meiner Abreise aus Puerto starben mehrere meiner Verwandten, darunter ein schönes Mädchen, die Schwester meines Vetters José Luis de la Cuesta. Auch vor der Schwelle unseres Hauses machte die grausame Krankheit nicht halt. Sie befiel die Lungen meines Vaters und ließ eine Wunde zurück, durch die anderthalb Jahre später der Tod eindringen sollte. Es schmerzte mich, daß ich mein Versprechen nicht gehalten hatte, und ich begann daher – mit geringer Begeisterung, wie ich gestehen muß – zu studieren, um nicht nur mein viertes Jahr zu machen, sondern auch eine Prüfung abzulegen, die dem fünften entsprach.
Die wenigen Tage in Puerto hatten mir dazu gedient, mir darüber klar zu werden, wieviel ich Madrid bereits verdankte, und ich betrachtete mich als einen durchaus vollendeten jungen Mann, der seiner Berufung sicher war und nichts mehr mit jenem schlechten Schüler der Jesuiten zu

tun hatte, der noch in kurzen Hosen umhergelaufen war. Sehr lang waren die Hosen, die ich nun trug, und ich gefiel mir darin, ab und zu als Spazierstock ein dünnes Bambusrohr zu schwingen, das mit meiner eigenen Schlankheit wetteiferte, das heißt mit meiner bleichen, besorgniserregenden Magerkeit. Ich war damals sehr schwach und fühlte schon, wenngleich ich sie mir verschwieg, die ersten Symptome der Krankheit, die Jahre später meinem Leben zum Teil eine neue Zielrichtung geben sollte. Eine unerklärliche Ruhelosigkeit, eine angstvolle Qual, Schlaflosigkeit und Alpträume hatten sich meiner bemächtigt und verdüsterten beinahe meine gesunde Freude. Zur Schlaflosigkeit kam Appetitlosigkeit, ein solcher Mangel an Eßlust, daß ich ganze Tage nur von einer Tasse Milchkaffee lebte, die ich in einem kleinen alten Café in der Calle Serrano rasch zu mir nahm. Meine Beine waren schwer, und beim Gehen hatte ich das Gefühl, in jedem Schenkel einen Sandsack herumzutragen. Trotz all dem fühlte ich mich von einem unbezähmbaren Ungestüm, einem wahnwitzigen, blinden Drang getrieben. Ich erinnere mich an den Morgen, an dem ich zum erstenmal mitten auf der Straße das Bewußtsein verlor und, als ich wieder zu mir kam, eine schöne Dame erblickte, die mir beistand und ihr duftendes Taschentuch auf meine Schläfen drückte, während mich einige Mädchen, die eben von der Kirche heimgingen, voll Mitleid betrachteten. Von diesen Schwächeanfällen erfuhren meine Angehörigen erst nach dem Tode meines Vaters. Aber da man mir ansah, daß es mit meiner Gesundheit nicht zum besten stand und da er schon sehr krank war, schickte man mich diesen Sommer mit ihm zusammen in die Sierra de San Rafael, wo mir der Fichtenduft und die Sonne der Guadarrama die Lungen mit neuem Leben füllten, und schon nach wenigen Tagen war ich so weit wiederhergestellt, daß ich unter Pappeln dahinwanderte und hinaufstieg zum Blau windiger Gipfel. Dort zeichnete ich schattige Hänge und Wasserfälle, dort hielt ich auf dem Papier die alten, alleinstehenden Föhren der Höhen fest, die ich auf dem ersten Blatt meines Skizzenbuchs mit einer literarischen Widmung bedachte: »Den traurigen Rittern der Lüfte.« Oh, sähe ich mich heute noch einmal mit der gleichen reinen Unschuld in jenem Rauschen, in jenen Fernen oder an den milden Ufern Malagas, zu denen ich, immer noch in Begleitung meines Vaters, hinunterstieg, als der Winter begann!

Malaga füllte mir meine Zeichenbögen und Skizzenblätter mit dem Wogen und Schäumen der See, mit Booten und Burgen, Gärten neben den Fischernetzen, mit Zitronenbäumen und blendendem Kalk. An den Vormittagen ging ich gern nach La Caleta hinaus, um beim Einholen der Sacknetze zuzusehen, einem zugleich mühseligen und fröhlichen Fest voll von Geschrei und dem zuckenden, springenden Gefunkel der kleinen Silberlinge der Sardellen. An den Abenden ging ich im Park spazieren, aber ich mied das geheimnisvolle Dunkel, in dem sich die schamlosen Dirnen herumtrieben und auf jene unglaublichen Männer warteten, die von den Schiffen kamen und ein Vergnügen suchten, das in diesen Hafenstädten des Mittelmeers beinahe niemand als eine Verirrung anzusehen wagt.

Obwohl ich den Umgang mit Menschen und vor allem mit Gleichaltrigen scheute, schloß ich in diesem Winter einige Freundschaften. So lernte ich Luis Altolaguirre kennen, den Bruder Manolitos, der damals das Jesuitenkolleg El Palo besuchte und einige Jahre später einer der großen Dichter meiner Generation wurde.

Mit diesen heute vergessenen Freunden, unerträglichen jungen Herrchen aus den »besseren Kreisen« Malagas, suchte ich in einer warmen Nacht ein teures Bordell in der Nähe des Meeres auf. Nicht ohne eine gewisse Angst, die ich jedoch schon nach wenigen Minuten verlor, betrat ich – es war das erstemal, daß ich etwas dergleichen tat – dieses mediterrane Haus der Venus, einen regelrechten Garten, in dem die braunen andalusischen Mädchen beinahe ohne jegliche Hülle zwischen Geranientöpfen und leuchtenden Nelken, im betäubenden Duft von Basilienkraut, Magnolien und Jasmin umhergingen. Weinranken zogen ein grünes Dach über die Mauern hin, in denen sich die mit bunten Vorhängen verdeckten Eingänge zu den geheimnisvollen Schlafzimmern befanden. In der Mitte dieses Hofes oder Gartens stand eine mit goldgelben und karminroten Rosen überwachsene Laube. In ihr saß ein Gitarrespieler über das Schalloch seines Instruments gebeugt und spielte leise für einige Seeleute, die an den sonnengebräunten Hälsen ihrer Erwählten hingen. Nach und nach gesellten wir uns mit den unseren zu ihnen, und zuletzt feierten wir ein fröhliches Liebesfest, bei dem sich der Gesang, das Gitarrespiel, das Gelächter und die im Feuer des Weins immer lauteren Zurufe mit dem Rauschen des Meeres vermengten, das der Wind über die niedrigen Dächer zu uns hertrug.

Als ich kurz nach Sonnenaufgang heimkehrte, machte mir mein Vater keine Vorhaltungen, obwohl ich diesmal nicht, wie damals in Madrid, im Mondlicht gemalt hatte.

So wunderbar mir aber damals auch mein Abenteuer und die Entdeckung dieses pompejanischen Lupanars in Malaga erschienen: ich kehrte dennoch zurück zu meinen einsamen Spaziergängen und zu meinen Skizzen in La Caleta und El Limonar und zeichnete vom Schloß Gibralfaro aus die Weiten der Felder und des Meeres. Und da ich den Snobismus dieser jungen Andalusier von Tag zu Tag weniger ertrug, mied ich den Umgang mit all den gelegentlichen Freunden, die schon von den schlechtesten Traditionen der »guten Gesellschaft« der Stadt angesteckt waren. Von einer entsetzlichen Geschichte, deren Protagonist einer der Gruppe gewesen war, berichtete man mir nur unter Gelächter und obszönen Scherzen: Eine andere Clique junger Herren aus den besten Familien nutzte die homosexuellen Neigungen eines reichen Deutschen aus, der eines Winters an diesem warmen Gestade erschienen war. Ihr zweideutiges Spiel bestand darin, daß sich bald der eine, bald der andere von ihm lieben ließ und ihm Geld abnahm, mit dem sie sich dann in den anrüchigen Cafés und den Bordellen des Hafens herumtrieben. Eines Nachmittags wurden die jungen Männer, die wie üblich in einem Wagen auf die Rückkehr des Freundes warteten, der hineingegangen war, um sich dem Deutschen zur Verfügung zu stellen, ungeduldig, weil sich der Besuch allzusehr in die Länge zog. Sie stürzten in die Villa, in der der Deutsche wohnte, und schlugen die Tür ein. Am folgenden Abend brachten die Lokalzeitungen die Nachricht von dem furchtbaren Verbrechen: Man hatte einen Fremden mit Dolchen an einer der Wände gekreuzigt aufgefunden. Die ersten Untersuchungen brachten die bekanntesten Namen der vornehmen Welt Malagas ans Licht. Und da sogar einer der Söhne des Gouverneurs auf der Liste stand, wurde die Sache vertuscht, und die Urheber eines so furchtbaren, abstoßenden Mordes gingen ungestraft durch die Straßen Malagas.

Nachdem ich mich von diesem Abschaum provinzlerischer Snobs getrennt hatte und wieder mit mir allein war, stieß ich auf einem meiner Abendspaziergänge durch die Calle Larios auf das Bild Salvador Ruedas, des vergessenen Sängers jener wunderbaren Landschaften der Erde und des Meeres. Ich sah ihn zum erstenmal auf einem Buchumschlag hinter der Schaufensterscheibe einer Buchhandlung. Er war in nachdenklicher Haltung abgebildet, mit Lorbeerkranz und langem, gezwirbeltem Schnurrbart. Ich überwand die Schüchternheit, die mir damals oft zu schaffen machte, und wagte es, ihn aufzusuchen. Er war damals Leiter der Stadtbibliothek und beklagte sich über seine zunehmende Blindheit und die ungerechte Vergessenheit, zu der man ihn verdammt hatte. Mit leiser, vor Erschütterung belegter Stimme zählte er mir seine Verdienste auf: Als bescheidener Hirte war er aus Benaque, seinem Heimatort, nach Malaga gekommen, »den Kopf voller Flausen«. Er war sich seiner Rolle als

Vorläufer des poetischen Modernismus bewußt, als den ihn Rubén Darío, dem er um die Jahrhundertwende zwei großartige, geistsprühende Gedichte widmete, großzügig anerkannt hatte. Er sagte mir, die Stimme des modernen Parnasses sei die einer Frau. Nervo? Villaespesa? Jiménez? Feminine Poesie ...

Ich begleitete ihn an einem sonnigen Vormittag durch verschiedene Straßen und Alleen nach Hause, und ich sah, daß sein Zuhause aus einem sehr bescheidenen Zimmer in einem Bordell im Stadtviertel El Perchel bestand. Dort wohnte der unglückliche, strahlende Dichter jener Gestade und betrachtete wehmütig die vielen, am Kopfteil seines elenden Bettes angenagelten Kränze, die in den ruhmreichen Jahren seiner Reisen in Spanien und Amerika seine Stirn geschmückt hatten.

Ungerecht behandelte das Vaterland diesen echten Dichter, den es noch immer kränkte – er beklagte sich niedergeschlagen darüber –, daß er nie genug Unterstützung gefunden hatte, um unter die Unsterblichen der *Real Academia de la Lengua* aufgenommen zu werden. Über die Bemühungen Ruedas, in dieses Haus der Gelehrsamkeit Eingang zu finden, erzählte man mir später in Madrid die folgende unterhaltsame Geschichte:

Der Sänger aus Malaga führte als Hauptverdienst seines Lebens an, daß er Hirte auf den Weiden seiner Heimat gewesen war. Und das sagte er jedem der verknöcherten Akademiker, die er aufsuchte. Als er an den hinfälligsten und ausgedörrtesten von allen geriet, antwortete ihm dieser mit ironischer Wehmut:

»Schauen Sie, Rueda, hören Sie doch damit auf. Hier in der Akademie brauchen wir leider keine Hirten. Wir sind alle so alt, daß schon keinem mehr die Ziegen davonlaufen.«

Armer Salvador Rueda! Ich wollte viele Jahre später, als ich schon hier in Buenos Aires war, versuchen, seinen Ruhm neu zu beleben, und veröffentlichte in der Sammlung *Mirto*, die ich herausgab, eine Anthologie seiner besten Verse. Daraufhin wurde seiner in einigen Zeitungsartikeln lobend gedacht, aber das war auch alles. Seine in mancher Hinsicht so amerikanische Poesie weckte nicht das Echo, das wir mit Recht erwarteten. Darüber braucht man sich freilich nicht zu wundern, denn heute rührt nicht einmal mehr Rubén Darío das Herz der neuen Generationen, und das ist jammerschade!

Als ich nach Madrid zurückgekehrt war und immer noch von der ganzen Familie Vorwürfe zu hören bekam, weil ich mein Versprechen bezüglich der Schule nicht gehalten hatte, begann ich mit etwas mehr Eifer zu lernen. Es schmerzte mich zu sehen, wie sich der Gesundheitszustand meines Vaters immer mehr verschlechterte, und zu denken, daß er sterben könnte, bevor ich ihm diese kleine Freude gemacht hätte. Ohne meine Besuche im Casón und im Prado-Museum und meine Spaziergänge und poetischen Abendsitzungen mit Gil Cala und Celestino Espinosa aufzugeben, bereitete ich mich während des Sommers mehr schlecht als recht in Weltgeschichte, Poetik und Literaturgeschichte vor. Als im September schließlich die Prüfungen stattfanden, meldete ich mich, halb tot vor Angst, im Instituto del Cardenal Cisneros. Schreckliche Nachmittage, schlimmer als die in Jerez, als man mich in Arithmetik und Geometrie prüfte. In Geschichte kam ich durch, aber in Poetik ... O mein Gott! Dieses Madrider Lehrbuch war noch geheimnisvoller und unverständlicher als das der Jesuiten in Puerto. Man fragte mich nach den Didaskalien, und ich hörte verwirrt von Paragogen, Hemistichien, Hyperbatonen und Metonymien sprechen. Und als der Professor zuletzt einen verzweifelten Versuch unternahm, mich doch noch durchzubringen, und meiner angstvollen Stummheit erklärte, daß »das Epinikion aus der allgemeinen Ergriffenheit heraus entstand«, da begriff ich besser denn je zuvor, wie schön und beruhigend es war, mit einem Malkasten durch Felder und Gärten zu streifen, mit klaren Augen und einem Kopf, der frei war von diesem Kauderwelsch, das man anscheinend brauchte, um ein guter Dichter zu werden.

Da ich in Poetik nicht bestanden hatte, durfte ich in Literaturgeschichte gar nicht erst zur Prüfung antreten. Mit einem Tropfen Chlor löschte ich das *Nichtbestanden* und gab mir statt dessen die Note *Vorzüglich;* und auf einem Blankovordruck, den ein Freund für mich stahl, fälschte ich mir ein *Bestanden* in Literaturgeschichte. So, mit den drei Prüfungszeugnissen in der Hand, trat ich mit der größten Ungezwungenheit, wenn auch insgeheim voll Trauer, in das Zimmer meines Vaters und rief ihm schon von weitem die Noten zu. Er sah sie kaum an, aber sie erhellten sein müdes Gesicht mit einem sanften Lächeln. Da ich nach diesem ebenso häßlichen wie gutgemeinten Betrug Ferien verdient zu haben glaubte, widmete ich mich mit Begeisterung wieder ganz meinen eigenen Angelegenheiten, die letzten Endes nur darin bestanden, mich in den jungfräulichen Wäldern und Meeren des Lebens zu verlieren. Mit Espinosa und Gil Cala las ich Verse, manchmal bis der Morgen anbrach. Sie waren meine Führer und weckten in mir das Beben der Poesie. Sie waren es, die mich anhand einer hübschen Ausgabe für Kinder mit *Platero und ich* bekannt machten, der zaubrischen andalusischen Elegie des Juan Ramón Jiménez. Noch heute, nach so vielen Jahren, trage ich die ersten Spuren in mir, die dieses kleine Buch hinterließ. Mit meiner Schwester Pepita las ich es immer wieder im Botanischen Garten, in den Alleen des Retiro, an den Hängen der Moncloa. Leichtsinnig begann ich bei den Antiquaren alles zu kaufen, was ich mit meiner sehr schmalen Börse erschwingen konnte. Neben den italienischen *novellieri*, deren pikante Erzählungen mich amüsierten, entdeckte ich die griechischen Klassiker in den Ausgaben von Prometeo, dem von Blasco Ibáñez geleiteten Verlag in Valencia. Ich begeisterte mich für Aristophanes, vor allem für seine *Lysistrata*, die ich bald vor Scham errötend, bald laut lachend las. Die Größe des

Aischylos raubte mir den Schlaf. Die kriegerischen Götter der *Ilias* und die blauen Abenteuer des Odysseus erfüllten mich mit heroischen Illusionen; die Idyllen Theokrits machten mich zum Schäfer unter Rosen und Zypressen, und ich begann, wenn auch zunächst nur undeutlich, nach dieser Lektüre den brennenden Wunsch nach Genauigkeit und Klarheit zu verspüren, der mich heute mehr als alles andere beherrscht.

Mit Celestino Espinosa, der von uns dreien der musikalischste war, besuchte ich auch mein erstes Konzert. Es war im Circo de Price, und das Philharmonische Orchester wurde von seinem Leiter, Maestro Bartolomé Pérez Casas, dirigiert. Ich erinnere mich heute nur noch an ein Musikstück aus dem Programm, vielleicht weil es mich, da es ganz in dem Geist komponiert war, der mich damals erfüllte, zutiefst erschütterte und mit einem unauslöschlichen Licht überflutete. Und seit damals fühle ich mich, sooft ich Glucks *Iphigenie in Aulis* höre, von der Gnade berührt und in die reinste Harmonie getaucht.

Als Huldigung an Claude Debussy, der in diesem Jahr (1919) gestorben war, wurde, ebenfalls unter Pérez Casas, *Iberia* zum erstenmal in Madrid aufgeführt, ein Geschenk der transparentesten Musik Frankreichs mit dem fernen Duft eines erträumten Andalusien. Trotz der Befremdung, die mir die mysteriöse Verschwommenheit, diese stockenden Rhythmen von Tänzen und gedämpften Kastagnettenklängen verursachten, die da vom Orchester ausströmten, fühlte ich mich bald gefesselt und wie davongetragen von sanften Wogen, die zu einer Flut von Beifall, Geschrei und Ohrfeigen aufbrandeten, als die Mehrheit des Publikums wie in einer Stierarena lärmend in einen Protest ausbrach, der in der Unterbrechung der Aufführung und in Beleidigungen Debussys und des armen Maestro Pérez Casas gipfelte, der unerschrocken weiterspielen wollte. Vom Beginn der nächsten Konzertsaison an – und das habe ich im Laufe meines Lebens oft erlebt – wurde dann aber dieselbe *Iberia*, die mit so feindseligen und barbarischen Manifestationen aufgenommen worden war, zu einem der vom Madrider Publikum am meisten verlangten Repertoirestücke.

Im selben Jahr hörte ich auch meine erste Oper. Eine schöne italienische Dame lud mich oft in ihre Loge ein. Sie war die Frau des Architekten des Teatro Real, der im dritten Stock meines Hauses wohnte. Große Mode waren damals *Tosca* und *La Bohème* von Puccini, und unter den Tenören machte Anselmi Furore, in den viele junge Damen der Musikwelt verliebt waren. Ich erinnere mich an ein Porträt von ihm, das auf dem Toilettentisch einer schon etwas verblühten Kusine stand. Nie sah ich einen geschniegelteren, kitschigeren Kopf, nie im Gesicht eines Mannes ein runderes Grübchen mitten auf dem Kinn und nie einen ähnlich süßlichen Ausdruck einer Frau von vierzig Jahren. Es fiel mir später immer sehr schwer, wenn ich die Stimme eines Tenors hörte, dieses Gesicht aus meinen Gedanken zu verbannen, das mir denselben Abscheu einflößte wie jene ungenießbaren weichen Pralinen mit einer weißen Cremefüllung, die aussieht wie die Schmiere, die aus einer zertretenen Küchenschabe quillt.

In der erwähnten Loge wohnte ich auch der Uraufführung von Manuel de Fallas *Dreispitz* bei. Obwohl schon Nijinsky das Publikum hingerissen hatte, versetzte das Russische Ballett Diaghilews die Welt in Erstaunen und rüttelte auf seinem Wege die Künstlerkreise auf. Bei dieser Uraufführung entdeckte ich nicht nur den mitreißenden Rhythmus und die tiefe, volkhafte Seele de Fallas, sondern mir offenbarten sich auch der Geist und die schöpferische Kraft Picassos. Der wunderbare indigoblaue Vorhang über der angedeuteten kleinen Brücke aus schwarzen Augen, der glühende Kalk der Mauern und des Brunnens, diese ganze einfache, warme Geometrie, die sich den farbigen Bewegungen der Tänzer anschmiegte und mit ihnen verschmolz! Nichts, was ich von derselben Truppe sah, überraschte mich so sehr und hinterließ so tiefe Spuren in mir. Rossinis *Zauberladen* in der Bearbeitung Respighis mit der Dekoration von Derain, *Scheherazade* und *Tamar* von Rimskij-Korssakoff mit der grandiosen szenographischen Phantasie von Léon Bakst bedeuteten damals, zusammen mit den anderen großen Aufführungen, die Diaghilew bot, die neueste Sprache, den kühnsten Ausdruck des neuen körperlichen, musikalischen und malerischen Rhythmus, der das 20. Jahrhundert einleitete.

Welch wilde Ruhelosigkeit, welch Delirium und qualvoll durchwachte Nächte erlebte ich in diesen Jahren 1919 und 1920! Ich hatte bereits meine Leidenschaft für die Literatur entdeckt und zeichnete meine Eindrücke und flüchtigen Verliebtheiten in einem von mir selbst erfundenen Alphabet auf, dessen Buchstaben arabische Züge aufwiesen, das heißt in einer Art von arabisch geschriebenem Spanisch, das ich, nachdem ich es eine Weile nicht mehr geübt hatte, selbst nicht mehr zu entziffern vermochte.

Das Ausgehen wurde mir zur Besessenheit. Ich aß allein, manchmal stehend, in der Küche, in die ich mit zwei großen Schritten über die Innentreppe gelangte. Wenn ich ein wenig Geld hatte, aß ich ein Schinkenbrötchen in irgendeiner Bar der Stadtmitte, und dann wanderte ich, sofern ich nicht Gil Cala besuchte, ohne Ziel durch die Unterstadt und kehrte erschöpft in mein Zimmer zurück, nachdem ich die ganze Castellana zu Fuß hinaufgegangen war. Meine Visionen und meine von Alpträumen unterbrochene Schlaflosigkeit machten, daß ich den Morgen mit müden Lidern und beinahe blutunterlaufenen Augen begrüßte. Ich litt unter Ängsten und unbezähmbaren Befürchtungen. In vielen Nächten bat ich unter dem Vorwand, mich nicht wohl zu fühlen, den Nachtwächter, mich bis zu meinem Stockwerk hinaufzubegleiten, denn so groß war meine Angst, plötzlich mit erloschenem Docht mitten in der totenstillen Dunkelheit der Treppe zu stehen. Ich erinnere mich, wie mir einmal, als ich an einem eisigen Januarmorgen heimkehrte, das Blut in den Adern gefror und ich wenige Meter vor meiner Haustür wie angenagelt stehenblieb: Sie wurde von einigen schwärmerischen Mönchen mit weißen, ein wenig ins Gelbe spielenden Kapuzen und schwarzen Gewehren bewacht. Da ich mich nicht weiterzugehen traute, und der Straßenwächter auf mein Händeklatschen nicht erschien, wich ich erschrocken zurück und irrte durch das Viertel, bis der erste Lichtstrahl die Vision von der Tür wegfegte und ich, ruhiger geworden, ins Haus gehen konnte.

Mehr noch als die Museen war die Straße meine Schule. Wenn ich nicht, immer wieder, Maurer zeichnete, die unter Bäumen ruhten oder aßen, oder Wagen, von denen auf den Baustellen Balken und Ziegelsteine abgeladen wurden, ging ich mit wachen Augen durch die Stadt, oder ich las an den Frühlingsnachmittagen mit meinen Freunden Gil Cala und Espinosa Verse. Einmal sagten die beiden zu mir:

»Das ist Amado Nervo.«

Da schlenderte der mexikanische Dichter, der damals, glaube ich, Gesandter am spanischen Hofe war, langsam durch die Calle Sevilla. Ich kannte seine Verse. Meine Bewunderung hatten sie nie erregt, obwohl ich einige auswendig konnte, weil Gil Cala sie mir so nachdrücklich und begeistert nahegelegt hatte. An ein Gedicht erinnere ich mich noch heute:

O Kempis, Kempis, dürrer Asket,
bleicher Asket, was hast du getrieben!
Wie schlecht es seit Jahren um mich steht
des Buches wegen, das du geschrieben!

Dieses zusammengeflickte Gedicht wiederholten wir unaufhörlich. Es war vielleicht sein berühmtestes. Viele meiner Freundinnen hatten es im Meßbuch liegen und beteten es andächtig in der Kirche. Man hielt Amado Nervo für einen Mystiker, und ein anderes seiner Gedichte, in dem er seine Geliebte mit dem Ave Maria verglich, trieb ganzen Legionen katholischer Damen die Tränen in die Augen. Jedenfalls schimmerte im Werk Nervos durch, daß er ein überaus guter Mensch war und nicht der verachtenswerte Poet, als der er heute, in den schlimmsten Jahren der Vergessenheit, betrachtet wird.

Ein andermal hielt Gil Cala in der Calle Alcalá einen dunkelhäutigen, mageren jungen Mann mit brennenden Augen und schönen Gesichtszügen an. Es war der Bildhauer Julio Antonio, der sich schon jenen letzten Monaten seiner Weihe und Apotheose und auch seinem Tode näherte. Sein Werk war mir völlig unbekannt, aber sein Name war mir geläufig, denn Gil Cala, der sich sehr viel darauf einbildete, sein Freund zu sein, führte ihn ständig im Munde. Von ihm erfuhr ich, daß die Frauen, die ich mir damals, unter seinem Einfluß, als blutsaugerische, schlangengleiche Ungeheuer vorstellte, Antonio seine kraftvolle Jugend genommen und schließlich der Tuberkulose in die Arme getrieben hatten, deren Fieber ihn nun verzehrte. Mit lächelnder Sympathie lud mich Julio Antonio in sein Atelier ein. Ich stattete ihm diesen Besuch auch in Begleitung meines Freundes ab, traf ihn aber leider nicht an. Schuld an seiner Abwesenheit war sein verschlechterter Gesundheitszustand – was mögen die Frauen in jenen Tagen mit ihm angestellt haben! Wir wurden von seinem Ateliergefährten Salazar empfangen, der ebenfalls ein junger Bildhauer und ebenfalls ziemlich krank war. Er war in diesem Augenblick gerade dabei, den Bart Ruperzo Chapís nachzuarbeiten, eines Werkes, das Julio Antonio unvollendet zurückließ und das später von seinem Schüler vollendet wurde und heute als Denkmal des großen Zarzuela-Komponisten in den Gärten des Buen Retiro steht. Die Werkstatt Julio Antonios befand sich unweit meines Hauses am Ende der Calle Juan Bravo. Am Eingang neigten sich, auf den beiden Pfosten, die das kleine Gitter stützten, zwei schmerzerfüllte Marmorköpfe in stark klassischer Manier: es waren die der Helden des zur Erinnerung an die Verteidigung von Tarragona im Unabhängigkeitskrieg errichteten Denkmals, und sie waren, als Skulpturen betrachtet, von besserer Qualität als die endgültigen des

Monuments. Im Atelier selbst sahen wir außer dem Tonklotz Chapís auf einem Gestell ruhend eine riesige, in Gips gegossene Wagnerbüste für ein anderes monumentales Projekt, dessen Vollendung ihm der Tod ebensowenig gestattete. Was mir von diesem Besuch noch am besten in der Erinnerung haften blieb, ist die Kälte, die ich spürte und darüber hinaus ein banges Gefühl wie von etwas, was schon verlassen zu sein schien, obwohl es in Wirklichkeit noch nicht verlassen war. Es zeigte sich, daß ich richtig empfunden hatte, denn Julio Antonio erschien nicht mehr in seinem Atelier, und seine Hand berührte nie mehr diese Fragmente, diese Bruchstücke seiner leuchtenden, früh beendeten Jugend. Wenige Tage nach meinem Besuch stand schon ganz Madrid Schlange vor der Tür eines der Säle des Museums für moderne Kunst und zog vor seinem letzten bildhauerischen Werk vorüber: dem Grabdenkmal der Familie Lemonier. Dort, hinter der Mutter, die auf Knien ihren schönen toten Jüngling beweint, sahen wir zum letztenmal Julio Antonio, eingesunken, gelb, fern, ein beinahe schon entschwundener Schatten, von dem nur noch die Augen an der Erde hangend leuchteten.

Kurz nach dem Tode Julio Antonios begann ich vage, sein Werk, das ich da und dort kennenlernte, zu begreifen. Mehrere Büsten, die ich sehen konnte, bevor das Museum den ihm gewidmeten Saal für das Publikum öffnete, ließen mich erahnen, daß mitten in diesem industriellen Realismus, der die spanische Bildhauerkunst durchdrang, eine neue Verbindung mit den reinsten, klarsten geistigen und künstlerischen Strömen des Mittelmeers möglich war. Und obwohl sich diese Erkenntnis mit dem Erschrecken über all die ästhetischen Abenteuer überschnitt, die damals Europa bewegten und auch schon in Spanien einzudringen begannen, verstand ich, daß in diesen Büsten, in denen Julio Antonio die »Rasse« verkörpert sah, ein Schönheitsideal wieder eingeführt wurde, das schon vollständig von unserem Boden verschwunden war.

Mehr noch als der Bildhauer öffnete in mir die Freundschaft neue Wege, die ich mit Daniel Vázquez Díaz schloß, einem andalusischen Maler, der eben erst aus Paris zurückgekehrt war und dessen Bekanntschaft ich ebenfalls Gil Cala verdankte. Die Nähe seines Ateliers – er wohnte am Ende meiner Straße und im Erdgeschoß desselben Hauses wie mein Freund – war sicherlich der Grund dafür, daß wir so rasch miteinander vertraut wurden und einander so oft sahen. Das Überraschende an Vázquez Díaz waren damals sein Witz, seine Dynamik und seine Streitlust. Er war eine Art Zigeuner aus Huelva, theatralisch und gestenreich bis zu den lächerlichsten Übertreibungen. Seine Frau war Eva Ägerholm, eine gute Bildhauerin, zart und kühn, mit Augen wie helle nordische Seen. Seltsam war der Kontrast zwischen dieser romantischen, verträumten Frau und der sturzbachartigen Redseligkeit, der niederschmetternden Zotenreißerei ihres Mannes. Zusammen waren sie so etwas wie ein Stierkampf in einem vereisten Fjord, eine *Corrida*, bei der Vázquez Díaz zugleich Stier, Publikum, Pferd und Torero war. Wie habe ich mich oft amüsiert, wenn ich ihn seine Pariser Geschichten über die Liebesabenteuer von Modigliani und Juan Gris erzählen hörte! Von letzterem sagte er, um uns einen Begriff von der Enthaltsamkeit zu geben, die er hinter sich hatte, als er im Quartier Latin ankam: »Juan Gris, der nach Frankreich kam mit dreißig Jahren Samen in der Spitze seines Schwanzes . . .« (!) Dergleichen unglaubliche Dinge erzählte Vázquez Díaz, indem er in sein Andalusisch französische Wendungen einflocht – die einfachsten und elementarsten, die er jedoch immer übersetzte, da er bei seinen Zuhörern offenbar eine völlige Unkenntnis der schönen Sprache Molières voraussetzte. *Oui, oui* (Ja, ja). *Ouvrir la porte* (Die Tür aufmachen). *Comment allez-vous?* (Wie geht es Ihnen?). *A bientôt* (Auf bald), etc. Die Französelei des Daniel Vázquez Díaz in Rede und Benehmen war geradezu pittoresk. Er sprang hin und her, machte Gebärden und Kniebeugen, von denen er wohl annahm, daß sie dem raffiniertesten Pariser Geschmack entsprachen, und nur selten beendete er einen Brief ohne ein exquisites *amicalmente*, das einen wahren Felsbrocken von einem Gallizismus in seinem graziösen Andalusisch aus Huelva darstellte.

In den Kreisen der akademisch-langweiligen Maler des Madrids jener Jahre war das Erscheinen von Vázquez Díaz dazu angetan, die Jungen aufzurütteln. Und obwohl er kein Revolutionär der Avantgarde war, bildeten seine Porträtzeichnungen mit den einfachen Linien und angedeuteten Flächen und seine Gemälde, die der Technik nach von Cézanne herkamen, dabei jedoch von einem starken spanischen Geist erfüllt waren, eine Bresche, durch die frische Luft eindrang und neue Experimente Eingang finden konnten.

Die Anwesenheit anderer Maler – wie Barradas aus Uruguay, Jhal und Marian Paskiewicz aus Polen und die Franzosen Sonia und Robert Delaunay, die der Krieg nach Spanien verschlagen hatte – trug durch das Beispiel ebenfalls viel zu dem Befreiungskampf bei.

In den offiziellen Salons hängten noch Benedito, Sotomayor, Eugenio Hermoso, López Mezquita, Romero de Torres, Anselmo Miguel Nieto etc. ihre Bilder auf. Ich erinnere mich, daß die Goldmedaille, das höchste Ziel der Maler, und zwar mehr noch aus finanziellen Gründen als des künstlerischen Prestiges wegen, an Eduardo Chicharro, den damaligen Direktor der Spanischen Akademie in Rom, für seine *Las tentaciones de Buda* (Versuchungen Buddhas) verliehen wurde, ein haarsträubendes, beinahe pornographisches Gemälde, auf dem lauter sich windende, von einem giftig-grünen Licht erhellte nackte Gestalten zu sehen waren. Eugenio Hermoso, der aus der Estremadura stammte, bekam – ich glaube, es war in demselben Jahr – den ersten Preis für ein paar rosige Bäuerinnen, die mit Kürbissen und Hühnern in den Händen in der Abendsonne standen. Es herrschte allenthalben noch ganz das Typische, das fürs Völkerkundemuseum Geeignete in der Art der Bilder aus dem Volksleben Zuloagas und viel schlechte, sich kastilisch gebärdende Literatur im Stile des 19. Jahrhunderts. Auch Romero de Torres fügte seine wie aus einem jämmerlichen Kalender stammenden sinnenfreudigen Zigeunerszenen jenem allgemeinen Bild der Halbinsel hinzu, das Katalanen wie Viladrich und Basken wie Maeztu, die Brüder Zubiaurre, Arteta und noch irgendeiner, an den ich mich nicht mehr genau erinnere, vervollständigten. Wenn man achtzehn oder neunzehn Jahre alt ist und mit der Stimme oder mit einem unbarmherzig unterscheidenden Auge denkt, nimmt die Kritik die Schärfe eines Schwertes an; man tötet bisweilen nur, um zu töten, aber man braucht diese Ungerechtigkeit, um sich selbst endgültig behaupten zu können. Heute weiß ich, wieviel Gutes und Bleibendes einige dieser Maler schufen. Aber damals ... Welcher junge Mann, der wirklich einer war, wußte mit diesem ganzen Mischmasch der spanischen Malerei etwas anzufangen, die noch nicht einmal bis zum Impressionismus vorgedrungen war? Etwas anderes freilich waren Maler wie Darío de Regoyos, Nonell, Sunyer, Mir, Togores ... Doch von ihnen, den vorletzten ausgenommen, wußte Madrid nichts. Und Gutiérrez Solana, der zurückgezogen in Santander lebte, hatte noch nicht seinen visionären Realismus in die kastilische Hochebene gebracht, der zwar gelegentlich auch von der schlechtesten sittenschildernden Literatur angesteckt war, aber dennoch immer durch die geniale bildnerische Begabung überzeugte. Man begreift nach all dem, daß Vázquez Díaz mit seiner ersten großen Ausstellung im Museum für Moderne Kunst den konformistischen, schläfrigen Rhythmus der Hauptstadt unterbrach, und daß sich der Skandal bis zur Königlichen Akademie von San Fernando ausbreitete, wo noch die hundertjährigen Schatten von Garnelo, Moreno Carbonero und Cecilio Pla umgingen ...

In demselben Jahre 1920 stellte ich, von Vázquez Díaz ermutigt, meine ersten Arbeiten aus. Im Oktober sollte der erste Madrider Herbstsalon eröffnet werden. Jhai, Paskiewicz, ein junger Mexikaner – Amado de la Cueva –, ich und einer, an den ich mich nicht mehr erinnere, hatten zusammen mit dem Maler aus Huelva einen eigenen Saal, der gleich am Tage der Eröffnung des Salons als der *Saal des Verbrechens* betrachtet wurde. Die Bilder, die ich ausstellte, waren sehr unterschiedlich. Eines, das normalste, von Vázquez Díaz beeinflußte, hatte den Titel *Evocación* (Beschwörung), ein anderes, das seltsamste, hieß *Nocturno rítmico de la ciudad* (Rhythmisches Nachtstück der Stadt). Gekrümmte Winkel in Hellgrün und Rot, die einander in einer musikalischen Wiederholung überlagerten und transparent durchdrangen und da und dort mit schwarzen Punkten besät waren, sollten auf eine mehr oder minder einfache, dekorative Weise den Lichtereffekt einer modernen Stadt aus der Vogelperspektive suggerieren. Das Bild löste bei fast allen Besuchern Heiterkeit aus, und der allgemeine Spott nahm konkrete Formen an in einer witzigen Karikatur, die in der *Gaceta de Bellas Artes* erschien. Unter ein Spottbild meines Werkes hatte der Zeichner geschrieben:

Das Rhythmische Nachtstück ist bei Tage
eine faule Melone ohne Frage.

Dieser Scherz ärgerte mich nicht; im Gegenteil, er schmeichelte mir sehr, und ich zeigte ihn eilig allen meinen Freunden mit der Gewißheit, daß mein Ruf als Maler auf eine auffällige, skandalöse Weise begründet war. Nach diesem öffentlichen Einzug in die »Welt der Kunst« besuchte ich weiterhin Vázquez Díaz, und ich malte mit Begeisterung, jedoch ohne mich einer der Gruppen anzuschließen, die sich in der Malerei wie in der Literatur abzuzeichnen begannen.

Ich signierte damals meine Bilder mit »Rafael María de Alberti«, was vielleicht recht gut klang, aber doch ziemlich dumm war.

III

Ein Pferd blickt mich vom Grunde der Schlucht herauf starr an, ohne mich zu sehen. Die grünen Wogen der anderen Sommer haben sich heute in eine riesige smaragdfarbene Weide verwandelt, in ein stilles Landmeer, wo im Sommer die Rinder in der Sonne und im Wind versteinern. Ein großer Fluß umgürtet das Landstück, und ein anderer, kleiner, tiefer, der in ihn mündet, spaltet es, so daß ein Teil zwischen zwei Wassern liegt und eine der unzähligen Inseln entsteht, die der Paraná, ein Millionär an Armen und Äderchen, auf seinem Wege einfängt. Die, die ich vor mir habe, heißt Dos de Oro. Ihre wenigen Bewohner überqueren, wenn sie das Festland erreichen wollen, den Baradero, und wenn sich das Hochwasser ankündigt, verlassen sie die Insel mit dem ganzen Vieh, bevor sich der große Fluß mit dem kleinen vereint und die beiden das Land in ein ausgedehntes Meer verwandeln, aus dem man nur schwer entfliehen kann. Ich will damit sagen, daß mich die Meereswellen der anderen Sommer Uruguays endgültig verlassen haben, ich glaube, während ich in Argentinien lebte. Ich habe die Sommer in »La Gallarda«, meinem hübschen Haus in den Pinienwäldern am Rande des Meers von Punta del Este, gegen die milderen in einem Landhaus vertauscht, das »del Mayor Loco« heißt und über den bewegten Schluchten von San Pedro liegt, dem ernsten Paraná de las Palmas gegenüber. Vor seinem breiten Streifen nehme ich an diesem heiteren, blaßrosa Morgen den vergessenen Faden meines Verlorenen Hains wieder auf – den ich vor fast drei Jahren fallenließ – und beginne mit einem neuen Kapitel.

Welch eine Freude zurückzukehren zu jenen Madrider Jahren, die noch nicht vom Haß vergiftet waren und noch fern den Strömen von Blut, die vom 18. Juli 1936 an durch ganz Spanien flossen!

Ich fahre mit meinen Erinnerungen an das Jahr 1920 fort. Es war ein Jahr des Jubels und des Kummers. Drei Todesfälle, von denen mich jeder auf eine eigene Weise beeindruckte und erschütterte, füllen die Frühlingsmonate aus: Im März starb mein Vater, im Mai der geniale Stierkämpfer Joselito und in demselben Monat der große, beliebte Romancier Don Benito Pérez Galdós.
Eines Nachts, als ich heimkehrte, ahnte ich, kaum daß ich den Fahrstuhl verlassen hatte, daß in meiner Familie etwas Schreckliches geschehen war. Durch die weit offene Tür drangen wirre Stimmen und Klagelaute auf den Treppenabsatz heraus. Obwohl es meinem Vater in diesen Tagen nicht schlechter als sonst gegangen war, war offenbar für die fast zerbrochene Uhr seines Lebens nun doch schon die letzte Stunde gekommen.
Die schöne italienische Dame, die mich oft in ihre Loge im Teatro Real einlud und in demselben Stockwerk links von uns wohnte, war der erste Mensch, den ich antraf, als ich den Flur unserer Wohnung betrat.
»Was für ein Unglück!« sagte ich zu ihr. Und ich nutzte (in einer Mischung aus Infantilität und Zynismus) diesen schmerzlichen Augenblick, um sie zu umarmen und ihr die Küsse aufzudrücken, die ich schon die längste Zeit auf den Lippen gehabt hatte, ohne sie loswerden zu können.
Endlich ließ ich ihren hübschen Hals los, und ohne es zu wagen, die Wirkung dieses unerwarteten Angriffs zu beobachten, lief ich in das Schlafzimmer, aus dem die Klagen kamen. Mein Vater lag auf seinem Bett ausgestreckt und hatte noch den Anzug an, in dem ihn der Tod überrascht hatte. Er war ganz plötzlich gestorben: das ganze Blut seines Körpers war ihm in Stößen aus dem Mund gequollen, und er war im Flur zusammengebrochen wie ein Stier, der einen Halsstich erhalten hat. Stöhnend und vor Entsetzen bleich umgaben ihn meine Mutter und meine Geschwister. Als ich mich dem Bett näherte, um ihn zu küssen, brach Agustín, derjenige meiner Brüder, der trotz seiner Anmut immer der ernsteste war, in Wehklagen und

Worte aus, die mehr wie Verse aus einem unserer Volkslieder klangen:
»Ach, welch ein Schmerz! Welch ein Schmerz! Sieh, wie er da hingestreckt auf die Erde wartet! Was soll nun aus uns werden? Eben hatten wir noch einen Vater, und nun ... Ach, ach!«
Zu derselben Klage kehrte er immer wieder zurück mit einem Schmerz ähnlich dem jenes Andalusiers, der einsam in seiner Schmiede singt und nur begleitet wird von den unheilvollen Schlägen seines Hammers auf dem Amboß.
Die Nacht der Totenwache war lang, und alle Augenblicke wurde sie von dem traurigen Geflüster und Getuschel der Besucher unterbrochen. Gegen drei Uhr morgens wurde der Leichnam meines Vaters in eine weiße Kutte des Dominikanerordens gekleidet, dann legte man ihn in einen schlichten mahagonifarbenen Sarg und zündete ihm vier Altarkerzen an. Irgend jemand legte bei seinen Füßen einen Blumenstrauß nieder. Mit der Kapuze auf dem Kopf, einem Kreuz und einem Rosenkranz in den wachsbleichen Händen, der hochgewölbten Brust und ganz in den gelblichen Halbschatten der Kerzenflammen getaucht, ähnelte er dem eindrucksvollen Gemälde Zurbaráns, auf dem der ausgestreckte Leichnam des Papstes Sankt Bonaventura mit schauriger Körperhaftigkeit hervortritt.
Als es auf den Morgen zuging, verschwanden die Menschen nach und nach aus dem Schlafzimmer, und auch meine Geschwister zogen sich müde und mit vor Weinen und Schlaflosigkeit geröteten Augen zurück, um in irgendeinem Sessel oder auf einem Sofa zu schlafen. Nur meine Mutter blieb am Kopfende der Bahre sitzen, in einem Halbschlaf, aus dem sie immer wieder aufschrak, um zu weinen und zu beten. Auch ich entfernte mich verwirrt und erschüttert von der Seite meines Vaters. Da lag er, stumm, beinahe in derselben Haltung wie an dem Morgen, an dem ich ihm von weitem meine gefälschten Examensnoten gezeigt hatte. Und ich hatte das Gefühl,

als stiege mir ein Stein – oder ein spitzer Nagel – vom Herzen in die Kehle herauf. Ich bereute unendlich, daß ich ihn beinahe immer mit einer Gleichgültigkeit und Kälte behandelt hatte, die sehr der Lieblosigkeit ähnelten. In Andalusien, als ich noch klein und er immer auf Reisen war, drückte sich meine Zuneigung in der Hoffnung auf irgendein Geschenk aus, das er mir vielleicht aus der Ferne mitbrachte, wenn er nach einer Abwesenheit, die bis zu zwei Jahren dauern konnte, nach Hause kam. Als wir nach Madrid übersiedelt waren – ich war damals schon fünfzehn – und ich mit ihm zusammen lebte und dann, vor allem, als er erkrankt war, engeren Umgang mit ihm hatte, wußte ich meine Liebe auch nicht auszudrücken, und ich vergalt ihm die seine, die wirklich keine Ansprüche stellte, mit ungerechtem Widerwillen und einem mürrischen Wesen, das ihn kränkte, wenn er es sich auch nur sehr selten anmerken ließ. Ja, ich war voll Reue und hätte gern mit ihm gesprochen, dieses tiefe Schweigen, das nun wirklich das des Todes war, mit einigen Worten der Liebe und der Bitte um Vergebung ausgefüllt, nun, da es zu spät war, mein unschönes Verhalten wiedergutzumachen. Ich weinte damals nie, am allerwenigsten vor den Augen anderer. Ich sah im Weinen nur die schrecklichen Gesichter der Menschen, und der Gedanke an mein eigenes tränennasses Gesicht erfüllte mich mit Zorn und Scham. Irgend etwas mußte ich jedoch tun, irgendeinen Beweis meines Schmerzes mußte ich in dieser schweren Stunde geben. Der dunkle Nagel, der die Wände meiner Brust zu durchbohren schien, befahl es mir, forderte es von mir. Da nahm ich einen Bleistift und begann zu schreiben. Es war mein erstes Gedicht.

... dein Körper,
lang und mächtig
wie die Statuen der Renaissance,
und ein paar traurige Blumen
von krankem Weiß.

Ich erinnere mich heute nur noch an diese Zeilen. Von jener Nacht an schrieb ich Verse. Meine dichterische Berufung war erwacht. So, zu Füßen des Todes, in einer so düsteren wie romantischen Atmosphäre.

Lange war ich traurig. Man gab mir Trauerkleidung. Alle meine Angehörigen trugen Schwarz. Es begannen die Rosenkränze und Messen, die unerträglich in die Länge gezogene Trauer mit den vielen Besuchern aus dem Bekanntenkreis an den Abenden und jenen unheilvollen Raben, die erst erscheinen, wenn das verstorbene Fleisch schon zu riechen beginnt. Ich ging oft aus dem Haus und suchte die Einsamkeit außerhalb meines Viertels. Die Ebene mit ihren traumversunkenen Schwarzpappeln und in der Ferne die blaue Guadarrama waren meine guten Gefährten in diesen Monaten. Ich blieb bis zum späten Abend draußen auf dem Lande. Und – o Wunder! – die Gedichte kamen mir, als brächen sie aus einem geheimnisvollen Quell hervor, den ich in mir trug und nicht zurückhalten konnte. Ich erinnere mich jetzt auch an den Beginn eines anderen, das mir im Zwielicht eines Frühlingssonnenuntergangs einfiel:

*»Leiser, leiser.«**
Stört nicht die Stille.
Von unvergleichlichem Rhythmus,
langsam,
sehr langsam
ist der Rhythmus
dieses goldenen Mondes.
Die Sonne ist tot.
Und die Freuden selbst sind Traurigkeiten,
doch von demselben Rhythmus:
langsam,
sehr langsam.

Es folgten weitere, nicht minder schwermütige Strophen.

* Leon Felipe

Damals hatte ein Dichter, der – ich glaube, aus Fernando Po – ins Madrider *Ateneo* gekommen war, Gedichte aus einem Bändchen vorgelesen, das er eben veröffentlicht hatte. Es hieß *Versos y oraciones de caminante* (Verse und Gebete eines Wanderers). Der Autor war ein Unbekannter: León Felipe. Mit etwas von seinem zarten Tonfall schrieb ich in meinen ersten Stunden. Ich sah ihn damals nicht, und ich erfuhr nicht mehr über ihn, bis ich ihn vierzehn Jahre später, 1934, kennenlernte. Heute möchte ich diesen heiligen, zornigen Propheten wissen lassen, daß seine ersten, schlichten, ernsten Verse die keimenden Blätter meines zartesten verlorenen Hains zittern machten . . .
An einem Mainachmittag, als ich meiner trauernden Einsamkeit schon ein wenig müde geworden war, nahm ich die Straßenbahn und fuhr in die Stadtmitte. Als ich in der Carrera de San Jerónimo ankam, sah ich, daß sich alle Passanten betroffen um einige Zeitungsverkäufer scharten, die immer wieder riefen:
»Joselito in Talavera de la Reina getötet!«
»Wie?«
»Was?«
»Das kann nicht sein!«
An jenem Nachmittag hätte man die absurdeste Neuigkeit eher für wahrscheinlich gehalten als diese, die nun schon auf den Straßen nicht nur Madrids, sondern ganz Spaniens verbreitet wurde.
»Tod Joselitos in der Stierarena von Talavera de la Reina!«
Ich kaufte eine Zeitung, ich glaube, zum erstenmal in meinem Leben. Es war kein Zweifel möglich. Da stand es auf dem Papier. Ein Stier namens *Bailador*, der fünfte in diesem Kampf, hatte ihm ein Horn in den Unterleib gestoßen. Joselitos Schwager, Ignacio Sánchez Mejías, der mit ihm in der Arena stand, mußte das Tier töten.
»Ein Stier tötet José! Wenn es Belmonte gewesen wäre! Aber José!«
Nie hatte ihm ein Stier auch nur die Kleidung aufge-

schlitzt. Seine Gegner behaupteten, er hypnotisiere die Stiere oder mache sie mit einem in Chloroform getauchten Taschentuch kampfunfähig; er könnte sonst nicht mit einer solchen Sicherheit und spielerischen Anmut kämpfen, mit dieser in der Geschichte des Stierkampfs einzigartigen Todesverachtung. Joselito war fünfundzwanzig Jahre alt. Er starb jung und schön wie ein Gott. Als man seinen vom Stierhorn zerfetzten Leichnam nach Madrid brachte, folgte ihm eine riesige schweigende Menschenmenge, Tränen und Entsetzen in den Augen, zum Südbahnhof, von wo aus ihn ein Sonderzug nach Sevilla brachte, damit ihn dort die Giralda* beweinte, seine Lehrmeisterin in der Kunst der Anmut und leuchtenden Freude.

Dieses plötzliche Hinscheiden des jungen andalusischen Stierkämpfers hinterließ in mir eine Spur, eine verschüttete Spur, die mich nach Jahren wieder anzog und dazu trieb, in einigen Versen das ganze Leid, das tragische Wetterleuchten zu verdichten, das ich damals, in den drückenden Tagen seines glorreichen Todes nicht hatte aussprechen können.

In dem gleichen Madrider Mai flog nicht zum Ruhme auf wie José, sondern vielleicht ins Fegefeuer die Seele Don Benito Pérez Galdós', von dem ich zu diesem Zeitpunkt noch kaum etwas gelesen hatte, den ich aber kannte, da ich ihn im Garten des Retiro gesehen hatte, wo er Victorio Macho Modell saß. Der Bildhauer meißelte im Schutz einiger Bäume seine Statue, und der arme, traurige, völlig erblindete Benito lauschte geduldig auf das Splittern des Steins, aus dem nach und nach seine Gestalt hervortrat.

Wie der Tod des Toreros hinterließ auch der des großen Romanciers seine verborgenen Gruben in mir, die sich später öffneten und aus denen mir seine ganze Größe und die Begeisterung aufstieg, die ich nicht für ihn aufbringen konnte in jenen Jahren des Sektierertums und der Verachtung für alles, was mir hinfällig zu sein schien.

* Der Turm der Kathedrale von Sevilla. Anm. des Übers.

1920. Drei Tote, für mich immer vereint, wenn ich an dieses Jahr zurückdenke: Mein Vater, Joselito, Galdós. Obwohl sich der Schmerz in meinem Hause nach einigen Monaten allmählich zu legen begann, schlug eine dunkle Schwinge der Trauer durch meine Nächte, die gegen Morgen in neue verzweifelte, düstere Gedichte mündeten. Meine Malerei, die mich trotz meiner überraschenden Hinwendung zu den Versen noch immer beherrschte, verlor das Verrückte, Funkelnde und nahm ockergelbe und dunkelviolette Töne an, und ich ging zu einem Realismus über, der dem schwärzesten der spanischen Schule ähnelte. Damals fiel es mir eines Tages ein, meine Schwester Pepita zu malen, jedoch nicht hell und heiter, wie es ihren sechzehn Jahren entsprochen hätte, sondern liegend, mit blutleerem Gesicht und in ein Leichentuch von welker, grauer Farbe gehüllt. Um meine Mutter zu trösten, kalligraphierte ich ihr zwei *Nocturnes* von Chopin, deren Noten in dunkle Vögel verwandelt über die Notenlinien flogen. Ich suchte wieder die Friedhöfe auf, Bécquer auf den Lippen und in der Brust eine solche Beklemmung, daß ich ab und zu an den Baumstämmen Halt suchen mußte.

Da mein nutzloser Beruf – den neuen, die Dichtkunst, verbarg ich geheimnisvoll – meinen Angehörigen weiterhin nicht produktiv genug erschien, nahm mich eines schlimmen Tages mein Bruder Vicente beiseite und schlug mir in ernstem Ton vor:

»Es wäre gut, wenn du mir helfen könntest. Papa ist tot, und du mußt dich nun auch um den Wein kümmern. Du wirst reisen und je nach deinen Fähigkeiten als Verkäufer verdienen.«

Ich wagte nicht, nein zu sagen. Und obwohl ich nicht rechnen konnte und nichts von Geschäften verstand, bereitete ich mich darauf vor, als Vertreter der Firma Osborne die kleinen Städte der Provinzen Madrid und Guadalajara zu bereisen. Mein Bruder hielt es für ratsam, mir einen Fachmann beizugeben, der mich in *das Geschäft* einführte. Er hieß Velayos und war ein guter Mann, klein und ein Trinker. Nachts schnarchte er wie ein Blasebalg, und zu jeder Tages- und Nachtzeit ließ er Winde fahren, die mir den Geruchssinn lähmten. Mit ihm zusammen besuchte ich Arganda, ein hübsches Städtchen in der Provinz Madrid, wo man einen guten Landwein bekommt, und Alcalá de Henares, wo wir unter dem Vorwand, die vorzügliche Qualität des Osborne-Kognaks demonstrieren zu müssen, eine solche »Herzstärkung zu uns nahmen« – wie Velayos sich ausdrückte –, daß wir am folgenden Morgen nicht mehr wußten, was wir verkauft hatten und in welchen Geschäften und Schenken wir gewesen waren. Danach fuhr ich, immer aufs engste begleitet von seinem Geschnarche und seinen Winden, in andere, weniger bedeutende kleine Orte, und schließlich verabschiedete ich mich von ihm mit der Erklärung, nun hätte ich es begriffen, vor einer Maultierkutsche, die mich in die Berge von Albarracín bringen sollte. Allein reiste ich durch die Städte und elenden Nester des Cid Campeador. Ich war in Atienza, wo ich fünf Kisten Wein und zwei Kisten Kognak verkaufte, und machte dann in Sacedón halt, das ich nie vergessen werde. An einem dunklen Abend, an dem es in Strömen regnete, fiel es mir in der elenden Schenke, in der ich untergekommen war, ein, nach dem Abtritt zu fragen. Jemand antwortete mir mit einem breiten Grinsen:

»Wir haben einen Hof ... Dort hinter der Tür steht der Schirm.«

Ich spannte ihn, ohne mir die geringste Überraschung anmerken zu lassen, auf und trat in das finsterste Unwetter hinaus. Ich hockte mich, so gut es ging, bei einigen Brettern nieder, die mit Drähten zusammengebunden waren, an denen ich mir beinahe das Gesicht aufriß, und den Schirm in der Hand haltend, machte ich mich an meine einfache, menschliche Verrichtung. Plötzlich hörte ich ein Geräusch, ein Geflatter, begleitet von einem erstickten Hühnergegacker, und – das Ganze spielte sich in Sekundenschnelle ab – mein armes Gesäß fuhr, von zwanzig in der Dunkelheit verborgenen Hühnern angepickt, in die Höhe. Trotz dieses wunderlichen Erlebnisses, das des Buscón von Quevedo würdig gewesen wäre, machte ich in diesem Ort Geschäfte, aber in der Postkutsche, die mich von Sacedón fortbrachte, mußte ich stehen, denn sie war in einem solchen Zustand, daß man keinen Sitz mehr anbringen konnte. Bevor ich in die Hauptstadt zurückkehrte, machte ich noch in einem Städtchen der Provinz Madrid halt: Colmenar de Oreja. Ein wunderschöner Marktplatz, von riesigen Tonkrügen eingerahmt. Dort sah ich einen Dorfzirkus, der mich eher traurig machte als amüsierte. Das übliche schwangere Mädchen, das auf einem Seil tanzt, der verwahrloste abgerichtete Hund, die Ziege, die mit allen vieren auf einem Flaschenkorken steht, und allenthalben Gutiérrez Solana*, tragisch und munter – das war mein Nachmittag in Colmenar. Verkaufen konnte ich nichts. Ich machte ein Gedicht, von dem ich nicht eine Zeile behalten habe. Als ich aber heimkam, beglückwünschte mich mein Bruder, nachdem er die Abrechnung gemacht und mir hundert Peseten gegeben hatte. Das war die Provision, die mir nach vierzehn Tagen Arbeit zustand.

Kurz darauf, als ich eines Abends mit einem Mädchen, das halb und halb meine Freundin war, auf dem Hippodrom-Hügel spazierenging, spürte ich plötzlich einen seltsamen Metallgeschmack im Mund. Ich nahm das Taschentuch heraus, und es färbte sich rot von Blut. Ich schwieg. Halb tot vor Fieberschauern ging ich nach Hause. Gegen Morgen weckte ich meinen Bruder Agustín, der mit mir im selben Zimmer schlief.

»Ich spucke Blut.«

»Du bist ein Vieh«, war seine Antwort. »Halt den Mund hoch und rühr dich nicht.«

Am Morgen großes Wehklagen meiner Mutter und Vor-

* José Gutiérrez Solana, 1885–1945, ein Maler des Bizarren, Düsteren und der tragischen Verzweiflung. Anm. des Übers.

würfe von seiten der ganzen Familie: ich allein sei an allem schuld. Sie hatten völlig recht. Ich achtete nicht auf mich. Ich lebte wie ein durchgegangener Gaul. Ich aß zu wenig. Ich schlief allenfalls vier Stunden. Ja, ich war wirklich ein Vieh. Agustín hatte den Nagel auf den Kopf getroffen. Man brachte mich zu Dr. Codina, einem Lungenfacharzt. Nach einer Sputumanalyse und einer Durchleuchtung meines Brustkorbs diagnostizierte er: »Hilare Adenopathie mit einem Infiltrat im oberen rechten Lungenlappen.« Diese lange Krankheitsbezeichnung gefiel mir sehr. Ich widmete meiner armen besiegten Brust einige Gedichte, die ich *Radiográficos* nannte. Und ich begann, während ich auf den Sommer wartete, mit meiner Kur in meinem eigenen Zimmer – dem geliebten, unaufgeräumten »Triklinium« – und in der anschließenden Galerie, deren breite Fenster auf die Bäume und Häuser der Stadt vor dem Hintergrund der fernen Guadarrama gingen.

Lange Monate der Überernährung. Der Unbeweglichkeit. Der Langeweile. Der Angst. Und des beinahe absoluten Schweigens, denn plötzlich war die Furcht, ernsthaft zu erkranken und sterben zu müssen, ebenso groß, wie es vorher meine Nachlässigkeit und Rücksichtslosigkeit gewesen waren. Sobald ich auf meine Gesundheit zu achten begann, brach ich den Verkehr mit meinen Freunden ab, und ich vermied sogar Gespräche mit meinen Angehörigen, denn das Sprechen regte mich auf und trieb meine Temperatur um einen halben Grad in die Höhe. Da man mir frische Luft empfohlen hatte, riß ich die Fenster auf, obwohl es Herbst war und mir der kalte Wind der Berge seine spitzesten Nadeln in meine Einsamkeit schickte. Das schreckte nicht nur alle ungelegenen Besucher ab, sondern auch meine Mutter und meine Geschwister, die keine Lust hatten, sich in einem solchen »Eiskübel«, wie dieser Teil des Hauses fortan genannt wurde, eine Lungenentzündung zu holen. Der Wechsel der Lebensweise tat mir gut – tatsächlich verdanke ich ihm beinahe alles

–, er beruhigte meine Nerven und verwandelte nach und nach den durchgegangenen, unvernünftigen Gaul, der ich gewesen war, in einen ruhigen, vernünftigen. Ich las viel. Ich bekam die *Antología poética* von Juan Ramón Jiménez in die Hände, die *Soledades y galerías* (Einsamkeiten und Galerien) von Antonio Machado und die ersten Bände der *Colección Universal* des Verlags Calpe, die damals eben erschienen waren. Und ich schrieb unablässig und leidenschaftlich. Dank meiner kleinen Schwester verlor ich aber auch nicht den Kontakt mit der Straße, deren literarische und künstlerische Echos laut genug zu mir drangen, durch die *Ultra* betitelten Flugblätter, die von den sogenannten jungen Avantgardisten in Madrid verteilt wurden und nicht nur die »Alten« schokkierten und zu Protesten herausforderten, sondern auch Leute, die den literarischen Kreisen ferner standen. Außer Ramón Gómez de la Serna sah ich zum erstenmal die Namen Gerardo Diego, Luciano de San-Saor, Humberto und José Rivas Panedas, Ciria Escalante, Ildefonso Pereda Valdés und Jorge Luis Borges gedruckt, und daneben mir völlig unbekannte Ausländer wie Ivan Goll, Jules Romains, Apollinaire, Max Jacob und andere, an die ich mich jetzt nicht mehr erinnere. Inmitten der verrenkten Verse, der stampfenden Prosa, der beleidigenden Aphorismen und des typographischen Wirrwarrs jener Seiten stellten sich Norah Borges und die mir schon bekannten Barradas, Paskiewicz, Jhal, Delaunay etc. mit Zeichnungen und Holzschnitten vor. Ein Name trat in diesem dahinrasenden Zug der *Ultra* mit besonderer Kraft und Lautstärke hervor: Guillermo de Torres, der der Gründer und kühnste Anführer der Bewegung war. Er hatte ein Manifest – mit einem von Barradas gezeichneten Porträt – unter dem Titel *Vértice* (Scheitel) veröffentlicht; eine kreischende »Lokomotive«, die mich verblüffte und anfangs zugleich anzog und abstieß. Ich erinnere mich noch an Zeilen wie die folgenden: »Morphiumsüchtige Lesbierinnen injizieren sich in das Endokard die Hyperästhesie der Linotypen ...« Oder: »Dunkeläugige, spule vor mir den Film deiner versengenden Augen ab ...« (Später wies mich einmal jemand, nicht ohne Witz, auf die Ähnlichkeit dieses letzten Satzes mit dem typischen Madrider Jargon der Zuhälter von Carlos Arniches hin. Ich glaube Guillermo, der heute mein guter Freund ist, mit dieser kleinen Enthüllung nicht zu kränken.)

Ultra begeisterte mich schließlich, und ich wartete voll Ungeduld und mit echtem Interesse auf das Erscheinen jeder neuen Nummer. Ich wollte selbst an dieser Zeitschrift mitarbeiten. Da ich von den neuen Schriftstellern keinen persönlich kannte, nahm ich meinen ganzen Mut zusammen und schickte per Post eines der Gedichte ein, die ich damals schrieb. Ich erinnere mich nicht mehr, was es war, aber ich weiß noch, wie das kurze Begleitschreiben lautete: »Ich schicke Ihnen diesen Beitrag, damit Sie das Beste oder das Schlechteste damit machen, was Ihnen einfällt.« Ich nehme an, er endete im Papierkorb, denn ich sah ihn nie veröffentlicht, obwohl ich ihn in jeder der folgenden Nummern eifrig suchte. Ich war traurig und enttäuscht und dachte mir: Das kommt davon, daß ich mich ungerufen einmischen mußte. Vielleicht kennen mich die »Ultras« als Maler, und natürlich ... etc.

Mein schrecklicher, wilder, angstvoller Kampf darum, ein Dichter zu sein, hatte begonnen.

Ich empfand immer deutlicher, daß mich die Malerei als Ausdrucksmittel keineswegs befriedigte, denn ich wußte nicht, wie ich alles, was in meiner Phantasie brodelte, in ein Bild legen sollte. Zu Papier bringen konnte ich es. Auf dem Papier konnte ich mich nach Belieben aussprechen und Gefühlen Raum geben, die nichts oder nur wenig mit bildender Kunst zu tun hatten. Die Sehnsucht nach dem Meer, die ich in Puerto erlebt hatte, stellte sich mir nun in einer anderen Gestalt dar. Zwar sah ich sie noch in Linien und Farben, aber verwischt von einer Unzahl von Empfindungen, die sich mit dem Pinsel unmöglich festhalten ließen. Ich nahm mir vor, meine erste Berufung zu vergessen. Ich wollte nur noch Dichter sein. Und ich wollte es mit aller Verzweiflung, denn mit meinen noch nicht ganz zwanzig Jahren fand ich mich beinahe schon zu alt, um noch einen so neuen wie schwierigen Weg zu beschreiten. Dann stellte ich aber überrascht fest, daß mir die Sprache nicht fehlte, sondern daß ich, im Gegenteil, eine reiche, mannigfaltige Sprache besaß, daß dafür aber meine Rechtschreibung mehr als mangelhaft war und daß mir bisweilen auch die Syntax Schwierigkeiten bereitete. Ich begann, bei meiner Lektüre besser aufzupassen und auf jedes Wort genau zu achten, und ich schlug oft im Wörterbuch nach und fand in der Grammatik nie eine Antwort auf meine Zweifel. Die Arbeit und die Zeit brachten die Dinge schließlich in Ordnung, aber nie ganz, denn noch heute bin ich beim Schreiben unsicher.

Der erste melancholische Winter näherte sich dem Ende, ich betrachtete Madrid, im Dunst verwischt, im Schnee oder in dem Licht seines ganz eigenen Himmels, der prall ist von gefrorenem Blau. Ich tröstete mich damit, ein Mädchen zu beobachten, das Stunde um Stunde hinter den Scheiben eines Balkons des gegenüberliegenden Hauses verbrachte. So kam der Frühling, und im Mai beschleunigte ich meine Vorbereitungen. Ich wollte, noch bevor es Sommer wurde, die Föhrenwälder von San Rafael aufsuchen.

Sommertage der Ruhe; ich lag auf einer bequemen Chaiselongue, las, schrieb oder ließ meine Augen den ruhig ziehenden Wolken folgen. Diese geräuschvolle Stille wurde jeden Nachmittag nur durch den lebhaften Verkehr der Züge unterbrochen, die zu den Sommerstränden im Norden fuhren.

Voll Sehnsucht nach dem Meer
trinkt meine Freundin Bier
im Speisewagen.

Ich las meine Gedichte gern jemandem vor, der älter als ich war und sich oft an meiner Seite ausruhte. Er war Franzose, Student in Madrid, aber da auch er eine schwache Lunge hatte, suchte er die gesunde Luft der Berge. Achtzehn Jahre später, als unser Bürgerkrieg vorüber war und ich in Paris in der Verbannung lebte, kam er mich besuchen, und es stellte sich heraus, daß er kein geringerer war als Marcel Bataillon, der große Hispanist. Er brachte mir, mit einer Widmung, sein letztes Buch: *Erasme en Espagne* (Erasmus in Spanien), ein Meisterwerk, das unerläßlich ist für das Verständnis der Ideen des 16. Jahrhunderts in unserem Land.

Dort, in den Bergen der Guadarrama, wo mir das Herz voll war von dem Sonnengesang der Föhren, wurde ich dem Leben wiedergegeben. Das leichte Fieber, das mich immer am späteren Nachmittag überfiel, verschwand allmählich, ich nahm zu – mehr, als einem jungen Dichter anstand –, und ich begann wieder spazierenzugehen, eine halbe Stunde jeden Morgen und noch einmal eine halbe Stunde vor Sonnenuntergang.

Ich schrieb wie ein Verrückter, und ich war beinahe zufrieden mit meinen Versen, die sich sehr von denen unterschieden, die bei den Ultraisten Mode waren, wenngleich sie natürlich auch etwas von deren Verworrenheit hatten. Eines Tages gab mir ein befreundeter Maler, der mich besuchte, ein Buch, das in Madrid sehr gelobt wurde. Es hatte den Titel *Libro de poemas (Gedichtbuch)*. Der Maler war Gregorio Prieto, der Autor des Bändchens Federico García Lorca, ein junger Mann aus Granada, der den Winter immer in der Hauptstadt verbrachte, wo er in dem großen Studentenheim Unterkunft fand. Viele seiner Gedichte begeisterten mich, vor allem die schlichten, volkstümlichen mit den singbaren Refrains. Andere dagegen lehnte ich ab. Ich verstand nicht, wie man in diesen Jahren der leidenschaftlichen Suche nach dem Neuen noch ein Gedicht auf Johanna die Wahnsinnige und andere im gleichen müden, akademischen Ton schreiben konnte. Ge-

wisse Anklänge an Villaespesa und sogar Zorilla – beide stammten ebenfalls aus Granada – waren in dem ganzen Bändchen deutlich zu spüren. Trotz allem aber zeichnete sich hier ein großer Dichter ab, und ich brannte darauf, ihn persönlich kennenzulernen. Bis es dazu kam, sollten aber noch mehr als drei Jahre vergehen.
Eines Tages ruhte ich mich an einem verborgenen Bach aus, als plötzlich, nach der Ankunft des Einuhrzuges, auf allen Wegen und Waldpfaden San Rafaels ein Ruf ertönte, der mir anfangs unverständlich war. Die Zeitungsverkäufer schrien:
»Die Katastrophe von Annual! Die Katastrophe von Annual! General Navarro in Gefangenschaft!«
Es handelte sich um die große militärische und politische Niederlage in Marokko – Tausende unserer Soldaten waren von den Marokkanern niedergemacht worden –, die zwei Jahre später die Militärdiktatur unter Primo de Rivera zur Folge hatte. Damals konnte niemand wissen, daß unsere Generation unter diesem Zeichen leben würde. Auch eine andere Generation, die von 1898, war unter dem Zeichen einer nationalen Katastrophe aufgewachsen, nämlich im totalen Zusammenbruch der monarchischen Macht in Spanien. Beide Ereignisse drückten den entsprechenden Schriftstellergenerationen ihren Stempel auf. Der unseren konnte jedoch erst mit der Gründung der Republik im Jahre 1931 bewußt werden, daß ihre Mehrheit im dichterischen Alter während dieser Jahre der Diktatur davon betroffen wurde. Ich spreche später noch davon.
Gegen Ende Oktober, als es schon längst Herbst geworden war, kehrte ich in meinen »Eiskübel« zurück. Traurig verließ ich San Rafael, das nun ernst und melancholisch war. Die Sommerfrischler waren verschwunden, die Pappeln standen kahl, und ihre gelben Blätter wirbelten über die Landstraße. Schön war die Ankunft des Herbstes in den Bergen. Mir war, als gehörten nun die Sonne und das lange Rauschen des Windes in den Föhren ganz mir. Mit

der ersten großen Kälte, an den blauen Tagen, zeichneten sich die Berge schärfer ab, und einen besonders eindrucksvollen Umriß boten die Höhenzüge, die in Richtung Segovia die »Tote Frau« bilden. Ich kehrte in diesem Jahr unter dem zarten Vorspiel des Schnees und dem verfrühten Geheul der Wölfe in den nächtlichen Wäldern nach Madrid zurück. Und ich bereitete mich auf einen neuen endlosen Winter vor. Obwohl ich nicht mehr eine so absolute Ruhe einzuhalten brauchte, trieb mich doch die Angst vor der Krankheit zur Vorsicht, und ich fertigte ungebetene Besucher kurz ab. Zum Glück erschien als Trost in meiner Einsamkeit wieder das Mädchen aus dem Hause gegenüber hinter den Balkonfenstern und saß dort in den Mußestunden, so daß wir einander undeutlich wahrnehmen konnten, bis es zu dunkeln begann. Ich schrieb weiter. Langsam verging ein eisiger Monat, in dem ich niemanden empfing. Eines Nachmittags erschien in meinem Zimmer unangemeldet der erste Besucher der Saison: ein junger Schriftsteller, den ich vor Jahren einmal kennengelernt hatte, ich glaube, in einem Herbstsalon. Er hieß Juan Chabás. Valencianer, dunkel, große Augen und noch größere Wimpern, teigige salbungsvolle Stimme, grauer Anzug, niedriger Kragen und schwarze Fliege. Ein levantinischer Typ von unbestreitbarer Schönheit, sympathisch, aber manchmal ein wenig aufdringlich. Er brachte mir ein Gedichtbändchen – *Ondas* (Wellen) –, das erste, das er veröffentlicht hatte. Ich las die Widmung: »Dem Maler Rafael Alberti.« Ich konnte eine beinahe unwillige Gebärde nicht unterdrücken.

»Du wirst es vielleicht nicht wissen, aber ich habe die Malerei schon vor einer Weile aufgegeben. Der Arzt hat mir das Stehen verboten . . . Und der Geruch der Farben ist für meine Gesundheit auch nicht gut«, übertrieb ich. »Ich schreibe jetzt.«

»Schon gut . . . aber zeichnen könntest du auch im Sitzen. Und wenn du ganz gesund bist, malst du wieder.«

»Für beides habe ich nicht genug Zeit. Ich möchte, daß man

mich als Maler vergißt. Die Poesie sagt mir mehr zu. Ich werde dir etwas vortragen. Du hast doch nichts dagegen?« Und rasch, ohne seine Antwort abzuwarten, sagte ich auswendig drei Gedichte auf. Eines davon, das einzige, an das ich mich noch erinnere, lautete:

Die Nacht hingerichtet
am Galgen eines Baumes.

Kniende Freuden
küssen und salben ihr die Sandalen.

Ader,
sanft ferne
– Gürtel des Erdballs –.

Unendliche Arterien,
Meere des verblutenden Herzens.

»Weißt du, daß das sehr gut ist?« ließ er nach einem absichtlichen Schweigen fallen. »Hast du noch mehr?«
»Noch viel mehr. Ein ganzes Buch.«
Wieder ein Schweigen.
»Ich bin wegen etwas anderem gekommen. Ich dachte mir, du würdest deine Arbeiten vielleicht gern im kleinen Salon des Ateneo ausstellen. Ich gehöre jetzt zur Leitung und kann dir das einrichten.«
»Wozu? Das würde mir nur schaden.«
»Sei nicht dumm. Du wirst immer Maler sein, auch wenn du schreibst.«
»Es interessiert mich nicht mehr.«
Ich war plötzlich mutlos. Meine Gedichte hatten ihm nicht gefallen, dessen war ich sicher. Sich zu verstellen, fiel ja nicht sonderlich schwer.
»Du kannst deine besten Arbeiten zusammenstellen, Ölmalereien und Zeichnungen.«
»Nein.«

»Ich übernehme alles ... Es wird eben dein Abschied als Maler. Was meinst du dazu?«
Ich zögerte. Ich war überzeugt, daß ich eine Niederlage erleiden mußte, daß mich die Schriftsteller niemals ernst nehmen würden. Von nun an schreibe ich nur noch für mich selbst, sagte ich mir. Nur meine Schwester Pepita wird meine Gedichte beurteilen.
»Gut, wenn du dich um alles kümmerst ... Es wird, wie du sagst, mein Abschied von der Malerei. Ich rühre mich nicht aus dem Haus. Wann soll es sein?«
»Anfang nächsten Jahres.«
»Ich komme erst zur Vernissage ins Ateneo.«
Ich gab ihm die Hand. Er ging.
Als ich im Bett lag, weinte ich beinahe vor Zorn. Aber am folgenden Morgen faßte ich mich wieder. Und ich schrieb weiter, obwohl ich die Schlacht für verloren hielt.
Nachdem wenig mehr als eine Woche vergangen war, erschien Chabás wieder. Er brachte jemanden mit.
»Dámaso Alonso ...«
Dieser Name war mir nicht ganz unbekannt.
»Er bringt dir auch ein Buch.«
Der neue Autor gab es mir, und ich las den Titel: *Poemas puros. Poemillas de la ciudad.* (Reine Dichtungen. Kleine Gedichte aus der Stadt.)
»Er ist großartig«, sagte Chabás überschwenglich.
Dámaso Alonso verzog halb ärgerlich, halb ironisch den Mund. Als ich später häufiger mit ihm verkehrte und wir gute Freunde wurden, konnte ich feststellen, daß diese Grimasse angesichts des Lobes des valencianischen Autors aufrichtig gewesen war. Dámaso Alonso, damals ein früh gereifter junger Mann mit einer ungewöhnlichen Begabung, litt unter Enttäuschungen und einem unbegreiflichen Mangel an Selbstvertrauen, der manchmal ans Tragische streifte. Vor allem hatte er Komplexe wegen seiner Gestalt, die klein und rundlich und von einer rasch größer werdenden Glatze gekrönt war, und er litt schließlich sogar unter seinem zweiten Familiennamen – Redondas* –,

den ich übrigens nicht von ihm selbst erfuhr. Er trank unmäßig, was seiner Mutter mißfiel, und gab sich gern mit Huren ab. Er galt bereits als ein kleines Phänomen an Gelehrsamkeit. Sein Gedächtnis war vorzüglich – zu vorzüglich nach meinem Geschmack –, und in der Zeit, in der wir von Góngora schwärmten, konnte er dessen *Soledades (Einsamkeiten)* und den *Polifemo (Sage von Polyphem und Galatea)* aufsagen, ohne ein einziges Mal steckenzubleiben. Er war wie kein zweiter für die Poesie begabt, schrieb aber wenig, weil ihn übertriebene Selbstkritik und ein Gefühl der Ernüchterung und der Unsicherheit hemmten. Ich verdanke ihm viel. Vor allem etwas sehr Wesentliches: Er gab mir Gil Vicente zu lesen, dessen Einfluß noch meinen Gedichten der letzten Jahre Frische gibt. Das Buch, das er mir an jenem Nachmittag gab, war sehr gut; es war von dem ultraistischen Rummel weit entfernt und ließ schon das heitere und spanische Profil erkennen, das unsere Generation kennzeichnen sollte. Antonio Machado näher stehend als Juan Ramón Jiménez, öffnete *Poemas puros. Poemillas de la ciudad* durch seine tiefe menschliche Empfindung und die extreme Einfachheit und Sparsamkeit des Ausdrucks einen Weg in Richtung der großen Poesie jenes Jahrzehnts. Viele – Dámaso selbst vielleicht mit inbegriffen – erinnern sich daran nicht mehr. Ich aber weiß es noch sehr gut. So gut, daß ich noch heute einige der Sonette und kleinen Strophen auswendig wiederholen kann, die ich noch am Abend nach diesem Besuch an einem Winternachmittag des Jahres 1921 lernte.

Ich glaube, meine Gedichte, die ich ihm damals vortrug, gefielen ihm, wenn auch nicht so sehr wie meine späteren. Da ich aber wußte, daß meine Unsicherheit als angehender Poet geradezu dramatisch war und daß er meine Ambitionen als Maler kannte, wollte ich mich hinsichtlich seines Beifalls keinen Illusionen hingeben.

* *redondo* = rund; gemeint ist der nach spanischem Brauch in den Namen mit einbezogene Mädchenname der Mutter. Anm. des Übers.

Im Januar oder Februar 1922 ging ich dann zur Eröffnung meiner Ausstellung im kleinen Saal des Ateneo. Der gute Juan Chabás hatte sein Versprechen treu gehalten und sich um alles gekümmert: um die Aufhängung der Bilder, den Katalog, die Preise etc. Es mißfiel mir keineswegs, meine Arbeiten jener Jahre, in denen sich die widersprüchlichsten Tendenzen ausdrückten, nicht ohne Verstand zusammengestellt und geordnet zu sehen. Man konnte da Gestalten und Landschaften erkennen, die von Vázquez Díaz beeinflußt waren, Farbexplosionen, die bei Delaunay gesehenen dynamischen Rhythmen unterworfen waren, und daneben die unschuldigsten geometrischen Spielereien kubistischer Herkunft. Auch schematische Zeichnungen von Tänzen waren ausgestellt, lineare Erinnerungen an das russische Ballett, vermischt mit Visionen der prähistorischen Höhlen. Angesichts dieser Zusammenfassung meiner bisherigen Arbeiten fühlte ich mich versucht, meine schon verlöschende Berufung für die bildende Kunst wieder zu erwecken. Doch nein, es war zu spät umzukehren. Der Weg war verschüttet, und das Neue, das ich in der Lyrik bereits gefunden hatte, sagte mir, daß jede Rückkehr ein schwerer Fehler gewesen wäre. Die Ausstellung wurde von den jungen Literaten besser aufgenommen als von den Malern. Das ärgerte mich – aber nicht so sehr, daß es mich verbittert hätte. Unter den Zunftfreunden, die sie besuchten, sind mir noch der damals schon gut bekannte Gregorio Prieto und Francisco Bores erinnerlich. Letzterer stand kurz vor seiner Abreise nach Paris, wo er sich von heute auf morgen in einen der persönlichsten und seiner selbst sichersten Maler der spanischen Gruppe – der *Ecole de Paris* – verwandelte, die sich bereits abzuzeichnen begann. Ich erlebte bei dieser Ausstellung eine große Überraschung, und zwar verkaufte ich ein Bild um 300 Peseten an einen Beamten der peruanischen Botschaft, der es am Tag, bevor der Salon geschlossen wurde, nicht ohne eine gewisse Begeisterung abholte. Der Maler, der nach mir in diesem kleinen Salon

des Ateneo ausstellte, hieß Francisco Cossío, und auch er gehörte bald darauf zur Pariser Gruppe spanischer Künstler. Ich freundete mich ein wenig mit ihm an, aber einige Jahre später grüßte ich ihn nicht mehr, denn nach seiner Rückkehr nach Spanien war er talentlos genug, sich der Falange anzuschließen.
Als ich die Bilder wieder zu Hause hatte, fühlte ich mich ungeheuer erleichtert. Mir war, als hätte ich meine Sünden öffentlich gebeichtet, mein Gewissen erleichtert und es in den Stand der Gnade versetzt mitten in dem Kampf um das, was mir seit einiger Zeit allein schlaflose Nächte bereitete. War der Sieg noch weit? Das war damals schwer zu sagen. Aber nach dieser Ausstellung im Ateneo sah ich den Weg zum erstenmal freier und heller vor mir. (Dennoch sollten mir die jungen Literaten noch großen Widerstand entgegensetzen.)
Ich muß der Gerechtigkeit halber zugeben, daß Juan Chabás trotz seines Interesses an meiner Malerei vielleicht unter allen Schriftstellern derjenige war, der mir am meisten half, sie zu vergessen. Damals war gerade eine neue Zeitschrift erschienen: *Horizonte.* Sie war ruhiger, friedfertiger. Ein Regenbogen nach dem Ultraisten-Gewitter. Ihr Herausgeber war ein neuer Dichter: Pedro Garfias, der aus Osuna in der Provinz Sevilla stammte und neben Gerardo Diego als eine der großen Hoffnungen betrachtet wurde. (Später erfuhr ich, daß Garfias wenig daran lag, mit dem Dichter aus Santander in einem Atem genannt zu werden.) Wie immer war es Juan Chabás, dem ich den Besuch des Andalusiers verdankte. Ich empfing ihn ebenfalls in meinem »Eiskübel«, in dem es jedoch weniger kalt als sonst war, denn die Frühlingslüfte strichen schon um die Fenster. Garfias hörte sich die Gedichte an, die ich ihm auf Wunsch von Chabás ohne lange Einleitung vortrug. Sein knapper Kommentar war entscheidend für mein ganzes weiteres Leben: »Gib mir die drei, die dir selbst am besten gefallen, für die nächste Nummer des *Horizonte.*«

In der folgenden Nacht fand ich keinen Schlaf, und ich war voller Unruhe, bis ich einige Wochen später die Zeitschrift in der Hand hielt. Wird Garfias die Gedichte bringen? Oder wird er sie schlecht finden, wenn er sie noch einmal liest, und seinen Entschluß bereuen? Nichts dergleichen geschah, denn meine Gedichte erschienen in der so ungeduldig ersehnten Nummer zusammen mit »Baladilla de los tres ríos« (»Kleine Ballade von den drei Flüssen«) von García Lorca, Gedichten von Garfias selbst und einigen kurzen Gesängen von Antonio Machado. Diese neue Zeitschrift wurde ihrem Titel gerecht. In dem breiten Spielraum, den sie bot, fanden sich nebeneinander immer wieder die Dichter ein, die von *Ultra* vorsätzlich ausgeschlossen worden waren. An der Seite Machados stand wieder Juan Ramón Jiménez. Nur wenige von der Besatzung des primitiven avantgardistischen Schiffes hatten schwimmend das Ufer erreicht. *Ultra* ging beinahe vollständig unter, denn mit heiler Haut retteten sich nur Gerardo Diego als Dichter und Guillermo de Torres, der Kapitän des Schiffes, als Kritiker.

Eine andere Zeitschrift, die schon seit zwei Jahren existierte und mir bekannt war, erschien in La Coruña unter dem hübschen Titel *Alfar* (Töpferei). Sie wandte sehr großzügige Maßstäbe an, und auf ihren geräumigen, harmonischen Seiten fanden die verschiedensten Namen, die Vertreter aller Richtungen Platz. Bei den Spaniern reichte die Skala von Azorín, Unamuno oder Miró bis zum letzten Schrei der Ultraisten und bei den Amerikanern von Lugones, Sanin Cano oder Alfonso Reyes bis zum hitzigsten *Martinfierrista*. Der ständige Leiter und Herausgeber der Zeitschrift war ein aufrichtiger, leidenschaftlicher Dichter aus Uruguay, Julio J. Casal, der zugleich Konsul seiner Heimat in der galicischen Stadt war. Er und sein Landsmann, der Maler Barradas, ein wahrhaft genialer Mensch, »vor der Zeit und beinah in der Blüte dahingegangen«, hinterließen in Spanien zusammen mit einer unauslöschlichen Erinnerung die Saat ihrer fruchtbaren Arbeit. Mit dem Maler traf ich damals einige Male zusammen, aber mit dem Dichter konnte ich erst 1940 Freundschaft schließen, als ich schon in Argentinien lebte. Meinen ersten Kontakt mit ihm verdankte ich Daniel Vázquez Díaz. Ich schickte ihm einen Artikel, den ich über seine Malerei geschrieben hatte und den Casal zusammen mit einigen der besten Bilder des andalusischen Künstlers veröffentlichte. Nachdem einige Zeit vergangen war – und da mein Wunsch, mich bekannt zu machen, immer drängender wurde –, entsann ich mich eines Tages der Zeitschrift *Alfar*, und ich schickte, nicht ohne eine gewisse Beklommenheit, einige Gedichte ein. Nach einigen Monaten erhielt ich ein Exemplar mit ein paar freundlichen Zeilen des Herausgebers. Meine Beiträge waren an bevorzugter Stelle gedruckt worden. Es waren Gedichte in einem ähnlichen Ton wie die in *Horizonte* veröffentlichten. Ich habe sie nie in ein Buch aufgenommen, und ich hatte sie auch völlig vergessen, aber nun da Robert Marrast, ein junger französischer Hispanist und Übersetzer meiner Bühnenwerke, die Güte hatte, mir eine Kopie zu schicken, möchte ich sie hier wiedergeben, denn ich meine, sie sind von einigem Interesse für die kurze Prähistorie meiner Poesie.

BALKONE

I

Dich grüßen die Engel, Sofía,
Glühwürmchen des Tals.

Der Stern des Herrn
fliegt von seiner Hütte
zu deinem Hof.

Bete für den verlorenen Abendstern,
Laterne der Ebenen:

Daß ihn die Sonne befreie
von dem angefaulten Apfel,
von den Igeln der Kastanie.

Schmetterling im Tunnel,
kleine Sirene des Meeres, Sofía:

Damit das Kästchen einer Nuß
in Träumen immer unser Schiff sei.

2

Der Boden gleitet,
der Schnee singt dir:

Ein Engel trägt deinen Schlitten,
die Sonne ist in der Sommerfrische.

Ich bringe den Weihnachtsbaum
auf meinem Rücken aus Papier.

Schau, Sofía, es sagt der Himmel:
die Stadt ist für dich ein Bonbon,
ein Aprikosen-,
Himbeer-
oder Zitronenbonbon.

3

Aus deinem Fingerhut trank ich diese Bitte,
diese Bitte mit drei Flügeln:

Laß die Nadel, Sofía,
im Sternenvorhang,
du bist die Jungfrau Maria
und Rotkäppchen.

Alle Völker singen dir von dir:

Von dir,
die du das Licht bist,
das aus dem Licht hervorgeht.

Diese Sofía war ein Mädchen von zwölf oder dreizehn Jahren, das ich in den ersten langen Monaten meiner Krankheit beobachtete, wie es hinter den rötlich erhellten Scheiben seines Fensters gedankenverloren vor einem Atlas saß. Von meinem Fenster aus, das sich nur einen Stock höher befand, sah ich, wie sein Finger langsam über die blauen Meere, die Kaps, die Buchten, das Festland der Karten reiste, die in den feinen Netzen der Längen- und Breitengrade gefangen waren. Sofía stickte auch Blumen oder Buchstaben in Batisttücher oder grobes Leinen, Schülerinnenarbeiten, die sie mit der gleichen gesammelten Aufmerksamkeit ausführte wie ihre Reisen. Sie war an vielen Nachmittagen mein stiller Trost. Beinahe nie sah sie mich an, und wenn sie es einmal wagte, tat sie es auf seltsame Weise, mit unbewegtem Gesicht, ohne eine Miene zu verziehen. Dieses reine, schlichte Bild – Sofía am Fenster – begleitete mich noch lange und drängte sich sogar in einige der Gesänge meines *Marinero en tierra (Der Matrose an Land)* zu einer Zeit, in der sie das Meeresblau des Atlas und die Sticknadel schon gegen einen Flirt am Sonntagmorgen, beim Verlassen der Kirche, eingetauscht hatte. Und wenn mir einst Sofía mit dreizehn Jahren nicht einmal einen verstohlenen Blick gönnte, so wurde sie nun, in der Blüte ihrer fünfzehn Jahre, jedesmal wenn ich ihr auf der Straße begegnete, glühend rot; sie senkte den Kopf und war so erregt, daß zuletzt ich derjenige war, der sich am meisten schämte, und ich ließ sie dann mit gespielter Gleichgültigkeit vorübergehen wie eine Unbekannte. Seit damals hörte Sofía für mich zu existieren auf, obwohl ich noch bis 1930 in demselben Haus wohnte; sie starb buchstäblich für mich und war

schließlich nur noch ein schöner, in die Fäden meiner Gedichte verstrickter Name.
Ich ging daran, aus einer langen Reihe von Gedichten des gleichen Stils wie die ersten, Sofía gewidmeten, ein Buch zusammenzustellen, für das ich auch schon einen Titel gefunden hatte, einen Titel ganz nach dem Geschmack jener Jahre, der aber so gut wie niemandem gefallen wollte: *Giróscopo* (Kreisel). Ich meinte, daß sich meine Gedichte mit ihren vielfältigen Bildern sehr gut in diesem einen Wort zusammenfassen ließen, das das buntgestreifte, summende Spielzeug, das Entzücken aller Kinder, bezeichnet. Natürlich verdankte ich es wieder Juan Chabás, daß Gabriel Miró meine Gedichte kennenlernte, der damals gerade wieder in seiner geliebten spanischen Levante lebte. Nach kurzer Zeit bekam ich einen Brief von dem verehrungswürdigen Autor von *El humo dormido* (Der erstarrte Rauch), in dem er mir mit höflichen und gütigen Worten unter anderem sagte, daß es »in *Giróscopo* – ich stolpere über den Titel [auch ihm gefiel er also nicht] – Worte von einer eindringlichen Schönheit gibt«. Miró besaß eine Sehergabe, denn meine Besessenheit von dem Wort »schön« erreichte tatsächlich in dem Jahr, in dem der dreihundertste Todestag Don Luis de Góngoras gefeiert wurde, ihren Höhepunkt, und mit *Cal y canto* (Kalk und Gesang) bemächtigte sich meiner die formale Schönheit in einem solchen Maße, daß sie mir beinahe die Empfindung zu Stein werden ließ.

IV

Nun, in Castelar – etwa dreißig Kilometer von Buenos Aires entfernt –, im Hause meiner guten Freunde, der Dujovnes, suche ich die nötige Sammlung, um dieses so oft unterbrochene zweite Buch meines Verlorenen Hains abzuschließen. Jedoch, zwischen dem vorausgegangenen Kapitel und dem, das nun beginnen soll – was für eine lange Parenthese, was für zwei volle Jahre meines Lebens, nachdem Gott sei Dank diese monotone Unbeweglichkeit unterbrochen wurde, dieses unfreiwillige Vor-Anker-liegen, das der sterilsten Dürre so günstig ist! Was für ein Regen, was für ein wohltätiger Guß hat meine Blätter, meine dürstenden Wurzeln erfrischt, mich von neuem grünen, noch einmal als Baum mich aufrichten lassen, der seine Zweige und Blätter dem Pfeifen der Vögel und des Windes zu öffnen vermag? Zu euch, ihr Pappeln, Keulenbäume, Zypressen, Zedern und Eukalypten dieser Wälder, spreche ich von dem eisigen Wunder der polnischen Wälder, dem verschneiten Geläut der Glocken von Krakau, dem Hirtenecho der Flöten in den Tälern Rumäniens, den deutschen Birken- und Fichtenwäldern, der Sonne auf dem Gold der Sterne des Kremls, dem hohen und klaren Blick des reinen Menschen dieser Völker mit dem ruhigen Herzen. Euch, ihr Herbstrosen, leuchtenden Papierzinnien, runden Dahlien, kleinblumigen Jasminsträucher, euch enthülle ich die Geheimnisse der Blumen Chinas, euch berichte ich von der Haut seiner Mädchen, die sanfter und lieblicher ist als die all eurer Blütenblätter; von den geblähten Segeln seiner Dschunken, riesigen Schmetterlingen auf den Seidenbändern seiner Flüsse. Ich bin gereist, ich habe andere Gesichter gesehen, andere Himmel und Landschaften. Ferne Landkarten hielten mir ihre unbekannten Farben vor die Augen. Und jetzt, so viele Tausend Kilometer entfernt, strömt das Blut durch mein Herz, das voll ist von Millionen Augen, Millionen Stimmen, Millionen Bruderhänden, die es fest umfassen und wärmen, ihm einen neuen Rhythmus geben, es in den Worten baden, die die erinnerten Lüfte dieses meines Verlorenen Hains weiterbewegen müssen.

Die Zeit verging, und meine »hilare Adenopathie mit einem Infiltrat im oberen rechten Lungenlappen« besserte sich. So sehr, daß ich mich nie kräftiger gefühlt hatte. Ich ruhte mich schon nicht mehr den ganzen Tag aus. Nur nach den Mahlzeiten legte ich mich eine Stunde hin und vertrieb mir den Schlaf mit der Lektüre irgendeines Buches. Ich ging allerdings nur selten aus, und die erschöpfenden Fußmärsche meiner ersten Jahre in Madrid waren auf kurze Spaziergänge durch das offene Gelände meines Viertels, das Retiro und die Moncloa, reduziert oder auf Besuche bei den wenigen Freunden, die ich hatte. Zu diesen gehörte Luis Alberti, der Sohn Tante Lolas, meiner ersten Zeichenlehrerin, und Bruder José Ignacios, des anarchistischen und republikanischen Übersetzers und Freundes der Bohèmejahre Barojas. Luis war ein recht einsamer, gefühlvoller Mann, der nun in Madrid lebte und die drei Schönheiten aus Granada begleitete, seine Schwestern Dolores, María und Gloria, die wie er einen zurückgezogenen und mißmutigen Ledigenstand ertrugen. Mir gegenüber war er außerordentlich liebevoll, und er empfing mich in seinem Büro im Verlag Calpe, in dem er arbeitete. Ihm verdanke ich die Förderung meiner literarischen Bildung, denn es verging kaum ein Vormittag, an dem er nicht mit einem Stoß Büchern unter dem Arm nach Hause kam. Die *Colección Universal* mit den blaßgelben Einbänden machte uns alle mit den großen russischen Autoren bekannt, die wenig verbreitet waren, bevor Calpe sie herausbrachte. Gogol, Gontscharow, Korolenko, Dostojewskij, Tschechow, Andrejew ... beunruhigten mich Tag und Nacht. Ein Roman machte vor allen anderen tiefen Eindruck auf die intellektuelle Jugend Spaniens, über die kräftige Windstöße des Anarchismus hinwehten: *Sascha Jegulew* von Andrejew, einem

Autor, der in jenen Jahren in Finnland gestorben war, fern der Revolution Lenins, die er nicht hatte verstehen können. Ich gehörte zu den jungen Leuten, denen die heroische, abenteuerliche Jugend Saschas den Schlaf raubte. Dostojewskis *Dämonen* lösten damals in mir mehr Befremden als Bewunderung aus. Diese ganze Welt von Verrückten, die so natürlich auftraten und bei denen das Abnormale als etwas völlig Richtiges erschien, verwirrte mich und machte mich nachdenklich. Nach der Lektüre dieses Buches wurde mir allmählich bewußt, daß Spanien, vor allem in den kleinen Städten und am allermeisten im Süden, voll von einer ähnlichen Art von Besessenen war, der nicht weniger Exemplare meiner eigenen Familie angehörten. Von der absonderlichen Verrücktheit der Figuren Dostojewskijs ging ich weiter zu der anziehenden Melancholie und Anmut der Gestalten Tschechows. Mit meiner Schwester Pepita las ich immer wieder, bis mir die Tränen kamen, die kleinen Geschichten von seinen armen Kutschern, Bauern, kleinen Angestellten und Professoren ... Das erste, was ich von Gorkij kennenlernte, war »Malva«, eine wunderbare Erzählung, deren letzter Satz – der Ruf: »Wer hat mein Messer genommen?« – auf irgendwelchen geheimnisvollen Wegen in ein Gedicht meines *Matrosen an Land* gelangte. Wir Spanier haben uns vielleicht noch nicht eingestanden, wieviel wir der erstaunlichen Offenbarung verdanken, die uns zuteil wurde, als sich in diesen Jahren der Vorhang vor der russischen Romanliteratur hob. Ich ging damals mit leeren Taschen umher. Kaum daß ich genug Geld für die Straßenbahn hatte. Meine Krankheit war sehr teuer: Medikamente, Spritzen, Röntgenaufnahmen, Erholung in den Bergen. Ich hatte nicht den Mut, zu Hause um Geld zu bitten. Daher konnte ich mir nur wenige Bücher kaufen. Meinem Onkel Luis, der sie mir bei meinen Besuchen schenkte, verdanke ich deshalb einen großen Teil meiner Lektüre in jenen Jugendjahren, in der die russischen Autoren aus der Zeit vor der Revolution eine bevorzugte

Stellung einnahmen. Mein Onkel Luis war wunderbar und ebenfalls voll von lauter kleinen »Besessenheiten«. In der Zeit seiner Geschenke war er einsamer denn je zuvor. Er hatte gerade mit einer Geliebten gebrochen. Sie war ihm zu dick geworden. Schon mehrere Male hatte er sie gewarnt: »Wenn du achtzig Kilo wiegst, verlasse ich dich.« Eines Nachmittags stellte er sie auf eine Waage, die man in den U-Bahnstationen findet. Es war der Nachmittag des Verhängnisses. Der Zeiger rückte unerbittlich auf ein wenig über achtzig. Und dort, auf dem Bahnsteig, ließ Onkel Luis die Frau stehen. Er besuchte sie nie wieder.
Gil Cala und Celestino Espinosa, die Freunde meiner ersten Madrider Jahre, sah ich damals schon nicht mehr. Gil Cala arbeitete irgendwo, ich glaube, in Sevilla, und Espinosa leistete in Afrika seinen Militärdienst ab. Dafür besuchte ich Vázquez Díaz häufiger denn je. Er war immer noch so unterhaltsam, erzählte seine Pariser Geschichten und sprach schlecht von den Malern ... und der ganzen Welt! Wie gut verstand ich mich mit ihm! Was für ein ungemein witziger Mensch war er doch! Ich muß noch heute lachen, wenn ich an ihn denke.
Seit einiger Zeit gab es aber noch eine andere, neue Freundschaft in meinem Leben, eine Freundschaft, die man anfangs eine »rollende« hätte nennen können, denn wir trafen uns immer auf der Plattform eines Straßenbahnwagens der 3er-Linie auf dem Weg zur Puerta del Sol. Mein neuer Freund hieß Vicente Aleixandre, und er wohnte wie ich in der Nähe des Salamanca-Viertels. Wir haben uns aber nicht, wie Vicente heute glaubt, im Ateneo, anläßlich der Ausstellung meiner Bilder, zum erstenmal gesehen, sondern schon viel früher. Wo mag es gewesen sein? Ich weiß es nicht mehr. Vielleicht verdanke ich es Juan Chabás, Dámaso Alonso oder einem der Vettern Vicentes, die im zweiten Stock meines Hauses wohnten, daß ich ihn kennenlernte. Viele Bilder, die im Laufe dieser Erinnerungen noch auftauchen werden, bewahre ich von dem Dichter, der sich nach *Ámbito* (Umkreis),

seinem ersten Buch, als einer der Größten unserer Generation erweisen sollte – dieser Generation, die dann der Bürgerkrieg zerbrach und zerstreute und von der er eine Stimme, eine der genialsten, ganz zum Verstummen brachte. Ja, viele Bilder bewahre ich, vor allem aber das des hochgewachsenen, schlanken, blonden Aleixandre – noch ohne die rötliche Gesichtsfarbe, die ihm dann, als er krank wurde, das Aussehen eines Gebirglers von Miraflores verlieh –, der sich gegen das Geländer der nächtlichen Straßenbahn lehnte, die ihn zu einer Loge des »Real« brachte, des schönen Theaters, das ich nur ab und zu als Gast von Consuelo Flores betreten konnte, der hübschen Italienerin, die ebenfalls in einem der Appartements unseres Hauses wohnte.

Da mir die Pflege meiner Gesundheit zu einer bequemen Gewohnheit geworden war, begann ich, sobald der Frühling vorüber war, mit meiner Familie über meine Abreise in die Berge zu sprechen, denn ich wollte dem Sommer und der Hitze entfliehen, die – wie ich betonte – für meine Lunge mit den noch nicht ganz verkalkten Herden so schädlich waren. Und in die Berge fuhr ich auch. Dort unterbrach ich meine Ruhe und mein zwanghaftes Temperaturmessen – ich zerbrach jedes Jahr unzählige Thermometer – durch mehr oder minder kurzlebige Liebeleien und durch die Arbeit an einem neuen Gedichtband, dem ich allmählich Form gab und der den Titel *Mar y tierra* (Zu Wasser und zu Land) erhalten sollte. Ich war erst unlängst durch Dámaso Alonso und durch Barbieris *Cancionero musical de los siglos XV y XVI* (Liederbuch des 15. und 16. Jahrhunderts) mit Gil Vicente bekannt geworden und schrieb nun unter den Föhren von San Rafael mein erstes Gedicht traditionellen Zuschnitts – »La corza blanca« (*Das weiße Reh*) –, das beinahe den gleichen melodischen Rhythmus hatte wie eines der kürzesten und geheimnisvollsten unter den anonymen Gedichten dieser Sammlung und mit den Worten »In Avilá, meine Augen . . .« begann.

Wie der Titel andeutet, bestand *Mar y tierra* aus zwei Teilen. Der erste umfaßte die Gedichte, die ich unmittelbar der Bergwelt der Guadarrama verdankte, und dazu einige mit anderen Themen, und der zweite Teil, den ich »Marinero en tierra« *(Der Matrose an Land)* nannte, die Gedichte, die meiner Sehnsucht nach dem Meer von Cádiz, seinen Flußmündungen, Schiffen und Salinen entsprangen. Dámaso, der mich öfter besuchte, bekam sie nach und nach zu sehen und schenkte mir manchmal begeisterte Zustimmung. Damals war ich weit entfernt von der Unordnung der Ultraisten, und ich suchte eine extreme Einfachheit, eine klare, genaue, melodische Linie, etwas von dem, was Federico García Lorca in seiner »Kleinen Ballade von den drei Flüssen« schon voll erreicht hatte. Meine neu entstehende Lyrik lebte aber nicht nur von Gesängen. Ich schöpfte auch aus Garcilaso und Pedro Espinosa. (Góngora kam später.) Sonette und Terzinen zogen mich gleichermaßen an, nicht aber die Stanzen, die ich wunderbar fand bei dem Toledaner und dem Dichter aus Antequera, sonst aber zu streng, zu langsam und zu langweilig für meine Ungeduld und meine damaligen Absichten. Für die Ultraisten, die eine heftige, gleichsam bewaffnete Reaktion gegen die klassischen und romantischen Formen auf ihre Fahne geschrieben hatten, war es wohl schlimmer als ein Verbrechen, ein Sonett zu schreiben. Aber gerade das tat ich als letzten Endes jüngerer, freierer und zudem unbekannter Dichter. Ich schrieb eines in Alexandrinern – »A Juan Antonio Espinosa, capitán de navío« (An Juan Antonio Espinosa, Kapitän) – mit einem Motto von Baudelaire. Ich glaube nicht, daß dieser Juan Antonio, in Wirklichkeit Romancier und ein Bruder Celestinos, damals Kapitän war, aber ich bewunderte ihn allein schon deshalb sehr, weil er einmal in der Biskaya mit einer Fischfangflotte in See gegangen war. Dann stürzte ich mich in das Abenteuer, einige Terzinen – »Sueño del marinero« (Seemannstraum) – zu schreiben, in denen ich mein ganzes Fernweh, meine ganze, immer tiefer werdende Melancholie eines am Meer aufgewachsenen und an Land festgehaltenen jungen Mannes zusammenfaßte. Beide Gedichte nahm ich in das Buch auf, und das zweite stellte ich vorläufig als Prolog vor das Ganze. War ich ein Deserteur, der die bis dahin avantgardistisch genannte Poesie verließ, um zum Kult bestimmter bekannter Formen zurückzukehren? Nein. Die neue, die wahre Avantgarde sollten eines Tages wir sein, wir jungen Dichter, die erst im Kommen waren, bis dahin – mit Ausnahme von Dámaso, Lorca und Gerardo Diego – noch keine Bücher veröffentlicht hatten, wohl aber schon in *Indice* erschienen waren, der Zeitschrift, die Juan Ramón Jiménez in einem Verlag gleichen Namens herauszugeben begonnen hatte. Die andere, erste Avantgarde, die ultraistische, war auf dem Rückzug. Die – wenn man so will, heldenhaften – Toten, die sie auf dem Schlachtfeld zurückließ, waren zahlreich. Nur wenige konnten sich retten. Wenn mich auch Juan Ramón Jiménez, in einem Augenblick berechtigten Ärgers über mich, als einen *Isten* qualifizierte, das heißt als einen, der die modischen *Ismen* kultivierte, so muß ich hier doch meinen Abscheu vor allen Klassifikationen und meine Liebe zur absoluten Unabhängigkeit, zur Mannigfaltigkeit, zum ständigen Abenteuer in unerforschten Wäldern und Meeren ausdrücken. Daß ich die *Ismen* streifte, daß ich mich von ihnen anlocken, anstecken ließ, und es manchmal daher so aussah, als hätte ich mich in ihren Maschen verfangen, war unvermeidlich und natürlich. Die *Ismen* sickerten allenthalben ein, sie folgten aufeinander in plötzlichen Wellen wie Erdbeben, und es war mehr als schwierig, in den unaufhörlichen Strömungen und Gegenströmungen völlig unberührt zu bleiben. Letzten Endes aber kann ich mich nun, aus so großem zeitlichem Abstand, fragen: Welchem bestimmten *Ismus* gehört heute mein Werk oder das aller spanischen Dichter meiner Generation an? Ich glaube behaupten zu dürfen: keinem. In ihren höchsten Augenblicken stand unsere Poesie über allen Moden; sie war nur selten ein steriler Zeitvertreib und stellt daher die echte Avantgarde einer lyrischen Bewegung dar, die – es erscheint mir weder übertrieben noch unbescheiden, das zu sagen – in gewisser Weise den schwersten Leiden zum Trotz noch heute in Spanien herrscht.

Auch Gregorio Prieto, der mich damals schon viel mehr als Dichter denn als Maler schätzte, besuchte mich in jenem Sommer in San Rafael. Sein Ruf nahm ständig zu. Ich glaube, er hatte sogar im *Salón Nacional* eine Medaille für ein Bild mit einem sehr langen literarischen Titel bekommen: *Soledad, Encarnación y Asunción recolectando manzanas* (Schwermut, Inkarnation und Himmelfahrt bei der Apfelernte). Nach meiner Rückkehr aus den Bergen im Spätherbst wollte er mich porträtieren. Ich saß ihm in seiner Wohnung in irgendeiner typischen Madrider Straße. Unlängst schickte mir Prieto eine Fotografie dieses Gemäldes nach Buenos Aires. Da bin ich bis zur Taille zu sehen, noch in Trauer nach dem Tode meines Vaters, schlank, erhobenen Kopfes, mit gedankenvoller Miene, in den Händen ein offenes Buch. Ein sehr jugendliches Werk, das sich durch die Jahre hindurch noch genug von seinem Zauber und seiner sympathischen Wirkung bewahrt hat. Um es einem bekannten Schriftsteller zu zeigen und ihn gleichzeitig auf meine Gedichte aufmerksam zu machen, lud Prieto damals in Madrid eines Nachmittags Enrique Díez-Canedo in sein Atelier ein. Ich hatte ihn noch nie gesehen. Sein Name war mir bekannt, sein Werk nicht. Ich wußte, daß er eine sehr wichtige Rolle als Literatur- und Theaterkritiker in Zeitungen und Zeitschriften spielte. Und daß er selbst Verse schrieb. Zu diesem Zeitpunkt waren mir von meinen älteren spanischen Zeitgenossen nur Antonio Machado (und er besser als Manuel, sein Bruder) und Juan Ramón Jiménez vertraut. Von Gabriel Miró kannte ich nur einige kurze Erzählungen und *El humo dormido*, einen ausgezeichneten Roman, der mich, da er von der Erziehung

in einem Jesuitenkolleg handelte, sehr ansprach und erschütterte; ich mußte an meine eigene Schulzeit im Kolleg San Luis Gonzaga in Puerto denken. Von Azorín hatte ich gerade *Clásicos y modernos* (Klassiker und Moderne) zu lesen begonnen. Und er gefiel mir. Aber Unamuno, Baroja, Valle-Inclán, Pérez de Ayala, D'Ors, Ortega y Gasset... Mein Gott! Beinahe war ich noch Maler, und als Dichter befand ich mich gewissermaßen noch im Zustand des Urnebels. Ich brachte mich um für die Poesie und sah oft den Morgen mit geröteten Augen heraufkommen, weil ich ihretwegen nicht schlafen konnte. Der spanische Roman interessierte mich wenig oder, besser gesagt, es war etwas in mir, was mich daran hinderte, mich mit ihm auseinanderzusetzen. Philosophische Essays... Schon aus der Entfernung und ohne, daß ich sie kannte, schläferten sie mich ein. Vielleicht war diese Dickfelligkeit damals notwendig, damit ich mich ganz auf das konzentrieren konnte, was ich selbst wollte, was ich leidenschaftlich forderte: daß man mich als Dichter betrachtete. Alles andere mußte später kommen. Später würde ich noch genug Zeit haben, die schrecklichen Gräben meiner Unwissenheit aufzufüllen.
Díez-Canedo schockierte mich zunächst durch seine dünne Mädchenstimme, seine glatten Manieren und ein ständiges zerstreutes Lächeln mit gelben, weit auseinanderstehenden Zähnen. Er lobte mein Porträt und konnte – was ich mißmutig erwartet hatte – seine Überraschung nicht verbergen, als mich Gregorio Prieto bat, ihm meine Gedichte vorzulesen.
»Ich dachte, Sie seien nur Maler«, wagte er zaghaft einzuwerfen.
Ich war drauf und dran, ihm eine Grobheit zu sagen. Aber zum Glück beherrschte ich mich und sah ein, wie ungerecht und falsch es gewesen wäre, jemanden zum Teufel zu jagen, der ja von meinem neuen Beruf nichts wußte und in aller Freundlichkeit bereit war, mich anzuhören.

Nicht ohne ein gewisses Zittern holte ich mein Manuskript hervor. Und zum erstenmal las ich meine Gedichte und Sonette einer *bedeutenden Persönlichkeit* vor. Canedos Kommentar war positiv, aber knapp. Er lobte vor allem meine Verse über das Meer. Ich war Andalusier wie Juan Ramón und García Lorca. Das merkte man mir an, und es verlieh meiner entstehenden Lyrik einen bestimmten Akzent.

Seine wenigen Worte mißfielen mir nicht. Sie waren viel für einen berühmten Kritiker. Man weiß, wie vorsichtig diese Leute sind, um sich nicht in die schwere Gefahr eines Irrtums zu begeben. Ich erfuhr kurz darauf durch Gregorio Prieto, daß Díez-Canedo noch weitere Lobesworte für mich gefunden hatte, was mich mit neuem Schwung und neuer Begeisterung erfüllte.

Die Monate vergingen. Wieder ein Winter mit kleinen Sorgen und einer freiwilligen, nur wenige Male unterbrochenen Zurückgezogenheit im »Eiskübel«. *Mar y tierra*, das Buch, das mich nicht schlafen ließ, wuchs, dehnte sich aus, und im imaginären Wind meines Schlafzimmers flatterte das Mützenband meines kleinen Matrosen. Die Freundin, die ich von einer Dachterrasse meiner fernen Kindheit in Puerto aus undeutlich erblickt hatte, verwandelte sich mir in eine Sirene der Gärten, eine arbeitsame Freundin der unterseeischen Gärten. Ich hißte an den schlanken Masten meiner Gesänge Wimpel und Fähnchen in den verschiedensten Farben. Mein Buch begann ein Fest zu werden, eine strahlende Regatta, vorangetrieben von der Sonne des Südens. Ich schrieb eine »Triduo de alba« (Dreitägige Andacht) – drei Sonette – »a la Virgen del Carmel« (an die Jungfrau vom Karmel), die lächelnde Schutzpatronin der Seeleute, und ich widmete sie meiner Mutter, die tief gerührt war und zu dem Schluß kam, daß sich mit diesen lyrischen Gebeten meine Gleichgültigkeit in Dingen der Religion bessere. Ich sah mich als Piraten, als Räuber des Nordlichts auf unbekannten Meeren. Ich sah einen blauen Stier – den der klassischen Mythen – in dem vollkommenen Bogen der Bucht von Cádiz, zu deren weißen Ufern ich in einer fernen Nacht meiner Kindheit ging, um den leuchtenden Schweif des Halleyschen Kometen zu kämmen. Ich sah, erträumte, erfand noch viele andere kleine Dinge, die ich aus jenem Brunnen der Sehnsucht schöpfte, der von Tag zu Tag tiefer wurde, je weiter ich mich landeinwärts von meinem ersten Leben entfernte. Und ich stellte eine Sammlung von Gedichten von einer großen Mannigfaltigkeit der »Farben, Düfte, Musiken und Essenzen« zusammen, ohne auf »der ausgefahrenen Straße« des Volkstümlichen Zuflucht zu nehmen, wie Juan Ramón Jiménez später sagte, als er meine Poesie mit der García Lorcas verglich. Die Umstände waren nun reif für die Bekanntschaft mit Federico. Die Stunde hatte endlich geschlagen. Es war an einem Nachmittag im Frühherbst. Gregorio Prieto war mit dabei, wie es kurz zuvor brieflich abgesprochen worden war, und er stellte mich ihm vor. Wir waren in den Gärten des Studentenheims, wo García Lorca, der Rechtsanwalt werden wollte, seit mehreren Jahren wohnte, um alle Vorlesungen zu hören. Da wir uns im Oktober befanden, war der Dichter schon aus seinem heimatlichen Granada eingetroffen. Sein brauner Teint spielte leicht ins Olive, er hatte eine breite Stirn, in die ihm eine dunkle Haarsträhne hing, seine Augen leuchteten, und er hatte ein offenes Lächeln, das sich leicht in lautes Gelächter verwandeln konnte. Alles in allem sah er aus wie ein – nein, nicht wie ein Zigeuner, sondern eher wie ein Bauer, wie einer jener zugleich feinen und groben Männer, die die Erde Andalusiens hervorbringt. (So sah ich ihn an jenem Nachmittag, und so sehe ich ihn noch heute, sooft ich an ihn denke.) Er empfing mich voller Freude mit Umarmungen, Gelächter und übertriebenen Faxen und behauptete, mich – ebenso wie meine Verwandten in Granada – gut zu kennen. Unter anderem sagte er mir, er habe vor Jahren meine Ausstellung im Ateneo besucht, ich sei sein Vetter, und er wolle mir ein Gemälde in Auftrag geben, auf dem man ihn sehen solle, wie er am Ufer eines Baches schlafe, und über ihm, in einem Ölbaum, solle die heilige Jungfrau ein Band schwenken, auf dem zu lesen sei: »Unsere Liebe Frau von der Schönen Liebe erscheint dem Dichter Federico García Lorca«. Auf diesen Auftrag kam er immer wieder zu sprechen, obwohl ich ihm versicherte, das sei das Letzte, was ich malen würde; außerdem hätte ich die Malerei längst aufgegeben, und nun sei ich nur noch daran interessiert, ein Dichter zu werden – eine Erklärung, der er damals kaum einen Wert beimaß. An diesem Abend lud er mich ein, mit ihm und einigen Freunden im Heim zu essen. Unter diesen Freunden befanden sich Luis Buñuel, damals noch lange nicht der weltberühmte Cineast, der Dichter José Moreno Villa aus Malaga und ein schlanker, sehr unterhaltsamer und absurder junger Mann mit einem blonden Schnurrbärtchen, der Pepín Bello hieß und sofort meine ganze Sympathie besaß. Nach dem Essen gingen wir wieder in den Garten, in diese schöne, von Schwarzpappeln bewachte Einfriedung, die durch den Wasserlauf des Canalillo geteilt wird und voll von Oleander- und Jasminbüschen ist, die in Wellen gegen die Pavillons der Studenten branden. Ich hatte Federico noch nie rezitieren hören, aber er stand in dem Ruf, es sehr gut zu machen. Und in der Dunkelheit, in die nur von fern, aus den erhellten Fenstern der Wohnungen, ein wenig Licht fiel, konnte ich mich davon überzeugen. García Lorca trug seine letzte Zigeunerromanze vor, die er aus Granada mitgebracht hatte:

Grün wie ich dich liebe, grün ...

Unvergessene Nacht der ersten Begegnung! An dem ganzen Federico war etwas Magisches, Unwiderstehliches – *duende*, das gewisse Etwas. Wie sollte man ihn je wieder vergessen, wenn man ihn einmal gesehen und gehört hatte! Er war wahrhaftig faszinierend: er sang, allein am

Klavier, er rezitierte, scherzte und sagte Albernheiten. Sein Ansehen war damals schon sehr groß. Man wiederholte seine Gedichte, seine Aussprüche, seine zahllosen kleinen Anekdoten aus Granada – wahr die einen, erfunden die andern – in allen Literatencafés und in Studentenkreisen. Dabei waren seine wichtigsten Werke aus jenen Jahren noch gar nicht erschienen. Er hatte bis dahin erst zwei Bücher veröffentlicht, ein wenig bekanntes – *Impresiones y paisajes (Eindrücke und Landschaften)* (1918) –, das seinem Musiklehrer gewidmet war, und eines – *Libro de poemas (Gedichtbuch)* (1921) –, das von der Kritik gut aufgenommen worden war und das ich schon in der Sierra de Guadarrama mit großem Gefallen gelesen hatte. Federico sprach wenig von ihnen, aber einmal hörte ich ihn Verse aus dem letztgenannten zitieren. Was der Dichter damals in alle vier Winde streute, waren seine Zigeunerromanzen, die einzelnen Liedchen und die später unter dem Titel *Poema del cante jondo (Dichtung vom Cante Jondo)* gesammelten Lieder. Unter Freunden sprach man auch von zwei Dramen: *Los títeres de Cachiporra* (Die Puppen von Cachiporra) und *Mariana Pineda*. Beide sah ich später. Aus jener ersten Nacht unserer Freundschaft werde ich aber immer nur die »Romance sonámbulo« (»Somnambule Romanze«) in Erinnerung behalten, ihre geheimnisvolle Dramatik, die noch schauriger wirkte im Halbdunkel des Gartens, in dem die Pappeln rauschten.

»Lebwohl, Vetter«, sagte Federico, als wir beide nach Mitternacht allein waren.

Es fing an zu regnen. Ein plötzliches Aufleuchten kündete ein herannahendes Gewitter an. Und obwohl ich völlig durchnäßt zu Hause ankam, war ich glücklich. Ich wußte, daß ein Blatt meines Lebens mit einem unauslöschlichen Datum versehen worden war. Einige Tage darauf brachte ich García Lorca das Bild, das er bei mir bestellt hatte, und noch etwas dazu: ein Sonett, das ich ihm widmete. (Die beiden anderen, die ich ebenfalls in meinen *Matro-*

sen an Land aufnahm, schrieb ich etwas später, wenn auch noch in demselben Jahr.) Er lobte mein Gemälde mit den übertriebensten Worten und Gebärden. Dann hängte er es über dem Kopfende seines Bettes auf und versprach mir, ihm in seinem Landhaus in Fuente Vaqueros den gleichen Platz einzuräumen. »Damit« ich mich »davon überzeugen« konnte, wurde ich auf der Stelle eingeladen, den Sommer dort zu verbringen. Was das Sonett anbetraf ... Es gefiel ihm, und er ließ es mich vor den Freunden wiederholen, die zu jeder Zeit bei ihm eindrangen. Ich nutzte den Augenblick, um ihm auch einige meiner Gesänge vorzutragen. Er hörte sie aufmerksam an. Ich erinnere mich, daß er beim Abschied im Garten zu mir sagte: »Du hast zwei gute Dinge für einen Dichter: ein gutes Erinnerungsvermögen und dann – du bist Andalusier. Hör aber nicht auf zu malen.«

Ich ging trotz allem froh nach Hause.

Da es schon Oktober war und die Vorlesungen begannen, erschien eines Tages im Studentenheim ein magerer junger Mann mit einem schönen schmalen Kopf, brauner Haut und einem starken katalanischen Akzent. Federico stellte ihn mir bei einem meiner seltenen Besuche im Herbst vor:

»Das ist Salvador Dalí, der, wie er sagt, nach Madrid gekommen ist, um die Malerkarriere einzuschlagen.«

(Dalí! Alle kannten ihn – außer mir, obwohl ich durch Daniel Vázquez Díaz und durch einige Reproduktionen seiner Gemälde in der Zeitschrift *Alfar* schon eine Vorstellung von seiner Begabung hatte.)

»Die Malerkarriere! Gibt es so etwas?« fragte ich erstaunt.

»Ja«, antwortete Federico ernst. »Die Malerlaufbahn. An der Real Academia de San Fernando.« Und ich glaube, er sagte: »Es fehlen ihm noch zwei Jahre bis zum Abschluß.«

Was ich zunächst für einen der üblichen Scherze García Lorcas hielt, war die reine Wahrheit. Dalís Vater, ein braver Notar in Figueras, wollte, daß sein Sohn die Sache ordentlich anpackte. Die Malerei war für ihn eine Laufbahn wie die des Notars, die er selbst gewählt hatte, und nach vier oder fünf Jahren machte man eben sein Examen und hatte Anspruch auf einen Titel. Und am besten bekam man ihn von einer so kompetenten Autorität wie der Akademie in Madrid verliehen. Im Grunde mag er wohl recht gehabt haben. (Wie es auch sein mag, daß der geschleckte, tote Akademismus des heutigen Dalí zum Teil auf jene Jahre zurückgeht. Aber davon wird noch zu reden sein, im dritten oder vierten Buch meiner Erinnerungen.

Salvador Dalí erschien mir damals sehr schüchtern und wortkarg. Man sagte mir, daß er den ganzen Tag arbeitete und manchmal sogar zu essen vergaß oder zu spät in den Speisesaal des Studentenheims kam. Als ich ihn in seinem Zimmer besuchte, einer einfachen Zelle ähnlich der Federicos, konnte ich beinahe nicht eintreten, denn der Boden war so mit Zeichnungen bedeckt, daß ich nicht wußte, wohin ich die Füße setzen sollte. Dalí hatte eine phantastische Begabung; er war damals zwar erst knapp einundzwanzig, aber schon ein erstaunlich guter Zeichner. Er zeichnete, wie er wollte, realistisch oder imaginativ: eine reine klassische Linie, eine vollkommene Kalligraphie, die an Picassos hellenistische Periode erinnerte, aber darum nicht weniger bewundernswert war – oder wirre Striche wie haarige Knäuel, Tintenflecke und -spritzer, leicht laviert, die schon den großen surrealistischen Dalí der ersten Pariser Jahre ankündigten.

Mit einem gewissen, typisch katalanischen Ernst, in dem sich jedoch ein Humor verbarg, der sich in seinen Mienen nicht ausdrückte, erklärte Dalí immer, was auf jeder seiner Zeichnungen vorging, und dabei trat seine unleugbare literarische Begabung zutage.

»Das hier ist die ›Bestie, sich erbrechend‹.« (Es handelte sich um einen Hund, der aber mehr wie ein Wergknäuel aussah.) »Das sind zwei von der Guardia Civil, die sich lieben, mit ihren Schnurrbärten und so weiter . . .« (Tatsächlich sah man zwei Haarbüschel mit Dreispitzen, die einander auf etwas umarmten, was ein Bett vorstellen konnte.) »Das ist ein Verwester, im Café sitzend.« (Ein einfacher vertikaler Strich, oben mit einem dünnen Schnurrbärtchen; eine horizontale Linie, die die vertikale kreuzte, deutete den Tisch an.) »Und hier noch einmal die *Bestie*, immer noch *sich erbrechend* ...«

Dalís »Verweste« erinnerten manchmal an die hagere Gestalt Pepín Bellos, dieses sympathischen und unterhaltsamen Bewohners des Studentenheims, den mir Federico vorgestellt hatte. Ich glaube, sie waren sogar eine Erfindung Pepíns, die sich Dalí mit viel Witz angeeignet hatte. Der Verweste stellte, wie man seinen Namen leicht entnehmen kann, all das Hinfällige, Tote, Anachronistische dar, das sich in so vielen Menschen und Dingen offenbart. Dalí fing die Verwesten gleichsam im Fluge auf und zeichnete sie in vielerlei Gestalt. Es gab welche, die, von Husten gequält, mit Schals auf den Bänken der Promenaden saßen. Es gab elegante mit Spazierstock, Blume im Knopfloch, von der »Bestie« begleitet. Es gab den akademischen Verwesten und den, der es war, ohne es zu sein. Es gab Verweste aller Geschlechter: männliche, weibliche, sächliche und zwiegeschlechtliche. Und aller Altersstufen. Der Ausdruck wurde bald auf alles angewandt: auf die Literatur, die Malerei, die Mode, die Häuser, die verschiedensten Gegenstände, auf alles, was nach Fäulnis stank, auf alles, was den freien Fortschritt unserer Epoche störte und behinderte. Azorín, zum Beispiel, war damals für uns schon ein Verwester, was nicht gerecht war; gar nicht erst zu reden von Ricardo León und Emilio Carrere oder von Malern wie Benedito, Eugenio Hermoso, Sotomayor ... Seine Majestät Alfonso XIII. war ebenfalls ein großer Verwester. Und der Papst. Und viele der Franzosen, die im Heim Vorträge hielten. Und noch viele andere Personen und Dinge, an die ich mich heute nicht mehr erinnere. Heitere, frohe und doch arbeitsreiche Tage, schwer von Werken, die in den kommenden Jahren ihr Licht verbreiten sollten!

Eine andere Erfindung Pepín Bellos war der Weggeworfene, der sich teilweise mit dem Verwesten deckte, aber die beiden hatten verschiedene Tönungen und Schattierungen, die niemand schärfer wahrnahm als Pepín selbst; er sprudelte über von einem Witz und einer Phantasie, die er mit vollen Händen auf diese ganze Gruppe der Heimbewohner ausstreute, zu der auch Luis Buñuel gehörte, und Buñuel verstand es Jahre später, zusammen mit Dalí in *Un chien andalou* – dem außergewöhnlichsten Film des Surrealismus – viele der unterhaltsamen und oft genialen Einfälle Pepín Bellos auszuwerten. Auf meine große Freundschaft mit Pepín und auf seine vielen, poetischen Einfälle werde ich später noch zurückkommen. Jetzt möchte ich von zwei Menschen sprechen, die mir auf meinem schwierigen, leidvollen Dichterwege halfen. Der eine ist José María Chacón y Calvo, ein kubanischer Schriftsteller und Diplomat, der andere Claudio de la Torre von den Kanarischen Inseln, auch er Schriftsteller. Ich glaube, José María lernte ich durch Federico kennen und Claudio durch Juan Chabás.

José María war ein guter Mensch. Er hatte etwas von der Weichheit einer tropischen Frucht, und er liebte den Schnee der Berge, weshalb er den größten Teil des Winters auf Skiern verbrachte. Er hatte damals erst ein Buch veröffentlicht: *El hermano menor* (Der jüngere Bruder), und ich glaube, er besorgte in Spanien eine vollständige Ausgabe der Werke von Martí, dem empfindsamen Dichter und Apostel der Freiheit seines Vaterlandes. Er war der begeistertste Freund meiner Gedichte über das Meer und meiner ersten Terzinen. Wann immer ich meine Erholung unterbrechen wollte, lud er mich ein, bei ihm in der Calle Pardiñas zu Abend zu essen. Dort ließ er mich meine Verse vortragen, vor ihm allein oder vor anderen Gästen, die manchmal in großer Zahl erschienen. Eines Abends stellte er mich einem großen Mann von feierlichem Auftreten vor, der einen riesigen Schädel, gekämmte Brauen und einen runden Bauch hatte und einen

schwarzen Rock und eine gestreifte Hose trug. Sein Name: Eugenio D'Ors, »Xènius«, der katalanische Philosoph, Autor von *Glosario* (Glossen) und *La bien plantada* (Die Verwurzelte), einem köstlichen Werk, das ich gerade in jenen Tagen gelesen hatte. Nach dem Dessert und dem Kaffee bat mich José María, der immer darauf aus war, mich neuen Leuten vorzustellen, einige meiner Gedichte vorzutragen, die ich auswendig konnte und in dieser Periode der Leidenschaft und der Begeisterung auf den leisesten Wink hin gern vortrug. Eugenio D'Ors hörte mir aufmerksam zu. Seine Augen versteckten sich unter den dichten Brauen, und auf seinen fleischigen Lippen lag ein freundliches Lächeln. Zuletzt gab er leise, beinahe wie ein Säuseln, einen einzigen Kommentar von sich:
»Da bekommt man Lust, Verse *à la manière de* ... zu machen.«
Ich verstand ihn nicht gleich, aber nach einigen Augenblicken wurde mir bewußt, was für ein großes Lob er mir gezollt hatte. Daß ich es heute, mit meinen zweiundfünfzig Jahren, noch nicht vergessen habe, ist der beste Beweis. Ebensowenig habe ich Claudio de la Torre vergessen, und er hat ungeachtet der wirren Jahre, die auf den spanischen Bürgerkrieg folgten, in meinem Herzen noch den Platz, den er sich damals errang. Welch ruhige, feste Zuneigung, welch natürliches Interesse für meine Gedichte vom Nachmittag unserer ersten Begegnung an, die in irgendeinem Hotel der Gran Vía stattfand, in dem er damals wohnte – ich weiß nicht mehr, welches es war! Und was für ein guter Freund war er mir in diesen ersten, schwierigen Tagen meiner literarischen Laufbahn. Ich bewunderte an Claudio, vielleicht nach dem Gesetz, daß Gegensätze einander anziehen, die äußerste Sorgfalt und Sauberkeit seiner Erscheinung, seinen maßvollen Ton, seine tadellose Höflichkeit, das weiche Metall seiner Stimme, die noch durch den kanarischen, für mein andalusisches Ohr so angenehmen Akzent gewann. Ich bewunderte ihn aus all diesen Gründen, am meisten aber deshalb, weil er

auf einer Gruppe von Inseln zur Welt gekommen war, deren alter Name – die »Glücklichen« – mich schon als Kind an meinem Meer von Cádiz zum Träumen verleitet hatte. Wenige Wochen, nachdem wir einander kennengelernt hatten, widmete ich Claudio ein Sonett, mein zweites in Alexandrinern. Es war eine Huldigung des Seemanns auf dem Lande für den neuen Freund, der von fernher gekommen war und den der Glanz eines Bewohners grüner, von den Wellen des Ozeans umspülter Gestade umgab.

Eines Abends, im Schlafzimmer seines Hotels, sagte Claudio de la Torre, als er die Lektüre einer letzten Reihe von Gedichten beendet hatte:

»Warum bewirbst du dich nicht um den diesjährigen Nationalen Literaturpreis? Die Jury ist sehr gut. Antonio Machado gehört ihr an und Gabriel Miró, Menéndez Pidal, Arniches, Gabriel Maura und Moreno Villa.« Ich dachte allen Ernstes, der sonst so förmliche und wenig zu Scherzen aufgelegte Claudio de la Torre sei verrückt geworden und mache sich obendrein noch über mich lustig. »Am Ende bekommst du ihn tatsächlich«, fügte er hinzu. Ich antwortete nicht gleich. Was er mir da vorschlug, war unerhört.

»Wie meinst du das?«

»Daß du dich bewerben solltest und daß man dir womöglich den Preis gibt«, antwortete er ohne eine Spur von Spott.

Er selbst hatte ihn im Vorjahr für einen Roman bekommen, den ich noch nicht kannte: *En la vida del señor Alegre* (Aus dem Leben des Herrn Alegre). Aber Claudio war ausschließlich Schriftsteller. Und ein reifer dazu. Und sehr ernst. Und sehr ordentlich, sehr ... kurz, durchaus der Richtige für eine solche Auszeichnung. Ich dagegen ... Wer war ich? Woher kam ich? Was hatte ich mit der Literatur zu tun? Was sollte ein Antonio Machado von meinen armseligen Gesängen denken? Ein Menéndez Pidal? Moreno Villa war der einzige, der etwas von mir wußte, aber er kannte mich nur als Maler ...

»Wie kommst du darauf? Es will mir nicht in den Kopf, daß du es ernst meinst«, sagte ich verblüfft zu Claudio. »Vielleicht bekommst du ihn. Bewirb dich.«
Ich stand auf, um zu gehen.
»Hör auf mich«, sagte er, als ich schon an der Tür war. Ich bat ihn um einige Céntimos für die Straßenbahn. Er gab mir fünf Peseten. Ich erinnere mich noch sehr gut daran. (Der Preis war mit fünftausend Peseten dotiert.)
Einige Tage nach diesem Besuch bei Claudio de la Torre und während mir noch sein beharrliches »vielleicht geben sie dir den Preis« in den Ohren klang, nahm ich, ohne mich von jemandem zu verabschieden, einen Zug, der mich in den Süden brachte, nach Rute, einem Nest in der Sierra de Córdoba, wo meine Schwester María lebte, seitdem sie Ignacio Docavo geheiratet hatte, einen sympathischen, lebhaften Notar voll Witz und Intelligenz, der entfernt mit uns verwandt war. Ich wollte dort eine Saison verbringen und mich um meine Gesundheit kümmern, die zwar vollkommen wiederhergestellt war und der ich dennoch eine Aufmerksamkeit widmete, die mir nach so vielen Jahren der Ruhe zu einer angenehmen Gewohnheit geworden war. Ich war meiner rechten Lunge dankbar: ihr verdankte ich es zu einem großen Teil, daß ich meinen ersten Beruf aufgegeben hatte und sicher auf meinem neuen Wege voranschritt.
Es ging schon auf die Nacht zu, als ich in Rute ankam, die Seele voll von Ölgärten, verwundert über den seltsamen Anblick von Lucena, einer alten, ganz von riesigen Ölfässern eingerahmten Stadt; von Martos mit seinem scharfkantigen Felsen, von der schmerzenden Weiße des Kalks, der über Dörfer ausgegossen ist, die wie Kreidestriche in den roten Ebenen oder an den Hängen der bleigrauen Berge stehen. Traurige, dramatische Reise bis zum plötzlichen Erscheinen Rutes, das sich endlich unter dem dunklen Blut eines schon toten Sonnenuntergangs vor meinen Augen erhob.
Meine Schwester brachte mich im obersten Stockwerk des

Hauses unter. Da ich sehr müde angekommen war, schlief ich gleich ein. Zuvor hatte ich aber, meiner damaligen heilsamen Gewohnheit folgend, die Balkontür dieses neuen Schlafzimmers weit geöffnet, in das ich für einige Monate meinen übertriebenen Drang nach Ruhe und die Angst vor einer neuerlichen Erkrankung übertragen wollte. Eine kühle Morgendämmerung rötete mir die Augen und weckte mich. Ich sah nicht die Guadarrama und nicht das feine, luftige Grau der Madrider Stadtlandschaft. Eine schmale, abschüssige Straße, die auf der einen Seite in die Felder und auf der andern in die Berge führte, war alles, was ich von meinem Zimmer in Rute aus sehen konnte. Zum Glück gab es aber in diesem Stockwerk einen kleinen Dachgarten. Von ihm aus überschaute ich einen Teil des weißen, auf einem steilen Hang gelegenen Städtchens, über dessen höchster Stelle der tragische Monte de las Cruces aufstieg, und ein weites Panorama gelber und karminroter Felder mit Ölbäumen und Weinstöcken. Etwas Hartes, beinahe Unheilvolles lag in der Luft von Rute. Hinter einer der Wände meines Zimmers – es war die, gegen die ich beim Schlafen den Kopf lehnte, – befand sich eine Zelle des Gefängnisses. Schreie und Stimmen drangen in meinen Schlaf. Auf meinem Arbeitstisch breitete ich das Manuskript von *Mar y tierra* aus, um es geduldig mit der Maschine abzuschreiben. Das war die erste Aufgabe, die ich mir am Tag nach meiner Ankunft stellte. Da es Winter war und viel regnete, beschloß ich, das Städtchen und die Menschen erst kennenzulernen, wenn sich das Wetter besserte. Bei der Reinschrift der Gedichte fielen mir neue ein, die sich ebenfalls auf das Meer bezogen und mein Buch bereicherten. Während der Arbeit ging mir immer noch Claudios »vielleicht geben sie dir den Preis« nach und mischte sich in die Refrains meiner Gesänge.

An einem dieser Abende, an dem es Wind und Regen besonders arg trieben, klopfte jemand an das Haustor, als es beinahe schon zehn Uhr vorbei war. Ich hörte, wie

mein Schwager, zweifellos überrascht, auf den Balkon trat, und durch meine wie immer offene Balkontür drang das seltsame Gespräch zu mir ans Bett.
»Wer klopft so spät noch?«
»Der Maultiertreiber ...«
»Wie?«
»Ja, Don Ignacio; Andrés ... der Maultiertreiber von Doña Colo.«
»Aber, Andrés ... Was fällt Ihnen ein?«
»Meine Herrin, Doña Colo, sagt, wenn Don Rafaelito sie besuchen möchte ...«
»Sie besuchen? Aber es regnet, und es ist schon sehr spät!«
» ... sie besuchen und eine Tasse Tee trinken ...«
»Tee trinken? Sagen Sie Doña Colo, daß Don Rafaelito bestimmt schon schläft ...«
»So hat es meine Herrin gesagt, Don Ignacio ... Tee trinken.«
»Dann sagen Sie ihr ...«, wiederholte mein Schwager, nun schon mit lauterer Stimme, die anzeigte, daß er im Begriff war, den Maultiertreiber Doña Colos davonzujagen. In diesem Augenblick mischte ich mich ein, da ich mir dachte, der Abend könnte noch recht unterhaltsam werden, und rief von meinem Balkon hinunter:
»Sagen Sie Ihrer Herrin, daß ich komme, Andrés ...«
»Wie denn!« rief mein Schwager überrascht, als er meine Stimme hörte. »Du hast noch nicht geschlafen?«
»Nein ... Sagen Sie Doña Colo, ich komme, Andrés. Ich bin gleich unten.«
In einer Minute war ich wieder angezogen. Der Maultiertreiber erwartete mich mit einem großen roten Schirm am Haustor. Durch die Straße rann ein ganzer Fluß. Wir begannen stumm nebeneinander herzugehen. Der Wind von den Bergen blies uns ins Gesicht. Da wir langsam gingen, lief in Andrés' Holzpantinen das Wasser zusammen. Aus der Dunkelheit tauchte eine schwankende Gestalt auf.
»Guten Abend, miteinander.«

»Guten Abend, Lino«, antwortete Andrés.
Wir gingen schweigend weiter.
»Lino?«
»Der Furzer.«
»Wie sagten Sie, Andrés?« wagte ich zu fragen.
»Der Furzer«, wiederholte der Maultiertreiber ernst. »Ganz Rute kennt ihn.«
Ich konnte nicht weiterforschen, denn wir hatten schon das Haustor Doña Colos vor uns. Es war halb offen und erwartete uns.
»Herein, nur herein, Don Rafaelito ... Was für eine Ehre! Wir dachten schon, Sie kämen nicht ...«
Doña Colo oder besser Doña Clotilde selbst, eine umfangreiche Dame ganz in Schwarz mit einem breiten, ebenfalls schwarzen Gürtel, der ihren unförmigen Bauch stützte, stand mitten im Hausflur und reichte mir die Hand.
»Hier herein, Don Rafaelito.«
Ich trat in ein hübsches Speisezimmer mit Spitzendeckchen, grünen Glasscheiben in den Geschirrschränken und blassen Zitronen in den Schalen. Auf dem runden Tischtuch dunkle Tassen aus glasierter Keramik, eine Flasche Branntwein und eine große, von Weintrauben überquellende Fruchtschale.
»Kommt herein, ihr Mädchen!« rief Doña Colo.
Zwei Mädchen erschienen, schon ein wenig verblüht, rote Nelken im Haar, die eine in einem blauen Pullover, die andere in einem gelben.
»Meine María und meine Carmen ... Don Rafaelito ...«
Zwei schlaffe, eiskalte, wie tote Hände fielen in die meine. Dazu ein steifes Kopfnicken.
»Sehr erfreut«, murmelte ich stockend.
»Nehmen Sie doch Platz, Don Rafaelito ... Nun, Mädchen, was ist mit euch?«
Sie beschlossen, sich zu setzen. Niemand wagte zu sprechen.
»Sehen Sie, Don Rafaelito«, begann Doña Colo endlich.

»Wir wissen, daß die vornehmen Leute in Madrid gern Tee trinken ... Oder stimmt das nicht?«
»Doch, Señora, das ist richtig.«
»Wir wollten Sie gern kennenlernen ...«
»Ich Sie ebenfalls, Señora.«
»Aber wie stellen wir es an? fragte ich meine Carmen und meine meine María ... Wir müssen Don Rafaelito zu etwas einladen, was ihm schmeckt!«
»Aber ich bitte Sie, Doña Clotilde!«
»Doña Colo, Don Rafaelito. So nennen mich alle ...«
»Wie Sie meinen.«
»Da fing es an zu regnen ... Aber, sagten wir uns, was kann der Regen schon Don Rafaelito ausmachen, der doch in Madrid lebt?«
»Nichts, Doña Colo ... Ich bin sehr gern gekommen.«
Pause.
»Wie möchten Sie Ihren Tee?«
»So, wie Sie ihn trinken.«
»Wir trinken ihn gern mit Anis ...«
»Wie bitte, Señora?«
»Mit Anisbranntwein ... Man kann davon so gut aufstoßen.«
Darauf wäre ich nie gekommen, aber ...
»Dann bitte ich auch um Anis, Doña Colo ...«
»Er ist sehr stark ... Da haben Sie die Flasche. Bedienen Sie sich nach Belieben.« Ich goß einen Schuß Branntwein in meine Tasse, dann taten die drei dasselbe.
»Carmen, hol das Konfekt ... obwohl wir ihn ja lieber mit Weinbeeren trinken ...«
»Machen Sie sich bitte keine Mühe, Carmen. Ich werde ihn auch mit Weinbeeren trinken.«
»Sagen Sie bitte *du*, Don Rafaelito ...«
»Gut, von jetzt an ...«
»Was ich sagen wollte ... Mit Weinbeeren ... Das sind Wintertrauben ... Wir hängen sie in der Speisekammer auf, im Dunkeln ... Schaun Sie, wie schön sie sind ... Nehmen Sie eine Traube.«

Ich nahm eine. Tiefe Stille. Ich hob sie einen Augenblick in die Höhe und tauchte sie langsam in die Tasse. Dann führte ich sie an die Lippen und pflückte mit den Zähnen die erste Beere ab.

Die drei beobachteten mich unruhig, jede eine Traube in der Hand.

»Macht man das so in Madrid, Don Rafaelito?«

»Ja«, antwortete ich Doña Colo gelassen. »So ist es vornehm.«

»Dann gibt es nichts daran zu deuten, Mädchen. Wenn Don Rafaelito es sagt ...«

Und alle drei tunkten gleichzeitig ihre Trauben in den Tee und hoben sie triefend an die Lippen.

»Wie gefallen Ihnen meine Mädchen? (Hick!)«

Doña Colo gab den ersten Rülpser von sich.

»Sie sind sehr hübsch. Eben echte Andalusierinnen.«

»Aus Rute, ja, das will ich meinen. Meine María ist schön. Hübsch rundlich. Wenn Sie sie sehen könnten! Der ganze Körper (hick!)« – das war der zweite Rülpser Doña Colos – »voller Hügelchen und Grübchen ...«

»Mama!« protestierten die beiden Töchter errötend.

»Und, sehen Sie, Don Rafaelito, ich sage es, wie es ist: meine María macht mir Kummer. Sie ist einfach zu dumm! Dagegen die andere! ... Sehen Sie nur, Don Rafaelito ... So mager! Aber sie hat sich einen reichen Bräutigam geangelt, und Ende des Jahres heiratet sie!«

Carmen, die arme Magere, wollte etwas sagen, aber – hick! hick! – zwei rasch aufeinander folgende Rülpser hinderten sie daran.

»Sehen Sie, Don Rafaelito? Wie ich sagte! Der Anis! Nein, es gibt nichts Besseres für die Gase! Ich gebe Ihnen noch ein Täßchen.«

»Wie es Ihnen beliebt, Doña Colo.« In diesem Augenblick – hick! – rülpste ich zum erstenmal. »Lassen Sie nur, geben Sie mir nichts mehr. Ich glaube, ich brauche nichts mehr.«

»Bravo, bravo, Don Rafaelito! Sie auch! Wie fühlen Sie

sich? Nein, unser Anis aus Rute ist einzigartig! Wie gut Sie heute nacht schlafen werden!«

Als wir den Tee von Rülpser zu Rülpser und unter dem Geplauder Doña Colos und dem Schweigen ihrer beiden Mädchen getrunken hatten, spielten wir Karten, »Dreiblatt«, ein albernes, harmloses Spiel, das einzige, das ich seit meiner Kindheit kannte. Da es immer noch in Strömen goß und Mitternacht vorüber war, bat ich Doña Colo um die Erlaubnis, mich zurückzuziehen.

»Wie Sie wollen, Don Rafaelito ... Es war uns eine große Ehre.«

Im Hausflur drückte ich die kräftige Hand Doña Colos und die eiskalten ihrer Töchter.

»Verlaufen Sie sich nicht, Don Rafaelito.«

»Ganz gewiß nicht, Doña Colo ...«

Da ich nicht wollte, daß mich der Maultiertreiber begleitete, schützte mich sein großer roter Schirm vor dem Regen, bis ich nach Hause kam.

Das war mein erster Ausgang in Rute. Er war wunderbar gewesen. Würdig einer arabisch-andalusischen Erzählung aus Tausendundeiner Nacht.

Am folgenden Tag beim Mittagessen unterhielt ich meinen Schwager mit der Schilderung meines von Rülpsern untermalten Besuches bei Doña Colo.

»Das ist noch gar nichts«, sagte er. »Hier gibt es Leute, die noch viel verrückter sind. Das ist ein richtiges Schnapsnest ... Die Leute schaun hier gern zu tief ins Glas. Du wirst es noch sehen.«

»Hast du schon einmal von Lino gehört?« fragte ich ihn.

»Von welchem? Von dem Furzer?«

»Ja, von dem! Gestern abend ist er mir begegnet, als ich mit Andrés ging.«

»Hat der dir die Geschichte nicht erzählt?«

»Er kam nicht mehr dazu, aber ich glaube, der arme Andrés wäre dazu auch gar nicht imstande gewesen. Er scheint sehr schwerfällig zu sein.«

»Es ist eine sehr spaßige Geschichte.«

Ich machte mich darauf gefaßt, eine weitere arabische Erzählung zu hören.
»Du mußt wissen«, begann mein Schwager, »daß wir hier zwar ein Theater haben, aber nur sehr selten eine Schauspielertruppe. Vor einigen Jahren kam eine. Ein großes Ereignis. Man kündete irgendein Stück von Echegaray an. Das ganze Städtchen strömte zusammen. Ein volles Haus. Unten im Parkett saßen neben dem Bürgermeister, dem Richter, dem Notar (der damals noch nicht ich war) die reichen Familien, von denen es hier nicht wenige gibt. Oben die einfacheren Leute: Olivenpflücker, Arbeiter, Bauern aus der Umgebung ... Auf der Bühne nahm das Drama seinen Lauf, zur großen Zufriedenheit des Publikums, das die gelungensten Szenen oder Aussprüche durch Applaus unterstrich. Der Höhepunkt des Dramas nahte. Totenstille, man hörte nicht einmal eine Fliege summen. Das ganze Theater hielt gepackt den Atem an. Plötzlich ertönt ein Geräusch von der Galerie herab. Was war das? Ein ungeheuer lauter Furz. Die Schauspieler erstarrten. Der Bürgermeister stand auf. Das ganze Parkett drehte sich um und sah nach oben. ›Wer war das?‹ schrie der Bürgermeister. Schweigen. ›Der das getan hat, soll sofort aufstehen!‹ rief er, immer wütender. Niemand wagte zu sprechen. ›Die ganze Galerie ins Gefängnis, bis der Schuldige gesteht! Polizei!‹ Da hörte man eine Stimme: ›Lino war es!‹ – ›Ja, Lino, Lino!‹ riefen alle im Chor. Man führte ihn ab. Das Drama, das niemanden mehr zu erschüttern vermochte, wurde schlecht und recht zu Ende gespielt. Als Lino ein paar Tage später wieder aus dem Gefängnis kam, gab ihm das ganze Städtchen den Spitznamen, den er noch heute hat: der Furzer. ›Eine Schande, sehen Sie‹, sagt Lino heute zu jedem, der die wahre Geschichte seines Spitznamens hören will.«
Ich lernte Lino im hellen Sonnenlicht kennen. Er war ein witziger, lebensfroher Mann mit einem lustigen Gesicht. Wie so viele arme Andalusier lebte er von der Luft. Er verdiente sich nur während der Olivenernte ein paar

Peseten – sehr wenige –, die er sofort in Schnaps umsetzte, und dann ... lebte er eben den Rest des Jahres wieder von der Luft! Ich wurde sein Freund. Jedesmal, wenn ich ihn traf, schenkte ich ihm ein paar Reales*, für die er sich mit einem Witz bedankte, bevor er in die nächste Kneipe eilte, um sie zu vertrinken. Lino der Furzer! Was mag aus ihm geworden sein?

Eines Abends begriff ich plötzlich, daß mein Buch, *Mar y tierra*, fertig war. Ich hatte nichts mehr hinzuzufügen. Das maschinengeschriebene Manuskript – mit zwei Durchschlägen – war vollendet. Es kam mir schon wie ein gedrucktes Buch vor. Ich nahm es an mehreren Vormittagen mit hinaus in die Felder. Dort, unter den Ölbäumen oder auf einer der Steinbänke der »Schwalbenbrücke« las ich es mir laut vor und fand nichts mehr zu verbessern. Ich hatte schon genug darüber nachgedacht. (»Vielleicht geben sie dir den Preis.«) Was sollte ich nun damit anfangen? Welcher Madrider Verleger würde wagen, es zu bringen? Mit Gedichten war kein Geschäft zu machen. Juan Ramón Jiménez brachte damals seine Bücher im Selbstverlag heraus. In knapp 500 Exemplaren. Warum sollte ich nicht den Rat Claudio de la Torres befolgen? Ich mußte mich entscheiden, die Zeit verging, und die Einsendungsfrist lief ab. Eines Nachmittags, als ich mich nach dem Essen eine Weile ausgeruht hatte, packte ich zwei Exemplare ein, ging zum Postamt und schickte sie expreß nach Madrid, an die Adresse von José María Chacón y Calvo. In einem getrennten Brief bat ich den kubanischen Schriftsteller, ein Exemplar zum Nationalen Literaturwettbewerb einzureichen. Einige Tage später hatte ich auch schon Antwort von meinem Freund: Mein Manuskript war zu spät gekommen, aber mit ein paar magischen Peseten für irgendeinen Beamten des Ministeriums hatte sich das in Ordnung bringen lassen.

Ruhig, wenn auch nicht ohne Gewissensbisse moralischer und ästhetischer Natur, weil ich wie irgendein Dichterling

* 1 Real = 25 Céntimos. Anm. des Übers.

der Versuchung erlegen war, an einem offiziellen Wettbewerb teilzunehmen, beschloß ich, nicht mehr an mein Wagstück zu denken und mit einem neuen Buch zu beginnen. Als erstes brauchte ich einen Titel. Ich hatte von allem Anfang an gewollt, daß jedes meiner Werke als eine Einheit betrachtet werden sollte, gewissermaßen als ein geschlossener Kreis, in dem die Gedichte, deren jedes scheinbar für sich selbst stand, ein harmonisches Ganzes bildeten. Wofür sollte ich mich nun entschließen? Ich war gefangen und tief berührt von der Atmosphäre Rutes, dieses dramatischen andalusischen Städtchens am Fuße des Monte de las Cruces, das wie so viele andere in diesen Bergen versteckte Orte gesättigt war von religiösem Terror, in den sich alte abergläubische Vorstellungen mischten und der noch verschärft wurde durch eine Unterdrükkung aller Sinne, die bisweilen in die ungewöhnlichsten und schmutzigsten Verbrechen umschlug. Es war ein reiches Städtchen, in dem es zahllose Selbstmörder und Trinker gab und Verrückte, die die Geister anriefen und dann auf Schatzsuche in die nächtlichen Berge gingen; und beinahe immer endeten diese Expeditionen mit Stockhieben, Schüssen und Messerstichen. Nachdem ich einige andere ausgeschieden hatte, glaubte ich den richtigen Titel gefunden zu haben: *Cales negras* (Schwarzer Kalk). Damit wollte ich all das Dunkle, Tragische und Geheimnisvolle ausdrücken, das sich unter dem brennenden Kalk von Rute verbarg.

Ich begann mit der ersten Serie von Gesängen. Das Blau meiner Lieder aus der Bucht von Cádiz war hier nicht möglich. Anders war die Musik, gebrochener waren die Rhythmen, anders die Töne des Lichts, anders die Sprache. Trotz der Sonne legte die schneidende, harte Stimme der Schatten so etwas wie einen Mantel der Trauer über beinahe alles, was ich damals schrieb. Aus den Dingen, die ich sah, die man mir erzählte oder die ich erahnte, wollte ich die kleinen Motive schöpfen. Die dramatische Essenz meiner neuen Gedichte: einige ganz in der Art der

Coplas, mehr für die Gitarre als für die kunstvolle Leier der *Cancioneros*.
In der oberen Stadt lebte ein schönes Mädchen, das man in Rute und in der ganzen Umgebung unter dem Namen »die Eingesperrte« kannte und das man nur, immer in Begleitung und mit einem Schleier vor dem Gesicht, in der Frühmesse sehen konnte. An vielen Abenden ging ich bis zu ihrer Straße hinauf und spazierte dort auf und ab in der vergeblichen Hoffnung, sie hinter den stets geschlossenen Fenstern und Balkonen ihres Hauses erspähen zu können. Über diese junge Frau erzählte man sich die sonderbarsten und schändlichsten Geschichten, die in der ganzen Stadt wiederholt wurden, wobei jeder noch das Schlimmste dazutat, was er sich in seiner Phantasie ausdenken konnte. Sowohl die Mutter als auch die Tanten, die sie bewachten, wurden von den Männern gehaßt, die von der »Eingesperrten« träumten und sie offen und schamlos begehrten. Auch meine Träume waren von ihr erfüllt, und ein trauriges Gefühl kam in mir auf, eine stille Liebe, der kummervolle Wunsch, sie diesen wachsamen schwarzen Schatten zu entreißen, die ihre Schönheit, ihre arme Jugend in vier Wänden marterten. In aller Frühe, zu der im Winter noch dunklen Stunde, in der die Olivenpflücker mit ihrem Hunger in die Ölgärten hinausgingen, eilte ich in die Kirche und versteckte mich hinter den Säulen der Vorhalle in der Hoffnung, sie kommen zu sehen, geschmeidig und scheu, den stolzen Kopf in den Seidenspitzen der dunklen Mantilla verborgen, nicht begleitet, sondern vielmehr gefangengehalten von zweien – oder manchmal sogar vieren – ihrer Tanten, widerwärtigen verschleierten Wesen, die argwöhnisch um sich spähten. Sobald die Messe zu Ende war, die sie kniend, regungslos, mit in den Händen verborgenem Gesicht hörte, sah ich sie im ungewissen Frühlicht wieder in Richtung ihres Kerkers in der oberen Stadt davongehen, mit mutigen Schritten und ohne durch das geringste Zeichen zu verraten, daß sie sich beobachtet wußte. Nie ge-

lang es mir während der ganzen Zeit meines Aufenthalts in Rute, auf der Straße oder in der Kirche einen Blick von ihr aufzufangen. Und ebensowenig konnte ich sagen, ob es ihre Augen hinter den Gittern und Fensterläden ihres Hauses jemals wagten, in der stummen Wüste der Nacht die meinen zu suchen. Ich erfuhr nur später, daß die »Eingesperrte« meiner ersten Gesänge aus Rute, einer uralten, traurigen Tradition ihrer Stadt folgend, Selbstmord verübt hatte. Die Gründe sagte man mir nicht. Doch aus dem, was ich von ihr und ihren schrecklichen Wächterinnen wußte, konnte ich, nachdem beinahe zwanzig Jahre vergangen waren, meine Fabel von der Liebe und den alten Weibern spinnen, die ich wegen des ganzen moralischen und physischen Grauens, das sie atmet, *El adefesio* (Die Spottfigur) nannte.

Nach der »Eingesperrten« schrieb ich andere Gesänge: »Die Verleumdete« und »Der Gefangene«. Zu diesen Gedichten fühlte ich mich durch die Gefängniszelle angeregt, die ich hinter einer der Wände meines Zimmers wußte. Der Frühling kam, und die milde Morgensonne lockte mich ins Freie. Ich ging ein Stück auf dem Weg nach Loja, setzte mich auf die Steine am Rand der Saatfelder, und wenn ich heimkehrte, hatte ich einen neuen Gesang für *Cales negras*, das eben erst begonnene Buch, das schon jene Sorgfalt der Zeichnung, des knappen Umrisses von mir forderte, die mit der Zeit zu einer der augenfälligsten Eigenschaften meiner Lyrik wurde. Von diesen Gängen durch die Felder brachte ich auch *»La húngara«* (Die Ungarin) heim, kleine Coplas, die ich einem hübschen magyarischen Mädchen widmete, das mit seiner Familie in einem grünen, mit Blumen, Vögeln und kleinen Spiegeln verzierten Wagen umherzog; und auch einige leichte Verse, die die Flora, die Menschen und den nach Oliven schmekkenden Wind dieser ganzen Gebirgsgeographie priesen.

Eines Abends sagte mein Schwager:

»Ich muß dieser Tage einmal nach Iznájar fahren. Wenn du mitkommen willst . . .«

Iznájar war kleiner, aber noch sonderbarer als Rute. Es lag oben in den Bergen und hatte ein maurisches Schloß, das, ein riesiger hohler Zahn, noch die zinnenbewehrte Macht seiner Türme über einem Abgrund erhob.

Während der Hinfahrt in einem kleinen Auto, das mehr einem Maulesel glich, erzählte mir ein anderer Notar, der uns begleitete:

»Iznájar ist das Dorf der Spiritisten. Don Ignacio weiß es.«

»Der Spiritisten?«

»Ja, der Spiritisten. Sie brauchen sich nicht zu wundern.«

»Nun gut ... Spiritisten«, warf mein Schwager ein. »So nennt man sie, aber ...«

»Sie selbst halten sich jedenfalls dafür ...«

»In Wirklichkeit ... Sie kennen ja diese Geschichten.«

»Natürlich kenne ich sie. Ebensogut, wie Sie, Don Ignacio, die ihren kennen.«

»Verrückte, fürchterliche Leute.«

»Verrückt, fürchterlich – wie Sie wollen, aber interessant und sogar witzig. Don Rafael, der Dichter ist, wird an diesem Dorf Gefallen finden.«

»Wer sind diese Spiritisten? Kennen Sie einen davon?« fragte ich den Notar.

»Viele. Es gibt welche unter den Reichen und vor allem unter den Armen, die von dem Wunsch besessen sind, Schätze zu finden.«

»Schätze? Ja, ja«, murmelte mein Schwager mit einem boshaften Lächeln.

»Das ist das Hauptziel der Sitzungen. Sie wollen Schätze suchen und vorher die Orte herausbekommen, wo sie sich befinden.«

»Und auch ...«

»Schon gut, Don Ignacio, wir wissen, was sonst noch geschieht.«

»Es ist die Hauptsache.«

»Gewiß. Aber mit all dem verbunden ist eine sonderbare Mischung von abergläubischen Vorstellungen und historischen Überbleibseln, alten Dingen, die in der Erinnerung dieser Leute noch lebendig sind. Sie werden Don Rafael ebensosehr interessieren wie mich. Sie müssen wissen, daß ich auch ein wenig Literat bin, in bescheidenem Maße freilich nur ... Don Ignacio lacht, aber ... Was wollen Sie? Ich bin in diesen Bergen zur Welt gekommen und aufgewachsen.«

Ich begriff, daß mein Schwager all das anders sah und daß ihm zudem keineswegs behagte, was sein Freund, der Notar, mir erzählen wollte.

»Auf mich, Ignacio«, sagte ich zu ihm, »hat Rute einen tiefen Eindruck gemacht. Es ist etwas Dunkles, Starkes in diesen Bergen. Ich möchte alles wissen, was hier vorgeht.«

»Was hier vorgeht, Don Rafael, ist ungewöhnlich, wenn auch manchmal mit dem Unangenehmen vermengt wie, zum Beispiel, diese Sache mit den Spiritisten von Iznájar. Über sie könnte ich Ihnen viele Geschichten erzählen, aber ich werde Ihnen nur eine einzige berichten, und die, Ihrem Schwager zuliebe, in aller Kürze. Ihr Titel würde am besten lauten: ›Das sicherste Mittel, einen Schatz zu finden.‹ ... An manchen Feiertagen«, begann der gute Notar endlich, »versammeln sich die Spiritisten heimlich zu einer Sitzung, die in einem der Häuser des Städtchens stattfinden kann, meistens aber an irgendeinem entlegenen Ort (in einer Höhle oder einem Haus) in diesen Bergen abgehalten wird. Wenn alle beisammen sind und vollkommene Dunkelheit herrscht, ruft der Tüchtigste aller Spiritisten, der zugleich auch im Ruf eines Zauberers steht, die Geister und fragt sie, welche der Anwesenden in dieser Nacht zur Herstellung der magischen Kerze beitragen sollen, einer Art Wünschelrute, die die Eigenschaft besitzt, den Ort anzugeben, wo ein Schatz vergraben sein könnte. Sobald die Namen genannt wurden, und zwar nicht nur die der Männer, die das Sperma zu liefern haben, sondern auch die Namen derer, die bei seiner Gewinnung helfen sollen, wird, immer noch in tiefster Dunkelheit, der, wie sie es nennen, »große Zauberkreis« gebildet. In seiner Mitte steht der Spiritist, der das Ritual leitet, und hält in den Händen eine Art Mörser aus Ton. Es ist ein feierlicher Augenblick ...«

»Wenn Sie das Masturbieren feierlich nennen wollen ...«

»Es ist ein feierlicher Augenblick. Sobald der Samen aller Auserwählten im Mörser zusammengekommen ist, formt der große Spiritist, indem er ihn mit einem Talgklumpen verschmilzt, die magische Kerze, deren aus dem Darm eines Zickleins angefertigten Docht kein Wind auszublasen vermag. Wenn die Kerze brennt, springen alle schreiend um sie herum, bis der große Spiritist das Licht in die Höhe hebt und das Zeichen zum Aufbruch gibt. Dann stellen sich alle in einer Reihe hinter dem Anführer auf, und jeder faßt mit beiden Händen den Gürtel des Vordermannes. So ziehen sie stumm und wie ohne eigenen Willen am Rande der Abgründe durch die Dunkelheit, manchmal stundenlang. Wenn einer auch nur ein einziges Wort spricht, muß die Zeremonie abgebrochen und am folgenden Freitag wiederholt werden. Es ist eine richtiggehende Schlafwandlerprozession. Schließlich hat die Kerze sich verzehrt. Dort, wo ihr letzter Lebenstropfen, schon erloschen, auf den Boden fällt, dort liegt der Schatz.«

Der Notar schwieg einige Augenblicke, um sich eine Zigarette anzuzünden.

»Und dann?« fragte ich ungeduldig.

»Dann ruft der große Spiritist die Geister Fátimas und Zoraidas an und spricht ein Gebet zur Jungfrau Maria, das alle auf den Knien fromm wiederholen. Und dann beginnen sie mit den Messern, von denen jeder eines dabeihat, die Erde aufzugraben ...«

»Und dann?«

»Dann finden sie nichts«, warf mein Schwager ein.

»Oh doch«, sagte der Notar ruhig.

»Haben Sie vielleicht schon einmal einen Schatz gesehen?«

»Ich nicht. Aber erinnern Sie sich an den Olivenpflücker, Don Ignacio, der sich an einem Ölbaum erhängt hatte. In

der Matratze seines Bettes fand man einige alte Goldmünzen.«
»So hieß es damals. Gesehen habe ich sie nicht.«
»Aber ich habe sie gesehen. Sie stammten aus maurischer Zeit.«
»Hier in Andalusien stammt für die meisten Leute alles aus der Zeit der Mauren.«
»Alles – na, ich weiß nicht«, sagte der Notar ein wenig verstimmt. »Aber auf die Münzen traf es wirklich zu; dessen bin ich ganz sicher.«
Unser tapferes kleines Auto unternahm eine letzte übermenschliche Anstrengung und quälte sich die Steigung vor Iznájar hinauf. Wir hielten auf dem Marktplatz, über dem sich, schon sehr zerfallen, aber noch hoheitsvoll, das Schloß erhob. Der Notar blickte hinauf und brummte:
»Sie werden nicht leugnen, Don Ignacio, daß dieser Turm ...«
»Ich weiß, ich weiß ... Aus maurischer Zeit ... Genau wie Sie. Man braucht Sie nur anzusehen.«
Und mein Schwager nahm seinen Freund am Arm und ging mit ihm ins Rathaus.
Iznájar machte einen verlassenen Eindruck. Ab und zu ging jemand vorbei und starrte mich an wie irgendein seltenes Tier. Wo mögen wohl die Spiritisten stecken? fragte ich mich, als ich allein zum Schloß hinaufstieg. Was für eine beklemmende Einsamkeit in den Ortschaften dieser Berge! Rute, das mir so traurig erschien, war verglichen mit Iznájar wie Glockengeläut. Ich kam an das verlassene Schloß. Niemand zu sehen. Über eine wurmstichige Treppe stieg ich in den Turm hinauf. Alle seine Bogenfenster bis auf die letzten vier waren zugemauert. Unten erstreckte sich eine Landschaft wie aus einer Romanze Federicos. Ja, der Tod war es, der mich von den fernen Gipfeln und Tälern her anblickte. Dort oben auf dem Turm schrieb ich ein Gedicht voll geheimer Dramatik, das einem der Gedichte García Lorcas ähnelte. So wie dieses war das harte, unheilvolle Land seiner Poesie!

Gefangener in diesem Turm,
Gefangener möchte ich bleiben.
(Vier Fenster im Wind.)
»Wer ruft gen Norden, Freundin?«
»Der Fluß, der unruhig strömt.«
(Nur noch drei Fenster im Wind.)
»Wer stöhnt gen Süden, Freundin?«
»Die Luft, die schlaflos weht.«
(Nur noch zwei Fenster im Wind.)
»Wer seufzt gen Osten, Freundin?«
»Du selbst, der du tot bist.«
(Und nur noch ein Fenster im Wind.)
»Wer weint gen Westen, Freundin?«
»Ich, die ich tot zu deinem Begräbnis gehe.«
»Um nichts möcht' in diesem Turm ich
Gefangener bleiben!«

Am Nachmittag fuhren wir wieder nach Rute hinunter. Im Auto versuchte der Notar meinen Bruder zum Sprechen zu bringen.
»Und Sie?«
»Ich?«
»Ja, Sie kennen doch auch Ihre Spiritistengeschichten.«
»Aber die meinen, ich will sagen: die meine ist weniger ... schaurig als die Ihre.«
»Sie hätte noch schlimmer ausgehen können, Don Ignacio.«
»Sie tat es aber nicht. Sie war zuletzt einfach ein Spaß. Ich habe sie voriges Jahr erlebt«, begann mein Schwager, an mich gewandt. »Eines Sonntags, kurz bevor ich zur Messe gehen wollte, erschien bei mir ein Bursche mit einem alten Mann von gesundem, rüstigem Aussehen.
›Don Ignacio‹, sagte er zu mir, ›hier bringe ich Ihnen meinen Großvater, damit er sein Testament macht.‹
›Kommen Sie morgen wieder‹, bat ich ihn. ›Heute ist ein Feiertag. Sonntag. Und ich will gerade in die Kirche gehen.‹
›Unmöglich, Señor. Wir haben keine Zeit zu verlieren!‹
›Es tut mir leid, aber ...‹

›Um der Barmherzigkeit willen, Herr Notar‹, bat der Alte zitternd.
›Wir haben es sehr eilig. Es muß jetzt gleich sein.‹
›Jetzt gleich? Und warum?‹ fragte ich ihn verblüfft.
Enkel und Großvater rissen die Augen weit auf und sahen mich stumm an.
›Es ist kurz vor zwölf. Die Messe wird gleich beginnen. Was gibt es denn so Dringendes?‹
›Der Großvater muß heute nachmittag sterben.‹
›Wie, heute nachmittag?‹
›Ja, Señor, heute nachmittag. Mir bleiben nur noch wenige Stunden . . .‹
›Der Geist hat es gesagt.‹
›Gut, gut. Kommen Sie also nach einer Weile wieder, dann werden Sie mir das erklären . . .‹
›Haben Sie Erbarmen!‹
›Wir wohnen so weit weg.‹
›Ich möchte nicht unterwegs sterben‹, greinte der Großvater und ergriff meine Hände.
›Sie werden schon sehen, daß Sie nicht sterben . . .‹
Damit wandte ich mich zum Gehen.
›Wir zahlen Ihnen das Doppelte, Señor‹, sagte der Bursche und vertrat mir den Weg durch die Tür.
Ich entrüstete mich.
›Verlassen Sie sofort mein Haus!‹
›Wie herzlos Sie sind!‹
›Was soll nun aus mir werden?‹
›Don Ignacio!‹
›Don Ignacio!‹
Ihre Rufe verfolgten mich noch auf der Straße, bis ich um die Ecke gebogen war und die Kirche erreicht hatte, wo ich gerade noch zur Messe zurechtkam.«
»Und der Großvater? Er ist sicher noch in jener Nacht ohne Testament gestorben, denn die Geister lügen nie«, sagte ich scherzend zu meinem Schwager.
»Ach was! Ich traf ihn kurz darauf auf dem Marktplatz, und er kam allein daher, kräftig und kerzengerade.

›Was sehe ich? Sie sind also nicht gestorben?‹
›Ach, wissen Sie, Don Ignacio, es hat an dem Nachmittag geregnet, und das hat anscheinend die Geister abgeschreckt ...‹
›Danken Sie Gott, daß ich Ihren Enkel nicht ins Gefängnis stecke.‹
›Ins Gefängnis? Meinen Enkel?‹
›Ihren Enkel und die andern dazu ...‹
›Ich verstehe nicht, Señor ...‹
›Schon gut. Lassen Sie sich nicht mehr mit den Geistern ein, und Sie werden noch viele Jahre leben.‹
Ich ging weiter. Als ich mich nach einigen Schritten umdrehte, stand er noch immer an derselben Stelle und fragte sich gewiß, was ich ihm mit meinen Worten sagen wollte. Verstehst du, was der Enkel zusammen mit seinen sauberen Spiritisten ausgeheckt hatte?« fragte mein Schwager, indem er sich zugleich an mich und an seinen Freund wandte. »Man brauchte kein Luchs zu sein, um darauf zu kommen. Sie wollten, daß der Großvater sein Testament machte, und dann wollten sie ihn noch am selben Abend ermorden und beerben ... Solche Verrücktheiten gibt es in diesen Dörfern hier.«
»Eine sonderbare Geschichte«, bemerkte der andere Notar.
»Aus maurischer Zeit«, schloß mein Schwager mit einem Lächeln.
Rute empfing uns im Dunkeln, mit verschlossenen Türen und dem Getorkel einiger Betrunkener auf den Straßen.
Ich begann mich zu langweilen. Der Frühling rückte vor. Die Mädchen Doña Colos erschienen mit mehr Blumen denn je im Haar auf der Plaza. Ich konnte mich nicht mehr über sie amüsieren. Ich sprach mit niemandem außer meinem Schwager und meiner Schwester. Ich wurde es müde, zur Messe zu gehen, um die »Eingesperrte« zu sehen, die immer mehr eine Gefangene ihrer Tanten war und es immer weniger wagte, in der Kirche oder auf dem Kreuzweg zu ihrem Haus den Blick zu heben. Lustlos ging ich an schönen Vormittagen noch in die Felder hin-

aus, immer noch mit der Absicht, ein kleines Gedicht für mein Buch aus der Luft einzufangen. Ich hatte die dörfliche Einsamkeit satt, aber ich hatte weder den Schwung noch das Geld, nach Madrid zurückzukehren. Eines Tages aber fand alles eine völlig unerwartete Lösung. Es war acht Uhr abends, kurz vor dem Essen und schon sehr dunkel. Ich hielt mich untätig und zerstreut in meinem Zimmer auf und wartete darauf, daß man mich zu Tisch rief. Da hörte ich, wie jemand eilig die Treppe heraufkam. Es war mein Schwager. Er erschien beinahe keuchend in der Tür und brachte mir ein Telegramm.

»Entschuldige. Da es deiner Mutter nicht sehr gut geht« – sie hatte sich ein Herzleiden zugezogen –, »habe ich mir erlaubt, es zu öffnen. Gott sei Dank ist es nicht das ... Da, nimm und lies.«

Er reichte mir das Telegramm und umarmte mich stürmisch. Ich las, konnte es kaum glauben, hielt es für einen Scherz: »NATIONALER LITERATURPREIS ZUERKANNT, HERZLICHEN GLÜCKWUNSCH, JOSÉ MARIÁ.«

»Ungelogen, an den Wettbewerb habe ich schon nicht mehr gedacht«, sagte ich zu meinem Schwager.

Nun werden die Leute endlich vergessen, daß ich einmal Maler war! Das war mein erster Gedanke, während ich die Nachricht noch in der Hand hielt.

Wenige Tage darauf verließ ich in aller Stille Rute in Richtung Lucena, um dort den Schnellzug nach Madrid zu nehmen.

V

Wie langsam ich bin! Eine einfache Prosaseite kostet mich so viel wie ein Gedicht oder noch mehr. Alles kommt mir zunächst zu stark rhythmisiert heraus. Ich kämpfe dagegen an. Ich verbessere, ich deformiere den Satz, damit er nicht zum Vers wird. Ich lese ihn aufmerksam. Und dann gefällt er mir nicht. Was tun? Ich werde diesen »Hain« so weiterschreiben wie bisher. Ich erlaube mir das Vergehen, mich in seinen Zweigen zu verirren, und den musikalischen, metrischen, tänzerischen Hauch, der sie vom ersten Kapitel an bewegt, lasse ich unverändert.

Als ich nach Madrid kam, erfuhr ich aus alten Zeitungen, die man mir zu Hause aufgehoben hatte, die Namen der anderen Preisträger: Gerardo Diego und José Ignacio Alberti. Was für eine freudige Überraschung! Der Kritikerpreis war meinem Onkel für einen Essay über Leben und Werk des Malers Eduardo Rosales zugesprochen worden, und den zweiten Preis für Poesie hatte Gerardo Diego für seine *Versos humanos (Gedichte)* bekommen.
Meine Familie war zufrieden. Der irregeleitete Sohn und schlechte Schüler, der nicht einmal imstande gewesen war, seine Reifeprüfung abzulegen, begann nun seine dichterische Laufbahn mit gutem Glück. Das Geld machte großen Eindruck auf meine Familie. Fünftausend Peseten waren damals eine schöne Summe, vor allem für mich, der ich die meiste Zeit überallhin zu Fuß ging, weil ich nicht einmal ein paar Céntimos für die Straßenbahn hatte. Schon lange bevor ich das Geld bekam, begann ich Pläne zu machen. Als erstes wollte ich mir den *Cancionero* von Barbieri und die Gesammelten Werke von Gil Vicente kaufen, dann einen Überzieher, denn obwohl ich nicht empfindlich war, fröstelte ich immer ein wenig. Dann einen neuen Anzug, denn meine alten waren schon recht schäbig geworden. Ein wenig wollte ich für Fahrtspesen auf die Seite legen, und das Übrige … Ach, das

Übrige wollte ich für Eis für mich und meine Freunde verschwenden! Das waren meine Pläne, die ich dann auch, als ich das Geld hatte, beinahe buchstäblich ausführte.

Das erste, das Allererste aber war, daß ich mich bei den Mitgliedern der Jury bedankte – und zuvor noch bei meinen gerührten Freunden Claudio de la Torre und José María Chacón. Beide luden mich nacheinander zum Essen ein. Ich hatte einen vollen Sieg errungen, und ich fühlte mich für immer gerettet. Dank diesem Preis trat ich mit einem Schlage in das literarische Licht Spaniens. Aus vielen Provinzen, in denen man nichts von mir gewußt hatte, erhielt ich herzliche Glückwünsche. Die jungen Schriftsteller, auch die im Studentenheim, betrachteten mich mit anderen Augen. Ich war fortan nicht mehr der magere, halb tuberkulöse kleine Maler, der sich seine Mußestunden mit Versemachen vertrieb.

José Moreno Villa, eines der Jurymitglieder, kannte ich bereits. Mein erster Besuch galt ihm. Er trank gerade Bier, für das er eine besondere Vorliebe hatte, im Park des Studentenheims, das seit vielen Jahren sein Zuhause war. Pepe Moreno, wie er von allen Bewohnern des Heims liebevoll genannt wurde, beglückwünschte mich mit dem feinen malagenischen Lächeln, das ihm immer unterm Schnurrbart hing. Wie alt mag Pepe Moreno damals gegewesen sein? Er gehörte einer etwas sonderbaren Generation an, die einige Jahre nach der von Juan Ramón Jiménez folgte. Sein dichterisches Werk war mir beinahe unbekannt. Er war damals – und auch später – kein »gefeierter« Dichter wie Machado und Juan Ramón. Von uns »Neuen«, die wir die Gedichte der beiden großen, schon in die Kategorie der Meister gehörenden Andalusier auswendig kannten, wurde sein Name nicht oft genannt. Damals hatte ich erst ein Buch Moreno Villas in Händen gehabt: *Garba*. Es war sein erstes Werk – aus dem Jahre 1913 –, und es hatte mich, um die Wahrheit zu sagen, nicht beeindruckt. Seine Einfälle hatten nichts von der

Leichtigkeit und Feinheit, die ich mir gewünscht hätte. Ab und zu verlieh ihnen wohl der andalusische Jasmin seinen Duft und machte sie beweglicher, anmutiger. Aber etwas Hartes, Abruptes, etwas Rauhes, Grobes in der Form all dieser Gedichte verwehrte mir den vollen Genuß, die Sympathie, die nötig gewesen wäre, um sie lernen und behalten zu wollen. Es war schwer, in diese Poesie einzudringen, und mit der späteren, die uns Pepe Moreno bis kurz vor dem Bürgerkrieg gab, erging es mir ebenso. Trotz seiner Bildung, seiner warmen, verborgenen Menschlichkeit ließ er seine Gedichte in einem wilden, rohen Zustand, der es einem manchmal unmöglich machte, sie leidlich bequem zu durchwandern. Nehmen wir, zum Beispiel, sein Liebesgedicht, *Jacinta la pelirroja* (Jacinta mit den roten Haaren), aus dem Jahre 1929, das vielleicht das originellste seiner Gedichte aus diesem Jahrzehnt ist. Es ist ein Gespräch des Dichters mit seiner Geliebten, das mich, wenn ich es jetzt noch einmal lese, an einige Augenblicke der lyrischen Spaziergänge Juan Ramóns mit seinem »Platero« erinnert. Seine ganze antirhetorische Form, sein vertraulicher Ton, sein Schwung und seine Grazie erreichen aber nach meinem Gefühl nicht den sauberen, von Hindernissen freien Pfad, der jedes Gedicht sein muß. Seine Prosaismen, seine unglückliche Neigung, sich im Ton zu vergreifen, zerbrechen immer wieder die Einheit des Bildes. Doch das war vielleicht ein hervortretender positiver Zug der Persönlichkeit José Moreno Villas in jener Periode. Ich jedenfalls stieß mich daran, und das schmerzte mich, denn diesem Dichter, diesem so vielseitig und so hoch begabten Mann – der ein guter Prosaschriftsteller, ein großer Kunstkritiker und ein sehr eigenwilliger Maler war – wünschten wir dieselbe Statur, wie sie die anderen vor ihm oder nach ihm hatten, die zur Größe der spanischen Poesie unseres Jahrhunderts beitrugen. Ich glaube aber, daß dann, vor allem von *Salón sin muros* (Salon ohne Wände) an, die Dichtung Pepe Morenos, der zu seiner Einsamkeit, zu seinem Zölibat des Heimbewohners zurückgekehrt war, deutlicher und klarer wurde und sozusagen ihre Geschwätzigkeit verlor. Und zweifellos wurde, dank dieser verschlossenen Liebe zu Jacinta, seine Stimme tiefer, ernster, paßte sie sich in Ton und Rhythmus besser dem Vers an, und es gelang ihm, die Dissonanzen zu harmonisieren und jenes Konzert zu beginnen, das ihn nach einigen guten Gedichten über den Bürgerkrieg – und als er schon »Pilger an fremden Gestaden« war – dazu befähigte, uns die schönsten Klänge seiner Musik hören zu lassen, der »Musik, die er in sich trug«. Pepe Moreno starb unlängst in Mexiko. Ich werde in einem der nächsten Bände dieses »Verlorenen Hains« noch einmal auf ihn zurückkommen. Jetzt, auf diesen Seiten, bin ich bei dem lächelnden, freundlichen, von Studenten und Gärten umgebenen Moreno Villa, an dem linden Frühlingsnachmittag, der den Besuch verschönerte, den ich ihm abstattete, um mich dafür zu bedanken, daß er mich mit dem Nationalen Literaturpreis ausgezeichnet hatte.

Ich weiß nicht mehr, ob mir der Dichter aus Malaga gleich damals von dem Strauß erzählte, den er mit einem Jurymitglied ausgefochten hatte, das gegen mich war. Zwar könnte man eine so unterhaltsame, aufschlußreiche Szene nur schwer vergessen, möglicherweise aber hat er sie mir aus irgendeinem Grunde – etwa weil ein Unbekannter oder jemand, mit dem ihn keine festere Freundschaft verband, während meines Besuchs anwesend war – damals nicht berichtet. Jedenfalls erfuhr ich sie vor einigen Tagen durch seine Autobiographie, *Vida en claro* (1944), ein interessantes, bezauberndes Buch, das in Mexiko erschienen ist – nach mehr als dreißig Jahren! Ich gebe sie hier wieder – ein auffälliges Blatt an den Zweigen meiner Erinnerungen. Pepe Moreno schreibt: »Ich möchte diese Szene, die sich in der Jury abspielte, schildern, ohne zu verschweigen, wie ich dabei ins Fettnäpfchen getreten bin. Die Jury setzte sich zusammen aus Menéndez Pidal und dem Grafen de la Mortera (Gabriel Maura) für Geschichte, Arniches für das Theater und Antonio Machado und mir für Poesie. Möglicherweise habe ich jemanden vergessen. Sekretär war Gabriel Miró. Alles ging glatt, bis wir zur Poesie kamen. Maura schlug zunächst den sogenannten ›Hirtendichter‹ vor. Ich erhob sofort Einspruch. Maura argumentierte mit einem etwas unglücklichen Satz: ›Seine Poesie riecht nach Wolle und Paprikawurst.‹ Ich antwortete darauf: ›Das genügt, um einem diese Poesie zu verleiden.‹ Und dann passierte mir der Lapsus, denn ich fuhr fort: ›Das ist ebenso abstoßend wie die Malerei von Don Luis Menéndez Pidal, die so schwarz und geräuchert ist wie die Blutwürste unserer Bauern.‹ Ich hatte im Eifer des Gefechts nicht bedacht, daß ich seinen Bruder Ramón vor mir hatte. Miró griff geschickt ein, und alle verlangten von mir, ich solle einen Namen für den ersten Preis nennen. Ich sagte: ›Ich war nur selten von meinem Votum so fest überzeugt wie heute. Der Dichter, der sich bei diesem Wettbewerb als von überragendem Wert ankündigt, ist Alberti mit seinem Buch *Der Matrose an Land*.‹ Antonio Machado, der bis dahin geschwiegen hatte, stimmte mir bei und meinte auch, er wäre der Beste. Maura und die andern waren einverstanden, aber der Graf nannte nach seinem ›Hirtendichter‹ noch einen zweiten Kandidaten, und zwar Gerardo Diego. Darauf schlug ich vor, ihm den zweiten Preis zu geben, indem man den für das Theater auf die Poesie übertrug. Und so wurde es dann auch gemacht.«

Ja, ich bin jetzt sicher, daß ich diese witzige Schilderung Moreno Villas noch nicht kannte. Wie hätte ich sie nicht in meinem Gedächtnis registrieren sollen? Aber andererseits muß ich mich heute fragen: Aus welchem Grunde war das einzige Jurymitglied, bei dem ich mich damals nicht bedankte, ausgerechnet Gabriel Maura, Graf de la Mortera?

Meine zweite Dankvisite stattete ich Gabriel Miró ab. Ich glaube, ich bezwang meine Schüchternheit und ging allein zu ihm. Er wohnte in der Calle Rodríguez San Pedro, im Viertel Argüelles, und zwar in demselben Haus wie Dámaso Alonso. Er empfing mich in seinem Arbeitszimmer, einem einfachen, sauberen Raum. Der Tisch vor der Balkontür war mit Büchern und Quartbogen übersät. Ich glaube, auf ihnen standen schon die Anfangskapitel von *Nuestro Padre San Daniel* (Unser Vater Sankt Daniel), dem ersten Teil seines großen letzten Romans: *El obispo leproso* (Der aussätzige Bischof). Ich sehe in der Erinnerung Mirós schwere Lider und den klaren traurigen Blick der Augen. Miró war kräftig, stämmig, ungemein sympathisch und bezaubernd. Ich sprach von dem Brief, den er mir vor Jahren einmal geschrieben und in dem er einige meiner Verse gelobt hatte, die ihm von Juan Chabás geschickt worden waren, der wie er von der spanischen Levante stammte. Er hatte mir damals aus Polop de la Marina geschrieben, wo er einen Besitz hatte, eine *masía**. Dort fand er im Sommer Ruhe für seine geduldige, harmonische literarische Arbeit.

Ich erinnerte ihn: »Sie sagten mir damals in Ihrem Brief über meine ersten Gedichte: ›Es gibt in ihnen Worte von eindringlicher Schönheit . . .‹ Mir gefällt – oder gefiel zumindest in jenen Jahren – vor allem die Schönheit der Sprache. An der Ihren zieht mich das Schöne, Klare, Bildhafte an.«

»Was wollen Sie! An der Ostküste ist wie in Andalusien alles klar und transparent. Das Licht zeichnet auch die fernsten Dinge scharf. Selbst das Trübe wird dort hell und leuchtend . . .«

»Ich komme, um mich zu bedanken«, sagte ich nach längerem Schweigen zögernd.

»Bedanken? Lassen wir das!« unterbrach er mich und stand auf. »Ich möchte Sie mit meiner Frau und meiner Tochter Olimpia bekannt machen. Die andere ist nicht hier.«

Beide erschienen im nächsten Augenblick auch schon. Zwei einfache, freundliche Wesen wie er selbst. Nachdem wir

* Katalanisch für »Bauernhof«. Anm. des Übers.

eine Weile über mein Buch geplaudert hatten, dessen Manuskript sie kannten, boten sie mir Mandeln und jene köstlichen Süßigkeiten an, die man in der Provinz nach alten Klosterrezepten macht und die Miró mit soviel Sorgfalt und hoher Kunst in seinen Romanen beschrieb. Es war ein stiller Nachmittag voll Vertrautheit und herzlicher Zuneigung. Gabriel Miró war ein guter Mensch, ein Heiliger wie Antonio Machado. Er bezog ein bescheidenes Einkommen als Beamter im Unterrichtsministerium. Sein vortreffliches literarisches Werk, gegen das die Kirche einen stumpfsinnigen Krieg führte und das nur eine kleine ergebene und begeisterte Anhängerschaft hatte, konnte ihn damals nicht ernähren. Er mußte erst – fünf Jahre später – sterben, damit seine Familie die Ehren und Früchte genießen konnte, die ihm selbst, solange er lebte, nicht zuteil wurden. Immer dieselbe traurige, grausame Gleichgültigkeit Spaniens gegenüber beinahe allen seinen großen Schriftstellern!
Nach diesem ersten Besuch sah ich Gabriel Miró nur noch einige Male. Kurz vor seinem Tode traf ich ihn einmal mit Pedro Salinas in der Glorieta de Atocha. Ich begleitete die beiden bis zur Plaza de la Cibeles. Miró sah aus wie ein Geschlagener. Er hatte dunkle Ringe unter den Augen, und sein Gesicht war gelb. Einen Monat später starb er, in Madrid, fern von dem blauen Meer, das er in seinen Augen trug. Ich erinnere mich nicht mehr, warum ich nicht zu seinem Begräbnis ging.
Nach dem Besuch bei Miró wollte ich das Jurymitglied aufsuchen, dessen Stimme mir die wichtigste war und mich besonders stolz machte: Antonio Machado. Ich ging unangemeldet zu seiner Wohnung in der Calle General Arando. Große Enttäuschung. Er war nicht da. Er lebte gar nicht in Madrid.
Seine Mutter sagte es mir, eine anmutige, zierliche alte Dame.
»Mein Sohn ist in Segovia. Er kommt sehr selten hierher ... Vielleicht im Urlaub ...«

Ich küßte ihr an der Tür die Hand und ging wieder.

Den Preis und mein Manuskript hatte ich noch nicht im Ministerium abgeholt. Nachdem ich mich erkundigt hatte, wann ich es tun konnte, ging ich eines Morgens in dieses scheußliche Gebäude. Vor dem Schalter, durch den ich die ersten fünftausend Peseten meines Lebens erhalten sollte, traf ich jemanden, der auf das gleiche wartete: Gerardo Diego. Ich glaube, ich hatte ihn nie zuvor gesehen. Als Freunde traten wir zusammen wieder in den hellen Madrider Frühlingsmorgen hinaus und gingen in angeregtem Gespräch durch den Salón del Prado. Ein Dichter aus Cádiz und einer aus Santander – zwei entgegengesetzte Pole – hatten einander gefunden. Damals sah ich Gerardo, wie ich ihn auch später immer sah: schüchtern, nervös, leidenschaftlich, verschlossen, auf seine Art fröhlich und sonderbar ... Er hatte etwas von einem Angehörigen einer marianischen Kongregation, von einem Dorfpfaffen. Ich kannte von ihm einige einzelne Gedichte und ein Buch – *Imagen* (Bildnis) –, das ich zu Hause hatte. Er hatte schon viel geschrieben, aber seine wesentlichen Werke wie, zum Beispiel, *Manual de espumas* waren, glaube ich, noch nicht erschienen. *Versos humanos,* sein letztes Buch mit Gedichten aus den Jahren 1918 bis 1925, hatte ihm den Preis eingetragen. Wie er mir erklärte, hatten diese Verse jedoch wenig zu tun mit den kühnen, freien, zerbrochenen, kaleidoskopischen und auf jede Zeichensetzung verzichtenden Versen von *Imagen* oder *Manual.* Sie hielten sich vielmehr an die klassischen, ruhigen, traditionellen Formen – die er mit wahrer Meisterschaft beherrschte. Die Peseten, die er nun seit einer Weile in der Tasche trug, waren nicht für den arbeitsamen Gerardo bestimmt, der Freund und Mitschüler Vicente Huidobris und Juan Larreas war, sondern für den gelassenen Dichter, der mit Góngora, Jauregui, Bocangel, Medina Medinilla umging ... »Dachterrasse und Keller« ... Mit solchen Erklärungen definierte Gerardo seine widersprüchlichen Neigungen. Mit dem »Keller« konnte sich der Dichter aus Santander in wirtschaftlicher und in manch anderer Hinsicht immer die größten Vorteile verschaffen.

Als ich noch am selben Abend in meinem Zimmer in meinem Manuskript blätterte, fiel aus seinen Seiten ein schon vergilbtes und halb zerrissenes Stück Papier heraus, auf dem in einer kleinen, zitterigen Schrift stand:

MAR Y TIERRA
Rafael Alberti

ist nach meinem Dafürhalten der beste zum Wettbewerb eingereichte Gedichtband.

ANTONIO MACHADO

Mit welcher Freude und Erschütterung betrachtete ich immer wieder diesen unerwarteten Fund! Ich bewahre ihn noch heute zwischen den ersten Seiten eines uralten Exemplars meines *Matrosen an Land* auf, des einzigen, das ich dank einem seltenen Zufall aus dem spanischen Krieg retten konnte.

Ich mußte nun noch Menéndez Pidal und Arniches besuchen, den unterhaltsamen und genialen Schwankautor und zukünftigen Schwiegervater José Bergamíns. Bergamín, mit dem ich schon recht gut befreundet war, brachte mich in sein Haus. Man lud mich zum Essen ein, und ich nahm die Einladung nicht ohne eine gewisse Besorgnis an, denn ich war damals, nach so vielen Jahren der Isolation, nicht nur schüchtern, sondern auch ein wenig verwildert in meinen Manieren und Reaktionen. Don Carlos Arniches, der Mann, der in Spanien und Amerika mehrere Generationen zum Lachen gebracht hatte, saß am Kopfende des Tisches, aber er gab sich ernst und verschlossen und versteckte sich gleichsam ganz hinter seiner kleinen Brille. Während des ganzen Essens gab er keinen Laut von sich. Seine schönen Töchter, die ich schon früher, bevor ich sie kennenlernte, auf der Promenade der Castellana bewundert hatte, saßen links und rechts von mir und überbrückten geschickt meine Unsicherheit und Schwerfälligkeit. Rosario war die Braut Bergamíns, und Pilar war mit Eduardo Ugarte verlobt, einem jungen Komödienautor, dessen erstes Stück demnächst Premiere haben sollte. Außer ihnen waren noch Frau Arniches und die beiden Söhne anwesend: Fernando, der beim Militär war, und Carlos, ein ausgezeichneter Architekt. Ich erinnere mich, wenn ich an dieses Essen zurückdenke, nur noch an meine Entgleisungen, meine Hilflosigkeit angesichts der vielen verschiedenen, mit Servietten bedeckten Teller und anderen Dinge, mit denen ich nichts anzufangen wußte. Rosario und Pilar habe ich dafür zu danken, daß sie mir diese Stunden erleichterten. Jedenfalls atmete ich freier, als ich mit Pepe Bergamín wieder auf der Straße stand.

Pepe war einer der zahllosen Sprößlinge eines bekannten Rechtsanwalts in Malaga und Politikers der Monarchie. Von ihm, Don Francisco, hatte er unter anderem zwei Dinge geerbt, die ihn als besten Zweig des väterlichen Stammes ausweisen sollten: seine höchst absonderliche und persönliche Häßlichkeit und seinen witzigen und vor allem mutwilligen Geist, der allerdings manchmal zu fürchten war wie der Stich eines andalusischen Messers in den Unterleib (und einen böseren Stich gibt es nicht). Er war seinen Überzeugungen und seinen Freunden treu, bis zur äußersten Übertreibung treu, wie es sich gehört. Aber er übertrieb auch in der Stunde der Feindschaft, wie es sich ebenfalls gehört. Ein Katholik besonderer Art, einer von denen, die unsere heilige Inquisition in anderen Zeiten oft genug zu den reinigenden Flammen des Scheiterhaufens verdammte; ein Feind der herrschenden Diktatur, die er in scharfen Aphorismen und in seltsamen unspielbaren Theaterstücken angriff. Der Mechanismus seiner Sprache war schon mindestens so kompliziert wie der Quevedos. Seine Leidenschaft war der Miguel de Unamunos vergleichbar, mit dem ihn eine enge Freundschaft verband – eine Freundschaft, die auf seiten Don

Miguels sehr großmütig war, denn Bergamíns Vater, der Minister des Königs, hatte ihn aus dem Rektorat der Universität Salamanca ausgeschlossen. Niemand begann mit einem glühenderen Enthusiasmus als Pepe über die spanische Poesie zu schreiben, und er wurde auf die Dauer der beste Kommentator unserer Dichtung, die in jenen Tagen schon deutlich Gestalt gewann. Als Dichter war er geistreich, schwierig, ein neuer Sohn des Waldes der Goldenen Jahrhunderte, und er schrieb Sonette, die – vor allem einige der in seiner schmerzlichen Verbannung veröffentlichten – in der strengsten Anthologie einen Vorzugsplatz verdienen würden. Seine Ergebenheit für Juan Ramón Jiménez war nur der vergleichbar, die der damals so ungewöhnliche und boshafte Dichter aus Moguer seinerseits für ihn hegte. Wenige Jahre später – und schuld an dem Bruch war J.R.J. – verfolgten sie einander mit ebenso starkem Haß. Ein Band Aphorismen – *El cohete y la estrella* (Die Rakete und der Stern) – war das einzige, was bis dahin von Bergamín veröffentlicht worden war. Er war in der *Biblioteca Indice* erschienen. Juan Ramón Jiménez, der sie leitete, hatte selbst auf der ersten Seite ein lyrisches Porträt des Autors gezeichnet – als unleugbaren Beweis seiner Freundschaft und literarischen Wertschätzung. Dies waren die ersten Schritte eines der seltsamsten und labyrinthischsten Schriftsteller meiner Generation. Ich glaube, von ihm erfuhr ich, daß Juan Ramón mehrere Gesänge meines *Matrosen* sehr gefallen hatten, die in *La Verdad* abgedruckt worden waren, einer Literaturbeilage, die Juan Guerrero Ruiz, der beste Freund des Dichters und der neuen Poesie, in Murcia herausgab.

Ich beschloß, Juan Ramón Jiménez aufzusuchen. Es war nicht das erstemal, daß ich ihn besuchte. Drei Jahre zuvor, zur Zeit meiner ersten Ausstellung im Ateneo, hatte ich ihm ein Bild gebracht: *El castillo de irás y non volverás* (Das Schloß der Nimmerwiederkehr), eine einfache dekorative Geometrie in leuchtenden Farben. Ich glaube nicht, daß es ihm gefiel, und ich erfuhr nie, was er damit machte. Juan Chabás begleitete mich damals. Am Nachmittag meines zweiten Besuchs hatte ich einen anderen Begleiter: José María Hinojosa, den »lebhaften, anschaulichen, ländlichen Poeten«, Sohn reicher Großgrundbesitzer in Malaga, der in den ersten verworrenen Stunden des Bürgerkriegs unter den Kugeln seiner eigenen Bauern fiel. Juan Ramón selbst öffnete uns. Ich empfand eine seltsame Mischung aus Freude und Angst, als ich mich plötzlich diesem bewunderten Mann gegenübersah, der mir im sinkenden Nachmittag das Gesicht eines andalusischen Arabers mit wildem schwarzem Bart entgegenhielt! Zwanzig Jahre später, im argentinischen Exil, schrieb ich in meinen *Retornos* Verse, die dieser Begegnung gedachten:

Ich brachte ihm Strophen
vom Meer, von Matrosen,
gelben Dünen,
hellem Indigo der Schatten
und frischgekalkten Mauern,
bedruckt mit Brunnen und Gärten.

Ja, ich hatte tatsächlich das Manuskript des *Matrosen an Land* bei mir, Strophen, in denen sich alle meine Sehnsüchte nach Cádiz zusammendrängten, fern der schönen Bucht, die auch er seit seiner Kindheit in demselben Jesuitenkolleg in Puerto, das ich besucht hatte, in seinem Herzen bewahrte. Er ging selten in die Stadt hinunter, horchte aber auf alle ihre Geräusche von jener hohen Dachterrasse im stillen Stadtviertel Salamanca aus, zwischen dem Geißblatt und den Glockenblumen, die seine schlanken Finger – sie hatten einst nun schon ferne Gärten gehegt – anmutige Arabesken zeichnend über die Mauern zogen.

Verschwenderisch war er
wie ein Wachslicht, das in der Dämmerung
auf der Mauerbrüstung brennt,
vor jenen Bergen, deren Schnee
die braune Hand
des Juni hat begnadigt.

Unsere aufrichtige und fortan beständige Freundschaft nahm so an einem Frühlingsnachmittag vor den bläulichen Weiten der Gipfel der Guadarrama ihren Anfang. Bei ihm war an diesem Nachmittag der Schriftsteller Antonio Espina.

Damals begann – ich gebe hier mit einigen Zusätzen und Auslassungen das Kapitel wieder, das ich dem Dichter in meinem *Imagen primera de ...* (Erste Eindrücke von ...) für jene Jahre, 1924–1925, widmete – die intensive Beschäftigung Juan Ramóns mit der neuen spanischen Dichtung, die sich nun mit so leidenschaftlichem Schwung bemerkbar machte. Er hatte sich schon über das frische jugendliche Feuer García Lorcas geäußert, die edle Sprache Pedro Salinas, die lineare Perfektion Jorge Guilléns, die beinahe freche Lyrik Antonio Espinas, die anfängliche Einfachheit Dámaso Alonsos, und er bereitete sich darauf vor, auf seiner Dachterrasse die jüngsten Weisen zu vernehmen, die bald aufsteigen sollten unter den Namen Altolaguirre, Prados, Cernuda, Aleixandre ... Nie sollte ein spanischer Dichter mehr geliebt und angehört werden von einer ganzen strahlenden Dichtergeneration, die des frisches Quells, der sie tränkte, und des Leitsterns, der sich ihr anbot, sicher war.

Juan Ramón leitete damals die Zeitschrift *Indice* und den gleichnamigen Verlag, der, wenn ich mich recht erinnere, kurz nach dem Erscheinen von Bergamíns *El cohete y la estrella* durch zwei neue Bücher bereichert wurde: *Signario* von demselben Antonio Espina, der an diesem Nachmittag anwesend war, und *Presagios* (Vorzeichen) von Pedro Salinas. Der Dichter nahm ein Exemplar von *Signario* zur Hand und beschwerte sich über die typographischen Unvollkommenheiten. Er hatte Druckfehler, unreine Buchstaben und verstellte Zeilen gefunden, und all das brachte ihn um den Schlaf.

Er sagte uns: »Auch in der von Alfonso Reyes besorgten Ausgabe der *Sage von Polyphem und Galatea* von Góngora hat man einige sehr dumme Druckfehler übersehen; da heißt es *corna* statt *corona*, *enter* statt *entre* etc. Spanien hat seine große typographische Tradition verloren. Sehen Sie sich dieses englische Buch an« – er zeigte uns eine moderne Keats-Ausgabe. »Welche Feinheit, Zartheit und Anmut! Ähnliches möchte ich für die ›Biblioteca Indice‹ erreichen, aber das ist hier anscheinend unmöglich.«

Wie ich schon sagte, hatte Juan Ramón damals einen schwarzen Bart, das Gesicht eines andalusischen Arabers und eine sanfte, belegte Stimme, die manchmal ins Falsett umschlug. Man sprach von Literatur und nannte Namen seiner Generation: Pérez de Ayala, die beiden Machados, Ortega y Gasset ... Bei diesem Besuch wurde mir etwas bewußt, was ich im Laufe unserer Freundschaft immer wieder bestätigt fand, nämlich daß Juan Ramón den echt andalusischen Witz und die ebenso typisch andalusische Boshaftigkeit besaß, wenn er sich über jemanden lustig machte und ihn karikierte. Am meisten hörte ich ihn an diesem Nachmittag über Azorín und Eugenio D'Ors lachen.

»Haben Sie den Titel des letzten Buches von Azorín gesehen? *El chirrión de los políticos* (Der Karren der Politiker). *El chirrión*! Was für ein Wort! Er hat mir das Buch mit einer Widmung zugeschickt. Selbstverständlich habe ich es ihm persönlich zurückgebracht. Azorín wohnt in einem dieser Häuser, die nach Madrider Eintopf und Katzenpisse riechen. Er schläft in einem Bett mit Moskitonetz und einem Vorhang mit rosa Bändern, und auf dem Nachttisch hat er als einen Gegenstand, den er sicherlich für sehr geschmackvoll hält, einen der kleinen Neger aus bemaltem Gips stehen, die als Reklame für die Röstkaffeemarke ›La Estrella‹ verteilt werden – ein Geschenk seiner Wähler, als er Abgeordneter von Alicante war. Einen Schriftsteller, so bescheiden er auch leben mag, erkennt man an seiner Wohnung.«

Als Juan Ramón eines Tages Pérez de Ayala besuchte, brach er die Beziehungen zu ihm ab, weil er in ein Zimmer geführt wurde, von dessen Decke lauter Paprika- und Schlackwürste herabhingen, ein Anblick, der ihn erschütterte und den er nicht verzeihen konnte.

»Derselbe Schriftsteller«, fuhr Juan Ramón fort, »gestand mir, daß er einmal, um sicherzugehen, daß die Fakten stimmten, die er für irgendeinen seiner Romane brauchte, in ein Bordell übersiedelte und einen ganzen Koffer voll Wäsche mitnahm, denn das Studium eines solchen Milieus dauerte seine Weile.«

Eugenio D'Ors verabscheute er, vor allem seit dem Tag, an dem ihn der arme katalanische Philosoph höflich auf der Straße gegrüßt hatte, indem er einen grauen *Chapeau melon* lüftete – einen »Pilz«, wie wir in Spanien sagen –, und dieses Kleidungsstück fand Juan Ramón sehr lächerlich.

»Dieser Xènius« – ein bekanntes Pseudonym von D'Ors – »will das Katalanische mit dem Kastilischen verkuppeln. Sie sind Zeichner, Freund Alberti, und ich hätte gern, daß Sie ihn als Tänzerin gekleidet darstellen, die dicken Arme in die Höhe gehoben, und darunter müßte stehen: *Xenia, die Esperanta.* Eines Tages wird er noch in Cuenca Rumba tanzen«, schloß der Dichter, halb amüsiert, halb übellaunig.

Im Hause José Ortega y Gassets – man beachte, daß nicht ich der Besucher war, sondern Juan Ramón Jiménez – entdeckte er auf einem Piano eine kleine Venus von Milo aus Gips, wie man sie in Madrid auf der Plaza de la Cibeles für zwanzig Céntimos zu kaufen bekam, und ich glaube, auch einen Briefbeschwerer aus Bronze, der Don Quijote im Kampf gegen die Windmühlen und einen verzweifelt schreienden Sancho Panza darstellte. Diese Nippsachen gaben Juan Ramón Anlaß zu beißendem Spott über Ortega, den er auch auf dessen Stil und Werk ausdehnte.

Was er uns – an Wahrem oder Erfundenem – über Antonio Machado sagte, werde ich wohl niemals niederschreiben, denn ich schulde diesem heiligen Dichter zu viel Achtung.

Die Wohnung Juan Ramóns war das genaue Gegenteil der von ihm kritisierten. Mit Hilfe Zenobia Camprubís, seiner bewundernswerten, geduldigen Frau, war es ihm gelungen, sie mit einer wahrhaft einfachen, natürlichen Eleganz einzurichten. In einem Zimmer, das mir ein Geheimnis blieb, da ich auch bei späteren Besuchen nie eingelassen wurde, arbeitete der Dichter unermüdlich den ganzen Tag und einen Teil der Nacht. Es war unmöglich, ihn zu sehen, und er wies mehr als einmal – und oft mit seiner eigenen Stimme – die Besucher ab. Man mußte nämlich von der Portierloge des Hauses aus bei ihm anrufen, und manchmal war er selbst am Apparat.

»Ich bin der und der.«

Und von oben antwortete Juan Ramón persönlich:

»Hier bei Juan Ramón Jiménez, der nicht zu Hause ist.«

Wie so viele andere brachte diesen Dichter die unwillkommene Unterbrechung seiner Sammlung zur Verzweiflung, die Störung der Stille, die für eine gute, freudige Arbeit unerläßlich ist, aber solche Belästigungen sind nur allzu häufig, wenn man in einer großen Stadt lebt. In den Stunden tiefer, schöpferischer Ekstase störten Juan Ramón sogar die Besuche seiner Frau. Sie berichtete mir, daß bei mehr als einer Gelegenheit die erstaunten Augen ihrer Freundinnen in der Tür am hinteren Ende des Salons einen Wandschirm auftauchen sahen, der sich – eine seltsame, moderne Versuchung des Hieronymus Bosch – wie durch Teufelskünste von selbst bewegte. Hinter ihm, und ihn tragend, versteckte sich, in seinen Bart gehüllt, der Dichter, der aus irgendeinem Grunde einen andern Teil der Wohnung aufsuchen und nicht gesehen werden wollte.

In dieser erstrebten Einsamkeit mitten in Madrid schrieb, verbesserte und verstreute er in alle Richtungen DAS WERK, wie er selbst es, in Großbuchstaben, nannte. Damals war er nicht mehr der Dichter der *Arias tristes* (Traurige Arien) und der *Pastorales*, der Bücher, die Rubén Darío die zarte, tiefe Traurigkeit unseres Andalusiens enthüllten. Er war auch nicht mehr der Dichter der Frühlingsballaden und -refrains, nicht der elegische Dichter von *La Soledad sonora* (Tönende Einsamkeit) und nicht der knappere der *Sonetos espirituales* (Geistliche Sonette), des *Estío* (Sommer) oder des *Diario de un poeta recién casado* (Tagebuch eines jungverheirateten Dichters). Und es war auch schon lange her, daß *Platero*, das heute unsterbliche Eselchen, in die Welt hinaustrottete, ohne die Gassen und Pfade von Moguer zu verlassen. Und weit hinter sich hatte Juan Ramón die lyrischen Haine gelassen, die musikalischen, transparenten Landschaften, die er selbst der spanischen Poesie schenkte. Er war damals schon, in dem glühenden Halbdunkel seiner Arbeit, der erneuerte Dichter von *Piedra y cielo* (Stein und Himmel), *Poesía, Belleza* (Schönheit), *Unidad* (Einheit). Sein Vers hatte begonnen, sich in einen Rohdiamanten zu verwandeln. Kein Reim mehr, keine Assonanz, kein schmeichelndes, manchmal rhythmisches Spiel des freien Verses. Nur noch Eingeweide, das Innerste des Gedichts, aller Kleidung entblößt.

Mit der Wurzel reiß' ich aus den Strauch
noch frisch vom Tau der Morgenröte.

Einer Strophe aus einer der klarsten und geistvollsten Romanzen seiner ersten Bücher hatte ich zwei Verse als Motto für einen jener Gesänge entnommen, die er durch das Literaturblatt *La Verdad* (Die Wahrheit) kennenlernte und die ihm gefielen:

Die blaue Bluse und das
Nothelferband über der Brust.

Dieses kleine Meer meiner Gedichte, meine Anspielungen auf die Salinen, die Strände, die Küstenburgen der Bucht von Cádiz weckten in ihm Erinnerungen an seine eigene Jugend in Puerto, und wir entdeckten, daß viele seiner *Marinas de ensueño* Visionen von und verflüchtigte Sehnsüchte nach dem Meer von Cádiz waren, das er aus den Fenstern des Krankenzimmers oder zwischen den Bäumen – Eukalypten und Pinien – des Jesuitenkollegs San Luis Gonzaga gesehen hatte, wo er sich auf die Reifeprüfung vorbereitete.

Die Aufnahme, die ich an jenem Nachmittag meines zweiten Besuchs bei Juan Ramón Jiménez fand, bewegte mich tief. Er hatte, ich sage das heute voll Stolz, lange eine besondere Vorliebe für mich, und er teilte mir einen Mut, eine Begeisterung und einen Glauben mit, wie ich sie bis dahin nicht gehabt hatte. Ich überließ ihm das Manuskript des *Matrosen an Land*, das ich mitgebracht hatte. Kurz darauf erschien eine Auswahl meiner Gesänge in *Sí*, der Zeitschrift für Poesie und Prosa, die er unter dem Namen »El Andaluz Universal« (Der Welt-Andalusier) herausgab. Und zu meiner besonderen Freude brachte er in der nächsten Nummer den schönen Brief an mich, den ich seither allen Ausgaben des *Matrosen* und meinen Anthologien als Prolog vorangestellt habe.

Wieder auf der Straße, verabschiedete ich mich von Hinojosa. Und ich kehrte erst bei Tagesanbruch nach Hause zurück. Ich weiß nicht, wo überall ich in dieser Mainacht umherwanderte. Ich ging blind und ziellos dahin, trunken vor Glück, wie es irgendeinem angehenden Poeten ergangen sein mag, der von einem Besuch bei Góngora oder Baudelaire kam. In meiner Tasche klingelten einige der fünftausend Peseten des Preises. In den Eisdielen, an denen ich vorbeikam, aß ich Eis und bewirtete jeden Unbekannten, der keine Bedenken hatte, meine Einladung anzunehmen. Ich trug schon meinen neuen Anzug: eine rosarote Hose und einen Sportsakko in derselben Farbe, aber von der Qualität von Löschpapier, von dem meine Familie behauptete, er entspräche ganz dem Geschmack eines Matadors. Eine karamelfarbene Krawatte mit großem Knoten hing mir unter dem übertrieben breiten Hemdkragen heraus, und der runde Schirm einer hellgrauen englischen Mütze verdeckte mir beinahe die Nase. Die Leute starrten mir nach, aber ich spazierte stolz weiter und aß Eis und bot anderen welches an. Ein großer Teil des Preises zerrann mir so in jenem Frühling: ich stillte den Durst von Fremden, von Leuten, deren Namen ich nicht kannte und die ich niemals wiedersehen sollte.

Damals fand ich auch einen Verleger für meinen *Matrosen:* Don José Ruiz Castillo, Eigentümer und Leiter der »Biblioteca Nueva«. Er bestellte mich durch einen seiner Söhne zu sich, den ich vor Jahren gemalt hatte. Meine Überraschung war groß, als er mir andeutete, daß ich einen Teil der Auflage, wenn schon nicht die ganze, selbst finanzieren sollte. Wie sollte das gehen? Da bleibe ich lieber unveröffentlicht, sagte ich ihm. Die Peseten, die mir noch geblieben waren, hatte ich für Bücher und für eine Autoreise durch Kastilien mit meinem Bruder vorgesehen. Don José, ein gütiger, verständnisvoller Mann, sah seinen Irrtum ein. Er wollte mein Buch bringen und die Kosten allein tragen, und er bat mich gleich um das Manuskript, das er nach Segovia schicken wollte, in die berühmte Druckerei »El Adelantado«, die für ihn arbeitete.

Am nächsten Tag suchte ich Daniel Vázquez Díaz auf. Er hatte mir versprochen, mich für den *Matrosen* zu porträtieren, und er zeichnete einen Rafael Alberti im Halbprofil, der ein Buch in den Händen hielt. Die Zeichnung hatte einen guten Strich, aber Vázquez Díaz, dessen Porträts sonst so ähnlich waren, hatte mich nicht gut getroffen. (Mit der Zeit, sagte ich mir, wird sie mir schon ähnlich sehen – im Alter, wenn ich den Nobelpreis bekomme.) Drei junge Komponisten – Gustavo Durán und

Rodolfo und Ernesto Halffter – vertonten unterdessen drei meiner Gedichte, deren rhythmische, melodische Gestalt ihnen gefiel. Eines davon »La corza blanca« (»Das weiße Reh«), zu dem Ernesto eine wunderbare Melodie schuf, fand kurz nach seiner Veröffentlichung in der ganzen Welt Widerhall. Die beiden anderen, »Cinema« (»Kino«) und »Salinero« (»Salzsieder«), waren ebenfalls schön und wurden viel gesungen. Ernesto Halffter aber, damals ein wahres Wunderkind, hatte etwas Meisterhaftes, Einfaches, Schwermütiges geschaffen, das sehr gut zu dem alten und neuen Stil meines Textes paßte, dessen Motto ich Barbieris *Cancionero* entnommen hatte. Gleichzeitig wurde auch – ebenfalls von Ernesto vertont – »La niña que se va al mar« (»Das Mädchen, das zum Meer geht«) berühmt, ein Gedicht, das aus Platzgründen nicht in die Buchausgabe aufgenommen wurde.
Mit dem Frühling und aufgrund des Ansehens, das mir der Preis eintrug, wurden meine Besuche im Studentenheim häufiger. (Es war eine glückliche Zeit, zumindest für uns.) Damals lernte ich Pedro Salinas und Jorge Guillén kennen, die beide annähernd gleich alt – etwa zehn Jahre älter als ich –, wie Gerardo Diego Professoren für Literatur in Spanien und im Ausland waren und im Begriff standen, große Dichter zu werden. Salinas war der Lebhaftere, Gesprächigere, Vergnügtere, ganz ein Sohn Madrids. Don Pedro nannten ihn alle, auch wenn sie ihn duzten. Guillén, der aus Valladolid stammte, war geistreich, zurückhaltend, hochgewachsen, blaß; durch seine Brille schimmerten kleine, durchdringende Augen, die imstande waren, im nebligsten Wirrwarr klar und scharf zu sehen. José Moreno Villa sagte in seinem bereits in der Verbannung erschienenen letzten Buch *Vida en claro*, die Dichter seien in letzter Zeit immer paarweise aufgetreten: Machado und Jiménez, Salinas und Guillén, Lorca und Alberti, Prados und Altolaguirre, aber *er* sei, wie León Felipe, allein gekommen. Eine seltsame Feststellung, die, wie ich heute sehe, zutrifft und sich damals auf nie-

manden besser anwenden ließ als auf die beiden kastilischen Dichter. So sah ich sie vom ersten Augenblick an: als das vollkommene Paar, viel harmonischer trotz des unterschiedlichen Tons ihrer Dichtung als die anderen von Moreno Villa genannten Paare.

Von Salinas kannte ich *Presagios* (Vorzeichen), sein erstes Buch mit einem lyrischen Porträt des Juan Ramón Jiménez jener Jahre, die einen Höhepunkt der spanischen Dichtung darstellten. Von Guillén kannte ich dagegen fast nichts: einige Gedichte vielleicht, die in der *Revista de Occidente* erschienen waren. In dem Buch »Don Pedros« erregte der rohe Realismus gewisser Gedichte meine Aufmerksamkeit, der sich von dem eher intimen, zurückhaltenden, gedämpften Akzent aller übrigen unterschied:

Ein alter Zuhälter sagte zu ihr
(die Kleine war ein Findelkind):
»Deine Mutter war eine gute Haut!«

Woher kam einem so feinsinnigen Dichter plötzlich dieser gewöhnliche Ton, diese Vorstadtsprache? Als ich häufiger mit Don Pedro Umgang hatte, fand ich den Schlüssel. Trotz Paris, Cambridge und New York war Salinas noch immer ganz Madrid, und aus seiner Sprache brachen da und dort vollblütige Geranien, freche Scherze von der Gasse, anmutige, mit Schaumzucker und Schnaps gewürzte Redensarten hervor. Unsere Freundschaft war mit jenem Tage besiegelt, sie wurde noch enger, als mein *Matrose an Land* erschien, und nahm weiter zu, als er unmittelbar nach dem Erscheinen von *Sobre los ángeles (Engelsgedichte)* einen Vortrag hielt, in dem er dieses Buch interpretierte und durch Beispiele für Engel erläuterte, die von der mittelalterlichen Kunst der »Seligen« bis zur metaphysischen Geometrie de Chiricos reichten. Ich habe Salinas immer geliebt und geachtet als das, was er wirklich war: ein älterer Bruder meiner Generation. (Das war auch Guillén.) Seine strenge poetische Wahrheit, obwohl von der meinen und der anderer Dichter des Südens weit entfernt, hat mich durch ihre Menschlichkeit und ihre Ruhe immer angezogen, und dadurch, daß sie auch in ihren Augenblicken höchster Entrückung ein gelassenes Herz ohne große Schrecken und Bitterkeiten enthüllt. Es ist die Dichtung eines guten, warmherzigen Menschen, und sie hat, obwohl er sich beinahe immer der schwierigsten technischen Verfahren bediente, einen aufrichtigen Klang, der bisweilen an die ruhige Stimme eines Antonio Machado erinnert. Und diese letzten Endes typisch kastilische Lyrik Salinas' zeigte von Anfang an eine strenge, straffe Linie ohne äußerliche Gefälligkeit, gleichsam eine kräftige Wirbelsäule, ein festes Skelett, das das echte Fleisch stützte. Ich glaube, es war García Lorca, der mich diesen beiden Dichtern vorstellte.

Federico war noch immer im Studentenheim und machte die Wohnungen und Gärten unsicher. Auf den schmalen Frühlingspfaden, über denen Pappeln rauschten, rezitierte er seinen *Zigeunerromancero,* der von Jahr zu Jahr umfangreicher wurde, und seine immer abwechslungsreicheren Gesänge, aber er legte – ein mit seinem Auditorium zufriedener Gaukler und Troubadour – noch immer keinen Wert darauf, veröffentlicht zu werden. Und ebenfalls noch im Studentenheim wohnten Pepín Bello, Luis Buñuel, Dalí, Moreno Villa ... und der Chor derer, die Federico »anfeuerten«. Es war die Zeit der »Anaglyphen«, des »Furzometers«, der wilden Scherze Buñuels, des »Ordens der Toledanischen Brüder«. Über die Anaglyphen berichtet Moreno Villa in seiner Autobiographie. Sie waren eine Art von sehr kurzen Gedichten, witzigen Einfällen, die – wie Moreno erklärt – »aus drei Substantiven bestanden, deren mittleres *das Huhn* sein mußte. Der ganze Witz beruhte darauf, daß das dritte Substantiv irgendwelche überraschende, weil unterwartete, phonetische Eigenschaften hatte«. In bezug auf letzteres irrt Moreno. Die Schwierigkeit und der Witz einer guten

Anaglyphe bestanden vielmehr darin, daß das dritte Substantiv nicht das geringste mit dem ersten zu tun hatte. Ich erinnere mich an einige Beispiele für schlechte Anaglyphen, die bei den großen »anaglyphischen Sitzungen«, die gewöhnlich in Federicos Zimmer stattfanden, einmütig abgelehnt wurden. Betrachten wir die beiden folgenden:

Das Piff,
das Paff,
das Puff,
das Huhn
und der Kommandant.

Der Hang,
der Hang,
das Huhn
und die Person.

Die erste war nicht gut, weil das erste Substantiv aus drei Wörtern bestand und zudem deren onomatopoetische Bedeutung – das Abfeuern eines Gewehrs – eine offensichtliche Beziehung zu »der Kommandant« hatte. Die zweite, ich glaube, sie stammte von Pepín Bello, war noch schlechter, denn einen Hang kann sowohl das Huhn als auch die Person hinaufsteigen.
Pepe Moreno führt unter anderen die beiden folgenden, recht annehmbaren an:

Der Uhu,
der Uhu,
das Huhn
und der Pancreator.

Der Tee,
der Tee,
das Huhn
und der Teotocópuli.

Die Anaglyphe wurde zu einer wahren Epidemie. Selbst so ernste Naturen wie Américo Castro erlagen der Versuchung. Es entstanden verschiedene Typen, die jedoch im allgemeinen abgelehnt wurden. Zuletzt war es Federico, der ihr den Gnadenstoß versetzte, indem er die barocke Anaglyphe erfand. Ich erinnere mich noch an diese:

Guillermo de Torre,
Guillermo de Torre,
das Huhn
und dortherum muß irgendein Schwarm sein.

Mit dieser Neuerung setzte der Verfall ein, und die Anaglyphe wurde vergessen.

Eine andere Erfindung, die natürlich geheimgehalten wurde, war das »Furzometer«: In einer quadratischen Holzkiste stand eine brennende Kerze. In einem gewissen Abstand von der Flamme und auf gleicher Höhe mit ihr hing ein Faden. In einer Linie mit dem Faden und der Flamme befand sich in der einen Wand der Kiste ein Loch. Es kam nun auf die Stärke des Windes an, den jeder der Wettkämpfer durch diese Öffnung zu blasen imstande war, und es bedurfte eines sehr kräftigen Furzes, um zu erreichen, daß sich die Flamme bog und den Faden erfaßte. Ein richtiger Schülerzeitvertreib. Ich erinnere mich nicht, ob auch einige der würdigen Professoren, die im Heim wohnten, soviel Humor hatten, sich zu beteiligen.

Was den »Orden der Toledanischen Brüder« anbetraf ... Das war eine andere Geschichte. Obwohl die Zulassungsbedingungen sehr streng waren, wurde ich in diesem Jahr aufgenommen. Er war vor einiger Zeit von jener Gruppe von Freunden im Studentenheim gegründet worden, und die vornehmste Pflicht der Ordensbrüder bestand darin, durch die wunderbare, zaubrische Stadt am Tajo zu streifen, und zwar vor allem nachts. Die Brüder nahmen im allgemeinen in der »Posada de la Sangre« Quartier, in der Cervantes einige seiner »exemplarischen Novellen« schrieb und spielen ließ. Dieses Gasthaus, das seither in manchen Einzelheiten modernisiert wurde, hatte damals noch ganz die spanische Atmosphäre jener Wirtshäuser oder Herbergen, in denen die Maultiertreiber und Fuhrleute verkehrten, die Cervantes im *Don Quijote* auf so kundige und poetische Weise beschrieb. Den strengen Vorschriften des Ordens gehorchend, verließen die Brüder das Gasthaus, wenn die Uhr der Kathedrale eins geschlagen hatte, das heißt zu einer Stunde, in der ganz Toledo sich enger zusammenzuziehen und sein phantasmagorisches Labyrinth noch verworrener zu werden scheint. In der Nacht meiner Einweihung in die Geheimnisse des Ordens traten wir auf die Straße hinaus, und alle Brüder außer mir trugen, unter der Jacke verborgen, die Bettlaken, die sie heimlich aus ihren Zimmern mitgenommen hatten. Luis Buñuel führte die Bruderschaft an. Der für den frühen Morgen vorgesehene geheimnisvolle, poetische Akt bestand darin, einen Gespensteraufmarsch in der Vorhalle und auf dem Platz von Santo Domingo el Real zu veranstalten. Nachdem wir kreuz und quer durch die tiefen Schluchten des schlafenden Toledo gezogen waren, kamen wir in dem Augenblick am Kloster an, in dem sich seine verbotenen Fenster erhellten und mit den gedämpften Gesängen und Gebeten der Nonnen füllten. Während die monotonen Gebete aufeinanderfolgten, hüllten sich die Brüder, die mich an dem einen Ende des Platzes allein gelassen hatten, im Schutz der Säulen der Vorhalle von oben bis unten in die Laken und traten dann an den verschiedensten Stellen hervor, weiß und wie wirkliche Gespenster aus einer anderen Zeit in der stillen Unwirklichkeit des toledanischen Halbdunkels. Die Angst, die ich zu empfinden begann, steigerte sich, als die Spukgestalten in ihren Laken plötzlich springlebendig wurden. Mit dem Ruf »Hierher! Hierher!« verschwanden sie in den engen Gäßchen und ließen mich – es war dies eine der härtesten Prüfungen, denen die Neulinge unterworfen wurden – allein zurück, verloren in diesem furchteinflößenden Gassengewirr Toledos, ohne zu wissen, wo ich war, und ohne die tröstliche Möglichkeit, daß mir jemand den Weg zu meinem Gasthaus zeigte, denn abgesehen davon, daß zu so vorgerückter Nachtstunde nicht ein einziger Passant anzutreffen war, muß man sich in dieser Stadt auch bei Tage als verirrt und verloren betrachten, wenn einem nicht alle dreißig Meter jemand Auskunft gibt. Ich ging die nächstbeste Gasse hinunter, in gewisser Weise ganz zufrieden, daß ich keinen Kompaß hatte, und entschlossen umherzuwandern, bis der Tag anbrach. Durch Toledo gehen in einer mondlosen Nacht wie dieser, das heißt immer dünner, schmäler werden, bis man sich ganz in ein Profil verwandelt, in eine menschliche Klinge; es heißt sich in Luft verwandeln, in das Rauschen von Wasser in diesen engen Gängen, diesen trügerischen Rohren, die plötzlich verschlossen sind und keinen Ausgang haben; es heißt, immer auf schon Gegangenem gehen, seine eigenen Schritte wiederholen ohne Sinn und Widerhall, als letztes Echo eines verlorenen Schattens.

Ein verirrter, schwindeliger Schatten war ich auch, als sich plötzlich an einer dieser unvorhergesehenen Erweiterungen des Weges – einer Häuserlücke, die einen kleinen Platz bildete, einem freien Raum, den die Biegung der Gasse aus der Mauer eines Klosters, eines herrschaftlichen Gebäudes oder einer Kirche stieß – vor mir eine von wirrem Efeu überwachsene, romantische Mauer erhob, an der etwas hell schimmerte und mich genauer hinzusehen zwang. Es war eine weiße Platte, eine beschriftete Steintafel, in die das dunkle Haar der Kletterpflanze hereinhing. Der zitternde Schein einer kleinen Laterne, die vor einer Mauernische hing, half mir, die Inschrift zu entziffern: »HIER WURDE GARCILASO DE LA VEGA GEBOREN ...« Das Weitere war in kleineren, schwer lesbaren Buchstaben geschrieben, und größer waren erst wieder die Lebensdaten des Dichters: 1503–1536. Und mir schien, als träte Garcilaso, ein Garcilaso aus frischen dunklen Blättern, aus dieser Kletterpflanze hervor, um mit mir in Erwartung des Morgens durch die nächtliche Stille Toledos zu wandern.

Nahe dem Tajo in lieblicher Stille
aus Weiden ein Dickicht steht, durchwoben
von Efeu ganz, der in grüner Fülle
die Stämme umschlingend strebt nach oben.

Der Tag brach an, als ich mit diesen Versen Garcilasos auf den Lippen die »Posada de la Sangre« wiederfand und mich in meinem elenden Bett schlafen legte, glücklich über mein erstes Abenteuer als in die Mysterien des toledanischen Ordens Eingeweihter. Einige Stunden später, um die Mittagszeit, scherzten die Brüder fröhlich vor einer großen Schüssel mit Rebhühnern, einer berühmten Spezialität der »Venta del Aire«. Dort, unter der Laube, in dem engen kleinen Hof, in dem unser Bankett stattfand, sah man, mit Bleistift auf den Kalk der Mauer gezeichnet, die wichtigsten Brüder des Ordens, unter ihnen den Zeichner selbst: Salvador Dalí. Jemand erklärte den Wirtsleuten, sie dürften diese kleinen Werke nicht überkalken, denn sie stammten von einem berühmten Maler und seien viel Geld wert. Ein paar Jahre später waren sie trotz der Warnung verschwunden. Die neuen Besitzer des Gasthauses hatten sie gelöscht.

Der Sommer nahte. In der »Residencia« begannen wie immer die Kurse für ausländische Studenten. Einige Tage vorher suchte ich Don Ramón Menéndez Pidal auf, um ihm für seine Stimme bei der Zuerkennung des Nationalen Literaturpreises zu danken, und er forderte mich auf, zur Eröffnung der Kurse einige meiner Gedichte vorzutragen. Es war das erstemal, daß ich vor Unbekannten rezitieren sollte. Ich erschien trotzdem recht gelassen zur Eröffnungsfeier, aber dann verlor ich einiges von meinem Aplomb, denn ein Herr mit einem Don-Juan-Bart trat auf mich zu, klemmte mich zwischen seinem Bart und der Wand ein und ermahnte mich:

»Bedenken Sie, junger Mann, daß Sie Andalusier sind und daß Sie vor Ausländern stehen werden, die nach Madrid gekommen sind, um das kastilische Spanisch zu lernen. Sprechen Sie also langsam, sprechen Sie alle Wörter und ihre Endungen sorgfältig aus und achten Sie ganz besonders auf die gute Aussprache des ›ll‹ und des ›z‹!«

Als ich, durch diese Ratschläge ein wenig eingeschüchtert, auf den Saal zuging, fragte ich einen Freund, wer der

Bärtige sei, den mein andalusischer Akzent so sehr erschreckte.

»Das ist Américo Castro, ein berühmter Philologe. Ich kann kaum glauben, daß du ihn nicht kennst!«

Vor einem jugendlichen Auditorium von Engländern und Nordamerikanern, in dem viele sehr schöne Mädchen zu erkennen waren, trug ich mit erkünstelter kastilischer Aussprache Gedichte aus meinem *Matrosen an Land* vor. Alles ging gut, aber als ich zu dem Sonett »A un Capitán de navío« (An einen Kapitän) und darin zu dem Wort *desenrollan* (sie entrollen) kam, da »entrollte« ich das »ll« mit solcher Vollkommenheit, daß ich – da ich mich nämlich auf die Zehenspitzen stellte, um es recht deutlich herauszubringen – mit einem Fuß von dem kleinen Podium abrutschte und mir beinahe ein Bein brach. Draußen im Park beglückwünschten mich die Studenten. Don Américo war zufrieden. Mein Vortrag war nicht übel gewesen. Jemand, der sich vor Lachen nicht halten konnte, umarmte mich kräftig. Es war Amado Alonso, ein junger Philologe aus Navarra, ein bezaubernder, offenherziger, fröhlicher Mann, der etwas von einem Pelotaspieler hatte. Er stellte mich seiner Freundin vor, einer großen, schlanken Engländerin, der schönsten Schülerin dieses Kurses. Wir wurden Freunde, aber ich verlor ihn bald wieder aus den Augen. Er ging, glaube ich, nach England, wo er seine schöne Schülerin heiratete. (Später traf ich ihn in Buenos Aires wieder, und er hatte eine ganze Schar hübscher Kinder. Wir erneuerten unsere Freundschaft. Er arbeitete im Verlag Losada. Die schlechte argentinische Politik trieb ihn schließlich nach Nordamerika, wo er an Krebs starb. Seine *Gramática* und seine sprachwissenschaftlichen Werke werden noch heute an vielen Universitäten studiert.)

Es wurde drückend heiß. Das Studentenheim entvölkerte sich. Federico García Lorca kehrte nach Granada zurück, auf seinen Besitz in Fuente Vaqueros. Ohne ihn wirkte die »Residencia« traurig und verlassen. Auch Dalí war schon abgereist. In diesem Sommer bekam ich von ihm eine Ansichtskarte mit der Burg von Figueras, auf der er schrieb: »Hallo, Alberti, wie geht's? Herzliche Grüße, Salvador.« Über der höchsten Maueröffnung der Festung stand die folgende Erläuterung Dalís: »Hier pißten die Domherrn hinunter.« Der Briefträger konnte sich das Lachen nicht verkneifen. »Entschuldigen Sie«, sagte er. »Ich habe das gelesen, ohne es zu wollen.«

In Segovia wurde die Veröffentlichung meines *Matrosen* vorbereitet. Vor Ende des Sommers brauchte ich nicht mit den Korrekturabzügen zu rechnen. Ich hatte eine Reise vor. In dem kleinen Auto meines Bruders wollte ich durch Altkastilien fahren. Agustín, der ein guter Fahrer war, und ich sollten die einzigen Insassen sein. Da ich einstweilen nichts zu tun hatte, ging ich ohne festes Ziel mit einem Gedichtband spazieren, der im Schatten der Bäume immer angenehm zu lesen war.

Eines Vormittags schlenderte ich die Calle del Cisne hinauf, als ich auf der anderen Straßenseite einen Schatten von einem Mann herunterkommen sah, der langsam und gedankenverloren vor sich hin ging und in dem ich, obwohl er sehr gealtert war, ohne Zögern das Bild eines jüngeren Machado auf einem seiner Gedichtbände – einer Ausgabe der Residencia – wiedererkannte, den ich besaß und in hohen Ehren hielt. Er war es, sein Schatten, sein trauriger Schatten, gebeugt, mit den Schritten eines Schlafwandlers, geistesabwesend, ganz in sich versunken, außerhalb der Welt der Straße. Was tun? Würde es mir gelingen, ihn zu wecken, aus seinem Traum zu reißen? Wenn ich es jetzt nicht wage, sagte ich mir, wage ich es nie ... Und ich lief ihm, aus Angst, er könnte mir entwischen, rasch entgegen.

»Don Antonio Machado?«

Zwei »Ja, ja« in größerem Abstand kamen nach einem zitternden Schweigen von seinen Lippen, so als hätte er sein Gedächtnis anstrengen müssen, um sich seines Namens zu entsinnen.

»Rafael Alberti ... Ich wollte Sie kennenlernen und Ihnen danken ...«
»Ach«, flüsterte er, noch immer halb in seinem Traum, während er meine Hand nahm. »Sie haben mir nichts zu danken ...«
Dann war er wieder abwesend, und als einen in den Gängen seines Ichs verlorenen Schatten sah ich ihn, »schlecht gekleidet und voll Trauer«, an dem hellen Sommermorgen die Calle del Cisne hinuntergehen ...

Schweigend und geheimnisvoll
ging er eins ums andre Mal ...

So porträtierte ihn Rubén Darío. Und so war auch Don Antonio Machado bis zur Stunde seines Todes.
Eines Morgens endlich verließ ich mit meinem Bruder das Herz der kastilischen Hochebene. Ich wollte mit meinem zweiten Buch beginnen. In meinem Reiseheft stand schon der Titel: *La amante* (Die Geliebte). Wer war sie, daß ich mit diesem Namen durch Kastilien fahren wollte bis zum Kantabrischen Meer, dem anderen im Norden, das ich noch nicht kannte? Irgend jemand, eine schöne, ferne Freundin aus meinen Tagen der Erholung in der Guadarrama. Immer noch war es der Matrose an Land, der auszog, um Ebenen, Berge, Flüsse und unbekannte Orte zu durchqueren, diesmal aber ohne die Begleitung der blauen Gärtnerin seines Meeres von Cádiz. Pedro Salinas, den ich zu meiner großen Überraschung auf dem Hauptplatz von Burgos traf, zeichnete Jahre später das genaue Bild dessen, als der ich ihm auf dieser Reise erschien: »Ein Kabinettskurier, ein Bote des Königs, der eine geheime Staatsdepesche von Meer zu Meer trug, von den silberfarbenen Salinen San Fernandos zu den dunklen Steilküsten von Las Asturias de Santillana.« Ja, Salinas hatte es richtig getroffen: Das war ich, wenn ich mir dessen auch kaum bewußt war. Und dies verkündete ich, als ich durch Aranda de Duero fuhr:

Kastilier aus Kastilien,
nie saht ihr das Meer!
Gebt acht, denn in diesen Augen
des Südens, in diesem Gesang
bringe ich euch das ganze Meer!
Seht mich an, hier zieht das Meer vorüber!

Rhythmisch, melodiös, leicht, so reiste ich mit dieser schon verlorenen Geliebten durch mehr als hundert Orte und streute in beinahe allen und auf den Wegen und Pfaden, die sie miteinander verknüpften, meinen Gesang aus. Eine jubelnde Reise, dem Lächeln geöffnet in beinahe allen Augenblicken. Das Unterhaltsame, das ich immer liebe, begab sich in Medina de Pomar.
Ich besichtigte mit meinem Bruder Agustín die schöne Stiftskirche. Der schlaue alte Mesner, der uns führte, blieb feierlich vor dem Tabernakel stehen, einem goldenen, funkelnden Juwel, das von Reliquien eingerahmt war.
»Hier«, flüsterte das alte Männchen, »wird ein Splitter von einem Knochen des heiligen Franziskus verwahrt und hier ein Zahn des heiligen Blasius, der bei Zahnweh angerufen wird. Hier eine Nadel der heiligen Jungfrau. Und hier eine Träne des heiligen Johannes. Hier . . .«
Plötzlich schwieg er, und wir warteten mit angehaltenem Atem. Er stand vor der Mitte des Tabernakels. Vor seinem stumpfen, schmutzigen Zeigefinger leuchtete heller als alle andern der kleine Schrein einer weiteren Reliquie.
»Hier . . . wetten, daß Sie nicht wissen, was da drin ist?«
Ein langes, fragendes Schweigen unsererseits.
»Denn hier wird nichts Geringeres aufbewahrt als . . .«
Und er flüsterte meinem Bruder Agustín etwas ins Ohr, was ihn in lautes Gelächter ausbrechen ließ, dem ich mich anschloß, als er mir beim Verlassen der Kirche sagte, was es war.
Vor diesem Besuch in Medina de Pomar hatte ich – neben anderen, ernsteren – sehr unterhaltsame Dinge wäh-

rend meines mehrtägigen Aufenthalts in Santo Domingo de Silos erlebt, dem wunderbaren, in den Bergen der Demanda bei Burgos versteckten romanischen Kloster. Es war schon spät in der Nacht, als wir an diesem Benediktinerhort ankamen, dessen Schutzpatron und Gründer von Gonzalo de Berceo, einem Kleriker desselben Ordens, besungen worden ist. Ein geheimnisvoller kleiner Mönch öffnete uns nach langem Schlüsselgeklirr das schwere Tor einen Spaltbreit und ließ uns eintreten. Auf unser »guten Abend« antwortete er nur mit einer stummen Verbeugung. Für die Gemeinde des heiligen Benedikt war schon die Schweigestunde gekommen. In der einen Hand hielt er eine kleine Öllaterne, in der andern einen Rosenkranz mit großen Perlen. Ein kalter Lufthauch, der die Düfte eines unsichtbaren Gartens mitbrachte, kündete uns das Ende der furchteinflößenden Gänge an, durch die wir, wie es schien, nur einer erleuchteten Mönchshand folgten. Tiefe Dunkelheit umgab uns. Nur die zunehmende Kälte und das Echo eines Brunnens ließen uns die Bogenöffnungen des unteren Kreuzgangs, eines Wunders des 9. Jahrhunderts, ahnen. Über Treppen und durch weitere Arkaden und Gänge folgten wir unruhig den flanellweichen Schritten, bis der Mönch mit einer letzten Verbeugung die Tür der Zelle hinter uns schloß, die die Gastfreundschaft der Brüder von Silos nach alter Tradition den Wanderern selbstlos zur Verfügung stellt.

Ein reiner gregorianischer Gesang weckte uns vor Tagesanbruch. Die ganze Brüdergemeinde füllte auf dem Weg zur Kirche den oberen Kreuzgang. Wir folgten ihnen. Eine gesungene Messe. Die Bauern aus dem Dorf, die sich in der Kirche versammelt hatten, sangen auswendig mit den Mönchen im Chor. Vollkommene Harmonie breitete sich in Wellen im Kirchenschiff aus. Das ganze Jahr über war jeden Morgen dieses Konzert zu hören, das auch der Schnee und die grimmigste Winterkälte nicht verhinderten. Nach der Messe schulterten diese armen, bescheidenen Bauern ihre Arbeitsgeräte, die sie auf dem Platz vor der Kirche abgelegt hatten, und verteilten sich auf die Felder.

Nach dem Frühstück – weiße Tischtücher und Tongeschirr, wie von Zurbarán hingestellt – umringten uns die Brüder. Wir küßten dem Abt die Hand, dem Padre Luciano Serrano, der ein bekannter Historiker war und den – wie mir in der Vertraulichkeit einer Nacht mehrere seiner Schäflein, die meine Freunde geworden waren, gestanden – das ganze Kloster haßte. Es gab auch einen Dichter unter den Mönchen, einen gebildeten, sympathischen Mann, wenngleich seine Verse recht schlecht waren. Er hieß Justo Pérez de Urbel und kannte sich in der Symbolik der romanischen Malereien und Kapitelle der Kreuzgänge aus. Wunderbare Dinge hörte ich von ihm, Lektionen, die ich heute noch nicht vergessen habe. Er zeigte mir auch den Kodex des Gonzalo de Berceo, einen Schatz, den der Orden seit seiner Niederschrift sorgsam hegte und in dessen Blättern ich den heiligen, ursprünglichen Duft unserer Poesie atmete. Auch der Bruder Apotheker, ein kleiner, spöttischer Mann, wurde mein Freund. Als er mir die im hintersten, dunkelsten Winkel des Klosters gelegene Apotheke zeigte, wollte ich ihm das Geheimrezept des berühmten Benediktinerlikörs entreißen, der damals schon Likör von Santo Domingo de Silos genannt wurde, da die französischen Mönche, ihre Brüder im heiligen Benedikt, des Namens wegen einen wenig freundschaftlichen Prozeß gegen den spanischen Orden geführt und gewonnen hatten. Geschäft ist Geschäft, auch wenn der heilige Geist mit von der Partie ist. Unter Scherzen und Gelächter schlug ich dem Bruder Apotheker vor, den Abt zu vergiften, den sie nicht liebten und doch bis zu seinem Tode ertragen mußten, denn dieses Amt wird von allen Insassen des Klosters in geheimer Wahl auf Lebzeiten zuerkannt, und nur der Papst in Rom kann einen Abt absetzen. Warum haßten sie ihren Abt so sehr? Er war herrschsüchtig, anmaßend und voll

Verachtung für seine Mitmenschen, und die armen Mönche, die zum größten Teil vom Lande stammten, fühlten sich durch so viel Hochmut gedemütigt und gekränkt. Sie trugen es resigniert. Was sollten sie auch tun! Sie hatten ihn selbst gewählt; aber wer hätte gedacht, daß sie mit ihrer freudigen Wahl die Mitra des heiligen Dominicus dem Teufel aufs Haupt setzten! Denn für den Teufel, der über alle Mächte der Hölle gebot, hielten sie ihn. So hatte ihn Bernardino gesehen, der Bruder Gärtner, als er, alt und irreredend, beinahe schon in Agonie lag. Der Abt mußte – ich weiß nicht mehr, aus welchem Grunde – nach Rom reisen. Und Bernardino, der alte Karlist und Freischärler, der einige Morde begangen hatte und auf dessen Kopf ein Preis ausgesetzt gewesen war – und den schließlich das Asylrecht rettete, welches das Kloster gewährte –, hielt es für seine Pflicht, den Brüdern die schrecklichste seiner nächtlichen Visionen mitzuteilen.

»Kommt her, meine Söhne. Ich werde euch gestehen, was ich soeben gesehen habe. Unser Abt ist im Stande der Todsünde. Er kann den heiligen Vater nicht besuchen. Jedesmal, wenn er die Treppen des Vatikans hinaufgehen will, stürzt von einem Turm eine Legion von Teufeln auf ihn herunter, trägt ihn auf den Turm und wirft ihn wieder hinunter. Solange er nicht gebeichtet und die Absolution erhalten hat, wird er nicht empfangen werden.«

Einige Stunden später rief Bernardo wieder alle Brüder zu sich.

»Freuen wir uns, meine Söhne«, sagte er, während ihn schon die Übelkeit des Sterbens ankam. »Unser Padre Abt ist wieder in der Gnade Gottes. Er hat seine Sünden gebeichtet und spricht in diesem Augenblick mit dem heiligen Vater. Ich kann in Frieden sterben.«

Diese und andere Visionen, die Bruder Bernardino am Ende seines Lebens hatte, verbreiteten Schrecken im ganzen Kloster. Sogar nach seinem Tode erzählten die Brüder sie noch voll Entsetzen weiter. Für sie starb er im

Geruch der Heiligkeit. Doch der Abt ... Sie hatten nie den Mut aufgebracht, ihn zu befragen.

Unvergeßliche Nächte meines Aufenthalts in Silos! Einige der kühneren Mönche brachen das Schweigegebot und kamen in meine Zelle. Ich bot ihnen Jerez-Wein an, und sie gaben mir ihren berühmten Likör zu kosten. Bis zum letzten Glockenschlag der Mitternacht tranken sie mit mir, und mehr als einmal sah ich sie auch die Zeit überschreiten. Da ich am Morgen nicht zu kommunizieren brauchte, trank ich allein weiter. Wie fröhlich und merkwürdig waren diese beinahe geheimen Versammlungen! Der andalusische Trank begeisterte die Mönche, er brachte sie in Stimmung und machte sie gesprächig und neugierig. Obwohl der Orden des heiligen Benedikt die Klausur nicht zur Pflicht macht, ging für sie – den Abt und andere Würdenträger ausgenommen – die Welt nicht weiter als bis zu den Nachbargemeinden, durch die sie bald zu Fuß, bald zu Pferde zogen, um Christi Lehre zu predigen. Deshalb waren sie wirklich neugierig auf die Welt jenseits ihrer eigenen Erfahrungen. Wie war Madrid? Wie waren Sevilla und Barcelona? Und das Theater, der Tanz, die Stierkämpfe? Meine wohl immer sehr unterhaltsamen und anschaulichen Erklärungen hörten sie mit großen Augen und geröteten Gesichtern an.

»Aber das Theater ist noch gar nichts, verglichen mit dem Varieté«, sagte ich eines Abends boshaft.

Nur wenige kannten das Wort und noch wenigere seine Bedeutung. Da gab ich ihnen eine kleine Vorstellung. Ich nahm die Kapuze eines der Mönche, legte sie mir um wie einen Schal und trug ihnen das Couplet vor, das damals gerade in Madrid am meisten gesungen wurde:

Ich bin das moderne spanische Mädchen,
das in der Castellana
spazierengeht ...

Meine übertriebenen Gebärden, mein Hüftenschwenken

und meine frechen Bewegungen mit der Kapuze gefielen ihnen so sehr, daß sie in Beifall ausbrachen, die Gläser hoben und mir oder – ich weiß nicht – Raquel Meller zutranken, die ich imitierte. Nach weiteren Vorführungen dieser Art kamen sie überein, daß, wenn sich die ganze Sache so verhielt, das Varieté nichts mit der Hölle zu tun habe. Der Teufel konnte ruhig schlafen.

Mönche wie die von Silos – liberale, gebildete und zugleich einfältige, unschuldige Mönche – sah ich später nur noch selten. Ihre Bibliothek war wunderbar. Ich entdeckte in ihr sogar Bücher der französischen Symbolisten und nahm einen Verlaine in die Hand. Beinahe ständig wurde das Kloster von bekannten Männern besucht. Mehr als einmal ging Miguel de Unamuno durch seine Kreuzgänge und beunruhigte die Brüdergemeinde durch seine Zweifel und Paradoxa. Ich sah im Gästebuch seine Unterschrift ebenso wie die von Zuloaga, Eugenio D'Ors, Gerardo Diego und anderen namhaften Künstlern und Schriftstellern. Ich hinterließ den Mönchen ein Gedicht zu Ehren der Jungfrau vom März und des Jesusknaben, die kuhäugig den unteren Kreuzgang bewachten, unweit der Zypresse und der Königsmalven des Gartens. Unvergeßliche Tage im Kloster Santo Domingo, im guten Schatten Berceos und so vieler unschuldiger Seelen, die nach Mittelalter und dunklem Landbrot rochen!

Immer weiter rollend mit meiner »Geliebten«, kam ich endlich ans Meer.

Verzeiht mir, Seeleute,
ja, verzeiht mir, daß
meine kleinen Meere des Südens weinen
vor den Meeren des Nordens!
Laßt mich, Winde, weinen
wie ein Mädchen vor dem Meer!

Groß war meine Erschütterung angesichts des Kantabrischen Meeres, dieser dunklen, gewaltigen Wassermasse, die sich so sehr von dem sanften blauen Meer meiner Bucht unterschied. Von Laredo aus fuhr ich die ganze Küste von Santander und die baskische Küste entlang bis San Sebastián, und in jedem der Orte am Meer ließ ich ein Gedicht zurück. Wieder in Madrid, schrieb ich das letzte – das siebzigste –, ein Lebwohl jener mehr erträumten als gewissen Freundin, der idealen Reisegefährtin in spanischen Landen, die ich bis dahin nicht gekannt hatte.

Eine angenehme Überraschung erwartete mich bei der Ankunft: Auf meinem Arbeitstisch lagen die Korrekturabzüge meines *Matrosen an Land*. Ich wußte nicht, wie ich sie korrigieren sollte, erfand meine eigenen Zeichen und schickte die Abzüge per Eilboten an die Druckerei »El Adelantado« zurück. Im Laufe des Herbstes erschien mein Buch mit der Zeichnung von Vázquez Díaz, den Vertonungen der beiden Halffter und Gustavo Duráns und dem Brief, den mir Juan Ramón Jiménez geschrieben hatte. Auf einer gelben Schleife stand in großen schwarzen Buchstaben: NATIONALER LITERATURPREIS 1924–1925. Die ersten Exemplare, die ich mit einer Widmung versah, waren für die Mitglieder der Jury bestimmt. Juan Ramón übergab ich das seine persönlich. Dann wartete ich, nicht ohne eine gewisse Unruhe, auf die Kritiken, die auch bald erschienen. Enrique Díez-Canedo machte in *El Sol* den Anfang mit einer lobenden Besprechung, in der er meine Verwandtschaft mit Lorca und die immer stärker ins Auge springende Bedeutung der Dichter des Südens hervorhob. Ihm folgten Gómez de Baquero, Fernández Almagro, Bergamín, Marichalar ... Beinahe alle sprachen von Lorca, die einen betonten die Unterschiede, die anderen die Ähnlichkeiten. Die Schlacht Lorca–Alberti hatte begonnen, eine lange Schlacht, in der die Kämpfer beinahe handgemein wurden, während die beiden Befehlshaber einander als Freunde die Hand reichten. Aus der Provinz bekam ich einige schlechte, absurde Kritiken voller Böswilligkeit und Verständnislosigkeit. Der anonyme Rezensent einer katholischen Zeitung erklärte zunächst: »Alberti kommt aus irgendeiner nordischen Sommerfrische mit dem Schillern des Meeres.« Dann bezeichnete er mich als ein »Höllenungeheuer« und einen »Verderber der Poesie« und bedachte mich mit ich weiß nicht mehr, was für weiteren Schmeicheleien. Ein anderer kritisierte meinen Rhythmus, »das gewollte Hinken der Verse, das ihre Lektüre unmöglich macht«. Eine etwas sonderbare und alberne Bemerkung, da es sich doch um ein so einfaches und traditionelles Buch handelte wie den *Matrosen an Land*. (Aber ebenso reagierten angesichts der Lyrik und der Dramen Federico García Lorcas auch »gewichtigere« Persönlichkeiten. Anfangs lachten Schauspielerinnen wie die Membrives oder die López Heredia and Company laut über die *Zigeunerromanzen* und seine ersten Theaterstücke – hinter Lorcas Rücken natürlich, nachdem er ihnen die unleugbare Ehre erwiesen hatte, sie ihnen vorzulesen. Das änderte sich dann freilich, als die Xirgu und Josefina Díaz mit durchschlagendem Erfolg *Mariana Pineda*, *Die wundersame Schustersfrau* und *Bluthochzeit* bekannt machten. Für manche Schauspielerinnen ist eben die Theaterkasse die Mutter des Verstandes.)

Nach dem Triumph des *Matrosen* bat mich die *Revista de Occidente*, die Ortega y Gasset seit 1923 herausgab, um meine Mitarbeit. Ich brachte ihrem Geschäftsführer, Fernando Vela, eine Reihe von Gedichten aus dem *Matrosen*, vermischt mit anderen aus *El alba del alhelí* (Der Morgen der Levkoje), dem Buch, das ich in den Bergen von Córdoba unter dem Titel *Cales negras* begonnen hatte. In Frankreich und in England erschienen Übersetzungen. (Die Engländer zahlten, die Franzosen nicht.) Ich war letzten Endes sehr zufrieden. Ich wollte mehr schreiben. Aber in Madrid war das sehr schwierig, denn alle Welt bemühte sich um mich. Eines Morgens stieg ich in einen Zug und fuhr wieder nach Rute.

VI

Ich schreibe noch immer in den Wäldern von Castelar, und wieder wird es Herbst. Ich stehe immer um dieselbe Zeit auf: um halb sieben. Die Sonne geht erst nach sieben Uhr auf. Der Tau blitzt überall wie eine pulverisierte Laterne. Der saure Saft einer Zitrone und eine rasche Runde auf dem Fahrrad wecken mein Gehirn und machen mein Gedächtnis beweglich. Ich frühstücke. Und wenn es die Witterung erlaubt, setze ich mich mit meiner Arbeit ins Freie.

In Rute wußte man von dem Preis. Doña Colo und ihre Töchter erschienen augenblicklich im Hause meines Schwagers.

»Wir kommen, um den berühmten Dichter zu begrüßen. Na hören Sie, Don Rafaelito, Sie sind mir ein Heimlichtuer! Wir wußten ja, daß Sie gern Verse schreiben, aber ... aber das! Jedenfalls freuen wir uns sehr!«

Der mit den Spiritisten befreundete Notar, der »auch ein wenig Literat« war, eilte ebenfalls herbei, um mich zu beglückwünschen, und während er mich herzlich umarmte, nannte er mich unter anderem »Kollege, hochberühmter Dichter und Liebling der Musen«. Mürrische Menschen, die mich früher nicht beachtet hatten, grüßten mich nun auf der Straße, manchmal sogar mit einem Lächeln. Ich schloß mich kurz nach meiner Ankunft in meinem Quartier oben im Haus ein, in dem Zimmer, das an die Gefängniszelle grenzte. Es war Winter und sehr kalt. Mein zweites Buch, *La amante* (Reise mit der Geliebten), war fertig, und ich nahm mir als einzige Aufgabe für diesen neuen Aufenthalt in Rute vor, das Buch zu beenden, das ich davor begonnen hatte: *Cales negras*, dessen endgültiger Titel *El alba del alhelí* lauten sollte. Es ging auf Weihnachten zu. Um meinen kleinen Neffen eine Freude zu machen, schrieb ich eine Serie von Liedern, die inspiriert waren von den Krippenfiguren, die ich ihnen selbst aufstellte. (Eines davon,

Olivenpflücker, der du
vom Baum die Oliven schlägst,
gibst du mir drei kleine
für mein Kind zum Spielen?

machte Jahre später mit leichten Abänderungen die Volkstanz- und Gesangsgruppe »La Argentinita« berühmt, indem sie es in ganz Spanien als Werk eines anonymen Dichters vortrug.) Eine andere Serie – »El pescador sin dinero« (Der Fischer ohne Geld) – wurde durch die ein wenig törichte Art und Weise angeregt, in der ich das Geld des Nationalen Literaturpreises mit irgendwelchen Zufallsbekanntschaften durchgebracht hatte:

Wie dumm du bist!
Schon hast du alles vergeudet!
Und hast keinen Freund mehr,
weil du so dumm bist; denn der Freund
ging nur mit dir,
weil du dumm bist.
Wie dumm du bist!

Preislieder, Bilder und kleine Coplas rundeten schließlich das Buch ab und verliehen ihm das Profil, die klare Zeichnung, die ich, beinahe ohne es zu wollen, bei allem, was ich tue, von mir verlange. Ich teilte den in Rute entstandenen Abschnitt von *El alba del alhelí* in zwei Gruppen ein: »El blanco alhelí« (Die weiße Levkoje) faßte die leichten, anmutigen, spielerischen Gedichte zusammen und »El negro alhelí« (Die schwarze Levkoje) die eher dramatischen, dunklen wie »La maldecida« (Die Verleumdete), »La encerrada« (Die Eingesperrte), »Alguien« (Jemand) und »El prisionero« (Der Gefangene). Eine dritte Gruppe, »El verde alhelí« (Die grüne Levkoje), war dem Meer vorbehalten, das ich bald besuchen wollte. Meine Abreise aus Rute fiel mit einem Brief García Lorcas zusammen, einer verspäteten Antwort auf mehrere Briefe, die ich ihm während meines kurzen Aufenthalts geschrieben hatte. Er war so kurz, daß ich ihn noch auswendig zitieren kann:

Lieber Vetter, gestern nachmittag hatten wir hier ein schweres Gewitter. Sag mir bitte, ob ihr dort auch eins hattet. Ich arbeite, der Poesie hingegeben, die mich verwundet und beherrscht.

Lebwohl!
Zur Liebesmühle,
durch die blühende Melisse!
Lebwooohl!

Herzliche Grüße,
FEDERICO

Wann kommst Du nach Granada?

Nie sollte ich nach Granada fahren, weder damals noch später. Aber noch am selben Abend brach ich im Auto nach Malaga auf – mit dem Freund der Spiritisten, dem guten Notar, der mich »Kollege, hochberühmter Dichter und Liebling der Musen« nannte.

Von dieser nächtlichen Fahrt sehe ich nur noch wie durch einen Nebel Antequera, wo ich, während wir tankten, im stillen einige Stanzen aus der *Fábula del Gentil* (Sage vom Heiden) von Pedro Espinosa, dem dort geborenen großen klassischen Dichter, aufsagte. Es wurde beinahe schon Tag, als wir unser Ziel erreichten. Von den Palmen des Parks aus sah ich, wie sich die Augen Malagas auf das Meer öffneten und wie eine Nelke röteten. Um neun eilte ich in die Druckerei »Sur«. Prados und Altolaguirre hatten mich noch nicht erwartet. Sie kannten mich noch nicht, errieten aber gleich, wer ich war. Es war eine wunderbare Begegnung. Sie setzten in diesem Augenblick gerade die zweite oder dritte Nummer von *Litoral*, der besten spanischen Literaturzeitschrift, die die glücklichsten Jahre unserer Generation aufzeichnete. Manolo – Manolito – stürzte auf mich zu, stieß ein Tintenfaß um und hing auch schon an meinen Schultern wie ein von einem Turm gefallener Engel. Emilio Prados betrachtete mich unterdessen über den Rand seiner Brille hinweg unbeweglich mit dem Lächeln eines Chinesen. Die beiden waren die einsamen Helden der Druckerei. Aus dieser kleinen Werkstatt gingen, Buchstabe für Buchstabe geduldig mit der Hand gesetzt, die reinsten Seiten der gesamten Lyrik jener Jahre hinaus. Die beiden Druckerpoeten bereiteten damals gerade ihre ersten Bücher vor: Prados *Tiempo y Canciones del farero* (Zeit und Lieder des Leuchtturmwärters) und Altolaguirre *Las islas invitadas* (Die eingeladenen Inseln). Emilio Prados war damals schon, was er auch später war und noch heute ist: ein dunkles Gewitter, ein unterirdischer Blitz, der ins Freie drängt, ein konzentriertes, durch unerträgliche Qualen komprimiertes Gefühl. Bisweilen gelingt es ihm, mit seiner abgeblendeten Laterne heraufzusteigen aus seiner tiefen Mine. Doch nur für kurze Zeit, denn seine Welt – Hölle und Paradies besonderer Art – liegt dort unten in jenen tiefen Stollen, die er allein kennt und in denen er seine verschleierten Funken schlägt.

Mit Prados konnte man durch die Straßen gehen, aber mit Manolito – wie denn? Er ging ruckweise, im Zickzack, und nahm an den Ärmeln den Kalk der Mauern mit. Plötzlich sprang er vom Gehsteig und blieb mitten auf der Straße stehen, oder er blieb zurück und verschwand unversehens in einem Haustor, aus dem man ihn wieder hervorholen mußte, aber schon im nächsten Augenblick mußte man ihn wieder anderswo suchen. Er hatte das Gesicht eines skandinavischen Dichters – seine Mutter war eine geborene Bolin –, langes, lockiges Haar und einen lächelnden Mund, und er war immer zu Scherzen aufgelegt. Der ganze Mann wirkte wie ein dem Limbus entronnenes Stierkalb, eine sonderbare, auf die Erde verirrte Erfindung der Engel. Manolito hatte in diesen Tagen gerade seine Mutter verloren, und das Datum ihres Todes sollte – wie er selbst gestand – das wichtigste in seinem Leben als Mann und Dichter sein. Viele der Gedichte in dem Band *Las islas invitadas*, die er mir damals vorlas, waren schon von einer Angst und Qual gezeichnet, die so tief waren wie die des erhabensten, reinsten andalusischen Gesangs:

So hoch war mein Schmerz,
daß mir des Hauses Tür,
durch die ich weinend schritt,
nur bis zum Gürtel reichte ...

Mit Manolo und Emilio verbrachte ich in Malaga unvergeßliche Stunden. Zusammen liefen wir den Strand entlang, wir sahen die Netze in der Sonne, die von Sardellen glitzerten, wir gingen durch Limonar, stiegen zur Burg Giralfaro, der alten maurischen Festung, hinauf. Als sie mich eines Abends zum Hafen begleiteten, um mir Lebewohl zu sagen, wurde mir bewußt, daß ich dort, am Rande des Mittelmeers, die Freundschaft zweier neuer Dichter zurückließ, zweier neuer andalusischer Zweige unserer schönen Generation. Ich gab ihnen vor meiner Abreise das Manuskript von *La amante*, das sie noch im selben Jahr (1926) veröffentlichten.

Ein häßliches Schiff mit einem noch häßlicheren Namen – *Enriqueta R.* – brachte mich nach Almería. Meine Schwester Pepita, die ich von allen meinen Geschwistern am meisten liebte, erwartete mich am Kai mit ihrem Mann, einem jungen Rechtsanwalt (der in den ersten Tagen unseres Krieges einen schrecklichen Tod finden sollte). Ich blieb einige Monate bei den Jungverheirateten, die noch keine Kinder hatten. Almería gefiel mir. Es war wie ein Vorposten Afrikas. Wenn nachts der *terral* wehte, ein heißer Wind aus der Wüste, waren am Morgen die Hausflure voller Sand. Die Frühlingssonne brannte wie im Sommer. Ein laues, blaues Meer gestattete mir, beinahe alle Tage zu baden. Am Strand oder unter den Palmen des Parks begann ich die Gesänge zu schreiben, die den letzten Teil von *El alba del alhelí* bilden sollten. Ein hübsches philippinisches Mädchen war meine Freundin. Ihre Eltern hatten sie, als sie nach Madrid zogen, für eine Weile bei meiner Schwester zurückgelassen. Mit diesem Mädchen stieg ich über die Dachterrassen und lauschte wie einst in Puerto an den breiten Schornsteinöffnungen auf die Gespräche in den Küchen. Wie schön war es, bei einbrechender Dunkelheit zusammen auf diesen Terrassen zu sitzen und zu sehen, wie draußen auf den Schiffen die Lichter angingen und am Himmel sich die Sternbilder abzuzeichnen begannen. Es kam, wie es kommen mußte: Wir verliebten uns ineinander. Da machte mir meine kluge Schwester freundlich klar, daß es ratsam sei, nach Hause zu fahren. Ich reiste ab, aber ich nahm viele Gedichte und eine der glücklichsten Erinnerungen meiner Jugend mit.

Ich kam in Madrid an, und mein drittes Buch war vollkommen fertig. Was sollte ich tun, um einen neuen Anlauf zu finden? Das kurze, rhythmische Gedicht musikalischer Art ermüdete mich bereits. Es war wie eine völlig ausgequetschte Zitrone, aus der sich schwerlich ein neuer, anderer Saft herauspressen ließ. Wozu es also noch versuchen? Hatte ich in meinem *Matrosen* nicht schon andere Formen skizziert? Ich wollte zunächst Terzinen schreiben und mich wieder an meine geliebten Meeresmotive halten, aber auch andere hinzufügen, die mir unaufhörlich gegen die Schläfen hämmerten. Damals begann gerade unsere Begeisterung für Góngora, die durch das Herannahen seines dreihundertsten Todestages noch genährt wurde. Ich brauchte dringend einen Titel. Wie sollte ich ohne ihn einen Weg finden, die neue lyrische Lawine eindämmen, die auf mich zukam? Kurz nachdem ich mit den ersten Gedichten begonnen hatte, verfiel ich auf *Pasión y forma* (Leidenschaft und Form). Es war eine Malerpoesie, plastisch, linear, scharf profiliert. Ich wollte dieses Seelenzittern meiner Gedichte in etwas wie einen Schrein aus Bergkristall legen, in eine weiße, harte, wenngleich durchsichtige Urne. Ich wollte den metrischen Vers dem höchsten Druck – und der höchsten Genauigkeit – unterwerfen. Wie ein Wahnsinniger wollte ich die sprachliche Schönheit suchen, die am stärksten schwingenden harmonischen Klänge, und Bilder schaffen, die manchmal in ein und demselben Gedicht mit kinematographischer Geschwindigkeit aufeinanderfolgten, denn das Kino war unter anderen Erfindungen des modernen Lebens diejenige, die mich am meisten fesselte. Ich spürte, daß mit ihm etwas entstanden war, das eine neue Art zu sehen mit sich brachte, ein neues Gefühl, das auf die Dauer die alte, in den Ruinen des europäischen Krieges schon zerbröckelnde Welt beiseiteräumen mußte. Ich vergaß die Terzinen und Sonette und dazu die Beeinflussung durch Góngora, der ich mich vorsätzlich unterworfen hatte, und erklärte mit freudiger Überzeugung:

Ich kam – achtet mich! – mit dem Kino zur Welt,
unter einem Netz von Kabeln und Flugzeugen,
als die Karossen der Könige abgeschafft
wurden und ins Auto stieg der Papst.

Damals wußte ich noch nicht, ob ich mit Recht Achtung forderte, ob ich mich nicht irrte, als ich sie verlangte. Später sah ich dann, daß ich das richtig empfunden hatte, denn es war nicht nur das Kino, in dem ich schematisch den Ausgangspunkt des Neuen sah, sondern auch all das andere, was den Menschen unseres Jahrhunderts zum Vorkämpfer, zum Sonnenträger und strahlenden Helden einer bis dahin unbekannten Menschheit machte.

Pasión y forma war ein guter Titel, aber auf einen Vorschlag José Bergamíns hin wurde zuletzt *Cal y canto* daraus, ein Titel mit unvollständiger Bedeutung. Ich begann die ersten Gedichte aus diesem Band zu veröffentlichen. In der *Revista de Occidente* erschienen: »Oso de mar y tierra« (Seebär), »Sueño de las tres sirenas« (Traum der drei Sirenen) und »El jinete de jaspe« (Der Jaspisreiter). In *Litoral* erschien »Narciso« (Narziß), eine Transposition der griechischen Sage in die moderne Zeit. Ich hatte Erfolg. Andere begannen ihre Krallen zu schärfen und sprachen von Neoklassizismus, Unterwerfung unter die traditionellen Formen und Rückkehr zur Strophe. Ich wußte, was ich tat, und vor allem: was not tat. Überall tauchte nun die Nachahmung des Liedes – des Kunst- oder Volksliedes – auf, das García Lorca schon früher auf seine Weise und ein wenig später ich auf die meine in alle vier Winde gestreut hatten. Ein bequemer, frivoler und stümperhafter Andalusismus drohte alles zu überfluten, eine gefährliche Epidemie, der letzten Endes auch wir selbst erliegen konnten. Es war dringend notwendig, sie aufzuhalten, eine so törichte Flut einzudämmen. Ich erinnere mich, daß ich in einem Interview für *La Gaceta Literaria*, das Anfang 1927 erschien, halb im Scherz und halb verärgert erklärte: »Ich bin kein Andalusier, ich bin Norweger aus Intuition und aus Sympathie für Gustavo Adolfo Bécquer.« Ich nahm mir vor, aus jedem meiner Gedichte ein schwieriges Hindernisrennen zu machen. Góngora kam uns sehr gelegen. Die Bewunderung für ihn und die Einflechtung seiner labyrinthischen Lianen in unseren poetischen Urwald mußten uns helfen, das Übel zu bannen. Sogar Federico García Lorca, dessen *Zigeunerromanzero* damals noch nicht erschienen war, legte in seinem Andalusismus eine Pause ein und schrieb eine »Oda a Salvador Dalí« (Ode an Salvador Dalí), die zwar nicht viel mit Góngora, aber noch weniger mit dem »Volkstümlichen« zu tun hatte. Diese Rückkehr zur Strophe wurde mit Feuereifer und klaren Verstandesgründen von demselben Mann verfochten, der die Strophe mit der größten Erbitterung zerstört hatte, nämlich von Gerardo Diego. Es ist heute interessant, einige seiner Erklärungen noch einmal zu betrachten: »Der Dichter von früher

– von gestern – konnte keine vollkommenen Strophen schaffen, und zwar aus dem gleichen Grunde, aus dem der Musiker die Sonate oder der Maler den Aufbau eines Gemäldes nicht endgültig lösen konnte. Noch einige Jahre und der großartige Hurrikan der fortschrittlichen Ismen wird uns mitreißen. Man beschäftigt sich mit dem Material, mit der Neuartigkeit des Inhalts. Unmöglich, gleichzeitig die Harmonie des Enthaltenden zu erreichen. Die Ruhe tritt wieder ein, und wir sagen: Es gilt zu schaffen. Oder, was dasselbe ist, zu besitzen, zu bezwingen, Bewußtsein zu haben ... Drei Wege bieten sich an: Jedem Werk seine einzigartige, volle Form. Der freie Vers ... oder die freie Strophe. Die alte Strophe. Oder neue Strophen erfinden. Rhetorik? Offensichtlich: Rhetorik. Aber alles ist Rhetorik, und die Flucht vor ihr ist eine negative, tausendmal gefährlichere Rhetorik. Nein. Wir dürfen vor nichts fliehen ... Wir schreiben Dezimen, wir schreiben Sonette, weil es uns Freude macht ... Die Freude ist heilig. Und sie ist logisch aus dem gleichen Grunde, aus dem heute die Maler unbedingt gut zeichnen und die Musiker Kontrapunkt und Fuge lernen wollen. Ein Unterschied besteht allerdings zwischen uns und unseren vernünftigen Großvätern des 18. Jahrhunderts. Für sie waren die Strophe, die Sonate oder das Kompositionsgitter verpflichtend. Für uns sind sie es nicht. Wir haben bereits gelernt, frei zu sein. Wir wissen, daß das ein Gleichgewicht ist und sonst nichts. Und es ist sicher, daß wir sehr oft die schöne, freie Lust verspüren, aus dem Käfig davonzufliegen, aber wir berechnen sorgfältig das Gewicht, die Stärke des Motors und den Treibstoffbedarf, um nicht wie eine Wolke abgetrieben zu werden. Strophe, immer Strophe, oben oder unten, Sklavin oder namenlos.«

Diese Gedanken Gerardo Diegos faßten, wenn sie auch erst später erschienen, sehr gut unser aller Empfindungen zusammen, und sie entstanden zu der Zeit, in der die ersten Hornsignale unserer Schlacht zur Verteidigung und

Rechtfertigung Luis de Góngoras erklangen, dessen dreihundertsten Todestag wir glanzvoll zu feiern gedachten. Bis dahin sollte zwar beinahe noch ein ganzes Jahr vergehen, aber es war notwendig, die Stellungen zu beziehen, unsere Armeen in dichten Reihen antreten zu lassen und die Strategie für einen so ungeheuren Kampf zu entwerfen. Es ging schon das Gerücht, daß die Real Academia untätig zusehen, das heißt, dieses große Datum einfach totschweigen wolle. Góngora wurde, wenngleich er in der gelehrten Körperschaft mit einigen verschüchterten Parteigängern rechnen durfte, offiziell und nach alter Tradition noch immer als ein Teufel mit Hörnern betrachtet, als ein »Engel der Finsternis« und Verderber der Sprache, vor allem im Hinblick auf die beiden genialen Dichtungen, die den Mittelpunkt unserer begeisterten Verehrung bildeten: *Soledades* und *Sage von Polyphem und Galatea.*

April 1926 in einem jener sympathischen Madrider Cafés, die wir so sehr liebten. Die mehr oder minder zufällig Versammelten waren: Pedro Salinas, Melchor Fernández Almagro, Gerardo Diego und ich. Unserem ersten Gedankenaustausch entsprang die Idee der Einberufung einer ersten »Gongoristenversammlung«, bei der das Projekt in großen Zügen festgelegt werden sollte. Es ging um eine Ehrung und Rechtfertigung Góngoras anläßlich seines dreihundertsten Todestages. Außer den bereits Genannten und einigen, die mir heute nicht mehr einfallen, erschienen: Antonio Marichalar, Federico García Lorca, José Bergamín, Moreno Villa, José María Hinojosa, Gustavo Durán und Dámaso Alonso. Es wurde vorgeschlagen, alle Werke auf zwölf Hefte oder Bücher zu verteilen: sechs für die Dichtungen Góngoras und sechs für die Huldigungen. Die Ausgabe der ersten sechs sollten besorgen: Dámaso Alonso (*Soledades*), José María Cossío (die Romanzen), Pedro Salinas (die Sonette), Jorge Guillén (die Stanzen), Alfonso Reyes (die *Letrillas*) und Miguel Artigas, der Autor einer ausgezeichneten Biographie des

Dichters (die Gesänge, Dezimen und Terzinen). Die anderen sechs Bücher übernahmen Gerardo Diego (eine Anthologie zu Ehren Góngoras von Lope de Vega bis Rubén Darío), Antonio Marichalar (zeitgenössische Prosa über Góngora), Moreno Villa (ein Album mit Zeichnungen) und Ernesto Halffter (ein musikalisches Album). Den Bericht über die Dreihundertjahrfeier sollte schreiben, wer die größte Lust dazu hatte, und meine Aufgabe war es, die Gedichte zu sammeln, die die um Beiträge gebetenen Dichter Góngora widmen sollten. Außerdem wurde ich – eine große Ehre – zum Sekretär ernannt. Marichalar übernahm zudem die schwierigste und heikelste Mission: Er sollte erreichten, daß die *Revista de Occidente* alle geplanten Bände veröffentlichte, was ihr Leiter, José Ortega y Gasset, dann auch sofort zusagte. (Ich entnehme diese Angaben und die folgenden der »Chronik der Dreihundertjahrfeier«, die Gerardo Diego in *Lola*, der Beilage der von ihm selbst geleiteten Literaturzeitschrift *Carmen* – Nr. 1 und 2, 1927–28 – veröffentlichte.) Bei weiteren Versammlungen planten wir die Veranstaltungen zu Ehren Góngoras: Ein Autodafé zur Sühne von dreihundert Jahren der Dummheit, die Aufführung eines Theaterstücks von Góngora, Konzerte, ein andalusisches Volksfest, Ausstellungen von Stichen und Zeichnungen, Vorträge, Lesungen etc. Zum gegebenen Zeitpunkt sollten die Einladungen an alle Mitarbeiter der Huldigungen verschickt werden. Als Sekretär hatte ich mich um all das zu kümmern. Da es bis zum Beginn der Schlacht noch eine Weile hin war und der Sommer vor der Tür stand, löste sich die Gongoristengruppe vorerst mit dem festen Versprechen, sich im Oktober wieder zu versammeln, auf.

Ich kehrte zurück zu meinem Werk – *Pasión y forma* –, das ich durch Sonette und einige Romanzen erweiterte, die großen Eindruck auf Salinas machten, als ich sie ihm vorlas, und die ich in *Mediodía*, der neuen Zeitschrift der jungen Sevillaner Dichter, veröffentlichte. Dann begann ich mit einer Reihe von burlesken Gedichten, die eindeutig schon auf mein Buch über die Dummköpfe des Kinos hinwiesen und zugleich harmlose Vorläufer meines *El burro explosivo* (Der explosive Esel) waren. In diesem Sommer lernte ich auch den Maler Benjamín Palencia kennen. Er malte ein gutes Porträt von mir, und wir wurden Freunde. Palencia gehörte einer neuen Generation hervorragender Maler an, die beinahe alle in Paris lebten: Bores, De la Serna, Peinado, Ucelay, Pruna, Ángeles Ortiz, Cossío und Dalí. Dalí gehörte damals noch zur Gruppe, aber bald sonderte er sich ab und begann trotz seiner großen Begabung eine dumme und sehr produktive Skandalkarriere, die schließlich zu seinem auf den Vatikan und Franco ausgerichteten Opportunismus von heute führte und ihn in einen jener »Verwesten« verwandelte, die er selbst einst erfunden hatte. Als »großer Bruder« all dieser Maler konnte Juan Gris gelten. Später kam dann Joan Miró. In Spanien blieben einige, die vielleicht etwas jünger als Palencia waren: Gaya, Luna, Flores und andere, an die ich mich nicht mehr erinnere. Benjamín Palencia war ein unermüdlicher Arbeiter mit dem Gesicht und der Einfalt eines Bauern. Wenn er seine Zeichnungen zeigte – die er zu Tausenden machte –, tapezierte er regelrecht den Fußboden seines Ateliers mit ihnen, so daß dem Besucher, der sich nicht mehr rühren konnte, nur der kleine Platz blieb, auf dem seine Füße standen. Die Serien waren endlos. Er war eben erst durch die Estremadura gewandert und hatte jedes Kind und jeden Hirten gezeichnet, der ihm vor den Stift kam. Ich glaube, diese beiden Provinzen* schulden Palencia ein Denkmal. Eines Tages wird man es ihm auch errichten, und dann wird die gesamte verdutzte Bevölkerung dieser Landstriche zusammenströmen, um ihm zu huldigen. Die eigenartigen Landschaften, die er dort malte, sind für mich

* Die Landschaft Estremadura umfaßt die beiden heutigen Provinzen Badajoz und Cáceres. Anm. des Übers.

das Großartigste seines ganzen Werkes. (Was er zur Zeit macht, kenne ich nicht sehr gut. Das Wenige von dem Letzten – oder Vorletzten –, das hier in Buenos Aires ausgestellt wurde, hat mir weniger gefallen. Von neuem begeistert haben mich dagegen einige der klaren, unbewohnten Landschaften aus seiner alten Periode in der Estremadura.)
Die Stierkampfbegeisterung José María Cossíos, eines neuen Freundes und Teilnehmers an unseren Gongoristenversammlungen, hatte zur Folge, daß ich eines Nachmittags in der *Hall* des Palace Hotels einen ungewöhnlichen Mann kennenlernte, der später, nach seinem schrecklichen Tode, der Held einer der besten Elegien aus spanischer Feder werden sollte. Ich spreche von Ignacio Sánchez Mejías, der damals nur Stierkämpfer war. (Ich sage »nur«, weil er kurz darauf auch Autor von Bühnenwerken und, von García Lorca beraten, Gründer und Impresario einer spanischen Tanzgruppe wurde, an deren Spitze seine Freundin Encarnación López, genannt »La Argentinita«, stand.) Ignacio hatte damals seine höchste körperliche Reife erreicht, aber damit näherte er sich auch schon dem Alter, in dem man für die schwierige Kunst des Stierkampfs die Gewandtheit, Anmut, Leichtigkeit und Figur verliert – Dinge, die im extremsten Maße ein junger Torero und neuerworbener Freund besaß, der in der schönsten Blüte seiner Jahre stand: Cayetano Ordóñez, der »Sohn La Palmas«. Ich erinnere mich, daß mich Cossío, der meine Verse liebte, sogleich bat, welche vorzutragen, beinahe in demselben Augenblick, in dem mich Ignacio umarmte und beim Hotelpagen eine gute Flasche Manzanilla bestellte. Ich war damals gerade ganz in meine Terzinen vertieft. »Corrida de toros« (Stierkampf) und »El jinete de jaspe« (Der Jaspisreiter) waren die letzten. Ich begann also. Sánchez Mejías hörte mir aufmerksam zu, ein Lächeln in seinem sehr männlichen Gesicht.

Es tollt die Sonne, es strömen die Flüsse,
von Stieren und Pinienwäldern voll,
die die Boote und Schiffe anfallen.

»Wie roh«, unterbrach er mich, aber mit der Hand bedeutete er mir weiterzusprechen. Als ich geendet hatte, sagte ich ihm, ich fände diesen Ausdruck im Munde eines Mannes, der in der Arena gekämpft und über siebenhundert Stiere getötet habe, nicht nur gerecht, sondern er mache mich sogar stolz. Dann bat mich Cossío um »Las chuflillas« (Die Späßchen), ein leichtes, spielerisches Gedicht, das ich Ordóñez gewidmet hatte, den Bergamín, Cossío und ich sehr bewunderten. Nun kam ich nicht mehr so leicht davon.

»Ein schlechtes Gedicht«, warf Ignacio nach einem harten Schweigen hin.

(Die Toreros waren wie unsere großen Dichter des 17. Jahrhunderts nie ein Muster an Nachsicht und Freundschaft in bezug auf ihre Zunftbrüder. Dieser Kommentar des großen Sevillaner Stierkämpfers bestätigte es mir.)

Ich kann sagen, daß ich von meiner Generation der erste war, der Sánchez Mejías kennenlernte und sein Freund wurde. Ignacio war ein Torero, der – anders als die meisten – nicht aus dem Volke kam. Er war der Sohn eines bekannten Arztes in Sevilla und hatte sogar einige Jahre lang ein Gymnasium besucht. Aber seine sehr andalusische Liebe zu den Stieren trieb ihn dazu, mit anderen, gleichgesinnten Burschen draußen auf den Wiesen und Weiden gegen Stiere zu kämpfen. Damals lernte er auch Joselita kennen, seinen zukünftigen Schwager, der einer der größten Toreros aller Zeiten wurde. Ich will hier nicht von seiner stürmischen, leidenschaftlichen Stierkämpferkarriere berichten, die José María Cossío in seiner monumentalen Abhandlung *Los toros* (Die Stiere) begeistert geschildert hat, sondern nur meine Beziehungen zu Ignacio vom Nachmittag unserer ersten Begegnung bis zur Gründung der Republik darstellen.

Was für ein außergewöhnlicher, intelligenter Mann dieser Torero war! Er war in seltenem Maß empfänglich für die Dichtung und vor allem für die unsere, die er – unser aller Freund – mit Enthusiasmus liebte und förderte!

Luft andalusischen Roms
vergoldete ihm das Haupt,

sagte García Lorca in dem auf seinen Tod geschriebenen Gedicht »Llanto« (»Klage um Ignacio Sánchez Mejías«). Denn Ignacio war in seiner äußeren Erscheinung und in allem andern nicht der Andalusier vom zigeunerischen Typ, sondern der andere, der klassische, ernste, strenge aus dem Sevilla Trajans. Doch trotz seiner gedankenvollen Miene war er gewöhnlich witzig, unterhaltsam, spaßig und nicht selten plump in seinen häufigen und ein wenig kindischen Scherzen. Ich sah ihn, wie er auf der Straße mit einem Blasrohr, das er aus der Tasche holte und rasch wieder versteckte, Erbsen auf die Beine der Mädchen schoß.

Wie einer, der in die Stierarena tritt, stürzte sich Ignacio verwegen in unseren gongorischen Krieg, er begeisterte sich für die *Soledades* und prägte seinem Gedächtnis die schwierigsten Arabesken Góngoras ein. Kurz vor der Dreihundertjahrfeier rief er mich nach Sevilla. Der siebente Jahrestag des tragischen Todes Joselitos sollte gefeiert werden. Vom Zug weg brachte er mich in ein Zimmer des Hotels Magdalena. Und dort sperrte er mich mit den Worten ein:

»Du bekommst nichts zu essen und zu trinken, bis du ein Gedicht auf José geschrieben hast. Die Feier zu seinen Ehren findet heute abend statt. Im Cervantes-Theater.«

Einige Stunden später hatte ich meine Freiheit wieder, und ich las Ignacio »Joselito in seiner Glorie« vor, sehr einfache Vierzeiler, die ich abends bei der Feier unter den Ovationen eines entfesselten Publikums wiederholte, das sich aus Zigeunern und dem toten Torero ergebenen Stier-

kämpfern zusammensetzte. Ein kitschig aussehender Herr mit Monokel trat an meine Seite und hielt eine schwülstige Rede. Es war Felipe Sassone, ein mittelmäßiger Nachahmer des dümmsten benaventinischen Theaters.*
Während dieses kurzen Aufenthalts in Sevilla lernte ich die jungen Dichter kennen, die sich um die Zeitschrift *Mediodía* gruppierten. Sie waren Helden und Begeisterte inmitten der fröhlichen, frivolen Gleichgültigkeit der andalusischen Hauptstadt. Ich erinnere mich noch an Collantes de Terán, Rafael Porlan y Merlo, Justo Sierra, Rafael Laffon und Romero Murube ... Alle hatten sie etwas von kleinen Sevillanischen Toreros an sich, etwas von einer poetischen *cuadrilla*, die in der von Tag zu Tag größer und schöner werdenden Arena der spanischen Literatur um den besten Stil kämpfte. Dort lebte auch Adriano del Valle, der schiffbrüchige Dichter des Ultraismus, der sich in einen Architekten prächtiger Gärten im Schnörkelbarockstil Churrigueras verwandelt hatte.
Und Luis Cernuda.
Dunkel, schlank, sehr zart, sehr vorsichtig. Nur wenige Worte damals, an jenem Tag. (Und wenige auch später, in vielen Jahren der Freundschaft.) Ich erfuhr, daß er in der Calle del Aire (der Luftstraße) wohnte. Wie merkwürdig für den Dichter, der er bereits war und noch werden sollte! In der Druckerei »Sur« in Malaga wurde gerade sein erstes Buch gesetzt. Der Titel? *Perfil del Aire* (Profil der Luft). Niemand könnte sich selbst besser porträtieren. Wir kannten schon einige seiner Gedichte. Dezimen oder siebensilbige Strophen von seltener linearer Vollkommenheit. Reinheit. Transparenz. Man wollte diese Dichtung anfangs mit der Jorge Guilléns vergleichen, aber bald mußten alle, die nach Ähnlichkeiten gesucht hatten, enttäuscht aufgeben. Cernuda hatte in der Calle del Aire die Augen geöffnet, und seine Dichtung trug, noch eingefangen in dem feinen Maschenkäfig eini-

* Jacinto Benavente, 1866–1954, Autor teils realistischer, teils symbolistischer Dramen. Nobelpreis 1922. Anm. des Übers.

ger Dezimen, ein Beben und eine Musik des Südens in sich, die ganz anders waren als alles, was der kastilische Dichter schrieb. Cernuda war ein Kristall, der jeden Augenblick zerbrechen konnte. Guillén fester Marmor, zur Säule aufgerichtet. Durch die Luft seiner »Straße der Luft« sollte der Sevillaner eines Tages in das Herz des Traums vorstoßen, dort der Zartheit und Melancholie eines anderen Dichters seines Landes, Gustavo Adolfo Bécquers, begegnen und sich für eine Weile, ein wachsamer Bewohner des Vergessens, in dessen Wohnung einrichten. Einen in höherem Maße »andalusischen und universalen« Dichter – wie Juan Ramón Jiménez sein wollte –, gab es in Sevilla nie.

Einen anderen Dichter – »den größten, den wir hier haben« – stellte mir Ignacio gleich am Nachmittag meiner Ankunft vor. Ich war in meinem Hotelzimmer.

»Treten Sie ein, Don Fernando ...«

Ein stämmig gebauter, kräftiger Mann mit dem ungestümen Auftreten eines Stiers und eines Stierzüchters zugleich füllte den ganzen Türrahmen aus und kam mit ausgestreckter Hand auf mich zu.

»Da hast du ihn ... Don Fernando Villalón Daóiz, der beste junge Dichter ganz Andalusiens.«

Dieser Fernando Villalón, der mir die Hand drückte, daß meine Finger knackten, und der über diese Vorstellung durch seinen Freund lachte, war kein geringerer als der hochberühmte Sevillaner Züchter mutiger Stiere, Zauberer, Spiritist, Hypnotiseur und überdies Graf von Miraflores de los Ángeles ... und junger Dichter.

(Ich zitiere hier mit Zusätzen und Weglassungen aus den Seiten, die ich ihm in meinem *Imagen primera de ...* widmete.)

Fernando und ich schlossen sofort enge Freundschaft, und wir gerieten in Begeisterung darüber, daß wir dieselben Landschaften der Bucht von Cádiz kannten und erlebt hatten, die Salinen von San Fernando und die Kellereien von Jerez und Puerto. Wie sollten wir, da wir so nahe

daran waren, nicht hinfahren wollen? Nach zwei Tagen eines regelrechten Rausches und der gemeinsamen Begeisterung für unser unteres Andalusien fuhren wir ohne weitere Vorbereitungen in einem lächerlich kleinen Auto, das Villalón selbst steuerte, nach Puerto de Santa María, um das Kolleg San Luis Gonzaga zu besuchen, das meines und vor zwanzig Jahren auch seines gewesen war, als er es zusammen mit Juan Ramón Jiménez besucht hatte. Eine unterhaltsame und furchterregende Fahrt, denn Fernando nahm nicht nur ständig die Hände vom Lenkrad, um mir seine literarischen Projekte zu erklären, sondern er bremste auch unversehens, holte eine Weidenrute unter dem Sitz hervor und verschwand, hinter einem Hasen herlaufend, in den Wiesen! Ich schwor ihm, daß ich mit der Bahn zurückfahren wollte.
Fernando war ein ungewöhnlich liebenswürdiger, sympathischer Mensch, ein Sohn dieses romantischen feudalen Andalusiens, der sich unter die Ölbäume setzte und mit den Knechten auf du und du sein Brot teilte. Er war dem Volk zutiefst verbunden, und seine wahren unzertrennlichen Freunde waren die Hirten, die seine Stiere hüteten, die Zigeuner, die Stallburschen, das ganze buntscheckige Gesinde seiner Gutshöfe und all die kleinen Toreros, die mit großen Plänen um seine Weiden streiften. Als ich ihn kennenlernte, war er schon ruiniert. Allzu poetische Unternehmungen hatten ihn zum armen Mann gemacht. Wenn Villalón, wie oft behauptet wurde – und ich selbst feststellen konnte –, ein einzigartiger, außergewöhnlicher Mann war, so verdankte er das nicht seinem – nur sehr schmalen – geschriebenen Werk, sondern seinem phantastischen Leben und seiner seltsamen Persönlichkeit. Seine echte Berufung, die Poesie, entdeckte er ernstlich erst, als er schon über vierzig war. Daher konnte ihn mir Sánchez Mejías ohne zu scherzen als »jungen« Dichter vorstellen. Die letzte Bombe hatte Villalón mit *Andalucía la Baja* (Das Untere Andalusien), seinem ersten, unerwarteten Gedichtband, platzen lassen.

»Dieser Don Fernando!« hieß es. »Man muß gesehen haben, womit er uns jetzt noch kommt! Mit Gedichtchen!«
Die Neidischen, die Witzbolde, alle, die ihn liebten, ohne ihn zu verstehen, ganz Sevilla schließlich war, als ich ankam, entsetzt über »die neueste Verrücktheit des Viehzüchters«, die Fortsetzung all der anderen wirklichen oder imaginären Verrücktheiten seines Lebens, die den ganzen Guadalquivir hinunter von Mund zu Mund weitererzählt und ausgeschmückt wurden.
Es hieß, sein Ideal als Viehzüchter sei es, einen Kampfstier mit grünen Augen zu bekommen, und man erzählte sich ferner, daß er seine prachtvollen Ölgärten gegen eine verlassene, flache und sandige Insel in der Mündung des Guadalquivir, die bei Flut völlig verschwand, eintauschte, um Süßwasserborstenwürmer zu fangen; daß er, um das Nirwana zu erlangen, über ein halbes Jahr in Gesellschaft einer Ziege und einer Kröte in einem dunklen Keller verbrachte; daß er in El Cuervo – und das erzählte mir Fernando selbst, als wir auf dem Weg nach Puerto durch diesen Ort kamen – durch einen Fluch das Wasser aller Brunnen zum Versiegen gebracht habe und daß an demselben Abend überall am Horizont schwarze Hunde mit weißen Köpfen auftauchten, die bis zum Morgen heulten. Und man erzählte sich ... Aber was erzählte man sich nicht von Villalón in diesen Städten und Dörfern? Er selbst schilderte mir seine magischen Künste, mit deren Hilfe er Bilder von Murillo entdeckte. Er kaufte alle möglichen alten Gemälde, weil ihm ein kurzer Blick genügte, um festzustellen, daß sich unter der oberen Farbschicht eine zweite verbarg, die das Werk des beliebten Malers aus Sevilla war. Die Früchte dieser Entdeckungen, die er mir in seinem Haus zeigte, waren allerdings nur mittelmäßige Gemälde mit religiösen Motiven, die von den Säuren, mit denen er die erste Farbschicht entfernte, angefressen, wenn nicht gar durchlöchert waren.
Damals hatte er vor, eine Art Geschichte des Stierkampfs unter dem Titel *De Geryón a Belmonte* (Von Geryon bis

Belmonte) zu schreiben, denn der erste bekannte Torero war, wie er mir voll Witz und nicht ganz zu Unrecht erklärte, Herakles, der die tapferen Stiere des sagenhaften Königs von Tartesos – dem heutigen Andalusien – raubte. Fernando verfocht stundenlang die ausgefallensten Theorien, die Ignacio Sánchez Mejías ablehnte. Ich war einige Male bei solchen Diskussionen anwesend, die mit einem ungeheuren Ernst geführt wurden und oft böse ausgingen, wie zum Beispiel jene besonders erbitterte, in der der Viehzüchter und Poet dem Stierkämpfer unbedingt beweisen wollte, daß die Heiligen Drei Könige, als sie nach Bethlehem zogen, um dem neugeborenen Gottessohn zu huldigen, durch Cádiz gekommen seien, was Sánchez Mejías nicht gelten lassen wollte, und es kam dabei beinahe zum Bruch zwischen den beiden Freunden.

Als dann dieser Graf von Miraflores de los Ángeles kurz nach *Andalucía la Baja* seine *Romances del 800* (Romanzen von 1800) veröffentlichte, wurde er wegen seines wunderbaren Assimilationsvermögens und seiner poetischen Begabung in die neue, aufbrechende Generation aufgenommen.

Nach meiner Rückkehr nach Madrid um die Mitte des Monats Mai war es höchste Zeit, sich um Góngora zu kümmern. Wir wußten schon die Namen der Dichter, die an der Sondernummer mitarbeiten sollten, die *Litoral* in Malaga veröffentlichen wollte, und zwar dachten wir an: Aleixandre, Altolaguirre, Adriano del Valle, Cernuda, Rogelio Buendía, Pedro Garfias, Romero Murube, Moreno Villa, Juan Larrea, Hinojosa, Prados, Quiroga Pla und andere. (Ich lasse unsere Namen, das heißt die der Komiteemitglieder, weg.) Antonio Machado muß ebenfalls in diese Liste aufgenommen werden, obwohl er dann keinen Beitrag lieferte. Drei große Dichter lehnten es schriftlich ab, sich an der Ehrung Góngoras zu beteiligen: Miguel de Unamuno, Ramón del Valle-Inclán und Juan Ramón Jiménez. Manuel Machado und Ramón de Bastera ließen sich nicht einmal dazu herab, auf unsere

Einladung zu antworten. Von den Prosaautoren, die sich beteiligen wollten – Miró, Marichalar, Espina, Jarnés, Ramón G. de la Serna, Fernández Almagro, Giménez Caballero, Alfonso Reyes u. a. – gaben uns nur José María Cossío und César Arconada Originalbeiträge. Wie man sieht, ein Fehlschlag. Dem schlechten Beispiel der drei genannten großen Dichter folgend, waren ebenfalls nicht zur Mitarbeit bereit: Pérez de Ayala, Ortega y Gasset, Fernando Vela und Eugenio D'Ors. Von den bildenden Künstlern lieferten Beiträge: Picasso, Juan Gris, Togores, Dalí, Palencia, Bores, Moreno Villa, Cossío, Peinado, Ucelay, Fenosa, Ángeles Ortiz und Gregorio Prieto. Zwei berühmte Musiker, Manuel de Falla und Oscar Esplá, komponierten Huldigungen nach Texten von Góngora: Falla *Soneto a Córdoba* (Sonett an Córdoba) für eine Singstimme und Harfe und Esplá *Epitalamio de las Soledades* (Hochzeitsgedicht der Einsamkeiten) für Gesang und Klavier. Weder die beiden Halffter noch Adolfo Salazar hielten ihr Versprechen. Von den Arbeiten zweier ausländischer Komponisten, die sich beteiligen wollten – Ravel und Prokofieff –, bekamen wir nie etwas zu sehen. Schade!

Warum sollte ich jetzt und hier nicht eine der negativen Antworten wiedergeben, die einzige übrigens, die nicht ich als Sekretär bekam, denn ihr Verfasser veröffentlichte sie in der Nr. 1 seines *Diario poético* (Poetischen Tagebuchs)? Der Brief Unamunos und die Karte Valle-Incláns gingen mir leider im Bürgerkrieg verloren. Ich erinnere mich ungefähr noch an den Inhalt der ablehnenden Antwort Unamunos, die er mir aus seiner Verbannung in Hendaye schickte. Er führte an, daß er mit der Ästhetik des Dichters aus Córdoba nicht einverstanden sei, und kritisierte heftig seinen Mangel an Menschlichkeit, seine Kälte und latinistische Pedanterie, und unversehens ließ er von Góngora ab und stürzte sich in eine erbitterte Diatribe gegen Primo de Rivera (den Diktator, der Ursache seiner Verbannung war) und nannte ihn neben anderen, ein wenig schmeichelhafteren Dingen, ein »brünstiges Kamel«. Die Karte Valle-Incláns war kränkender und weniger vernünftig, was an sich absurd ist bei einem Gongorianer wie ihm. Ich weiß nicht, ob Gerardo Diego Kopien dieser Schreiben aufbewahrt. Zum Glück ist die Stellungnahme Juan Ramóns erhalten geblieben, denn Diego veröffentlichte sie in seiner »Crónica del Centenario« (Chronik der Dreihundertjahrfeier). Da die Zeitschrift Diegos heute schon eine bibliographische Rarität sein dürfte, lohnt es sich, sie hier als Beispiel für einen der aufsehenerregendsten Knalleffekte dieser berühmten Schlacht wiederzugeben:

Madrid, den 17. Februar 1927
Señor Don Rafael Alberti
Madrid
Mein lieber Alberti, Bergamín sprach mir gestern von dieser Sache mit Góngora. Der Charakter und der Umfang, den Gerardo Diego dieser Angelegenheit der Revista de Desoriente* *geben will nehmen mir jegliche Lust, mich daran zu beteiligen. Góngora verlangt einen entschlosseneren und strengeren Direktor ohne Nachgiebigkeit und aus der Luft gegriffene, provinzielle fixe Ideen, die obendrein noch – die ärmsten! – für universale Kühnheiten gehalten werden. Sie – und Bergamín – verstehen mich zweifellos. Stets der Ihre,*

K. Q. X.

Spaßig, aber unangenehm, »denn« – ich zitiere wörtlich aus Gerardo Diegos Chronik – »dieser K. Q. X. ist kein anderer als Juan Ramón Jiménez, was er auch selbst zugibt, und mir scheint, die Schwere der in diesem Schreiben vorgebrachten Anschuldigungen verträgt sich nicht eben sonderlich gut mit dem Scherzchen der chiffrierten Unterschrift. Aber wir gehen auf seinen Humor ein, suchen

* etwa: »der Irreführung« statt de Occidente = »des Westens«. Anm. des Übers.

eine vernünftige, versöhnliche Deutung und nennen ihn einstweilen Kuan Qamón Ximénes, was doch wirklich sehr hübsch ist.«

Juan Ramón, der es damals schon müde wurde, allein in seinem Dachgeschoß zu leben und nach links und rechts sein »Werk« auszuteilen, beinahe ohne allen Kontakt mit der Straße, von der nur durch das Kommen und Gehen der wenigen Besucher einige Laute zu ihm drangen, dieser Juan Ramón begann allmählich alles – und uns alle, seine treuesten Freunde – satt zu haben, und dieser Überdruß erstreckte sich sogar auf die Anfangsbuchstaben seines eigenen Namens – J. R. J. –, die er ausgerechnet in diesen Tagen der Begeisterung für Góngora und nicht ohne einen gewissen andalusischen Witz durch K. Q. X. ersetzte, das heißt durch – wie ich ihn selbst einmal sagen hörte – »die drei häßlichsten Buchstaben des Alphabets«.

Natürlich antwortete Gerardo Diego dem bewußten Kuan Qamón Ximénez ebenfalls »über Alberti und ganz im Ernst«, obwohl der Lärm der Góngora-Ehrung schon verklungen war, denn K. Q. X. hatte seine Antwort auf unsere Einladung zwar offensichtlich schon zu Beginn des Jahres geschrieben, aber er veröffentlichte sie erst gegen Ende 1927.

Ich lasse den Brief Gerardos folgen, der die nötigen Erklärungen enthält:

Madrid, 3. Dezember 1927

Lieber Freund Rafael, ich lese heute die Stellungnahme, die mir K. Q. X. durch seinen Brief an Dich zukommen läßt. Mir liegt daran, zwei historische Irrtümer richtigzustellen, die ich in diesem Text bemerke. Vor allem, was die »Chronik« betrifft. Der Charakter und der Umfang der Huldigung für Don Luis [de Góngora] sind, wie jedermann – K. Q. X. aber offensichtlich nicht – weiß, unter einigen Freunden abgesprochen worden, nämlich unter den sechs Unterzeichnern der Einladung und einigen anderen, was man in meiner wahrheitsgetreuen »Chronik« nachlesen kann. Die »Revista de Occidente« hat lediglich die Texte gebracht, und die Angelegenheit Góngora hat daher nur insofern etwas mit ihr zu tun, als sie ihr Dank dafür schuldet, daß sie sich liebenswürdigerweise bereit erklärte, zu veröffentlichen, was wir lieferten, wobei sie uns die größte Freiheit ließ. Die Verdammung, die in diesem kurzen Schreiben über mich ausgesprochen wird, trifft daher zu gleichen Teilen auch Dich, Salinas, Lorca, Bergamín, Dámaso etc. Ich habe euch – ihr alle wißt es – lediglich zur Arbeit angespornt, und ich habe euch einen allgemeinen Plan zur Billigung vorgelegt. Wenn mich K. Q. X. dafür verurteilt, so nehme ich sein Urteil mit Freuden an, denn ich weiß, daß ihr alle, die ihr ebensolche Sünder seid, an meiner Seite steht. Im übrigen – Du und Bergamín versteht mich zweifellos – haben wir über diese beklagenswerte Einstellung von K. Q. X. schon genug geredet. Dein guter Freund

GERARDO

Das ist vielleicht die am wenigsten angenehme Erinnerung an die ganze Dreihundertjahrfeier, eben weil es sich um Juan Ramón Jiménez handelte. Es gab andere Zwischenfälle, die aber die Presse betrafen, nämlich *La Gaceta Literaria* und ihren Direktor, Ernesto Giménez Caballero, der damals schon faschistische Ambitionen hatte, und *El Liberal* wegen eines Artikels des Ex-Ultraisten López Parra. Es handelte von dem Durcheinander, das ebenjener Giménez Caballero anläßlich einer Messe in der Salesianerkirche für die – zweifellos in der Hölle schmorende – Seele Góngoras angerichtet hatte. (Ich möchte mich über diesen Streit, aus dem Diego als Sieger hervorging, nicht näher äußern, denn er erscheint mir heute, aus so großem Abstand, einfach zu dumm.)
Was die heiteren Erinnerungen anbetrifft ... Es gibt deren genug. Ich will unter anderem das Autodafé nennen, bei dem einige Werke der erlauchtesten Góngora-Gegner

in Vergangenheit und Gegenwart zum Scheiterhaufen verdammt wurden, und zwar handelte es sich um Lope de Vega, Quevedo, Luzán, Hermosilla, Moratín, Campoamor, Cejador, Hurtado y Palencia, Valle-Inclán etc. In der Nacht des 23. Mai gab es dann Wasserspiele gegen die Mauern der Königlichen Akademie. Unauslöschliche Girlanden aus Harnsäure färbten sie gelb, und mir selbst gelang es, nachdem ich mich den ganzen Tag beherrscht hatte, den Namen Alemany – er ist der Autor des *Vokabular Góngoras* – mit Pisse auf einen der Gehsteige zu schreiben. Astrana Marín, ein Kritiker, der Góngora tagtäglich attackierte und nun seine ganze Wut auf uns ablud, bekam, was ihm gebührte, denn wir schickten ihm am Morgen des Todestages Góngoras einen schönen Kranz aus Luzerne, in den wir vier Hufeisen eingeflochten hatten, und dazu eine Dezime von Dámaso Alonso, von der ich nur noch den Anfang behalten habe:

Mein Señor Don Luis Astrana,
miserabler Kritikaster,
einst hast Du als Stern begonnen,
um als Fröschlein nun zu enden ...

Unsere Generation war, wie man sieht, nicht sehr ernst. Nicht einmal die Zurückhaltenderen wie Salinas, Guillén, Cernuda oder Aleixandre waren es. (Aber freilich gehörten diese Vier nicht gerade zu denen, die sich an der nächtlichen Bewässerung der Mauern der Akademie beteiligten.) Es waren andere Zeiten. Wir wollten keine Heiligen. Und wenn auch Juan Ramón Jiménez mit seinem Bart in einem gewissen Sinne einer war, so erreichte doch die Verehrung für ihn nie den Grad der Idolatrie. Dieses Gefühl der fröhlichen Unabhängigkeit drückte *Lola,* die witzige, spottlustige Beilage von *Carmen* sehr gut aus. Und deshalb waren auf der Fahne, die wir zu Ehren und im Namen Góngoras im Winde schwangen, auch die sehr souveränen Farben eines jeden einzelnen von uns zu se-

hen. Wir unterwarfen uns niemandem, auch nicht Góngora, sobald einmal die Schlacht gewonnen war. Daß sich ein Teil der Poesie des krummen und gefährlichen Priesters aus Córdoba nach einigen Jahrhunderten mit einem Teil der unseren deckte und daß uns das Datum der Dreihundertjahrfeier im Augenblick gerade gelegen kam, bedeutete nicht im mindesten, daß wir seine Vasallen waren. Die gongorinische Ansteckung war, abgesehen davon, daß wir sie bewußt suchten, nur vorübergehender Natur. Sie dauerte kaum über das Gedenkjahr hinaus. Am deutlichsten wurden Gerardo Diego und ich von Góngora gezeichnet. Eine ehrenvolle Narbe. Als ich aber die letzten Strophen meiner »Teresa Soledad (unvollständige Paraphrase)« zu Ehren von Don Luis beendete, schimmerten am Nachthimmel meines Schlafzimmers schon die Schwingen der ersten Engelsgedichte. Wenn daher mein geliebter Pablo Neruda von Federico García Lorca behauptet, daß er »vielleicht der einzige war, auf den der Schatten Góngoras nicht die eisige Herrschaft ausübte, die im Jahre 1927 die große junge Dichtung Spaniens sterilisierte«, so glaube ich aufrichtig, daß er sich irrt. Das Beispiel Góngoras sterilisierte niemanden. Im Gegenteil, unsere Generation ging kräftiger und stärker profiliert aus dieser notwendigen Schlacht hervor.
Ich führe hier einen Teil des positiven Saldos an, den dieser siegreiche Kampf ergab: Die *Soledades*, herausgegeben und bearbeitet und mit einem Vorwort versehen von Dámaso Alonso. Ein ungewöhnliches Werk bis heute. Die *Romances*, von Cossío betreut, und die *Antología poética en honor de Góngora* (Poetische Anthologie zu Ehren Góngoras), ausgewählt von Gerardo Diego, der auch ein Vorwort dazu schrieb. Die übrigen Bände, die Salinas, Guillén, Artigas und Alfonso Reyes anvertraut waren, erschienen leider nicht. Ich lasse in bezug auf die wichtigsten Ergebnisse – um diese kurze Schilderung der Góngora-Feiern abzuschließen – Dámaso Alonso zu Wort kommen: »Die letzten Generationen wurden durch die

Lektüre und den Kult des Autors der *Soledades* geformt. Und von ihrer jugendlichen Begeisterung ist viel in die Stellungnahmen der ›offiziellen Kritik‹ eingedrungen. Es ist recht unterhaltsam zu vergleichen, was vor 1927 in den Literaturgeschichtswerken über Góngora gesagt wurde, und was man heute über ihn sagt. Die Klarheit und Schönheit seiner Dichtung kämpft schon nicht mehr gegen baufällig gewordene oder allzu anachronistisch bewaffnete Festungen.« Und dennoch, oh dennoch ist vielleicht der Tag nicht fern, an dem der geniale Dichter aus Córdoba zu seinem Engel der Finsternis zurückkehrt, um von neuem – und das ist seine nur zeitweilig ausgesetzte Strafe – um seinen Platz im Licht zu kämpfen. Einstweilen aber erwacht die Lektion – man verstehe mich recht –, das Beispiel Góngoras jeden Morgen aufs neue mit uns zusammen. Gegen die wiederholte Müdigkeit des heute beinahe schon anonymen Verses, gegen die falschen vorfabrizierten Hermetismen, gegen die Nachlässigkeit und Lustlosigkeit, gegen dieses wirre Gefasel so vieler redseliger Quacksalber erhebt sich immer wieder die Hand Don Luis de Góngoras, seine strenge Disziplin und seine anspruchsvolle Zeichnung. Mögen wir nie – voll Angst und wenn schon nichts mehr zu retten ist – die Bitte aussprechen müssen, mit der sich der großartige Dichter Guillaume Apollinaire an seine zukünftigen Richter wendet: *Habt Nachsicht mit mir, wenn ihr mich mit denen vergleicht, die die Vollkommenheit und Ordnung waren.*

Ein großes Jahr war dieses 1927! Abwechslungsreich, fruchtbar, glücklich, unterhaltsam, voller Widersprüche. Vor allem für mich, denn ich war darauf und daran, Torero zu werden, als sich mein Gesundheitszustand zum zweitenmal verschlechterte und mich innerlich ein furchtbarer Sturm schüttelte. Meine Freundschaft mit Ignacio Sánchez Mejías wurde allmählich gefährlich. Der Matador versuchte starrsinnig, mich als Gehilfen in seine *cuadrilla* einzureihen. Ein Scherz? Vielleicht. Aber die

Dickköpfigkeit Ignacios machte mir Sorge. Und um mich daran zu gewöhnen, Stiere aus der Nähe zu sehen, schickte er mir aus Sevilla ein Telegramm mit der Aufforderung in Badajoz zu erscheinen, wo ich debütieren sollte, indem ich lediglich mit einmarschierte und dann den Kampf in meiner Stierkämpfertracht von der Schranke aus verfolgte. Ich fuhr natürlich nicht hin, was ihn ärgerte und nur veranlaßte, seine Bemühungen zu verdoppeln, um seine Laune durchzusetzen. Ignacio war unerbittlich, wenn er sich etwas vorgenommen hatte, und es war so gut wie unmöglich, ihm zu entkommen. Und da er nun einmal die fixe Idee hatte, mich in einer Arena vorzustellen, führte er sie eines Tages in Pontevedra auch aus. Er, Cangancho und Márquez traten dabei als Toreros auf und der Portugiese Simão da Veiga als *rejoneador*. Von einem der unteren Sperrsitze aus betrachtete José María Cossío dieses sonderbare Schauspiel. Zu allem Überfluß war ich unter all diesen in Gold und Silber blitzenden Toreros der einzige, der in Orange und Schwarz gekleidet war, das heißt in eine Trauertracht, die Ignacio seit dem tragischen Tod Joselitos, seines Schwagers, aufgehoben hatte. Mit einem Krampf in der Magengrube machte ich unter den Klängen der Pasodobles und dem Echo der Trompeten meine Runde in der Arena. Und dann ... Ach! Als der erste Stier, gewaltig und dunkel glänzend, hereingestürmt kam und zwischen den Planken und meiner Brust hindurchraste, da begriff ich die astronomische Entfernung zwischen einem Mann, der vor einem Sonett sitzt, und einem, der frei und ungeschützt in der Sonne steht und vor sich dieses Meer hat, diesen blinden Blitzstrahl, der ein eben aus dem Zwinger gelassener Stier ist. Ein Glück, daß dieses galicische Publikum nicht wie das in Andalusien oder Madrid das »Wachstuch« verlangte.* Ich konnte mich daher während des ganzen Kampfes unbemerkt im Gang zwischen den Schranken aufhalten. Als

* d. h. den vollen Einsatz, so daß der Stierkämpfer möglicherweise auf dem Operationstisch (dem »Wachstuch«) endet. Anm. des Übers.

ich die Arena verließ, schnitt ich mir, bildlich gesprochen, den Zopf ab, das heißt, ich betrachtete meine Stierkämpferkarriere als beendet. Sie hatte ganze drei Stunden gedauert. Aber auch Ignacio zog sich an diesem Nachmittag unerwartet aus der Arena zurück. Er teilte es Cossío als erstem mit, als er ihm den letzten Stier des Nachmittags mit den Worten darbrachte: »Ich widme dir diesen Stier, der der letzte sein wird, den ich töte.« Ignacio gab sein mutiges Abenteuer auf, um sich in ein anderes zu stürzen, bei dem man manchmal noch schlimmere Hornstöße abbekommt. Er vertauschte die Arena mit den Bühnenbrettern: aus dem Stierkämpfer wurde ein Dramatiker. Ein Drama – *Sinrazón* (Unvernunft) –, das ihm schon lange im Kopf herumging, wurde im folgenden Jahr uraufgeführt. Aber davon wird später noch die Rede sein. Gerüchte von meinem Stierkampfabenteuer drangen auch zur Dachterrasse Juan Ramóns hinauf, der schon seit der Affäre Góngora sein andalusisches Messer gewetzt und da und dort die ersten Stiche ausgeteilt hatte. Jemand hinterbrachte mir seine Äußerungen: »Ich habe erfahren«, sagte er, »daß Alberti mit Zigeunern, Banderilleros und anderen zwielichtigen Elementen herumzieht. Er ist, wie Sie verstehen werden, verloren.« Ein winziges Stückchen Wahrheit steckte gewiß in dieser Bemerkung. Aber daß ich verloren gewesen sei ... Hier bin ich nun, mit fünfzehn oder zwanzig weiteren Büchern, und denke nach dreißig Jahren lächelnd an ihn zurück.
Wenn es schon schlimm genug war, daß mich Juan Ramón Jiménez für verloren hielt, weil ich mit Sánchez Mejías Umgang hatte, so war es noch weit schlimmer, daß er dasselbe von Federico García Lorca behauptete, weil dieser nun für das Theater schrieb und damit einer unbestreitbaren Berufung folgte, die erwacht war, als seine ersten Verse entstanden. Es war schon eine ganze Weile her, daß Lorca, von seinem Freund Martínez Sierra unterstützt, als junger Autor im Eslava-Theater debütiert hatte, und zwar mit *El maleficio de la mariposa* (Die

Verhexung des Schmetterlings), einem einfältigen, kindlichen kleinen Werk, das das Publikum auspfiff und verspottete, indem es sich über alles lustig machte, was die Personen der Handlung – Schaben und anderes Ungeziefer – sagten. Nun handelte es sich allerdings um ein ganz anderes Werk, obwohl es schon vor Jahren geschrieben worden war: *Mariana Pineda*, eine volkstümliche Romanze in drei Bildern über die der Liebe und der Freiheit geopferte Heldin von Granada. Es scheint sich, wie José Mora Guarnido, der intime Freund des Dichters, in seinem ausgezeichneten und höchst nützlichen Buch *Federico García Lorca y su mundo* (F. G. L. und seine Welt) berichtet, so verhalten zu haben, daß Martínez Sierra, der das Stück inszenieren wollte, zurücktrat, weil er wegen des liberalen Tons des Werkes Komplikationen politischer Natur befürchtete. »Er sagte zu mir«, erklärt José Mora, »eine Weile später in Montevideo: ›*Mariana Pineda* scheint, wenn es das auch nicht wirklich ist, ein Pamphlet gegen die Diktatur Primo de Riveras zu sein.‹« Margarita Xirgu war es dann, die große, tapfere, selbstlose Xirgu, die in dem Augenblick, da Ramón del Valle-Inclán zu seinem Duell auf Leben und Tod mit dem Diktator aus Jerez antrat, den Mut aufbrachte, das Stück zu inszenieren. Ich war bei der Uraufführung dabei. Wir alle trafen dort zusammen, ich glaube, es war im Fontalba-Theater: die Alten und die Jungen. Der Saal war ein brodelnder Kessel. Man befürchtete ein Aufführungsverbot. Die Dekorationen von Salvador Dalí, nach Entwürfen von Federico selbst, waren ein Überschwang von Grazie und Poesie. Das Publikum klatschte ostentativ lange, als Mariana, schon zum Galgen verdammt und von ihrem Geliebten verlassen, ein Lied auf die Freiheit sang und sich damit in eine bürgerliche Heldin verwandelte. Am nächsten Tag fand beinahe die gesamte Presse lobende Worte für das Werk Lorcas, den sie als einen »vielversprechenden jungen Autor« bezeichnete. Wir freuten uns über seinen Triumph. Juan Ramón Jiménez dagegen beklagte ihn, einsam auf seiner Dachterrasse: »Lorca! Armer Lorca! Er ist verloren!« (Jahre später, nach der Uraufführung von *Bluthochzeit,* einem Werk, das Juan Ramón gewiß nie sah, sagte er, es sei »nichts weiter als eine Zarzuela«*. Es paßte ihm nicht, daß einige dieser jungen, in seinem Schatten geborenen Autoren Theaterstücke schrieben, was wir durchaus verstanden und was zu erklären ebenso leicht wie langweilig wäre. Als er erfuhr, daß ich an *La Pájara pinta* arbeitete, einem Werk, das – mit einer Musik von Oscar Esplá – für das Marionettentheater von Podrecca bestimmt war (und nie fertig wurde), beklagte er auch das und meinte, ich vergeudete meine Zeit. In diesem Jahr 1927 gab der »Welt-Andalusier«, »K.Q.X.« oder »der seines Namens Müde« deutlich zu erkennen, daß ihm einige von uns überdrüssig zu werden begannen. Und die echten Streitigkeiten und Zerwürfnisse nahmen ihren Anfang. Manchmal wegen irgendwelcher Kleinigkeiten, aus reiner Langeweile oder wegen launischer, ein wenig tyrannischer und ungerechter Forderungen literarischer Natur, und bei vielen Gelegenheiten trieb er die Dinge bis zur Hysterie. Ich muß gestehen, daß mir die wahren Gründe dieser Streitigkeiten bis heute völlig rätselhaft sind; ein Geheimnis, das Juan Ramón Jiménez mit ins Grab nahm. Wie soll man sich erklären, daß er mit José Bergamín, der das Werk des Dichters bis zur Überspanntheit gepriesen hatte und den wir gleichsam als seinen ständiger Sekretär betrachteten, Streit bekam und schließlich endgültig mit ihm brach, weil Bergamín nach seinen Worten eine schlechte Zeichensetzung habe und sich auf seine Aphorismen beschränken und die längere Prosa lieber in Ruhe lassen solle, da er dafür, wie Juan Ramón rundheraus erklärte, nicht tauge? Oder warum zerstritt er sich mit so ausgezeichneten Männern wie Salinas und Guillén, die er zuerst lobte und dann als »hohle Redner« und Ingenieure – oder etwas dieser Art – verspottete,

* Zarzuela: ein lyrisches Drama in der Art eines Singspiels. J. R. J. meint etwa »eine Operette« in der negativen Bedeutung. Anm. des Übers.

was die schwerste Beleidigung für diese große Dichtung mit ihren genauen Umrissen und festen Fundamenten war. (Ich spreche vor allem von Guillén.) Am meisten haßte er jedoch Gerardo Diego, den er einen »Dummschwätzer« nannte, wobei er *en passant* auch gleich noch Huidobro und Larrea, zwei gute Freunde Gerardos, beleidigte. (Seine wiederholten Ausfälle gegen Neruda kamen erst viel später.) Was wollte Juan Ramón Jiménez? Was befürchtete er? Daß er plötzlich den Taktstock verlieren und ohne Orchester in einem leeren Saal stehen und sinnlos in der Luft herumfuchteln könnte? Doch trotz all dieser unangenehmen Dinge liebte und bewunderte man ihn noch aus der Ferne – ich war klug genug, ihn von Ende 1927 an nur noch selten zu besuchen –, und man verzieh ihm, wenn auch nicht immer leichten Herzens, seine offensichtlichen Ungerechtigkeiten.

Unterdessen hatte Ignacio Sánchez Mejías, beinahe immer durch die Vermittlung Cossíos, schon mit allen Freundschaft geschlossen. Seine Liebe zur Literatur, die sich durch den Umgang mit uns immer mehr vertiefte, machte aus ihm einen glühenden Anhänger der neuen Poesie, und er ermutigte seinen Freund Fernando Villalón, den Viehzüchter, zu schreiben und sich der Dichtkunst zu widmen, nachdem er die Vierzig schon überschritten hatte. Zu José Bergamín, der in jenen Tagen seine *Arte de birlibirloque* (Kunst des Hokuspokus) entwarf, unterhielt er eine besondere aphoristisch-stierkämpferische Beziehung. In dieser seltsamen, treffsicheren kleinen Abhandlung legte Bergamín anhand der beiden großen, gegensätzlichen Stilrichtungen des Stierkampfs – vertreten durch Joselito und Belmonte – eine ganze, ungewöhnlich geistreiche Theorie der spanischen Kunst und Literatur dar.

Die strahlende, klassische, universale Richtung vertrat Joselito; die urwüchsige, lokale, milieugebundene dagegen Belmonte. Beispiele ... Ein Maler und ein Dichter der erstgenannten Richtung: Picasso und Juan Ramón

Jiménez. Beispiele der anderen Richtung: Zuloaga und Valle-Inclán. Als solchermaßen das Feuer gegen die *»Belmontistas«* wieder angefacht wurde, machte Sánchez Mejías eifrig von seinem Schürhaken Gebrauch. Er hatte das besondere Talent, sofort das Schwierigste in Angriff zu nehmen und vom Ernstesten zum Lächerlichsten und Verrücktesten zu springen. Er verstand mit der größten Leichtigkeit die modernen Richtungen der Malerei, den letzten Pariser Ismus, der soeben Madrid erreicht hatte. An sein Stierkämpferleben, an seine glorreichen tapferen Nachmittage in den Arenen Spaniens und Amerikas, erinnerte er sich anscheinend nur noch selten. Seine Freunde waren nicht mehr die von früher, und auch die aristokratischen Damen, die es ihm immer angetan hatten, waren nicht mehr nach seinem Geschmack. Er verteilte sein Herz nicht mehr. Er widmete sich nur noch einer Sache, der er treu blieb bis zum Tod. Richtig wohl fühlte sich Don Ignacio nur bei uns. So sehr, daß er eines Tages uns alle in einen Zug setzte und nach Sevilla brachte. Ins Ateneo. Er hatte mit dessen Präsidenten, Don Eusebio Blasco Garzón – der hier in Buenos Aires starb, nachdem er während unseres Krieges Konsul in Argentinien gewesen war –, eine Reihe von Lesungen und Vorträgen vereinbart, die von den *sieben avantgardistischen Literaten Madrids* oder dem »strahlenden Siebengestirn«, wie uns ein Lokalblatt bei unserer Ankunft nannte, bestritten werden sollten. Das Sternbild setzte sich zusammen aus: Bergamín, Chabás, Diego, Dámaso Alonso, Guillén, García Lorca und mir. Das Unterhaltsamste während der Bahnfahrt war die gemeinsame Verfertigung eines Sonetts zu Ehren Dámaso Alonsos, in dem so erstaunliche Verse wie die folgenden vorkamen:

Nie sah man noch vereint so viel
Menendezpidalsches Schellenklingeln
und auch Aquädukt.

Die Abendveranstaltungen im Ateneo waren ein ungewöhnlicher Erfolg. Die Sevillaner sind begeisterungsfähig bis zur maßlosen Übertreibung. Das Publikum beklatschte die schwierigen Dezimen Guilléns wie die gelungensten *verónicas* in der Stierarena. Federico und ich lasen abwechselnd die kompliziertesten Stellen aus Góngoras *Soledades* und wurden immer wieder von enthusiastischem Applaus unterbrochen. Doch das Delirium erreichte seinen Höhepunkt, als Lorca selbst aus seinen noch unveröffentlichten *Zigeunerromanzen* vorlas. Die Leute schwenkten Tücher, wiederum wie in der Stierarena bei der schönsten Arbeit mit der Muleta, und die Krone setzte allem der andalusische Dichter Adriano del Valle auf, der nach der Lesung, auf seinem Stuhl stehend, Federico in überschwenglicher Raserei den Rock, den Hemdkragen und die Krawatte vom Leibe riß.

Im Laufe dieser Reise lernte García Lorca auch Fernando Villalón kennen, »den besten jungen Dichter ganz Andalusiens«, wie Ignacio ihn immer vorstellte. Die beiden Dichter, die einer für den andern eine Überraschung waren, schlossen auf der Stelle Freundschaft. Eines Nachmittags lud Villalón Federico und mich zu einer Fahrt durch die Stadt ein. Zusammen fuhren wir in dem zweifelhaften kleinen Auto, in dem ich schon auf unserer Reise nach Puerto so sehr gelitten hatte, durch die verwinkelten Straßen, das gefährliche Labyrinth der Stadt. Ich werde nie das entsetzte Gesicht des armen Lorca vergessen, dessen Angst vor Autos noch größer war als meine. Denn Villalón fuhr wie ein Wilder laut hupend und zwischen den erschrocken zur Seite springenden und regelrechte *verónicas* ausführenden Passanten hindurch und erläuterte uns sein zukünftiges Gedicht – *El Kaos* (Das Chaos) –, aus dem er uns auch gleich, die Hände vom Steuer nehmend, die ersten Strophen vortrug.

Am selben Abend ein Fest in Pino Montano, dem schönen Wohnsitz Sánchez Mejías' außerhalb der Stadt. Das erste, was Ignacio bei unserer Ankunft einfiel, war, daß er uns als Mauren verkleidete, indem er uns in dicke marokkanische Dschellabas steckte, in denen wir bis zum Morgen weidlich schwitzten. Keine Gesellschaft am Hofe des Kalifen, sondern ein grotesker Zarzuela-Chor waren wir, wobei sich Bergamín als der fürchtenswerteste und Juan Chabás als der echteste Maure hervortaten. Wir tranken reichlich, und aus den infernalischen Tiefen unserer Vermummung heraus trugen wir unsere Gedichte vor. Dámaso Alonso setzte das Auditorium in Erstaunen, indem er auswendig die 1091 Verse der ersten »Soledad« Góngoras aufsagte. Federico unterhielt uns mit seinen witzigen theatralischen Einfällen, und Fernando Villalón stellte mit mir verschiedene hypnotische Experimente an. Als dieses arabische Fest betrunkener Poeten vollends ins Alberne und Absurde abzugleiten drohte, meldete Ignacio die Ankunft des Gitarristen Manuel Huelva, der von Manuel Torres, dem »Sohn von Jerez«, begleitet wurde, einem der größten Genies des *cante jondo*, des andalusischen Volksliedes. Nach einigen Runden Manzanilla begann der Zigeuner zu singen. Er überraschte uns alle, er packte uns bei der Kehle mit seiner Stimme, seinen Gesten und den Worten seiner Coplas. Er war wie ein wildes, verwundetes Tier, ein schrecklicher Brunnen des Leids. Aber trotz seiner ergreifenden Stimme waren das wirklich Überraschende seine Worte: seltsame Verse, komplizierte Begriffe, schwierige Arabesken.

»Woher nimmst du solche Texte?« fragte man ihn.

»Die einen erfinde ich selbst, die andern suche ich.«

»Warum singst du nicht die, die du ›Die Platten Ägyptens‹ nennst?« fragte Don Ignacio.

Bevor wir noch Zeit hatten, uns über einen so kuriosen Titel zu wundern, ließ Manuel Torres einen sonderbaren Gesang vernehmen, der ganz seine eigene Schöpfung war. Als er geendet hatte, fragten wir ihn nach einem kurzen erschütterten Schweigen, wie ihm dergleichen eingefallen sei.

Der Zigeuner erzählte uns ernst und mit einfachen Worten:
»Eines Abends riefen mich einige befreundete Herren. Ich ging hin. Aber soviel auch getrunken wurde und sie mich anfeuerten – mir war an diesem Abend nicht nach Singen zumute. Das wenige, was ich machte, machte ich schlecht. Ich brachte nichts zustande. Meine Stimme wollte nicht kommen. Ich mußte gehen, traurig und besorgt. Ich ging allein durch die Straßen, ohne zu wissen, was ich tat. Als ich durch die Alameda de Hércules kam, blieb ich vor einem der Jahrmarktstände stehen, um einem Grammophon zuzuhören. Die Platten drehten und drehten sich und sangen irgendeine Geschichte vom König Pharao. Ich ging weiter und hatte all das im Kopf. Als ich über die Triana-Brücke ging, hatte ich plötzlich wieder eine reine Stimme, und ich begann zu singen, was Sie eben gehört haben: ›Die Platten Ägyptens.‹«
Wir waren verblüfft, um so mehr als wir begriffen, daß das, was der geniale Sänger auf dem Jahrmarkt gehört hatte, sicherlich – und Ignacio bestätigte es uns später – einige Schallplatten der in ganz Spanien berühmten Zarzuela *La corte de Faraón* (Der Hof des Pharaos) gewesen waren. Was wir logischerweise für »die Plagen Ägyptens« hielten, waren für Manuel Torres »die Platten«, und so war der Zigeuner über die oft auf Unwissenheit oder fehlerhafter Auffassung beruhende Volkssprache* zu seiner großartigen Schöpfung gelangt: einer neuen Copla des *cante jondo*, die sich von ihrem so absurden Vorbild völlig losgelöst hatte.
Manuel Torres konnte weder lesen noch schreiben. Er konnte nur singen. Aber sein Gewissen als Sänger war bewundernswert. Am selben Abend noch erklärte er uns mit der Sicherheit und Gelehrtheit, mit der ein Góngora oder Mallarmé seine Ästhetik dargelegt hätte, daß er sich

* Die (Schall-)Platten hießen damals in der Umgangssprache oft *placas* (statt *discos*). Für Torres lag daher die Verwechslung mit *plagas* = Plagen nahe. Anm. des Übers.

nicht von modischen Strömungen mitreißen ließ und daß er das allzu Bekannte, das, was alle Welt trällerte, mied; und zuletzt faßte er seine Gedanken mit meisterhaften Worten zusammen: »Beim *cante jondo*«, sagte er leise, die harten, wie aus Holz geschnitzten Hände auf die Knie gelegt, »ist das, was man suchen muß, bis man es findet, der schwarze Rumpf des Pharaos.« Und damit drückte er, wenn auch auf sehr seltsame Weise, dasselbe aus, was Baudelaire vom Tode, dem Kapitän seiner Reise, forderte: *Au fond de l'Inconnu pour trouver du nouveau!*
Der schwarze Rumpf des Pharaos!
Von allen Anwesenden war begreiflicherweise Federico García Lorca derjenige, der diesen beunruhigenden Ausdruck des Sängers aus Jerez am meisten und mit geradezu überschwenglichen Worten lobte. Niemand – glaube ich heute – fand in jener verzauberten, trunkenen Nacht in Sevilla einen passenderen Ausdruck für das, was auch García Lorca suchte und entdeckte in dem zigeunerischen Andalusien, das er in seinen Romanzen und Liedern auflodern ließ. Als der Dichter aus Granada 1931 seine mehrere Jahre zuvor entstandene *Dichtung vom Cante Jondo* veröffentlichte, setzte er vor den »Viñetas flamencas« betitelten Teil die Widmung: »Für Manuel Torres, den Sohn von Jerez, der den Rumpf des Pharaos hat.« Die Worte des großen Zigeuners waren in seinem Gedächtnis haften geblieben.
Den Höhepunkt unserer Reise nach Sevilla bildete die Krönung Dámaso Alonsos in der »Venta de Antequera«. Während des Banketts in diesem Gasthaus erschien Antúnez, einer jener geistreichen Spaßmacher, wie man sie im andalusischen Volk so oft findet, um die Gäste zu unterhalten. Nach einer wahrhaft surrealistischen Rede setzte er auf das strahlende Haupt Dámasos einen grünen Lorbeerkranz, der – nach der Chronik Gerardo Diegos über dieses Ereignis (*Lola*, 5) – »von einem nahen Baum geschnitten wurde, von den in solchen Ernten schon geübten Händen Ignacio Sánchez Mejías'«. Ein Fest der

Freundschaft, der Ausgelassenheit, der Grazie, der Poesie, in dem noch die Echos – vielleicht die letzten – unserer Schlacht für Góngora nachhallten.

Als ich nach Madrid zurückgekehrt war, zwangen mich die Wolken innerer Stürme, mich eine Zeitlang zurückzuziehen; dann stürzte ich mich in das wirre, verzweifelte Durcheinander meiner letzten Jahre vor der Republik.

VII

Ich schreibe dieses neue Kapitel in meinem neuen Haus, Pueyrredón 2 471, 9. A. Es ist schon eine Weile her, daß ich das andere in Las Heras verließ, meinen armen kleinen Garten unter den »Bundessternen«, der immer schattiger wurde und den scheußliche hohe Bauten immer dichter umringten. Jetzt lebe ich im Licht, über den schönen Bäumen der Plaza de Francia; im Hintergrund sehe ich den riesigen Strom, das Hin und Her der Züge, die Kräne, die Schiffe und das rasche Blitzen der Flugzeuge. Jetzt atme ich frei. Die Sonne geht über meiner Stirn auf. Ich kann zufrieden arbeiten.

Welcher jäh einfallende Schatten trennte mich beinahe unmerklich vom Licht, von der marmornen Form meiner letzten Gedichte, von dem noch nicht fernen Gesang der Brunnen, von meinen Schiffen, Flußmündungen und Salinen, um mich in diesen Schacht der Finsternis, dieses dunkle Loch zu stürzen, wo ich beinahe in Agonie, aber heftig um mich schlug, um einen Weg zur bewohnten Oberfläche, zur reinen Luft des Lebens zu finden?

Gegen mich ganze Welten,
gegen mich, den Schlafenden,
Gebundenen,
Wehrlosen.

Ich konnte nicht schlafen, die Haarwurzeln, die Nagelbetten schmerzten mich, gelber Zorn stieg in mir auf, und ich biß vor brennendem Schmerz ins Kopfkissen. Wie viele wirkliche Dinge, im Helldunkel liegend, hatten mich gestoßen, bis ich wie ein krachender Blitz in diesen tiefen Abgrund stürzte! Die unmögliche Liebe, die in den schönsten Stunden der Hingabe und des Vertrauens verratene; die wütendste Eifersucht, die imstande war, in den schlaflosen Stunden der Nacht das eiskalte Verbrechen zu planen; der traurige Schatten des Freundes, der durch Selbstmord endete, wie ein stummer Glockenschlag gegen meine Stirn; uneingestandener Neid und Haß, die nach außen drängten, platzten wie eine unterirdische Bombe; die leeren Taschen, die nicht einmal mehr dazu taugten, mir die Hände zu wärmen; die endlosen Wanderungen ohne Ziel, im Wind, im Regen, in der Sonnenhitze; die Familie, die gleichgültig blieb oder schwieg angesichts dieses furchtbaren Kampfes, der mein Gesicht, mein ganzes Wesen zeichnete, so daß ich verfiel, wie ein Schlafwandler durch die Gänge des Hauses strich oder auf den Bänken der Promenaden saß, die kindlichen Ängste, die mich stoßweise überfielen und mir Gewissensbisse, Zweifel, Höllenfurcht brachten, dunkle Echos aus jenem Jesuitenkolleg, das ich liebte und das mich leiden machte in meiner Bucht von Cádiz; die Unzufriedenheit mit meinem bisherigen Werk, meine Hast, etwas, was mich ständig daran hinderte, irgendwo haltzumachen, mir einen Augenblick Ruhe zu gönnen. All das und noch vieles andere: widersprüchliche, unerklärliche, verworrene Dinge. Was sollte ich tun, wie sollte ich sprechen, wie schreien, wie diesem Gestrüpp, durch das ich mich schlug, Form geben, wie sollte ich wieder aus diesem Abgrund der Katastrophen emporsteigen, in den ich gestürzt war? Ich tauchte immer tiefer ein, vergrub mich immer mehr unter meinen Trümmern, mit zerrissenen Eingeweiden, zersplitterten Knochen. Da enthüllten sich mir die Engel, nicht die christlichen, körperlichen, die man auf den schönen Gemälden und Drucken sieht, sondern unwiderstehliche Kräfte des Geistes, formbar nach den schmutzigsten, geheimsten Zuständen meiner Natur. Und ich ließ sie in Scharen los auf die Welt als blinde Reinkarnationen alles Blutigen, Trostlosen, Qualvollen, Schrecklichen und manchmal auch Guten, das ich in mir trug und das mich einhüllte.

Ich hatte ein Paradies verloren, vielleicht das meiner jüngstvergangenen Jahre, meiner hellen frühen, fröhlichen und problemlosen Jugend. Ich war auf einmal wie ohne alles, ohne das Blau hinter mir, meine Gesundheit war wieder stark angegriffen, zerrüttet, ich war im Innersten zerbrochen. Ich begann mich von allem fernzuhalten, von den Freunden, den Zusammenkünften, vom Studentenheim, ja sogar von der Stadt, in der ich wohnte. Ein Gast des Nebels, schrieb ich zu allen Stunden der Nacht, blind tastend, ohne das Licht anzudrehen, mit einem ungewollten Automatismus, einem spontanen, zitternden, fiebrigen Drang, der machte, daß die Verse einander überdeckten, so daß es mir bei Tage manchmal unmöglich war, sie zu entziffern. Meine Sprache wurde schneidend, gefährlich, wie eine Degenspitze. Die Rhythmen sprangen in Stücke, und jeder Engel schwang sich empor in Funken, in Rauchsäulen, in Aschewirbeln, Staubwolken. Aber mein Gesang war nicht dunkel, der wirrste Nebel verfestigte sich, begann zu kriechen wie eine brennende Viper. Die äußere Wirklichkeit, die mich umgab und sich mit der meinen vermischte, schüttelte mein Innerstes mit aller Gewalt und ließ mich durch die Straßen irren wie eine wahnsinnige Lava, ein Komet, der künftige Katastrophen ankündet. Ich war krank, allein. Niemand folgte mir. Ein unsympathischer, verletzender, bissiger, unerträglicher Poet, nach den Äußerungen anderer zu urteilen, die zu mir drangen. Ich beneidete und haßte die anderen um ihrer Lage willen: fast alle waren glücklich; die einen bekamen Geld von ihrer Familie, die anderen hatten einen Beruf und konnten ruhig leben; sie waren Professoren und zogen von einer Universität zur andern, oder Bibliothekare, Beamte in irgendwelchen Ministerien, Angestellte in Reisebüros ... Und ich? Was war ich? Ich hatte nicht einmal meine Schulbildung abgeschlossen; ich war ein Frettchen in meinem Hause, mit den Meinen verfeindet; ich ging überallhin zu Fuß, trieb umher wie ein Blatt, und durch meine löcherigen Schuhsohlen drang das Regenwasser. Ich wollte arbeiten, etwas anderes tun als schreiben. Damals bat ich mehrere befreundete Architekten, mich als Hilfsarbeiter auf irgendeiner Baustelle unterzubringen. Aber wie denn! Unmöglich! Sie dachten, das sei ein Scherz, eine Überspanntheit, eine Methode, auf mich aufmerksam zu machen. Ich bestand darauf. Kanalreiniger wollte ich werden, Straßenkehrer, das Schlimmste, Bescheidenste, Erniedrigendste ... Ich wollte entkommen aus dieser Höhle der Dämonen, der langen Schlaflosigkeiten, der Alpträume. Da lud mich José María Cossío ein, eine Zeitlang bei ihm, in seinem Haus in Tudanca, zu wohnen. Zu Pferde, im Schein einer Laterne, kam ich mit ihm dort an, in einer Nacht, in der ein mit Schnee vermischter Regen fiel und die Bäche angeschwollen waren.

In Tudanca, einem Dorf von kaum vierzig Häusern, lebten wir allein, umgeben von armen Bauern. Am späten Nachmittag besuchten uns manchmal der Pfarrer und der Schulmeister, ein intelligenter, geistreicher alter Mann. Das aus Stein und Holz erbaute Haus war schön. Eine gute Bibliothek, Armsessel, Kamine gegen die Kälte, die dort oben im Norden grimmig ist und lange andauert. Das Sonnenzimmer ging auf einen Garten: ein paar Blumen, ein wenig Gemüse. Obwohl es Frühling war, wußte man die Morgensonne zu schätzen, die erst nach einem harten Ringen mit dem Nebel von den Bergen herunterkam. Ich wählte diesen Ort für meine Arbeit, und dort saß ich, um zu lesen und zu schreiben, während Carlota, ein hübsches Bauernmädchen, das im Haus angestellt war, um mich herumstrich und mir von den Bäumen des Gartens her verstohlene Blicke zuwarf. Sie war schüchtern und schreckhaft, aber trotzdem unterhielt sie sich so manchen Morgen damit, mir durch einen Riß in der Decke meines Schlafzimmers Erbsen – zarte Geschosse – auf das Bett zu werfen. Während des Tages war Carlota dann ein scheues Reh, das vor jedem Versuch, es zu jagen, floh.

Einigermaßen zur Ruhe gekommen, vermehrte ich mein Buch um eine nicht geringe Anzahl von Gedichten. Die Dunkelheit der Berge, der Kampf der Winde – des Südwests und des Nordwests – und dazu diese Einsamkeit schenkten mir neue Engel für diesen Band. Dort in Tudanca geschah es, daß der kurze, gezügelte, strenge Vers unmerklich in einen anderen, längeren überging, der sich den Regungen meiner Phantasie in jenen Tagen besser anschmiegte. Ich schrieb die »Tres recuerdos del cielo« (Drei Erinnerungen an den Himmel), die erste, spontane Huldigung meiner Generation für Gustavo Adolfo Bécquer. (Viel später erst kamen die der anderen.) Aber plötzlich ließ ich Finsternis und Engelsschwingen beiseite und schrieb eine Ode auf einen Fußballer – »Platko« –, den heldenhaften Tormann in einem Spiel zwischen Real San Sebastián und Barcelona. Es fand in Santander statt, am 20. Mai 1928. Ich fuhr mit Cossío hin. Ein brutales Spiel zwischen Basken und Katalanen vor dem Hintergrund des Kantabrischen Meeres. Es ging um Fußball, aber auch um den Nationalismus. Die Basken spielten mit einer ungewöhnlichen Härte. Platko, ein hünenhafter Ungar, verteidigte wie ein Stier das katalanische Tor. Es gab Verletzte, die *Guardia Civil* griff mit den Gewehrkolben ein, Zuschauer rannten ins Spielfeld. In einem verzweifelten Augenblick wurde Platko von den Basken so wütend angegriffen, daß er einige Meter vor den Pfosten blutend und bewußtlos, aber mit dem Ball in den Armen, liegenblieb. Unter Beifall und Protestgeschrei wurde er von den Seinen auf die Schultern gehoben und vom Platz getragen. Als der Ersatzmann im Tor erschien, verlor die Mannschaft den Mut, aber als sich das Spiel schon dem Ende näherte, nahm Platko wieder seinen Platz ein, schön und stark, mit verbundenem Kopf, bereit, sich erschlagen zu lassen. Die Katalanen reagierten augenblicklich. Binnen weniger Sekunden landete der Ball – und das war das Siegestor – im Netz der Basken, die das Spielfeld unter den wütenden Rufen vieler Zuschauer und dem enttäuschten Applaus ihrer Anhänger verließen. Am Abend feierten wir mit den Katalanen im Hotel. Man stimmte »*Els segadors*« an und schwenkte

Separatistenfahnen. Und ein Mann, der während des Spiels mit Cossío und mir zusammengewesen war, sang hinreißend und mit wahrer Meisterschaft argentinische Tangos. Es war Carlos Gardel.
Mit ihm fuhren wir am nächsten Morgen nach Palencia. Ein kurzer, angenehmer, unterhaltsamer Ausflug. Gardel war ein gesunder, einfacher, warmherziger Mensch. Er war von allem begeistert, was er sah und hörte. Unsere Fahrt durch die Straßen der Stadt verlief nicht ohne Lärm und Aufsehen. Die Namen der Ladenbesitzer faszinierten uns. Es waren rauhe, primitive Namen aus dem römischen und westgotischen Märtyrerverzeichnis. Entzückt und ohne das Lachen zurückhalten zu können, lasen wir: »Posamentengeschäft Hubilibrordo González«, »Café Genciano Gómez«, »Gemischtwarenhandlung Eutimio Bustamante« und dann vor allem: »Cojoncio Pérez, Ersatzteillager«. Eine schnelle, glückliche, unvergeßliche Reise. Monate später, als ich wieder in Madrid war, bekam ich von Gardel eine Karte aus Buenos Aires. Er schickte mir neben herzlichen Grüßen seine besten Empfehlungen an Cojoncio Pérez. Wie mich, hatte auch ihn dieser Name am meisten beeindruckt.
Während ich bei Cossío in Tudanca wohnte, besuchten wir auch einige Städte im Norden: Santillana del Mar! Torrelavega, Gijón, Oviedo ... Von Santillana aus, glaube ich, fuhren wir im Auto zu einer erschütternden Begegnung mit den Büffeln, Hirschen und Wildschweinen der Höhle von Altamira. Es nieselte. Wir hielten am Straßenrand vor dem kleinen Haus des Mannes, der für die Höhle zuständig und, natürlich, ein Pfarrer war. Im Schutz seines roten Schirms überquerten wir einige ebene, leere Saatfelder, und als wir einen Hang hinuntergegangen waren, standen wir plötzlich vor einer kleinen Tür. Wer hätte das gedacht! Durch sie betraten wir das schönste Sanktuarium der ganzen spanischen Kunst. Im Dunkeln begannen wir, unter die Erdoberfläche hinunterzusteigen. Ein Licht ging an, aber wir gingen weiter durch

einen engen Gang, der immer abschüssiger und feuchter wurde. Ich wagte kaum zu atmen und betrachtete die Felswände zu beiden Seiten, um irgendeinen Hinweis auf das zu entdecken, was wir gleich sehen sollten. Nichts. Plötzlich leuchteten einige verborgene Scheinwerfer auf. O Wunder, wir befanden uns schon im Innersten der Höhle, in der erstaunlichsten ausgemalten Höhle der Welt. Auf den großen Steinplatten des Bodens liegend – denn das Gewölbe ist nicht sehr hoch –, konnten wir das riesige Fresko der unterirdischen Meister unseres malerischen Quartärs am besten überblicken. Die Felswände schienen zu brüllen. Da waren, in Rot und Schwarz, dicht gedrängt und glitzernd in der durchsikkernden Nässe, die zornig erregten oder ruhenden Büffel. Ein jahrtausendealtes Beben erschütterte den Raum. Er war wie der erste spanische Stierzwinger, aus dem die tapferen Rinder hinausdrängten. Keine Hirten waren auf den Wänden zu sehen. Die Tiere brüllten allein, bärtig und schrecklich in der Tiefe dieser Dunkelheit der Jahrhunderte. Ich verließ die Höhle mit Engeln beladen, die ich oben im Licht freiließ, und ich sah, wie sie sich im Regen emporschwangen, die Pupillen zornerfüllt.

Als ich Tudanca verließ, übergab ich Cossío *El alba del alhelí*, denn er hatte sich großzügigerweise erbötig gemacht, das Buch in seiner Sammlung »Libros para Amigos« (Bücher für Freunde) auf seine Kosten zu veröffentlichen ...

Aus dem Norden eilte ich in den Süden, das heißt nach Puerto, und ich machte nur kurz in Madrid Station. Ich erinnere mich nicht mehr, wer mir die Reise bezahlte. Fest steht, daß ich meinen Onkel Jesús besuchte, in dessen Haus ich einige Wochen verbrachte, umgeben von Vettern und Basen aller Größen und jeden Alters. Onkel Jesús – längst nicht mehr das Schreckgespenst meiner Kindheit – war ein guter, freundlicher Mann, dem die Bedürfnisse eines jungen Dichters durchaus nicht fremd waren. Eines Abends fragte er mich halb im Scherz, halb im Ernst:

»Möchtest du dir ein paar Peseten verdienen?«
»Natürlich«, antwortete ich. »Sag mir, wie.«
»Indem du einige Verse für die Domecqs schreibst.«
»Gut, ich mache ein großes Gedicht über die Geschichte der Firma und den Ursprung ihres Kognaks und ihrer Weine.«
Onkel Jesús, der mit den berühmten Kellereibesitzern eng befreundet und, ich glaube, auch ihr Vertreter für ganz Andalusien war, brachte mich gleich am nächsten Tag nach Jerez, damit ich mich informieren konnte. Nachdem wir durch die besten Keller gegangen waren und die verschiedensten Weine gekostet hatten, speisten wir mit Manuel Domecq, Vicomte von Almocadén, einem sehr liebenswürdigen Andalusier, der seine französische Abstammung nicht verleugnen konnte und sogar Paul Valéry ähnlich sah. Von ihm erfuhr ich alles Nötige für mein Gedicht. In weniger als einer Woche schrieb ich dann ein Lobgedicht in Sextinen, das den Ruhm des Hauses pries. Ich gestehe, daß es mir in der Gemütsverfassung, in der ich mich befand, Spaß machte, es zu schreiben, und daß es meine Ängste ein wenig linderte. Es wurde vereinbart, daß ich es am Ende eines Banketts vortragen sollte, an dem unter anderen eigens geladenen Gästen auch Fernando Villalón teilnahm. Am Vormittag des Festes fand ich mich, wieder von meinem Onkel begleitet, in Jerez ein. Unter dem Arm trug ich mein Gedicht, mit Tusche auf einige Bogen Zeichenpapier kalligraphiert, die ich in eine von mir selbst farbig verzierte Mappe gelegt hatte. Beim Dessert und vor dem letzten Glas, mit dem der Trinkspruch ausgebracht wurde, trug ich das Lobgedicht vor, das alle schweigend anhörten. Als ich geendet hatte und es Domecq überreichte, applaudierten sie. Am Nachmittag besichtigten wir sein Gestüt. Die Pferde – von edelster spanisch-arabischer Rasse – weideten elegant und schön in den weiten Auen des Guadalete. Der Vicomte nahm mich zusammen mit meinem Onkel beiseite und sagte:

»Du kannst dir das Pferd aussuchen, das dir am meisten zusagt. Dein Gedicht hat mir sehr gefallen.«

Ich war sprachlos, wie versteinert. Das Geschenk verlockte mich. Was tun? Ich dachte eine gute Weile nach, bevor ich antwortete.

»Don Manuel«, sagte ich schließlich, »was fange ich im dritten Stock mit einem Pferd an? Wenn ich noch in Puerto wohnte ...«

Er lachte.

Am Abend, als wir wieder daheim waren, versammelte Onkel Jesús nach dem Essen seine erwachsenen Kinder, und vor ihren Augen fächerte er auf dem Tischtuch zehn nagelneue 500-Peseten-Scheine auf. Zuerst dachte ich, es wären mehr, aber als ich sie zählte, waren es eben doch nur 5000 Peseten. Da hätte ich doch lieber das Pferd gehabt.

Ich hatte wegen meines kurzen Abstechers in die Welt des Fußballs und des Weinbaus keine Gewissensbisse. Engel und Dämonen hatten unterdessen weitergewirkt in meinem Innern, und ich holte sie, mit meinem eigenen Blut befleckt, hervor und schloß sie ein in jene Gedichte, die ich nun bald fertig haben sollte. Immer noch in den Schubladen meines Zimmers ruhte und wartete auf seine Stunde *Cal y canto*, das Buch, das voll war von den Blitzen der Góngora-Schlacht. Diese Stunde sollte nicht mehr lange auf sich warten lassen. Noch im selben Jahr richtete der Verlag der *Revista de Occidente* eine neue Abteilung für die junge Dichtung ein, und als erstes erschienen *Cántico* (*Lobgesang*) von Jorge Guillén und die *Zigeunerromanzen* von Federico García Lorca. *Seguro azar*, das neue Buch von Salinas, und das meine folgten kurz darauf, aber schon im nächsten Jahr, 1929, in dem ein anderer neugegründeter Verlag (CIAP) auch mein Buch *Engelsgedichte* herausbrachte.

García Lorcas *Zigeunerromanzen* waren der größte Erfolg des ganzen Jahrzehnts. Schon vor seinem Erscheinen hatte Lorca einen Teil des Weges zu diesem Ruhm zurückgelegt, dessen Geheimnis in der – manchmal in ein dramatisches Mysterium gehüllten – Klarheit der Gedichte lag. Max Aub*, ein im Stillen wirkender Schriftsteller dieser Generation, der seine besten Leistungen auf dem Gebiet des Theaters, der Erzählung und der Kritik erst Jahre später und vor allem jetzt, im Exil, geben sollte, sagte sehr treffend: »Mit der Romanze Federicos kehrt die Geschichte zurück, kehrt die dramatische Erzählung zurück, kehrt zur spanischen Poesie eine Strömung zurück, die unterdrückt worden war vom Modernismus, vom *l'art pour l'art* all jener, die Anekdote und Poesie (so, wie sie sie verstanden) nicht miteinander vereinen konnten oder wollten.« Aber die Romanze hatte schon Juan Ramón Jiménez wieder eingeführt; sie war, angesichts der harten und launenhaften metrischen Formen des Modernismus, sein großer beschwingter, geschmeidiger, musikalischer Fund. Und kurz nach dem Dichter aus Huelva war Antonio Machado erschienen mit *La tierra de Alvargonzález* (Das Land des Alvargonzález), einer schrecklichen kastilischen Geschichte ganz im Stil der Romanze. Die Romanze Federico García Lorcas ist jedoch etwas ganz anderes: Die Anekdote, die tatsächliche Begebenheit ist beinahe immer mit einem Geheimnis beladen und entzieht sich bisweilen – wie in »Somnambule Romanze« oder in »La pena negra« (»Romanze von der schwarzen Pein«) – jeglicher eindeutigen Erzählabsicht. García Lorca stellte zusammen mit Juan Ramón Jiménez und Antonio Machado auf die Steine des alten spanischen *Romancero* einen neuen, seltsamen, festen Stein, der zugleich Stütze und Krone der alten kastilischen Tradition ist. Das war das Neue, das er brachte, und das trug ihm seinen aufsehenerregenden Erfolg ein.

Der Erfolg Jorge Guilléns *Lobgesang* war anderer Art, aber unbestreitbar ein Erfolg. Trotz allem, was man damals sagte (und was einige noch heute sagen mögen),

* *La poesía española contemporánea* (Die zeitgenössische spanische Dichtung), Mexiko 1954.

nämlich im Hinblick auf die Einflüsse oder die Neigungen, war die Dichtung Jorge Guilléns, so wie sie in seinem Buch hervortrat, eine der persönlichsten Spaniens. Und entgegen der Ansicht vieler war es eine klare, optimistische, freudige, eine Dichtung wie ein in einem Zuge gezeichneter Kreis, eine überschwengliche, lebendige, bewundernswerte Dichtung. Ihre scheinbare Schwierigkeit lag im Duktus. (Nicht jeder begreift die Schönheit eines Kreises, wenn es nicht ein Zirkel, sondern eine Hand mit einem zitternden Puls war, die ihn, ohne abzusetzen und in vollkommener Linie, zog.) Keineswegs eine vorfabrizierte Poesie, wie Juan Ramón Jiménez böswillig andeutete, als er sie angriff. Eine Poesie vielmehr, die den Dingen selbst entsprang, in dynamischer Ekstase vor einer transparenten Welt, in der sich sogar die Schatten, von Licht überflutet, abzeichnen. Ein ewig junger Dichter, geschmeidig, sicher, kraftvoll in seinem Gesang, der immer höher stieg und heute, von seinem Zenit aus, besser als irgendein anderer die Wirklichkeiten der Erde und unter diesen die schreckliche Wirklichkeit Spaniens zu sehen vermag. Man lese aufmerksam *Maremagnum* (*Unendlichkeit*), das letzte Buch Guilléns, das – welche Ehre! – die Zensur Francos verboten hat und das so etwas wie die neue große Strophe seines *Lobgesang* ist. Nichts, worüber man sich wundern müßte bei einem Dichter, der von Anfang an allem aufgeschlossen war.

Aufbrechen endlich, aufbrechen
Zum Ruhm, zum Morgentau
– Gewiß schon die Hoffnung,
Schon unheilvoll das Ungestüm –

Doch über den Guillén von heute werde ich in den nächsten Büchern dieser Erinnerungen sprechen.

Jetzt möchte ich zurückkehren zu Machado und zu meiner zweiten Begegnung mit ihm im Café Español, einem alten Café aus dem 19. Jahrhundert, das gegenüber der einen Seite des Teatro Real in Madrid lag, in der Nähe der Plaza de Oriente. (Ich entnehme diese Erinnerung meinem *Imagen primera de . . .)* Trübe, schwarz angelaufene Spiegel fingen die Schatten spukhafter Damen in Trauerkleidung, einsamer Herren mit altmodischen Kragen, armer Mittelstandsfamilien mit schon verblühten heiratslustigen Töchtern, traurigen Blumen, ein, die sich gegen den abgewetzten Samt der Sessel drückten.

Ein blinder Musiker, ein guter, wie die Stammgäste versicherten, spielte Klavier, während ein rundliches Mädchen von Tisch zu Tisch ging, um sich von den geistesabwesenden Bewunderern ihres Vaters einladen zu lassen – zu einer Tasse Kaffee mit einem Stück Toast und einem verstohlenen Streicheln. Von der herbstlich kalten, regennassen Straße aus erkannte ich durch die erhellten Scheibengardinen undeutlich die Silhouette Machados, und ich trat ein, um ihn zu begrüßen. Ich kam gerade aus einer intimen kleinen Buchhandlung, deren Besitzer, ein guter Freund von uns allen, mir eine seltene Ausgabe der Gedichte Rimbauds besorgt hatte, und ich war an diesem Nachmittag kindlich glücklich, weil ich dieses Bändchen in der Tasche meines Überziehers wußte, in die ich es gesteckt hatte, um es vor dem Regen zu schützen. Machado begrüßte mich sehr freundlich, und er bot mir gleich einen Platz an seiner Seite an, während er mich seinen Tischgenossen vorstellte. Sehr stolz und selbstgefällig zeigte ich ihm, als ich meinen Überzieher ablegte, mein kostbares Bändchen, in dem er mit einem leisen beifälligen Brummen blätterte und das er dann auf den Stuhl zu seiner Linken legte, über dessen Lehne die Mäntel und Schals hingen. Von den Herren, die er mir vorstellte, ist mir heute nur noch einer erinnerlich: der alte Schauspieler Ricardo Calvo, ein großer Freund des Dichters. An diesem Nachmittag war sein Bruder Manuel nicht bei ihm, was selten vorkam, denn die beiden waren unzertrennlich. Die anderen, die um ihn herum saßen, waren seltsame, altmodische Herren, die aussahen, als wären sie eben aus dem Hinterzimmer eines Dorfladens hervorgekommen. Und ich glaube, dieser Eindruck war nicht ganz falsch, denn solange ich bei ihnen saß, drehte sich das ermüdende Gespräch immer um provinzielle Dinge, Sorgen und Angelegenheiten, die den Kaffeetassen, die sie vor sich stehen hatten, fern und fremd waren: die Versetzung eines Professors, die Krankheit von, ich weiß nicht mehr, wem, die Ernte des letzten Jahres etc.

»Ach, ich hätte nicht hineingehen sollen!« warf ich mir kurz darauf unter den grünen Laternen und den hohen westgotischen Monarchen der Plaza de Oriente vor. Aber seit jenem Nachmittag konnte ich nie ohne ein melancholisches Lächeln meine seltene Rimbaud-Ausgabe betrachten, die noch seltener und wertvoller geworden war durch die runden Löcher, die Machados Zigaretten in ihren herbstlaubgelben Einband gebrannt hatten.

Das Jahr 1928 glitt seinem Ende entgegen. *El alba del alhelí* erschien als Geschenk José María Cossíos in einer nicht für den Verkauf bestimmten Auflage von nur 150 numerierten Exemplaren. Das Buch gelangte kaum in die Hände der Kritiker und blieb beinahe völlig unbemerkt. Mir machte das nicht viel aus, denn mein Interesse konzentrierte sich auf das Erscheinen der beiden anderen Bücher: *Cal y canto* und *Engelsgedichte*. Als ich mich endlich von dem letzteren befreit hatte, arbeitete ich schon an zwei neuen Werken: *Sermones y moradas* (Predigten und Aufenthalte), Gedichten, und *El hombre deshabitado (Der unbewohnte Mensch)*, ein Theaterstück. Beide bewegten sich noch in der elektrisch geladenen Atmosphäre der Engel, aber zugleich begann ich mit einem weiteren Buch, das mit den vorausgegangenen brach, obwohl es ebenfalls ein Produkt meiner Verwirrung und Anarchie jener Periode war: *yo era un tonto y lo que he visto me ha hecho dos tontos* (Ich bin ein Narr gewesen, und was ich sah, hat zwei aus mir gemacht). Wir erlebten damals das Goldene Zeitalter des großen burlesken Films aus den Vereinigten Staaten, in dessen Mittelpunkt der

geniale Charlie Chaplin stand. All diesen »Narren« – wahren Engeln aus Fleisch und Blut – widmete ich die Gedichte dieses Bandes.
Plötzlich veranlaßte mich ein sensationelles Ereignis, mich wieder fester mit meinen Freunden zusammenzuschließen: Das Ensemble Don Fernando Díaz de Mendoza, das noch um Doña María Guerrero trauerte, kündete die Uraufführung von *Sinrazón*, dem ersten Stück meines Freundes Ignacio Sánchez Mejías, an. Große Erwartung in der Welt der Literatur, noch viel mehr aber in der des Stierkampfs, bei jenem Madrider Publikum, das dem Torero böse war wegen einer häßlichen Geste, die er bei einer Corrida an die Zuschauer adressiert hatte. Als ich ins Theater – ins »Calderón« – kam, brodelte der ganze Zuschauerraum vor Erregung. Auf der Galerie sah man seltsame Typen mit Tüchern um den Hals und großen Knüppeln in den Händen. Die Schauspieler in den Kulissen zitterten. Don Fernando, ein an Galapremieren gewöhnter Aristokrat, konnte seine Besorgnis und seinen Abscheu nicht verbergen. »Wenn das Doña María sehen müßte!« sagte er zu Bergamín und mir, als wir ihn begrüßten. Lange bevor der Vorhang aufging, ähnelte das Theater einer Stierarena. Die Galerie buhte und pfiff im Takt der Knüppelschläge gegen den Boden zur allgemeinen Entrüstung der Logen und des Parketts, die durch ihre Proteste den skandalösen Lärm nur noch anfachten. Endlich erklang ein Hornsignal, der Vorhang hob sich, es wurde augenblicklich still. Die Bühne war völlig dunkel, nur die Kanten der Möbel phosphoreszierten – eine Neuheit. Man hörte zunächst nur jemanden sprechen, der nicht zu sehen war ... Dann gingen die Lichter an ... Das große Sprechzimmer eines Arztes in seiner ganzen modernen Weiße war zu sehen. In der Mitte stand vor einem Tisch ein ebenfalls weiß gekleideter Mann, der Fragen an einen anderen, abwesend wirkenden, richtete. Das Stück hatte begonnen. Heute, dreißig Jahre nach diesem denkwürdigen Abend, erinnere ich mich nicht mehr

an seinen Inhalt. Es spielte jedenfalls nicht, wie das Publikum erwartet hatte, im Stierkämpfermilieu, sondern in einem Irrenhaus. Es ging um das Problem Wahnsinn oder Vernunft, und Ignacio löste es tapfer wie an seinen besten Nachmittagen in der Stierarena. Ein seltener Erfolg und überdies der erste Versuch eines Freudschen Theaters in spanischer Sprache. Am Ende des letzten Aktes brach das Galeriepublikum, das mit der Absicht gekommen war, den großen Torero auszupfeifen, in Beifall und Ovationen aus, die auf die doppelte Lautstärke anstiegen, als Sánchez Mejías auf die Bühne trat, um sich zu bedanken. Am nächsten Tag gestanden sogar die strengsten Kritiker dem Torero Ohren, Schwanz und Hörner des getöteten Stiers zu und begrüßten in ihm das Erscheinen eines neuen Dramatikers. Böswillige streuten bald das Gerücht aus, *Sinrazón* habe nicht er geschrieben, sondern einer von uns jungen Schriftstellern, die ihn umgaben. Nichts könnte dümmer und falscher sein. Ignacio war hochbegabt und durchaus imstande, dieses von allen bewunderte Drama zu schreiben.

Das Jahr 1928 endete für mich mit der tiefen Erschütterung eines Vortrags, den Salinas noch vor der Veröffentlichung über *Engelsgedichte* hielt. Heftige Gewitter am politischen Himmel Spaniens waren dem Erscheinen des Buches günstig. Aber zuvor wurde in einer Ausgabe der »Revista de Occidente« *Cal y canto* besprochen, ein Buch, von dem ich innerlich bereits abgerückt war, da ich fühlte, daß es mit dem ungestümen Leben, das ich nun führte, nichts mehr zu tun hatte. Es kam gegen Ende des Winters heraus, als an den Bäumen schon das Frühlingsgrün aufbrach. Bergamín war der erste, der es begrüßte – mit einem ausführlichen Essay in *La Gaceta Literaria*. Kritiken von Quiroga Pla und Salazar Chapela beschäftigten sich auch mit ihm und halfen ihm bei seinen ersten Schritten ... *Cal y canto* trat seinen Weg an und ließ noch einmal den schon erloschenen Glanz der Huldigungen für Góngora aufleben. Ich begann mich für sein Schicksal zu interessieren. Aber bald verdunkelten es die Engel, die in ebendiesen Tagen aufgeflogen waren, mit ihren Schwingen und warfen ihm Trümmer auf den so glücklich begonnenen Weg. Diese flammenden, ungestümen Wesen erhoben sich gegen das Buch inmitten eines von Unruhen erschütterten Frühlings. Die Straßen erzitterten unter den ersten Studentenerhebungen gegen die Diktatur, unter der wir litten. Wie verworren waren für mich diese Tage, in denen die *Engelsgedichte* erschienen, das Buch, das Azorín als meine Ankunft »auf den höchsten Gipfeln der lyrischen Dichtung« bezeichnete! Aber die Engel waren mir schon entflohen, sie hatten mich leer zurückgelassen, und nur die schmerzende Öffnung der Wunde blieb mir noch. Doch dies war nicht die Zeit zu weinen. Der in einem meiner Gedichte unklar vorausgesagte Augenblick nahte nicht nur: er war gekommen und stachelte mich auf.

Aber endlich kam der Tag, die Stunde der Schaufeln und Eimer ...

Ich verstand wenig oder nichts von Politik, ich hatte mich ganz meinen Versen gewidmet in einem scheinbar ruhigen Spanien. Doch plötzlich öffneten sich meine Ohren Worten, die ich früher nie bewußt vernommen hatte oder die mir nichts sagten: Republik, Faschismus, Freiheit ... Und ich erfuhr in diesem Augenblick, daß Don Miguel de Unamuno aus seinem Exil in Hendaye Briefe und Gedichte an die Freunde schickte, regelrechte Pamphlete gegen den anderen Miguel*, den unterhaltsamen, stets fidelen Raufbold aus Jerez, der die wankende Monarchie stützte; Briefe und Gedichte, die, kaum angekommen, auch schon wie ein Lauffeuer durch die literarischen Kreise, die Redaktionen der regimefeindlichen Zeitungen, die erregten Hände der Akademiker gingen. Und ich sah, wie Ramón del Valle-Inclán in seinem Quartier im Café

* General Miguel Primo de Rivera (1870–1930), der im Einverständnis mit Alfons XIII. 1923 die Militärdiktatur errichtete. Anm. des Übers.

von La Granja, auf der Straße, in den Theatern, wo immer es ihm gerade einfiel, sein Duell auf Leben und Tod mit dem witzigen General austrug, der ihn seinerseits in einer bemerkenswerten Zeitungsnotiz »diesen ebenso großen Schriftsteller wie extravaganten Bürger« nannte. Unmerklich, wie durch Zauber, war ein Klima der Gewalttätigkeit entstanden, das mich faszinierte. Der Schrei und der Protest, die, in meinen eigenen vier Wänden widerhallend, mich auf dunkle Weise quälten, fanden endlich einen Ausweg und stürzten entbrannt hinaus auf die von Studenten wimmelnden Straßen, auf die Barrikaden, die auf den Promenaden errichtet worden waren, vor den Pferden der Guardia Civil und den Schüssen der Mausergewehre. Niemand hatte mich gerufen. Mein blinder Drang leitete mich. Die meisten dieser jungen Männer wußten wenig von mir, aber schon waren sie alle meine Freunde. Was tun? Wie konnte man ihnen helfen, um nicht lediglich als Aufwiegler dazustehen, als eines jener »fremden Elemente«, denen die Presse alles in die Schuhe schob, was gegen das Regime unternommen wurde? Auch die Gedichte von *Sermones y moradas*, die noch verzweifelter und härter waren als die *Engelsgedichte*, konnten ihnen nichts nützen. Damals kam aber auch niemandem der Gedanke, daß Dichtung noch etwas anderes zu bieten haben könnte als intimen Genuß. Nein, das fiel niemandem ein. Doch die Winde, die wehten, waren schon von Vorahnungen voll.

In diesen Tagen und auf diesem nun nicht mehr literarischen, sondern wirklichen Schlachtfeld erschien wie ein Komet Luis Buñuel. Er kam aus Paris zurück mit geschorenem Kopf, einem noch kräftigeren Gesicht und noch weiter vorstehenden Augen. Und er zeigte seinen ersten Film, den er zusammen mit Salvador Dalí gedreht hatte. Es war eine der unvergeßlichen Sitzungen des *Cine Club*, den sein Gründer selbst leitete: der damals schon »belastete« Giménez Caballero. Der Film machte starken Eindruck, er verwirrte viele und ließ alle auf ihren Sitzen zittern, als das Bild des von einer Wolke entzweigeschnittenen Mondes erschien, das unmittelbar in das furchtbare Bild eines von einem Rasiermesser zerschnittenen Auges überging. Als das verblüffte Publikum Buñuel nach der Vorführung um einige erklärende Worte bat, sagte er, indem er in seiner Loge einen Augenblick aufstand, dem Sinne nach: »Es handelt sich lediglich um einen verzweifelten, leidenschaftlichen Aufruf zum Verbrechen.« Auch Luis Buñuel machte eine Periode der Verwirrung und des heftigen Protests durch, und »er drückte«, wie Georges Sadoul sagte, »dieses ganze surrealistische *mal du siècle* in *Un chien andalou* aus, dem Bild einer von Erschütterungen heimgesuchten Jugend«. Bedeutsam war, daß die Vorführung dieses Films in eine Zeit fiel, in der Madrid schon großen politischen Ereignissen entgegenfieberte. Der Sturm, der uns mitriß, wehte auf eine Bresche zu, durch die so viele von uns mit einem klaren Bewußtsein einen Weg ins Freie fanden. Und durch dieselbe Bresche schritt Luis Buñuel nach *Un chien andalou* und *L'âge d'or* – den beiden Meisterwerken des surrealistischen Films – zu *Tierra sin pan* (Erde ohne Brot), seinem großartigen Dokumentarfilm über das Elend im Gebiet von Las Hurdes in der Estremadura, »einem Film, der«, um noch einmal Sadoul zu zitieren, »den Bürgerkrieg verständlich macht und ankündigt, in dem die Falangisten Buñuels Freund, den Dichter García Lorca erschossen, während Dalí in New York den Botschafter Francos porträtierte«. (Dalí, der mit Buñuel kurz nach *L'âge d'or* und wegen seiner politischen Einstellung gebrochen hatte und ihm vorwarf, er sei »durch den stalinistischen Bürokratismus verblödet«.)

Es war die Zeit der avantgardistischen Neuerungen, die mit einiger Verspätung Madrid erreichten, und man erlebte das große Finale des Stummfilms kurz vor dem Erscheinen des Tonfilms. *Das Cabinet des Doctor Caligari* war die erste Überraschung des Magischen inmitten einer Stille des Wahnsinns, der Grausamkeiten und der Verbrechen gewesen. Und dann verdankten wir, glaube ich, Buñuel selbst die Vorführung von *Entreacte*, *Die Muschel und der Priester*, *Nichts als die Stunden* und *Der Untergang des Hauses Usher* in den Sälen des Studentenheims. Neue Namen wie René Clair, Germain Dullac, Cavalcanti und Epstein zogen vor unseren Augen vorüber in einer Parade überraschender Bilder und Montagen von unerwarteten, absurden Metaphern, die ganz der europäischen Dichtung und bildenden Kunst jener Tage entsprachen (Tzara, Aragon, Eluard, Desnos, Péret, Max Ernst, Tanguy, Masson etc.). Von den der extremen Avantgarde fernstehenden Meisterwerken dieses Goldenen Zeitalters des Stummfilms habe ich noch in Erinnerung: *La passion de Jeanne d'Arc* von Dreyer, *Metropolis* von Fritz Lang, *Goldrausch* von Chaplin, *Die Mutter* von Pudowkin und vor allem Eisensteins *Panzerkreuzer Potemkin*. Und voll Zärtlichkeit denke ich zurück an die großen »Narren«: an Buster Keaton und Harry Langdon, und an die kleineren wie Stan Laurel, Oliver Hardy, Luisa Fazenda, Larry Semon, Bebe Daniels, Charles Bower und andere. Sie alle waren die Helden meines neu entstehenden, mehr oder weniger surrealistischen Buches, dessen Titel ich einer Komödie von Calderón de la Barca entnahm: *Yo era un tonto y lo que he visto me ha hecho dos tontos*. Ins Theater ging ich wenig. Für das Kino hatte ich dagegen ein leidenschaftliches Interesse. Unsere Bühne, auf der damals Benavente, die beiden Quintero, Arniches, Muñoz Seca etc. herrschten, konnte mir nichts geben. Ich erinnere mich nur noch an die Uraufführung von *Sinrazón* von Sánchez Mejías und an *Tictac* von Claudio de la Torre, *Brandy, mucho brandy* (Brandy, viel Brandy) von Antonio Azorín und *Los medios seres* (Die Mittelmäßigen) von Gómez de la Serna, das kühnste dieser Werke, das geniale Überraschungen bot, aber, wie ich später fand, zu langatmig und nicht sehr bühnenwirksam war.

Mit Juan Ramón verkehrte ich damals, ebenso wie mit

beinahe allen Schriftstellern der älteren Generationen, sehr wenig. Wir grüßten einander auf den Straßen unseres Viertels, er immer mit seiner Pfeife und seinem gepflegten Backenbart im Stile eines jungen Madriders von Goya. Ich war kein »Pombianer«, und ich glaube, Juan Ramón betrachtete alle, die nicht an den Versammlungen seiner berühmten Stammtischrunde teilnahmen, doch recht ungnädig. Gelegentlich leistete ich mir sogar den einen oder anderen Scherz mit ihm, so, zum Beispiel, als ich ihm ein ungereimtes Pamphlet gegen Ortega y Gasset und seine Akolythen von der *Revista de Occidente*, das heißt ebenjenem Kreis Juan Ramóns, zuschickte, und zwar während eines der vielen lärmenden Bankette, die in Pombo veranstaltet wurden – ich erinnere mich nicht mehr genau, ob es das zu Ehren Giménez Caballeros war. Obwohl ich gelegentlich ein Café besuchte, war ich doch nirgends Stammgast und regelmäßiger Teilnehmer an den Literatenversammlungen. Ich war von meinen ersten Jahren in Madrid an ein »Hutloser«, der sich am liebsten im Freien aufhielt, und in den Tagen, von denen ich nun spreche, war ich zudem ein einsamer, bissiger Dichter, der gesellschaftliche Zusammenkünfte immer mehr mied. Ich war damals befreundet mit Carmen Yebes, der hübschen, von Ortega bewunderten Gräfin, und mit Isabel Dato, der Tochter des monarchistischen Ministers, der das Opfer einer Anarchistenkugel wurde. Ich verkehrte ein wenig mit dem Herzog von Alba und etwas häufiger mit dem sympathischen, einäugigen und immer fröhlichen Herzog de las Torres. Ich besuchte die Bauers, denen die wunderbare von Antonio Marchalar in einem guten Buch gewürdigte Alameda de Osuna gehörte, und andere Aristokraten, von denen viele der erste Lufthauch der Freiheit beunruhigte, der die Diktatur bedrohte. Die Straßenkämpfe und dann die Gründung der Republik trennten mich fast vollständig von all diesen Menschen, und ich war zuletzt nur noch mit einer argentinischen Gräfin befreundet, die sich von Anfang an als eine konsequente, ihren liberalen Grundsätzen treue Person erwies. Ich spreche von Tota Atucha, Gräfin von Cuevas de Vera. Sie war – vor und nach dem spanischen Krieg, während meines Exils in Paris wie hier in Buenos Aires – immer dieselbe: eine wahre Freundin ohne Furcht vor politischen Konsequenzen, einfach, still, zuverlässig, kurz: ein außergewöhnlicher Mensch, dem viele exilierte Spanier mit der gleichen Liebe zugetan sind.

In der Sommerpause dieses Jahres fuhr ich wieder in die Sierra de Guadarrama. Meine durch ein Leberleiden untergrabene Gesundheit machte die Reise dringend erforderlich. Ich war wieder mager geworden und sah noch dünner und gebrechlicher aus als vor meiner ersten Erkrankung. Ich aß nur noch Gemüse mit Öl, das ich haßte, und bestimmte Früchte. Trotzdem aber mißachtete ich das Verbot des Arztes und machte Tag und Nacht lange Fußmärsche, bis ich erschöpft umfiel. Irgendwo, auf einem Hügel, einem Weg, in der entlegensten Gegend, arbeitete ich weiter an den Gedichten für die *Sermones y moradas* und dazwischen auch immer wieder an denen für die »Clowns« oder an dem schon ziemlich weit fortgeschrittenen Bühnenstück *Der unbewohnte Mensch.* Dennoch sah ich noch immer keinen Weg vor mir, und an meinem Horizont war kaum ein hellerer Streifen zu sehen. Ich war noch immer vor den Familienkarren gespannt. Die Bücher – mein Gott! Fünf hatte ich nun veröffentlicht, und was weiter? Nichts. Nicht einmal ein Schatten von irgend etwas. Leere Taschen.

Bei meiner Rückkehr nach Madrid schlug mir der Verlag Plutarco, den mein Onkel Luis Alberti leitete, eine neue Ausgabe von *La amante* vor. Ich fügte einige einzelne Gedichte und drei rasch hingeworfene Federzeichnungen hinzu und übergab ihnen das Ganze. Das Buch erschien. Es brachte mir alles in allem 200 Peseten. Da setzte ich alle meine Hoffnungen auf das Theater. Das Theater? Ich las noch einmal, was ich von dem Stück, an dem ich gerade arbeitete, schon geschrieben hatte. Es erschien mir dunkel und schwierig. Wer würde sich trauen, es herauszubringen? Die Schauspieler – mit sehr wenigen Ausnahmen Schwachköpfe – waren noch immer auf Marquina, Benavente, Muñoz Seca und die übrigen eingeschworen. Ich dachte daran, Libretti zu schreiben wie *La pájara pinta*, mit dem ich aus den bereits angedeuteten Gründen nicht fertig wurde und dessen Fragmente noch nicht veröffentlicht worden waren. Mit einem neuen Libretto – *El colorín colorete* – suchte ich Adolfo Salazar auf, und ich schlug ihm vor, es einem französischen Komponisten zu schicken. Zum Beispiel Darius Milhaud. Es war, wie nicht anders zu erwarten, ein Fehlschlag, obwohl das Buch in einer erfundenen Sprache geschrieben war, die keiner Übersetzung bedurfte. In jenen Tagen, glaube ich, hielt sich Manuel de Falla in Madrid auf. Sein »Konzert für Cembalo und Kammerorchester« wurde uraufgeführt. Ich begriff von Anfang an, daß es mehr als absurd war, mit irgendwelchen Vorschlägen an ihn heranzutreten. Trotzdem unterhielt er sich mit mir, da er schließlich auch aus Cádiz stammte, darüber, daß er – wann nur, wann? – einige Gesänge aus meinem *Matrosen* vertonen wollte. Ich zitterte vor Aufregung. Sein Angebot kam ganz spontan, aber ... Don Manuel war mehr als langsam. Er sollte diese Welt verlassen, ohne sein Oratorium *La Atlantida* zu beenden, an dem er damals schon zu arbeiten begonnen hatte. Verzweifelt erklärte ich mich bereit, einen Vortrag zu halten, um den mich der *Lyceum Club* der Damen schon vor Monaten gebeten hatte.

Ich war ein Narr gewesen, und was ich gesehen hatte und noch immer sah, hatte zwei Narren aus mir gemacht. Ich will damit sagen, daß ich bereit war, mich an allem zu rächen, Bomben der Wahrheit – oder beinahe der Wahrheit – zu legen wie jene, die ich eines Nachmittags halb im Scherz, halb im Ernst in diesem *Lyceum* platzen ließ. (Zum Glück schickte mir mein guter Freund, der Hispanist Robert Marrast, unlängst Kopien der Erklärungen, die ich anläßlich dieses durchschlagenden Erfolgs schriftlich abgab. Damit sie nicht verlorengehen, und um ein genaues Bild davon zu geben, was ich damals war, schließe ich sie am besten in die Zweige dieser Erinnerungen ein.)

Der Vortrag hatte den Titel »Taube und Schildkröte (nicht mehr arthritisch!)«. Den unschuldigen Vogel in einem Käfig in der einen und die Schildkröte in der andern Hand und als Clown gekleidet – mit viel zu weitem Überrock, Ziehharmonikahose, breitem Kragen mit riesiger Schleife und einer winzigen Melone auf dem Kopf: so stellte ich mich an einem Novembernachmittag in dem genannten Club in der Calle de las Infantas Nr. 31 unweit des Price-Zirkus – ein merkwürdiger Zufall! – vor. Und hier nun meine Worte, wie sie einige Tage nach meinem Auftritt in *La Gaceta Literaria* erschienen.

EIN LITERARISCHES EREIGNIS
Der Vortrag Rafael Albertis

La Gaceta Literaria, die weder für noch gegen dieses »Ereignis« Partei ergreifen, nichtsdestoweniger aber ihre Leser mit einer von Für und Wider gleich weit entfernten Unparteilichkeit informieren möchte, hat den Vortragenden, Rafael Alberti, und mehrere Damen des »Lyceum Club«, die seine Zuhörerinnen waren, befragt. Rafael Alberti gab die »Erklärungen« ab, die wir nachstehend bringen, und wir bringen ebenfalls die ersten Erklärungen, die wir vom »Lyceum« erhielten, wobei wir in einem Falle die Anonymität wahren, um die man uns gebeten hat.

1. Entgegen der Ansicht vieler guter Leute kenne ich sehr wohl eine gewisse *Abhandlung über die Höflichkeit*, die 1905 bei Calleja erschien; ebensowohl weiß ich, daß

jedwede Frau in ihrer Brust nach göttlichem Beschluß
einen schlafenden Ortega tragen muß,

und es ist mir auch durchaus bekannt, wann man auf die lächerlichste Weise die Hacken zusammenschlagen muß, um einer eleganten, distinguierten Dame die Hand zu küssen, oder wann man sich auf die ritterlichste Weise breitbeinig hinstellen muß, um der nämlichen eleganten, distinguierten Dame mit äußerstem Zartgefühl in die Hand zu spucken.

Da ich nun also all dies sehr wohl weiß, schrieb ich an den *Lyceum Club* und kündete meinen Vortrag »Taube und Schildkröte (nicht mehr arthritisch!)« an. Ich schrieb und bat um diesen Vortrag, da man mir im vergangenen Schuljahr eine Einladung geschickt hatte und ich sie nicht hatte annehmen können oder wollen. Es tut mir daher außerordentlich leid, einer gewissen erlesenen Minderheit von »Orientalen und Occidentalen« erklären zu müssen, daß alles, was an jenem Nachmittag des 10. November in der Calle de las Infantas Nr. 31 geschah, mit Vorbedacht und Heimtücke ins Werk gesetzt wurde.

2. Es war meine Absicht: die neuerdings über die Maßen gepriesene Intelligenz des schönen Geschlechts, seine gute Erziehung, seine Jugend, seine Tapferkeit und seine Liebe zu allen irdischen und himmlischen Tierchen zu beweisen; ein wenig Leben in das Haus der Venus und in meine unglückliche Gefährtin, die Schildkröte, zu bringen, die dringend die Damen des Clubs kennenzulernen wünschte, und vor allem der Arthritis und der Kinderlähmung offen den Krieg zu erklären sowie den Schrecken zu studieren, den in der *geheimnisvollen Seele der Frau* die pädagogische Drohung hervorruft, eine soeben erst von mir in einer Kloake oder Latrine gefangene Ratte loszulassen. Daneben hatte ich noch weitere gute Vorsätze, deren ich mich nicht mehr entsinne.

Ich trug alles vor, was ich mir vorgenommen und wozu ich Lust hatte. Zum Beispiel sagte ich meiner Taube, meiner poetischen Taube, zwei Gedichte auf und ich erreichte, daß mein zartes Auditorium laut über diese beiden Gedichte lachte. Doch plötzlich ... Plötzlich flüsterte mir die Taube mit jener blitzdummen Einfalt, die sie während des ganzen Vortrags an den Tag legte, einen Namen ins Ohr. Und der war: Ramón Pérez de Ayala. Da mußte ich viele der Damen (darunter die Gattin des zitierten Dichters), die eben noch über die erwiesene Dummheit dieser beiden Gedichte frohlockt hatten, auf die unqualifizierbare Unkorrektheit aufmerksam machen, die sie begingen, indem sie in ihrem eigenen Hause einen unschuldigen Vortragenden auszischten oder vielmehr, was noch schlimmer ist: einen sich selbst eingeladen habenden unschuldigen Vortragenden. (Und ich füge nunmehr hinzu: daß sie nicht zischen können, daß sie es herzlich schlecht machen, daß sie an die Gänse des Retiro erinnerten. Und daß sie sich überdies doch bitte nach der 1905 bei Calleja erschienenen *Abhandlung über die Höflichkeit* richten mögen.)

3. Ich fuhr mit meinem Vortrag fort und wurde immer wieder unterbrochen durch jugendlichen, verständnisvollen Beifall sowie durch Proteste, die überquollen von Einfältigkeit, *crochet*, *frivolité*, *filtiré*, *Houbigant*, Patschulipulver und Rosenwasser.

Die Taube flüsterte mir mit jener blitzdummen und unvergeßlichen Einfalt, die sie während des ganzen blitzdummen und unvergeßlichen Nachmittags an den Tag legte, kurz nach den ersten Zwischenfällen weitere Namen von großen und kleinen Göttern ins Ohr – Juan Ramón, Ortega, D'Ors, Martínez Sierra, Canedo, Gómez de Baquero, der alte Valle-Inclán et cetera –, die augenscheinlich unverwundbar waren für ... ihre Freunde und Freundinnen; und da geschah es, daß eine ganze Reihe erzürnter Damen den Saal verließen und sich in einem angrenzenden Raum versammelten, wo sie durch Zischen, Pfeifen und Gezeter meine Stimme zu übertönen trachteten, die stets sehr kräftig ist und an diesem Nachmittag kräftiger denn je war, so daß ich mich gezwungen sah, nicht sprechend, sondern schreiend meinen Vortrag fortzusetzen, den zuletzt sechs Revolverschüsse krönten, welche die protestierenden Gänse vollends in die Flucht schlugen und machten, daß alle Mädchen und Burschen mit Ausnahme der wirklich intelligenten Personen des *Lyceums* mitten in einer herzlichen Ovation das Ohr von ...* verlangten. (Ich bedanke mich hier auf das überschwenglichste bei Pilar de Zubiaurre. Ernestina de Champourcín, Carmen Juan de Benito, Concha Méndez Cuesta, Pepita Pla und anderen, deren Namen ich zu meinem Bedauern nicht kenne.)

4. Geistreiche Bemerkungen seitens der Damen, die mich unterbrachen? Viele. Viele. Einige Beispiele:

Eine Hysterische in Grau neben einem Herrn mit Brille und langen Zähnen: Wir, die wir über vierzig sind, haben das Recht zu lachen! Das ist die Revanche! Das ist die Revanche! Und außerdem bin ich sehr nervös!

Eine Art Raupe und Parteigängerin Ortegas: Wenn das die Jugend ist, bin ich eine alte Frau!

Die Temperamentvolle mit einem Gesicht wie eine vergrämte Reißzwecke: Das muß man gesehen haben! Kommt her und beleidigt in unserem eigenen Haus den Ruhm der Nation!

Eine Schwachsinnige: Sie sind zu blaß, um einen so aggressiven Vortrag zu halten!

Als ich die Taube zum Tode verurteilte:

Eine Stimme mit Wucherungen: Wenn Sie sie umbringen, werfe ich Ihnen meine Handtasche an den Kopf!

Eine dicke Dame mit kurzem Haar neben einem als Legionär gekleideten Mädchen: Ich bin Mitglied des Tierschutzvereins und lasse es nicht zu!

Eine Schlaksige, Schmachtende, begeisterte Leserin von Martínez Sierra: Wie herzlos!

Die sehr erzürnte Gattin irgendeines Stolzes der Nation: Pfui! Pfui! Pfui!

* von wem wohl? Ich kann mich nicht mehr erinnern.

Der Herr mit den langen Zähnen: Unverschämter Kerl, unverschämter!
Verschiedene Stimmen: Kikerikiii! Wauwau, wauwau! Quakquak, quakquak! Uuuuuuuh!
Und schließlich:
Chor der durch den rechten Seitengang abgehenden Harpyien: Ziegenkötel hat er uns genannt! Ziegenkötel hat er uns genannt! Ziegenkötel hat er uns genannt!
Ich, heiße Tränen weinend über den traurigen Panzer meiner Schildkröte: Voici l'âme mystérieuse de la femme. Voici sa liberté et sa modernité.
5. Mein Eindruck von dem ganzen Vorfall? Ein guter. Es gingen die, die immer und überall überflüssig sind, und das sind leider viele, allzu viele. Es blieben, zusammen mit den jungen Leuten, alle im Saal, die bereit waren, mit mir die neue Dichtung und alles andere zu verteidigen. (Denn, ihr Kitschapostel, Krämer und Sakristane, die Stunde der Ohrfeigen hat geschlagen.) Unter den Mädchen befanden sich viele, die im vergangenen Frühling mit ihren Kollegen von der Universität auf den Straßen demonstriert hatten, und es blieben alle jene, die das Kino der »Narren«, der Clowns verstehen, denn ich bin zum Glück ein Clown, und Clownerie war alles, was ich an jenem 10. November im *Lyceum* tat und sagte. Es blieben aber auch noch Damen vom Club im Saal zurück, die Beifall klatschten und die lächerliche Haltung erkannten, die ihre Kolleginnen einnahmen. (Ich danke noch einmal Pilar de Zubiaurre.)
6. Die Ergebnisse dieses Vortrags für mich? Großartig – alle. Von einem allerdings sehr traurigen abgesehen: nämlich der Ermordung meiner hübschen weißen Taube. Ich ging am Morgen nach dem Skandal ins *Lyceum*, um sie zu holen. Ein Dienstmädchen, das mir öffnete, sagte:
»Wir fanden sie so entkräftet zwischen den Glühbirnen oben auf dem Sims, daß wir sie ... daß wir sie töteten.«
»Dann essen Sie sie nur!«

Gibt es für eine Taube, die eine Dichterin ist, eine größere Ehre als die, von anderen Dichterinnen verschlungen zu werden? Ich floh weinend aus dem Haus des Verbrechens und durch die Straßen, dachte immerzu an meine schneeweiße, arme Gefährtin und schrieb eine Elegie auf sie.

Um unparteiisch zu sein, will ich hier auch die Erklärungen – eine *pro*, die andre *contra* – zweier Damen des *Lyceums* wiedergeben, die zusammen mit den meinen in *La Gaceta Literaria* erschienen.

Die Stellungnahme für mich:

1. Als uns Alberti letztes Jahr seinen Vortrag anbot, nahmen wir sofort an und hielten uns damit an unseren Vorsatz, alle prominenteren Figuren der neuen Literatur in den Club zu bringen. Als er mir diesen Winter schrieb und auch schon den Titel dessen bekanntgab, was er ein »Divertimento über die spanische komische Dichtung« nannte, beeilten wir uns, ein Datum für seinen Vortrag festzusetzen.

2. Alberti erschien auch sogleich in voller Kriegsausrüstung im Club, und sein Vortrag war eine Explosion jugendlichen Humors und als solche, wie ich glaube, vielen Damen und Herren zum Trotz, vollkommen gelungen...

3. Die Proteste begannen *sotto voce*, als man die Kleidung des Vortragenden sah, die eine vollkommene Imitation des Kinos war, was aber beinahe niemand verstand. Bedenklich wurde es, als Alberti anfing, einige bekannte Schriftsteller namentlich zu nennen und zu kritisieren.

4. Wie zu erwarten war, protestierten mehrere Damen, die einen, weil sie die Frauen der genannten Autoren waren, die anderen, weil sie anderen Epochen angehörten und weder den Sinn noch den Humor des Gesagten begreifen konnten. Alle jungen Leute dagegen und auch einige der verständnisvolleren Damen applaudierten und protestierten gegen die Protestierer.

5. Ich kann mich im einzelnen nicht an die Worte Albertis erinnern, aber ich gestehe, daß mich die häufigen geist-

reichen Anspielungen auf eine gewisse gelehrte Körperschaft und einen nicht minder gelehrten Essayisten außerordentlich erheiterten ...

6. Ich bewahre den Eindruck einer sehr unterhaltsamen, sehr bewegten und dem Augenblick entsprechenden Stunde. Was ich vergessen möchte, ist das wenig höfliche Benehmen, mit dem ein Teil des Publikums seine Verständnislosigkeit bewies.

ERNESTINA DE CHAMPOURCIN

Und nun die Stellungnahme gegen mich:

»Wie wurde er zu diesem Vortrag eingeladen?«

»Wir haben ihn nicht eingeladen; er hat uns mehrere Tage lang gebeten, ihn halten zu dürfen, indem er sich auf eine gewisse Einladung berief, die voriges Jahr der Form halber ausgesprochen worden war. Das *Lyceum* gab schließlich nach, da es bei diesem Alberti, wenn schon kein Talent, so doch wenigstens eine gute Erziehung voraussetzte.«

»Glauben Sie, daß er mit diesem Vortrag einen bestimmten Plan verfolgte?«

»Wenn man das einen Vortrag nennen kann – ja. Er hatte den Plan oder die Absicht, einigen Damen etwas zu sagen, was er ihren Gatten aus der gleichen Entfernung nicht hätte sagen können. Man kann das einen Vortrag nennen oder Dummheit oder Albernheit, aber ich nenne das Feigheit. Außerdem war er in keinem Augenblick originell oder witzig oder geistreich. Er war einfach einer dieser Clowns in der Stierarena.«

»Wann begannen die Proteste?«

»Es gab dort keine Proteste. Alberti kam herein wie ein Hanswurst, und ich und einige andere Damen, die das deprimierende Schauspiel, das der Unglückliche bot, enttäuschte, verließen den Saal. Er redete weiter mit dieser vollkommenen Unverantwortlichkeit der Dummen und glaubte, eine Heldentat zu vollbringen. Aber, wie ich schon sagte, Proteste gab es keine. Wir gingen, einige von uns, weil es uns peinlich war, wie dieser junge Mann sich lächerlich machte.«

»Was für einen Eindruck bewahrt das *Lyceum* von diesem Nachmittag?«

»Zunächst einmal bedauert das *Lyceum*, so schwach gewesen zu sein und den Bitten dieses Unglücklichen nachgegeben zu haben. Aber selbstverständlich kann eine Frauenorganisation nicht umhin, großzügig zu sein, und letzten Endes freuen wir uns, diesem jungen Mann das Almosen der Berühmtheit, um das er uns bat, gegeben zu haben.«

SENORA DE X.

So weit meine Erklärungen und die Echos dieses berühmten Skandals, von dem man in den Zeitungen und in Literatenkreisen noch lange sprach. Ich für meine Person fühlte mich gerächt und für den Augenblick glücklicher, etwa wie der Anarchist, der ein Theater zerstört oder in eine Bank einbricht, um den Seinen zu helfen. Die wirklichen Bomben explodierten jedoch auf der Straße. Das groteske Piedestal, auf dem der Diktator aus Jerez stand und als heuchlerischer Komödiant König Alfons umarmte, war bereits unterhöhlt. Einer der beiden mußte fallen, und der Bourbone sollte es schließlich sein, der den anderen herabstieß und glaubte, damit das Geschrei zum Verstummen zu bringen, das schon aus ganz Spanien zu den Balkonen der Plaza de Oriente aufstieg. Ich fühlte mich damals ganz bewußt als ein Dichter auf der Straße, ein Dichter »der Morgenröte der erhobenen Hände«, wie ich in diesem Augenblick schrieb. Ich wollte Verse mit drei- oder vierhundert Silben machen, um sie an die Mauern zu kleben, und es wurde mir bewußt, wie groß und schön es wäre, unter Steinwürfen zu sterben, mit den Schuhen an den Füßen, wie es sich der Held der andalusischen Copla wünscht:

Mit den Schuhen an den Füßen
muß ich sterben,
denn wenn ich sterbe wie die Tapferen,
wird man von mir sprechen.

»Con los zapatos puestos tengo que morir« (Mit den Schuhen an den Füßen muß ich sterben), lautete auch der Titel des ersten Gedichts, das ich, schon mit dem Zorn und dem Ungestüm jener Stunden Spaniens zu Papier brachte. Ich erriet mehr, was ich wollte, als daß ich es wußte, und dieses disproportionierte, dunkle, unter Leberschmerzen und mit Zähneknirschen, voll trüber Verzweiflung geschriebene Gedicht, dem ich den Untertitel »Elegía cívica« (Patriotische Elegie) gab, kennzeichnete meine Eingliederung in eine neue Welt, in die ich aufs Geratewohl eintrat, ohne mich auch nur zu fragen, wohin der Weg führte.

In diesem Augenblick wird es geschehen, daß sich die augenlosen Pferde die Schienbeine aufreißen an den spitzen Eisen einer Hürde von Stühlen, die sich empören gegen die von einer unlängst im Wahnsinn versunkenen Straße aufgehobenen Pflastersteine.
Ich pfeife ein letztes Mal auf alle eure Toten in diesem gleichen Augenblick, in dem die Rüstungen zerfallen im Haus des Königs, in dem die berühmtesten Männer ihre Leisten betrachten, ohne in ihnen die Lösung für die verzweifelten Befehle des Blutes zu finden.

Eine subversive Poesie der individuellen Erregung, die jedoch unklar schon meinen zukünftigen Weg ahnen ließ. Diese lange Elegie geriet, ich weiß nicht, wie, in die Hände Azoríns, der sie – was ich geradezu phantastisch fand – eines schönen Morgens im *ABC*, der monarchistischsten Zeitung von allen, in den höchsten Tönen lobte und zum erstenmal und mit einer Sehergabe, die mich heute, aus so großem zeitlichem Abstand, schaudern macht, den Weg zeigte, den ich zwei Jahre später mit vollem Bewußtsein einschlagen sollte. Azorín schrieb in seinem Artikel vom 16. Januar 1930: »... Und dennoch braucht dieser« – ich übergehe hier einige Eigenschaftswörter, die mich erröten lassen – »Dichter einen Bezugspunkt für sein geistiges Leben. Welchen wird Rafael Alberti wählen? Und Rafael Alberti wendet sich dem Ursprünglichen zu, dem Wesentlichen, dem Spontanen, Rafael Alberti wendet sich mit offenen Armen dem Volk zu. In seinem Widerwillen gegen die zitierten Normen konnten ihm nur das Volk und die Natur den erwünschten, nötigen Bezugspunkt bieten.« Erstaunlich, vor allem für Azorín! Und vor allem in jenen schrecklichen Tagen des bevorstehenden Zusammenbruchs, denn eines Nachts in demselben Monat Januar zog aus dem Café La Granja el Henar eine Gruppe, die sich fast ganz aus Intellektuellen zusammensetzte, die Calle de Alcalá hinauf zum Haus des Königs. Bei der Puerta del Sol hatte sich die kleine Gruppe schon in einen Demonstrationszug verwandelt, der mit den Rufen »Primo de Rivera, verrecke!« und »Nieder mit der Diktatur!« die Calle del Arenal hinuntermarschierte, um sich auf die Plaza de Oriente zu ergießen. Unter diesen Demonstranten marschierte auch ich, an meiner Seite Santiago Ontañón – der damals schon ein großer Bühnenbildner war – und der affektierte, pedantische, heutige Falangist Eugenio Montes, der am lautesten schrie. Während die berittene Polizei das Gros des Zuges attackierte, brachen einige von uns, unter denen auch ich mich befand, in das friedliche Dunkel des »Real Cinema« ein und jagten die erschrockenen Zuschauer von ihren Sitzen. Dann zündeten wir den Kiosk der Zeitung *El Debate* an, wobei Eugenio Montes mit mehr als einem Streichholz mithalf. Und schließlich erlosch mit der strahlenden Devise »Zur höheren Ehre Gottes und der Diktatur« der trübe Glanz des Degens des Generals Primo de Rivera, und ein anderer, Berenguer, leitete die traurige Periode ein, die man die »weiche Diktatur« nannte, obwohl sie sich in ihren vorletzten Tagen durch eine grau-

same Härte auszeichnete, die der spaßige Diktator aus Jerez nie erreicht hatte.
Ein neues großes Ereignis bereitete sich vor: die Rückkehr Don Miguel de Unamunos aus seinem mehrere Jahre währenden Exil in Frankreich, wohin der andere Miguel, sein Feind, als Verbannter ging und wo er einige Monate später sterben sollte. Die Ankunft Unamunos auf dem Nordbahnhof in Madrid war triumphal. Eine große Menschenmenge empfing ihn mit Applaus und mit dem Ruf »Es lebe die Republik!«, den die Polizei der »weichen Diktatur« schon nicht mehr zu unterdrücken vermochte und der danach im Zickzack die ganze Halbinsel durcheilte. Kurz nach seiner Rückkehr wurde der leidenschaftliche Rektor der Universität Salamanca wieder auf seinem Lehrstuhl eingesetzt, und er begann seine so lange unterbrochenen Vorlesungen mit den Worten, die Fray Luis beim Verlassen des Gefängnisses sprach: »Wir sagten gestern ...«

In diesen Tagen verließ García Lorca Madrid und ging nach New York – von Erfolg gekrönt, denn mittlerweile war schon die zweite Auflage seiner *Zigeunerromanzen* erschienen. Ein Adieu dem Studentenheim, dem Klavier seiner Gesänge, dem Pleyel der glücklichen Jahre! Federico ging nach Nordamerika, auch er angesteckt von der Stunde Spaniens, und dort begann für seine Dichtung eine seltsame Phase der Verwirrung und der Schatten. Einige der ersten Gedichte des Buches, aus dem später *Poeta en Nueva York (Dichter in New York)* wurde, erschienen in Madrider Zeitschriften oder in solchen, die wir aus Kuba erhielten. Ein schneidender Degenhieb gegen die Kehle des Dichters aus Granada! Tragische Erschütterungen – Vorläufer dessen, was bald geschehen, und vor allem *ihm* geschehen sollte in seinen besten Jahren! José Bergamín, der, schon im Exil, die erste Ausgabe dieses Buches besorgte, erklärte es erhellend: »... Es ist ein neuer, flüchtiger Augenblick seines Lebens, in dem die Form seiner Zeit in unerwarteten Resonanzen erlischt, in schmerzlichen, düsteren, unscharfen Kadenzen; eine Stimme, die Vers für Vers den Glanz einer gleichsam wider Willen gesehenen, im Innersten toten Welt löscht. Der Dichter porträtiert sich auf diese Weise wie ein Selbstmörder. Er schreitet einem gewaltsamen Sterben entgegen mit dem selbstmörderischen Willen, es zu überholen. Er sagt es voraus und verflucht es, ohne es recht zu sagen ...«

Ich besuchte fortan nur noch selten das Studentenheim, denn Federico verließ es nach seiner Rückkehr endgültig und wohnte mit seiner Familie in einem Haus der Calle de Alcalá. Dieses beispielhafte Jahrzehnt der Liebe, der Zusammengehörigkeit, der Jugend, der Begeisterung näherte sich seinem Ende ...

Doch wir standen zunächst am Beginn des Jahres 1930.

An einem regnerischen Winterabend bekam ich ein Buch, ein seltsames Manuskript in die Hand. (Ich saß im Kellergeschoß des Hotel Nacional vor einer Reihe von Flaschen, die mit Ausnahme einer – sie enthielt Jerez – schon leer waren.) Der Titel: *Residencia en la tierra* (Aufenthalt auf Erden). Der Autor: Pablo Neruda, ein bei uns kaum bekannter chilenischer Dichter. Alfredo Condon hatte es mir gebracht, der Sekretär der chilenischen Botschaft. Ich kannte ihn durch Bebé und Carlos Mora (den chilenischen Botschaftsrat), die beide auch mit García Lorca eng befreundet waren. Diese Gedichte, die dem Tonfall und dem Klima unserer eigenen Poesie so fern waren, überraschten mich, und ich bewunderte sie von der ersten Lektüre an. Ich erfuhr, daß Neruda Konsul in Java war, wo er sehr einsam lebte und verzweifelte Briefe schrieb, von der Welt und seiner eigenen Sprache abgeschnitten. Ich gab das Buch in ganz Madrid weiter. Bald gab es keinen literarischen Kreis mehr, in dem man es nicht kannte, und meine Begeisterung teilten José Herrera Petere, Arturo Serrano Plaja, Luis Felipe Vivanco und andere junge Schriftsteller, die erst im Kommen waren. Ich wollte es veröffentlicht sehen. Eine so außerordentliche Offenbarung mußte in Spanien bekannt werden. Ich schlug es den wenigen Verlegern vor, mit denen ich befreundet war. Ohne Erfolg. Daraufhin gab ich das Manuskript Pedro Salinas, damit er es bei der *Revista de Occidente* versuchte, denn ich selbst durfte mich dort seit meinem Vortrag im *Lyceum* nicht mehr blicken lassen. Salinas scheiterte ebenfalls, aber er erreichte immerhin, daß die Zeitschrift einige Gedichte brachte. Ich begann mit Pablo Neruda zu korrespondieren. Seine Antworten waren immer voller Befürchtungen. Ich erinnere mich, daß er mich in einem seiner Briefe um ein Wörterbuch bat – und um Entschuldigung für die Verstöße gegen die Grammatik, die ich möglicherweise in seinen Briefen entdeckte. (In Paris – das war dann schon 1931 – versuchte ich noch einmal, *Residencia* anzubringen. Eine junge Argentinierin, Elvira de Alvear, wollte es verlegen. Ich brachte sie dazu, mir einen Vorschuß zu versprechen, und zusammen mit ihrem Sekretär, dem kubanischen Schriftsteller Alejo Carpentier, gab ich ein Telegramm an Neruda auf, in dem ich ihm 5000 Francs ankündigte. Doch *Residencia en la tierra* hatte auch diesmal kein Glück. Es erschien nicht. Als ich zwei Jahre später Pablo Neruda in Madrid persönlich kennenlernte, sagte er mir, er habe das Telegramm erhalten, aber nie etwas von dem Geld zu sehen bekommen. Ich beschloß, mich nicht mehr für die Bücher anderer einzusetzen, aber diesem Vorsatz wurde ich natürlich wieder untreu.) Nie werde ich Alfredo Condon vergessen, diesen intelligenten, völlig verrückten Mann, der als guter Chilene ein starker Trinker war. Ich werde ihm immer dafür dankbar sein, daß er mich als erster mit der Dichtung Pablo Nerudas bekannt machte. Wie sollte ich seiner in meinem *Hain* nicht gedenken? Wir gingen so manche Nacht zusammen aus. Und wir tranken so manche Nacht durch bis zum Morgen. Und zusammen wurden wir in der Nacht, in der wir am meisten getrunken hatten, von der Polizei festgenommen. Er war sehr unglücklich. Als er in seine Heimat zurückgekehrt war, beging er Selbstmord, indem er sich eine Kugel in den Kopf schoß.

In demselben Jahr erlitt unsere Generation einen schweren Verlust.

Ich wußte nicht, daß Villalón wieder in Madrid war. Ich traf ihn unversehens an einem eisigen Nachmittag gegen Ende Februar bei einbrechender Dunkelheit in irgendeiner Straße des Viertels Salamanca. Er war allein, sehr traurig, sein Gesicht verschwand zwischen Hut, Mantelkragen und Schal.

»Fernando! Was für eine Überraschung! Warum hast du niemandem gesagt, daß du wieder da bist?«

Er antwortete mir langsam und leise:

»Ich habe in diesem Augenblick ungefähr neununddreißig Grad Fieber.«

Ich wußte nicht, was ich sagen sollte. Ich nahm ihn am Arm, und wir gingen zusammen weiter. Als wir vor einem Eckhaus an einer Straßenecke ankamen, blieb er stehen und bat mich:

»Warte hier einen Augenblick. Ich bin gleich wieder da.«

Ich ging mehr als eine Viertelstunde vor dem Haustor auf und ab und wartete. Als wir wieder weitergingen, wagte ich ihn zu fragen:

»Was ist mit dir, Fernando?«

»Ich muß mich operieren lassen. Ich habe gerade einen Freund um zweihundertfünfzig Peseten für das Krankenhaus gebeten.«

Villalón war schon seit einiger Zeit ruiniert. Die poetischen Unternehmungen, von denen man in ganz Andalusien sprach, hatten ihn in diese Notlage gebracht.

Wir gingen sehr langsam. Ich wußte nicht, wovon ich sprechen sollte, da er so verschlossen war, so wortkarg und niedergeschlagen – er, der immer so witzig und stärker als ein Stier gewesen war!

»Was hältst du von der allgemeinen Lage?« fragte ich schließlich, nur um irgend etwas zu sagen.

»Man darf sich keine Illusionen machen. Solange nicht

die Guardia Civil auf offener Straße ›Es lebe die Republik!‹ ruft, bleibt alles beim alten.«
Ich lachte. Er hatte recht.
»Es steht schlecht um die Welt«, fuhr er nach längerem Schweigen fort. »Bis jetzt hat Kutumí die Sache noch in Gang gehalten, aber vielleicht wird sich das ändern, denn bald kommt Maitrellas ans Ruder.«
Wir trennten uns vor der Tür des Hauses, in dem er für seine kurzen Aufenthalte in Madrid eine kleine Wohnung gemietet hatte.
Wenige Tage darauf ging er in das Krankenhaus. Bergamín, einige andere Freunde und ich sahen zusammen mit Eusebio Oliver, einem jungen Arzt, der oft bei uns verkehrte, bei der Operation zu. Fernando hatte in den Nieren nicht nur einen Stein, sondern viele in allen Größen, die Oliver uns in einem blutigen Tuch zeigte. Wir hofften, daß Fernando dennoch durchkommen würde. Spät in der Nacht und tief beeindruckt ging ich nach Hause, um mich auszuruhen. Ein paar Stunden später wurde ich aus dem Krankenhaus angerufen. Fernando Villalón war tot. Er war gerade erst neunundvierzig Jahre alt geworden.
Bestürzt stand ich auf und eilte ins Krankenhaus, um ihn noch einmal zu sehen. Der Viehzüchter und Poet lag auf seinem Sterbebett aufgebahrt, in einem dunklen Anzug mit schwarzen Schuhen. Von der einen Westentasche zur andern eine große silberne Kette, die meine Aufmerksamkeit erregte. Das war sein letzter Wille: Man sollte ihn mit gehender Uhr begraben. Conchita, die Zigeunerin, die demütige Geliebte seines Lebens, weinte still neben diesem geheimnisvollen Ticktack, dem letzten Puls Fernandos, der noch mehr als zwölf Stunden unter der Erde weiterschlagen sollte. Als sein Bruder Jerónimo ankam, weigerte sich die Zigeunerin, ihn zu sehen, und sie verbot ihm, das Zimmer zu betreten. Dieser Bruder, ein andalusisches Herrchen, das so ganz anders geraten war als Fernando Villalón, hatte in letzter Zeit die Torheiten

des Dichters für seine Zwecke ausgenutzt und zu seinem Ruin beigetragen.

Fernando ließ nur ein kleines Werk zurück: *Andalucía la Baja, Romances del 800, La toriada* und einige längere Strophen aus *El Kaos*, die er damals in Sevilla Federico und mir vorgetragen hatte. Dazu kam noch ein Drama in Versen – *Don Juan Fermín de Plateros* – über die Aufständischen von Bailén, eine Episode aus unserem Kampf gegen die napoleonischen Truppen. Sein bestes Gedicht sollten wir aber erst noch kennenlernen. Es war sein Testament. Eine Bombe, doch auch voller Zärtlichkeit.

Es wurde eines Morgens vom Notar vor Jerónimo, der Zigeunerin und, wenn ich mich recht erinnere, Bergamín und Sánchez Mejías, die mir davon berichteten, eröffnet, und ein Abschnitt hatte etwa den folgenden Wortlaut: »Ich verfluche meinen Bruder Jerónimo bis ins fünfte Glied. Er war die Ursache eines großen Teils meines Unglücks. Ihm vermache ich nichts. Conchita dagegen, dieser bewundernswerten Frau und Gefährtin meines ganzen Lebens, die mit mir auf die Wiesen hinausging und Gollejas sammelte, um einen Salat daraus zu machen, dieser guten Frau, der ich eines Tages eine Flinte für die Vogeljagd schenkte, und die ein so großes Herz hatte, daß sie nie imstande war, sie zu verwenden, vermache ich mehrere Gemälde von Murillo und anderen andalusischen Meistern, die in Madrid deponiert sind, im Kloster der Nonnen von ...« Ich habe den Namen und die übrigen Einzelheiten dieses außerordentlichen Dokuments vergessen, sicherlich weil sie weniger interessant waren. Ein genialer Dichter, mehr in seinem Leben als in seinem Werk; ich werde immer von ihm sprechen und in der Erinnerung an ihn immer Grund zu Bewunderung und Dank finden.

Eine lange Elegie – »Ese caballo ardiendo por las arboledas perdidas« (Dieses Pferd, das durch die Verlorenen Haine glüht) – mit Versen von bis zu mehr als hundert

Silben, wie jene, die ich schrieb, um sie auf die Mauern zu kleben, widmete ich Villalón wenige Wochen nach seinem Tode. Der immer wiederkehrende Refrain war das eindrucksvolle Detail der Uhr, die unter der Erde noch auf seiner Brust tickte. Mir ist, als wäre es erst gestern gewesen.

Aber bald darauf erlebte ich etwas, was niedergeschrieben werden mußte.

VIII

Als du erschienst,
litt ich im tiefsten Innern
einer Höhle ohne Luft und Ausgang.
Ich schlug um mich im Dunkeln, sterbend
hörte ich ein Rauschen
wie Flügelschlag von unsichtbaren Vögeln.
Über mich hin hast du dein Haar gebreitet;
ich stieg hinauf zur Sonne, sah die Morgenröte, die
ein hohes Frühlingsmeer bedeckte.
Mir war, als träfe ich im schönsten
Hafen des Südens ein. In dir ertranken
Landschaften voller Licht:
helle, hohe Berge, gekrönt
von rosa Schnee, verborg'ne Quellen
im schattigen Gekräusel all der Wälder.
Ich lernte auszuruhn an deiner Schulter,
hinabzusteigen über Hänge und durch Flüsse,
mich zu verstricken in den ausgestreckten Zweigen
und den Schlaf in meinen süßesten Tod zu verwandeln.
Bogen hast du mir geöffnet, meine blühenden,
unlängst ans Licht gestiegenen Jahre lagen
unter der Liebe deines dichten Schattens,
ich halt mein Herz dem freien Wind entgegen
und richt es nach dem grünen Klang des deinen.
Schon schlief ich ein, erwachte, wußte, daß ich
nicht litt in einer dunklen Höhle,
um mich schlagend ohne Luft und Ausgang.

Denn du warst endlich mir erschienen.

»Retornos del amor recién aparecido« (Rückkehr der jüngsterschienenen Liebe) heißt dieses Gedicht. In ihm wird nach mehr als zwanzig Jahren des Höhlenzustandes gedacht, in dem ich lebte, und des Lichts, das mich, indem es sein Haar in meine Hände gab, zur Sonne hinaufsteigen und mich spüren ließ, daß in der Welt der Frühling noch nicht gestorben war.

Es war in irgendeinem Haus, in das mich jemand, ich weiß nicht mehr, wer, brachte. Da stand sie vor mir, blond, schön, stark, hoch aufgerichtet; wie eine Welle, die mir ein unerwartetes Meer plötzlich gegen die Brust schleuderte. In derselben Nacht noch, auf den Straßen, in der einsamen Dunkelheit der Parks, den heimlichen Halbschatten der ziellos umherfahrenden Taxis, war ich schon ganz erfüllt von ihr, belebt, begeistert von ihrer Stimme, trieb ich auf etwas zu, das ich als sicher erfühlte.

Ich riß mich los von einer anderen, quälenden Liebe, die noch an mir zerrte, mich schwanken machte, bevor ich in diesen Hafen flüchtete. Aber – mein Gott! – da waren nun die Schönheit, die erhabene Schulter der Diana, die reine, volle, goldene, kraftvolle Blüte der Venus, wie ich sie bis dahin nur auf den Wiesen Rubens' und in den Gemächern Tizians gesehen hatte. Wie konnte ich sie gehen lassen, wie sie verlieren, da ich doch schon in ihren Armen lag mit durchbohrtem Herzen, ohne Herrschaft, ohne Kraft, ergeben und ohne den Wunsch zu entkommen? Und trotzdem sträubte ich mich, schrie ich ... um mich endlich, nach so vielen Kämpfen, mit Freuden entführen zu lassen und eines Morgens am Strand von Sóller aufzuwachen, vor dem blauen, einzigartigen balearischen Mittelmeer. Boshafte Echos gelangten zu uns. In Madrid hielten viele unsere Liebe für ein Abenteuer. In einigen Zeitungen und Zeitschriften erschienen kurze Meldungen. Die lustigste lautete: »Der Dichter Rafael Alberti wiederholt die Mallorca-Episode Chopins mit einer schönen George Sand aus Burgos.« Man suchte den Skandal, denn diese George Sand – eine Schriftstellerin, verheiratet und noch nicht geschieden – war sehr bekannt. Wir lachten unterdessen, stolz darauf, daß unsere Namen von Menschen genannt wurden, die unserem Glück so fern waren, unserem Glück und unserer

barfüßigen Jugend auf den Felsen, unter den Schirmpinien oder in der Stille der Boote.
Während des Rückflugs nach Madrid zwang uns ein schwerer Sturm über den Iberischen Bergen zu einer Landung in Daroca, einer aragonesischen Stadt mit römischen Mauern, die einsam und hart war wie ein aus dem »Cid« gefallener Vers. Mitten im Schnee dieses Behelfsflugplatzes empfingen uns Hirten, die in ihren Schafpelzen eher wie riesige Lämmer aussahen. Zwei Tage verbrachten wir dort in einem Gasthof und besichtigten als Freunde des Pfarrers die prachtvolle Stiftskirche. Dann flogen wir weiter als einzige Passagiere und nun schon alte Bekannte der Piloten, die für uns über dem Flughafen von Madrid allerlei Luftakrobatik trieben, mit der ich heute nicht mehr einverstanden wäre. Ich flog zum erstenmal, María Teresa nicht. Die gewagten Kunststücke jagten uns keine Angst ein. Sie war sehr tapfer, als fühlte sie sich durch ihren Familiennamen – León – beschützt und ermutigt.
Meine Mutter, die seit einiger Zeit schwer herzleidend war, nutzte eine kurze Besserung ihres Zustandes, um in den Süden, zu meiner Schwester, zu reisen. (Ich sollte sie nie mehr wiedersehen.) Agustín hatte schon geheiratet. So blieb nur noch mein ebenfalls schon verheirateter Bruder Vicente im Hause. Was sollte ich dort noch anfangen, traurig in meinem Zimmer, dem fröhlichen »Triklinium« von ehedem? Ich vertrieb mir zusammen mit María Teresa die Zeit, indem ich an einigen Gedichten arbeitete oder ihr bei der Korrektur eines Bandes Erzählungen half, den sie gerade vorbereitete. Eines Abends – wir hatten es so beschlossen – ging ich nicht mehr nach Hause. Wir begannen beide ein neues Leben, frei von Vorurteilen und ohne uns darum zu kümmern, was die Leute sagten – diese Hauptsorge des scheinheiligen Spaniens, das wir haßten.
Unterdessen brodelte es in dem anderen Spanien unaufhaltsam weiter. Die Sehnsucht nach Freiheit, die immer heftiger und ansteckender wurde, breitete sich im ganzen

Lande aus. Sogar Menschen, von denen man es nie erwartet hätte, Menschen, die vertraulich von »unserer Isabel, unserer Victoria, unserem Alfons« sprachen, fanden plötzlich, daß dieses prunkvolle Theater des Königlichen Palastes doch nur eine Jahrmarktsschmiere war, auf der einige verrückte, an Valle-Inclán erinnernde Puppen zappelten. Die reinen Freundschaften begannen brüchig zu werden. Zum erstenmal in diesen Jahren schloß sich der Schriftsteller dem anderen Schriftsteller nicht mehr aus beruflicher, sondern aus politischer Gleichgesinnung an. Alle begriffen nun, daß sie mit dem Königshaus eine alte Rechnung zu begleichen hatten – mit diesem König, der übrigens nie die Intelligenzschicht seines Landes konsultiert hatte. Unamuno, Azaña, Ortega, Valle-Inclán, Pérez de Ayala, Marañón, Machado, Baeza, Bergamín, Espina, Díaz Fernández, um nur einige zu nennen, arbeiteten nun offen »im Dienste der Republik«. (Unter diesem Titel formulierte sich dann die Partei, deren sichtbarste Köpfe – Ortega, Marañón, Ayala – am 18. Juli 1936 desertierten, als sie erkannten, daß sich die Politik der weißen Handschuhe im blutigen Antlitz des Feindes beschmutzen mußte, wenn die Republik wirklich gerettet werden sollte.)

Der Schrei, der kraftvoll, wenn auch heimlich, durch das ganze Land zog, strömte plötzlich, von Mut und Heldentum getragen, in der Kehle der Pyrenäen zusammen und brach eines Morgens hervor im Schnee von Jaca: »Es lebe die Republik!« Fermín Galán, ein junger Offizier, rief es, Fermín Galán, den die auflodernde Begeisterung des Volkes in den *Cancionero* der Straße aufnahm. Seinen Illusionen hingegeben, sagte das Volk ein zweites Aufatmen voraus. Die blutige Asche von Galán und García Hernández ließ aus dem Pantheon, in dem sie siebenundfünfzig Jahre geruht hatte, die nur schlafende Freiheit wieder auferstehen. Eine Bluttat hatte das Signal gegeben, obwohl die Stunde noch nicht gekommen war.

Ein Dezembermorgen. María Teresa und ich blickten wie ganz Madrid zum kalten Himmel auf und warteten darauf, daß sich die Flügel der Verschwörer von Cuatro Vientos entschieden. Aber die Flügel, die Gewehre auf sich gerichtet fühlten, sahen sich gezwungen, wieder höher zu steigen und den Flug in Richtung Lissabon fortzusetzen. (In einem der Flugzeuge saß Queipo de Llano, in einem anderen Ignacio Hidalgo de Cisneros: zwei Spanier, die sich endgültig trennen sollten. Der Monarchist Queipo erhob sich gegen den König, der Republikaner Queipo erhob sich gegen die Republik.* Hidalgo de Cisneros dagegen, ein tapferer, zuverlässiger Mann von tadelloser Haltung, kratzte niemals die republikanischen Farben von den Tragflächen seines Kampfflugzeugs. Am 18. Juli ernannte ihn das Volk zum General und Oberbefehlshaber der Luftstreitkräfte.)

In den ersten Monaten des Jahres 1931 klangen ganz Spanien noch die Schüsse in den Ohren, mit denen die Hauptleute Galán und García Hernández hingerichtet worden waren, und dieser Terror verdüsterte für einige Augenblicke den Weg, auf dem das Land schon vorwärtsschritt. Beinahe die gesamte zukünftige republikanische Regierung saß im Gefängnis, und niemand vermochte sich vorzustellen, daß unter der Erde das Wasser stieg und stieg, das am 14. April 1931 hervorschießen sollte wie bei einem Fest der Wasserspiele und Feuerwerke.

Anfang Februar erschien in Madrid, im Teatro de la Zarzuela, die mexikanische Truppe María Teresa Montoyas. Nach irgendeiner nicht sehr erfolgreichen Uraufführung wollte die große Schauspielerin nun mit einem spanischen Stück ihr Glück versuchen. María Teresa León, die sie in Buenos Aires kennengelernt hatte, brachte mich zu ihr. Sie war eine bleiche, interessante Frau, die keine große Bildung, aber ein starkes dramatisches Temperament besaß. Sie fragte mich, ob ich etwas für sie Brauch-

* General Gonzalo Queipo de Llano (1875–1951) mußte zunächst 1930 wegen antimonarchistischer Umtriebe nach Paris fliehen, war dann jedoch im Spanischen Bürgerkrieg Oberbefehlshaber der nationalspanischen Südarmee und deren militärpolitischer Rundfunkkommentator. Anm. des. Übers.

bares hätte. Ich sagte ja, *El hombre deshabitado (Der unbewohnte Mensch)*, das Stück sei aber noch nicht fertig. Am nächsten Tag las ich es ihr vor. Es gab in diesem Drama neben der Rolle des Mannes noch eine große Frauenrolle: die Versuchung. Die Montoya war begeistert, aber ... Wäre ich imstande, den noch fehlenden Akt sofort zu schreiben? Ich sah den Himmel offen. Noch in derselben Nacht nahm ich die Arbeit wieder auf, und ich beendete sie in wenig mehr als einer Woche, während die Proben schon begonnen hatten und auf den Straßen schon die Plakate geklebt wurden. Es handelte sich um eine Art Opferspiel, natürlich ohne Opfer, oder vielmehr, wie Díez-Canedo in seiner lobenden Besprechung der Uraufführung schrieb, um eine *Moralität*, die dem spanisch-portugiesischen Dichter Gil Vicente näher stand als Calderón de la Barca. Der direkte Einfluß der *Engelsgedichte* war zu spüren, obwohl hier nicht die Engel die dargestellten Wesen waren, sondern Der Mensch mit seinen fünf Sinnen in allegorischer Verkörperung, Der Schöpfer in Gestalt eines Nachtwächters, und zwei Frauen: die Ehefrau des Mannes und Die Versuchung, die im Verein mit den Sinnen auf beider Untergang hinarbeitet. Die Uraufführung (am 26. Februar) war zwar keine *Hernani*-Schlacht, aber immerhin eine recht bedeutende Schlacht. Ich war immer noch der zornige junge Mann – halb Engel, halb Narr – dieser anarchistischen Jahre. Als man beim Schlußapplaus nach mir rief und verlangte, daß ich sprechen solle, rief ich daher, indem ich mein schönstes Lächeln wie einen Degen schwang: »Es lebe die Vernichtung! Nieder mit der Verwesung des gegenwärtigen Spaniens!« Damit entfesselte ich einen Skandal sondergleichen. Das Theater spaltete sich von oben bis unten in zwei Parteien. Verweste und Nichtverweste beleidigten und bedrohten einander. Studenten und junge Schriftsteller sprangen auf die Sitze und machten einen Heidenspektakel, und man sah, wie Benavente und die beiden Quintero unter Hohn und Gelächter den Saal verließen. Nie wurde einer meiner Gedichtbände so sehr gelobt wie *Der unbewohnte Mensch*. Die Kritik – mit Ausnahme der katholischen Zeitungen, die mich gottlos, respektlos und ketzerisch nannten – war einstimmig für mich, wenngleich sie meine aus der Proszeniumsloge gerufenen »unklugen« Worte verurteilte, da sie sie unnötig fand. Auch außerhalb Spaniens wurde viel von dem Stück gesprochen, und der große Hispanist Jean Camp übersetzte es unverzüglich ins Französische. Die literarische Schlacht der Uraufführung verwandelte sich am Abend der letzten Aufführung in eine politische. Da María Teresa Montoya Mexikanerin und somit Vertreterin eines fortschrittlichen amerikanischen Landes war, veranstaltete man für sie eine Huldigung. Eine volles Theater. Solidaritätserklärungen. Alvarez del Vayo nutzte die Gelegenheit, um von der Bühne aus über das Theater in Rußland zu sprechen und mit deutlichen Anspielungen die geknebelte Existenz Spaniens zu geißeln. José María Alfaro – ach, José María Alfaro, junger Dichter und Freund, später Mitglied des Nationalkomitees der Falange und heute Botschafter Francos in Argentinien! – verlas unter für die Zuschauer überraschenden donnernden Zurufen die Namen der zu Gefängnishaft verurteilten republikanischen Führer, deren Solidaritätserklärungen wir uns vorsorglich im Laufe des Vormittags beschafft hatten: Alcalá Zamora, Fernando de los Ríos, Largo Caballero ... Unamuno hatte aus Salamanca ein Telegramm geschickt, das wir bis zuletzt aufhoben und das das Publikum buchstäblich von den Sitzen riß und dann in glühender Begeisterung auf die Straße hinaustreten ließ. Als die Polizei kam, war es schon zu spät. Das Theater war leer. Zurückgeblieben war allein, unter den Kulissen abgestellt, das Karussell der unbewohnten Menschen, die in meinem Stück alle jene Wesen ohne Leben darstellten, die leeren Anzüge, in denen niemand steckt, die wir an allen Straßenecken dieser Welt treffen und die uns überall im Wege sind.

Die Spannung dieses Monats März bewirkte, daß die Menschen nur des geringsten Anstoßes bedurften, um auch schon ihren Hoffnungen laut Ausdruck zu verleihen. Alles war ihnen recht: ein Kaffeehauswitz, ein doppelsinniges Liedchen, ein Akrostichon in der auflagenstärksten Zeitung. Es war die Zeit der verletzenden Spitznamen. »Gutiérrez«, wie der Mann auf der Straße den König nannte, zitterte in seinem Palast. Valle-Inclán und in seiner Nähe die jungen republikanisch gesinnten Schriftsteller der Zeitschrift *Nueva España* verwandelten ihren Stammtisch in La Granja in eine politische Tribüne. Azaña und seine ernsten, zurückgezogen lebenden Freunde setzten sich nicht mehr in das in ihrer nächsten Nähe gelegene Café Negresco. Wir wußten, daß die spanische Intelligenzschicht die Idee voll unterstützte und an ihrer Verwirklichung arbeitete. Geheimnisvolle Reisen, von der Fährte ablenkende Verabredungen in eleganten Bars oder in Schenken dienten alle demselben Zweck. Sogar in dem vornehmen, monarchistischen Golf von Puerta de Hierro erklang die alte meuterische Glocke der Republik. Und die Herzogin de la Victoria ohrfeigte bei einem patriotischen *cocktail* eine junge Dame, die Tochter eines Grafen, die sich in leicht angeheitertem Zustand erkühnte, eine winzige Trikolore in ihr Haar zu stecken. Die bösen Republikaner, die man immer als gewöhnliche, vulgäre Leute behandelt hatte, trugen nun die Namen von Philosophen, berühmten Professoren, Akademikern und großen Dichtern, die sich auf demokratische Weise mit Studenten- und Arbeiterorganisationen zusammentaten. Denn das Proletariat, das in der Ersten Republik den Marsch beschleunigt hatte und durch die kantonalen Erhebungen die Ankunft einer utopischen Freiheit rascher hatte herbeiführen wollen, besaß nun ein stärker ausgeprägtes Bewußtsein und schloß sich im Prozeß seines politischen Wachstums vor allem mit seinen großen sozialistischen Massen rückhaltlos der Bewegung an, die nun bald in Erscheinung treten sollte.

Auch ich reiste, aber nicht zu politischen Zwecken. Zunächst nach Sevilla, allein, ohne María Teresa, um Fernando Villalón am ersten Jahrestag seines Todes eine Huldigung darzubringen. Sánchez Mejías war es wieder, der uns zusammenbrachte: Bergamín, Eusebio Oliver, Pepín Bello, Santiago Ontañón, Miguel Ferrero und andere, die ich vergessen habe. Die Gedenkfeier war einfach, beinahe intim. Am Morgen wurde in dem Haus, in dem Fernando gewohnt hatte, eine Gedenktafel enthüllt, und am Abend wurde in einem Hörsaal der Universität Lyrik und Prosa vorgetragen. Alles ohne großen Widerhall, denn anwesend war außer uns nur die Gruppe der jungen Dichter der Zeitschrift *Mediodía*. Einen sonderbaren Menschen lernten wir während dieses kurzen Aufenthalts in Sevilla kennen: Rafael Ortega, einen hoffnungslos verlorenen »Tänzer« und »Schwulen«. Er war der Sohn einer alten Zigeunerin, die eine Schwester von Gabriela, der Mutter der Gallos – der berühmten Toreros – war. Rafael wollte uns unbedingt mit seiner Mutter bekannt machen, die er sehr liebte. Ein seltsamer Besuch. Die Zigeunerin, schon eine rechte Hexe mit Doppelkinn und Schnurrbart, kugelrund und mit einer rauhen Schnapsstimme, empfing uns, regungslos in der Mitte des Zimmers sitzend, während Rafael hin und her rannte und uns der Reihe nach vorstellte. Er konnte nicht stillhalten, war übertrieben zärtlich zu seiner Mutter, küßte sie und fuhr ihr mit der Hand durch das Haar oder den Bart, bis sie ihn schließlich alle paar Augenblicke einen »warmen Bruder« nannte. Als wir gingen, erzählte uns Ignacio, daß diese imposante Frau eines Tages, als ihr die Freunde ihres Sohnes zuviel wurden, in Zorn geriet und sie allesamt wie Katzen mit den folgenden seltsamen Worten hinauswarf: »Bei den Kämmchen, die meine Kusine Elvira in ihrem Todeskampf verlor – junge Schwule, alte Schwule, hinaus! Husch, husch!« Sooft ich nach Sevilla kam, hatte Ignacio irgend etwas Außergewöhnliches für mich.

Eine andere Reise ging unmittelbar darauf nach Andalusien, aber diesmal nahm ich María Teresa mit. Wir brauchten ein wenig Ruhe nach dem »Unbewohnten Menschen«, und wir entschieden uns für Rota, ein weißes Dorf an der Bucht von Cádiz. Vorher fuhren wir noch durch Puerto. Ein nächtlicher Besuch, inkognito, bei dem wir Zeit fanden, gebratenen Fisch zu essen und ein paar Gläser feinen »Coquinero« zu trinken. Dort in Rota – in der Sonne schimmernder Kalk und Gärten mit Kürbissen unten an der Küste – plante ich, von meinem Bühnenerfolg angespornt, ein neues Werk: *Las horas muertas* (Die verlorenen Stunden), an dem ich auch gleich zu schreiben begann. Daneben beschäftigte ich mich mit einer Sammlung von Romanzen über Fermín Galán, den hingerichteten romantischen Helden von Jaca, der unweit Rotas, auf der Insel San Fernando, zur Welt gekommen war. Die Ruhe, die wir suchten, war jedoch nur von kurzer Dauer. Wir waren kaum eine Woche dort, als Sánchez Mejías erschien und uns vorschlug, ihn nach Jerez zu begleiten. Er war schon dabei, die andalusische Tanzgruppe zusammenzustellen, die später unter der Führung von »La Argentinita« und mit der Unterstützung von García Lorca berühmt werden sollte, und er war auf der Jagd nach Zigeunern, echten Tänzern und Sängern, die noch nicht von dem angesteckt waren, was man in Madrid die »Flamenco-Oper« nannte. Wo aber konnte er sie eher finden als in Jerez und in den Dörfern an der Bucht! Welche phantastischen Entdeckungen machte unser Freund auf dieser Rundreise! Neben der monumentalen Gestalt des »Espeleta«, der wie ein singender Buddha aussah, holte Ignacio aus den kleinen Ortschaften und den versteckten Höfen eine ganze Schar kleiner, sonnenverbrannter, geschmeidiger Burschen hervor, deren ungewöhnliche Verrenkungen manchmal von einer geradezu skandalösen Schamlosigkeit waren. Seinen größten Fund machte er dann jedoch in Sevilla mit »la Macarrona«, »la Malena« und »la Fernanda«, drei alten, beinahe schon vergessenen großen Tänzerinnen. Die letztgenannte, eine Alte, die sich kaum noch auf den Beinen zu halten vermochte, hatte sogar mit »la Gabriela« und »la Mejorana« in dem berühmten »Café del Burrero« getanzt. Keiner der Zigeuner wies die Vorschläge Ignacios zurück. Sie alle, die sich mehr oder minder durchhungerten, sagten ja; ihre Phantasie begann zu schweifen bei dem Gedanken, daß sie in der Welt herumkommen würden. Einen gab es allerdings, der nein sagte, und zwar in Jerez, am Tag nach unserer Ankunft.

Wir waren im Hotelzimmer und wollten eben ausgehen, als jemand die Tür aufstieß und fragte:

»Ist Don Rafael Alberti da, der größte Impresario des spanischen Varietés?«

Einer der Scherze Ignacios, der auch tatsächlich grinsend hinter dem Zigeuner erschien, einem lebhaften Typ von etwa vierzig Jahren: geschmeidig, schlank, mit schneeweißen Zähnen. Der ganze Mann strahlte Fröhlichkeit aus.

»Ich bin der Chele und komme, damit Sie mich einstellen.«

»Gut«, antwortete ich ernst, in die Rolle schlüpfend, die mir Sánchez Mejías zugedacht hatte. »Was kannst du, Chele?«

»Ich? Den Bürstentanz.«

Und er nahm auch schon eine Kleiderbürste, die auf dem Bett lag, und deutete einen phantastischen *zapateado** an, bei dem er sich rhythmisch und voll Anmut die Hose und die Jacke bürstete.

»Bravo«, sagte ich. »Eine großartige Nummer. Du bist eingestellt.«

Nun schaltete sich Ignacio ein:

»Schön, Chele, aber nun hör mir zu. Wir zahlen dir außer der Kleidung, der Kost und den Reisespesen fünfzig Peseten täglich nur für diese Nummer, den Bürstentanz. Was sagst du dazu?«

»Fünfzig Peseten?« Er dachte lange nach, dann sagte er: »Haben Sie einen Bleistift, Don Ignacio?«

* Volkstanz im 3/4-Takt mit Aufstampfen. Anm. des Übers.

Wir drei sahen einander verwundert an. Ignacio gab ihm schweigend einen Bleistift. Der Chele holte sehr ernst ein halb zerfetztes Stück Papier aus der Tasche und kritzelte eine Weile; dann sah es so aus, als zählte er zusammen, und schließlich erklärte er rundheraus und mit allem Nachdruck:
»Das paßt mir nicht. Dabei verliere ich.«
(!)
»So, dabei verlierst du?« sagte Ignacio langsam und kaum imstande, das Lachen zurückzuhalten.
»Natürlich. Hier habe ich mir alles ausgerechnet«, antwortete der Zigeuner und reichte ihm das Papier, auf dem nur einige sinnlose Striche zu sehen waren. »Ich verliere. Denn, sehen Sie, Don Ignacio: diese Stelle, die Sie mir geben wollen, werde ich ja nicht fürs ganze Leben haben. Und ich lebe davon, daß ich sehr witzig bin und daß ich die Predigten nachmache, die ich von den Pfarrern in der Kirche höre. Und wenn diese Arbeit hier zu Ende ist und sie mich wieder in Jerez sehen, in einem neuen Anzug und mit einer Zigarre im Mund, dann werden alle sagen: ›Der Chele ist reich geworden, er schwimmt im Geld.‹ Und wer ruft dann noch den Chele, um sich seine Witze anzuhören? Deshalb paßt mir das nicht, Don Ignacio. Ich verliere. Guten Tag. Ole! Ich gehe!«
Und er ging, sich in den Hüften wiegend, nachdem er dem Torero den Bleistift zurückgegeben hatte.
Unsere ersehnte Ruhe war ein Ding der Unmöglichkeit, denn als wir nach Rota zurückkehrten, erwartete uns dort schon ein Telegramm vom Ateneo in Cádiz, in dem ich zu einer Lesung meiner Gedichte eingeladen wurde. Wieder einmal reiste ich auf den Straßen meiner Kindheit.
Dieses Cádiz der Freiheit, der romantischen Verschwörungen und der ersten Freimaurerlogen; dieses Cádiz, das keinen Maurer fand, der imstande gewesen wäre, von seinen Mauern die Gedenktafel der Verfassung von 1812 zu entfernen; dieses selbe Cádiz, das ich vom Kolleg aus wie ein unerreichbares blaues Bild gesehen hatte, wurde

nun von einem Ende zum anderen von einem republikanischen Sturm geschüttelt. Die wiedererweckte Folklore der Ersten Republik wagte es, in den Winkeln des *cante jondo*, in den verborgenen Schenken in die Saiten ihrer Gitarre zu greifen. Dort lernte ich diese Copla:

Republikaner ist der Mond,
Republikanerin ist die Sonne,
Republikanerin ist die Luft,
Republikaner bin ich.

Der ganze Leib der Stadt Cádiz regte sich unruhig über dem Meer, als wartete er auf etwas. Am Nachmittag der Lesung konnte das Publikum des Ateneo, in der Mehrzahl Studenten, nicht still sitzen auf seinen Plätzen. Als ich anfangen wollte, sprang plötzlich ein junger Mann auf das Podium und erklärte:

»Rafael Alberti kann in diesem Saal nichts sagen, solange Señor Pemán anwesend ist.«

Tatsächlich befand sich dieser für die Monarchie eingenommene Dichter aus Jerez im Saal. Ich hatte ihn nie zuvor gesehen. Als ich ihn aufforderte zu gehen, war er schon nicht mehr da. Er war klug genug gewesen, den Saal sofort zu verlassen. Mein Vortrag steigerte sich um einige Grade, als ich zur »Elegía cívica« kam. Türen und Wände zitterten. Zuletzt wagte ich mich mit einer der Romanzen zu Ehren des Helden von Jaca hervor:

Schwarze Nacht, sieben Jahre
schwarzer Nacht ohne Mond.
Primo de Rivera schläft
seinen Schlaf der grünen Traube.
Seine Majestät geht auf die Jagd:
tötet Läuse und Flöhe
und besteigt Stuten, die bald
nicht einmal mehr Eselinnen sein werden.

Großer Erfolg, Applaus, Hochrufe, Befürchtungen seitens einiger Damen. Am folgenden Tag baten mich demonstrierende Studenten, dieselben, die im Ateneo gewesen waren, mitten auf der Straße eine andere Episode aus den *Romanzen* über Fermín Galán vorzutragen. Ich tat es lauthals, auf einem Tisch des Cafés stehend, vor dem wir uns gerade befanden, während das Gesetz, vertreten durch einige armselige Polizisten von der Sorte, die in den Zarzuelas *»guindillas«** genannt werden, verblüfft zuhörte und gar nicht auf den Gedanken kam, daß man uns mit dem Säbel leicht hätte auseinandertreiben können.

Voller Freude und mit dem Eindruck, daß etwas Neues, Ernstes unmittelbar bevorstand, kehrten wir nach Rota zurück. Dort arbeiteten wir in Ruhe weiter, lagen in den Dünen, liefen barfuß den Strand entlang, weit weg von den Wahlsorgen, die ganz Spanien in Atem hielten.

Bald wurde das alles anders. Irgend jemand rief uns aus Madrid an und schrie:

»Es lebe die Republik!«

Es war ein in der Sonne leuchtender Mittag. Ein Frühlingsdatum: der 14. April.

Überrascht und erregt liefen wir auf die Straße und sahen zu unserem noch größeren Erstaunen, daß auf dem kleinen Turm des Rathauses von Rota eine alte Fahne der Republik von 1873 ihre drei Farben vor dem andalusischen Himmel entfaltete. Gruppen von Bauern und anderen friedfertigen Menschen kommentierten das Ereignis an den Straßenecken, und ihre Gespräche wurden übertönt von einer leiernden »Marseillaise«, die irgendein ungeduldiger Republikaner auf seinem Grammophon spielte. Und während ganz Madrid feiernd durch die Straßen zog und mit bildlichen Darstellungen und Liedern die Dynastie verspottete, die im Auto in Richtung Cartagena floh, stand in Rota ein armer Polizist an die sonnenbeschienene, von Fliegen übersäte Mauer seiner

* Sauerkirschen

kleinen Kaserne gelehnt und sagte niedergeschlagen und mit einem Kopfschütteln:
»Nichts! Nichts! Daran gewöhne ich mich nie! Daran gewöhne ich mich nie!«
»Mann, woran gewöhnst du dich nie?« wollte der andere wissen, der mit ihm Dienst hatte.
»Woran wohl? Daß wir keinen König haben. Mir kommt es so vor, als fehlte etwas.«
Abermals und wie immer – ich begann nun klar zu sehen – zwei Spanien: die gleiche Mauer des Nichtverstehens trennte uns. (Eine Mauer, die sich eines Tages in einen großen Blutstrom auflösen sollte.) María Teresa und ich sprachen darüber, während wir nach Madrid fuhren. Die neue Fahne war vor einer Stunde erst gehißt worden, als sich auch schon die Besiegten zu rühren und eine Bürgerkriegsstimmung zu schüren begannen. Die Republik war ausgerufen worden unter jubelndem Beifall und Feuerwerksraketen. Das Volk, das seine alten Leiden, seinen alten Hunger vergaß, tanzte mit kindlicher Ausgelassenheit auf den Straßen und attackierte wie in einem Spiel die Könige aus Bronze und Granit, die regungslos im Schatten der Bäume standen. Die Königin und die Prinzen, die, ein wenig von den Ihren verlassen, im Palacio de Oriente zurückgeblieben waren, beschützte dasselbe gute, edle Volk. Niemand kann sagen, man habe sein Haus gestürmt, seinen Besitz gestohlen, die Banken geplündert oder auch nur ein Huhn geschlachtet. Der einzige ernstere Zwischenfall, an den ich mich erinnere, war ein Steinwurf gegen die Fenster des Wagens des Dichters Pedro Salinas, der in Begleitung des französischen Schriftstellers Jean Cassou die Calle de las Cibeles hinauffuhr. Alles ging ruhig und vernünftig vor sich. Im Rahmen der strengsten Gesetzlichkeit – wie die Leute damals immer wieder befriedigt feststellten – war die Republik errichtet worden. Die Worte Azañas klangen gut:
»Es ist erschütternd zu denken, daß die Republik des Jah-

res 1931 kommen mußte, damit in der Verfassung endlich, zum ersten Mal, eine verfassungsmäßige Garantie (die Garantie der Freiheit des Individuums) verankert wird, die die Kastilier schon 1529 forderten.«

Die Intellektuellen, die Literaten, die Künstler im allgemeinen waren voller Zuversicht. Schon konnten die bis dahin verbotenen Werke aufgeführt werden. Irene López Heredia brachte *Farsa y licencia de la reina castiza* (Betrug und Zügellosigkeit der keuschen Königin) von Valle-Inclán auf die Bühne, um sich um die Republik verdient zu machen, aber sie konnte uns nicht täuschen. Die republikanische Schauspielerin, die wahre Freundin der Dichter und Schriftsteller, war Margarita Xirgu. Sie brachte als erste Azañas *La corona* (Die Krone) und meinen *Fermín Galán* zur Aufführung.

Ich suchte, zurück in Madrid, voll staatsbürgerlicher Begeisterung sogleich Margarita auf und schlug ihr vor, meine Romanzen über den Helden von Jaca in ein Bühnenwerk umzuschreiben, ein einfaches, volkstümliches Stück, in dem ich mich mehr als an die historische an jene Wahrheit halten wollte, die, von den Leuten entstellt, bereits den Schein der Legende annahm. Ein gefährliches Abenteuer, denn die Wahrheit war deutlich zu sehen, während die Legende noch nicht klar umrissen war. Ich machte mich ernsthaft an die Arbeit. Mein Plan war eine Art Moritat, ein Bänkelsängerlied, ein großes, starkfarbiges Gemälde wie die, mit denen man auf den Märkten das Verbrechen des Tages erklärte. Voller Einfalt und beinahe ohne es zu wissen, begann ich so, mein erstes politisches Werk zu schreiben. Als die Xirgu die ersten beiden Akte angenommen hatte und ich eben erst den dritten entwarf, wurde *Fermín Galán* bereits auf den Plakaten des »Teatro Español« angekündigt.

Unterdessen trat ich während einer der Proben meines Stücks in näheren Kontakt zu Don Miguel de Unamuno, dem ich schon eines Morgens in La Granja el Henar vorgestellt worden war. Ich lud ihn in unser Haus in Rosales ein – dessen Balkon auf die Steineichen von El Pardo ging und dessen Fassade dem Escorial vor dem Himmelblau der Berge der Guadarrama zugewandt war –, jedoch unter der Bedingung, daß er uns etwas vorlas – was er wollte, seine letzten Gedichte etwa . . .

»Nein, hören Sie«, unterbrach er mich. »Ich lese Ihnen lieber mein letztes Theaterstück vor, das ich erst im Entwurf stehen habe: *El hermano Juan* (Der Bruder Juan). Es wird Sie interessieren.«

Ein wunderbarer Nachmittag in meiner Erinnerung! Wir hatten außer ihm nur César Vallejo eingeladen, den traurigen, tiefen peruanischen »Cholo«-Dichter, der damals als politisch Verfolgter in Spanien Zuflucht gefunden hatte. Mehr als auf den Sinn von *El hermano Juan* achtete ich auf die schöne Gestalt Unamunos, auf den edlen Ausdruck seines Gesichts und auf den feurigen Eifer, den er in die endlose Lektüre seines Entwurfs legte, in dem oft die Seiten durcheinandergeraten waren oder fehlten, so daß Don Miguel mit Erklärungen überbrücken mußte. Nein, ich achtete nicht auf das Werk, von dem ich nicht einmal weiß, ob er es je veröffentlichte. Ich erinnere mich heute auch nicht mehr daran, denn wie ich schon sagte, beeindruckte mich mehr das Schauspiel, das mir dieser kraftvolle alte Mann bot, sein großartiges Beispiel an Gesundheit, Energie, Fruchtbarkeit und Begeisterung. Als er nach beinahe drei Stunden sein Drama für beendet erklärte, hatte er noch genug Geist und Schwung, um wie ein Kind in seinen Taschen nach den kleinen Zetteln zu suchen, auf die er seine Gedichte kritzelte, die ihm irgendwo mitten auf der Straße einfielen und die er dann unter einer Laterne oder an den unwahrscheinlichsten Orten rasch notierte. So entzifferte er uns an diesem Nachmittag in unserem Haus im Schein der letzten Sonne über den Bergen ein strenges, schönes Gedicht über den Büffel der Höhle von Altamira und ein Wiegenlied für seinen neugeborenen Enkel, das bezaubernd war in seiner musikalischen Beschwingtheit – ein seltener Vogel in seinem

Garten der harten Gräser und rauhen Winde. (Ich bewahre in meiner Erinnerung noch andere Bilder von Don Miguel auf, aber sie gehören in den nächsten Band meiner Memoiren.)

Wenige Tage nach dieser Begegnung mit Unamuno wurde *Fermín Galán* uraufgeführt. Am ersten Juni. Margarita war die Mutter des Helden, den Pedro López Lagar darstellte, ein junger Schauspieler, der schon viel von sich reden machte. An diesem Abend versammelten sich, wie vorauszusehen, vor allem die Republikaner im Theater, aber auch die Monarchisten erschienen in großer Zahl. Sie verteilten sich auf den ganzen Zuschauerraum und waren fest entschlossen, Krawall zu machen. Während des ersten Aktes ging alles gut, aber als im zweiten die Szene kam, in der ich die ausgefallene Idee gehabt hatte, die heilige Jungfrau mit Gewehr und aufgepflanztem Bajonett auftreten zu lassen, die den unglücklichen Aufständischen zu Hilfe eilte und laut den Kopf des Königs und des Generals Berenguer verlangte, da protestierte das ganze Theater heftig: die atheistischen Republikaner, weil sie nichts mit der heiligen Jungfrau zu tun haben wollten, und die Monarchisten, weil ihnen derartige kriminelle Empfindungen, wie ich sie der Gottesmutter unterstellte, entsetzlich erschienen. Das Schlimmste kam aber erst noch: die Szene mit dem Kardinal – Monsignor Segura –, der auf einem Fest im Palast des Herzogs betrunken ein Küchenlatein im Molièreschen Stil von sich gab. Angesichts dieser Lästerung konnten die Feinde nicht mehr an sich halten. In ganzen Wellen rückten sie von überallher stoßend und schreiend auf die Bühne zu. Zum Glück gab irgend jemand hinter den Kulissen den Befehl, so schnell wie möglich den eisernen Vorhang herunterzulassen, der sonst nur im Falle eines Brandes verwendet wird. Margarita, an diesem Abend eine Agustina von Aragon, hatte, da das Publikum bereit war, das Stück bis zum Ende zu sehen, trotzdem noch den Mut, den Epilog zu spielen, und sie erntete zuletzt Beschimpfungen aller

Art, aber auch Beifall für ihre außergewöhnliche Beherztheit und ihren verdienten Ruhm.

Die Kritiken über *Fermín Galán* unterschieden sich sehr von denen, die ich für *Der unbewohnte Mensch* bekommen hatte. Die katholischen Zeitungen forderten mehr oder weniger meinen Kopf, die republikanischen sparten zwar nicht mit Lob für einige Stellen des Stücks, wiesen aber auf seine augenscheinlichen Fehler hin, als deren größten sie das Fehlen der historischen Perspektive betrachteten, die nötig gewesen wäre, um Vorfälle, die sich eben erst ereignet hatten, auf die Bühne zu bringen. Das war zum Teil richtig. Mein größter Irrtum bestand jedoch zweifellos darin, daß ich eine Moritat, deren wirkliche Bühne ein Dorfplatz hätte sein müssen, einem bürgerlichen und aristokratischen Publikum vorsetzte, das noch voreingenommen und in gewisser Hinsicht parteiisch war und in dem, ohne daß es ihm bewußt wurde, schon alle Keime vorhanden waren, die sich im Laufe weniger Jahre entwickeln und zu dem blutigen Gemetzel führen sollten, das mit dem Zusammenbruch der neuen Republik endete.

Wenige Tage nach der Uraufführung hielt eine aristokratische Kutsche in der Einfahrt des Retiro. Eine sehr elegant gekleidete Dame – schwarze Mantilla und Gebetbuch – entstieg ihr. Im Schatten der Bäume ging eine sehr einfache Frau still spazieren. Die Elegante trat auf sie zu. »Sind Sie Margarita Xirgu?« Und bevor die Schauspielerin antworten konnte: »Da! Das ist für *Fermín Galán*!« Damit gab sie ihr eine Ohrfeige und lief davon.

Das Stück blieb beinahe den ganzen Juni auf dem Spielplan. Mag sein, daß es niemandem nützte, aber mir diente es trotz seines geringen Erfolges dazu, mich zu ermutigen und in den Zustand der Opferbereitschaft zu versetzen. Ich hatte die nun klare und leuchtende Sache des Volkes vor Augen.

Die alten Stürme legten sich ... Schritt für Schritt, meine Spuren verschlingend, rückte der Verlorene Hain weiter und weiter vor.

Endlich hat dieses zweite Buch des »Verlorenen Hains«, das ich, ich weiß nicht mehr, vor wie langer Zeit, begonnen habe, seinen Abschluß gefunden. Es mußte erst ein Verleger und Freund, Jacobo Muchnik, der sich heute hinter dem f des Verlages verbirgt, der es veröffentlicht, kommen und mit seiner bemerkenswerten Beharrlichkeit darauf drängen, daß ich es beendete. Da ist es nun. Viele Zweige sind mir auf einem so langen Weg verlorengegangen. Viele Blätter, die der Wind vor meinen Augen vorbeiwirbeln ließ, konnte ich nicht einfangen und auf diesen Seiten festhalten. Es gibt daher auf ihnen unzählige weiße Stellen, die nicht auf Vergeßlichkeit zurückzuführen sind. Ich hätte immer wieder zu dem bereits Geschriebenen zurückkehren, das Dickicht seiner Zeilen aufbrechen und da und dort Namen, Geschehnisse oder Kommentare einschieben müssen, die mir später einfielen, und diese Arbeit des Nachtragens hätte mich nie dazu kommen lassen, den Schlußpunkt hinter diesen Abschnitt meiner Memoiren zu setzen. Eines Tages vielleicht, in einer nächsten Auflage, wenn der begeisterte Leser zu einer solchen beiträgt, werde ich ihnen den Platz geben, den ich ihnen bereits zugedacht habe. Werde ich das in Spanien tun oder noch hier in Argentinien, wo das Ende des ersten Teils und der ganze zweite Teil dieses Buches geschrieben wurden? Ich weiß es nicht, aber es gibt in meinem Lande etwas, was schon ins Wanken geraten ist, und unter uns Exilspaniern etwas, was uns das Lied der Rückkehr singt . . .*
Ich habe eine Zugstunde von Buenos Aires, in den Wäldern von Castelar, einen neuen Hain, einen anderen als den wirklichen, verlorenen meiner andalusischen Kindheit, errichtet. In ihm möchte ich dieses Schlußwort unterzeichnen, aber zuvor noch möchte ich von ihm, von meinem lieblichen amerikanischen Verlorenen Hain sprechen, wie er es verdient.

* f = Compañia General Fabril Editora, S. A., der Verlag der ersten Ausgabe von 1959

Die Wälder von Castelar – oder der Parque Leloir, wie sie in ihrem schönsten Teil heißen – sind groß. Und voller Überraschungen. Wie viele Menschen, wie viele Freunde wissen nichts von ihnen. Man ist erstaunt, wenn man sie zum erstenmal sieht. Und mehr noch, wenn man in ihnen lebt und erwacht in ihren Winternebeln, im beinahe karminroten Gold ihres Herbstes oder in dem klingenden, melodischen Grün ihres Frühlings oder Sommers. Hier in diesen dichten Schattenwäldern, die Einöden gleichen, durchzogen von Pfaden, die man erst entdecken muß, voll von Häusern, die man kaum sieht durch die Vorhänge der Zweige, der Blumen und Schlingpflanzen; hier, in diesen rauschenden Dickichten, erwählte ich mir vor einiger Zeit den Ort für die mir nötige Absonderung, für meine unaufhörliche Arbeit, fern der Stadt, der schrecklichen Stadt, die jedoch gefräßig immer weiter vorrückt, vielleicht mit dem heimlichen Gedanken, diese Wälder eines Tages mit der Axt anzugreifen, ihre scheußlichen Bauten zu errichten und die vielen reinen, duftenden Pfade durch lärmende, ungesunde Straßen zu ersetzen. Doch so weit wird es nicht kommen. Oder ich werde es jedenfalls nicht erleben. Der feindliche Koloß ist noch weit entfernt vom Saum dieser Wälder, in denen man noch träumen und furchtlos umherstreifen kann. Sie erlauben mir, in ihrer Stille auf das Murmeln des Lebens zu lauschen, das sich im Laufe so vieler Jahre im Strom des Blutes angesammelt hat. Hier, in diesen Dickichten, sagte ich, wählte – oder vielmehr fand – ich meinen neuen Verlorenen Hain: ein schönes rechteckiges Stück Gelände, das nur Zypressen und Pappeln zieren, ein heiterer, schlichter, klassischer Garten wie der einer römischen Villa. Auf der einen Seite, hinter gelben Duftakazien, führt die Straße nach Los Reseros vorbei, auf der anderen, bei den dunklen Keulenbäumen, die nach La Vidalita. In der Mitte dieser intimen Einfriedung, auf einer Lichtung, habe ich schließlich mein Haus hingestellt: ein anmutiges Holzhaus aus Fertigteilen, von Firnis glän-

zend, mit weißen Zierkanten, Tür- und Fensterrahmen. In den Tagen, in denen das Haus aufgestellt werden sollte, setzte plötzlich ein heftiges, langes Unwetter mit unerhörten Überschwemmungen ein. Der Ingenieur Israel Dujovne, die begeisterte Seele meines neuen Hains, hatte schon das Betonfundament errichtet, die Plattform, die das Haus aufnehmen sollte. Es sah aus wie eine riesige Plinthe, die aus dem Gras emporwuchs und eher eine Statue zu erwarten schien als ein Haus. Aber der Himmel, der in Strömen niederbrach, hatte uns den Krieg erklärt. Viele Wege waren Moraste, und der Boden des Waldes war ertrunken in dem vielen Wasser, das er aufgesogen hatte. In Buenos Aires sahen wir jeden Morgen ungeduldig zum Himmel hinauf. Es regnete immer weiter, während unser Haus, in seine Teile zerlegt, in einem Schuppen von Ramos Mejía wartete. Was tun? Der Herbst ging dahin, und wir träumten davon, ihn schon in unserem Haus zu verabschieden. Der April verging ohne Hoffnung. Der Mai hatte begonnen. Es regnete immer noch unaufhörlich, wenn auch weniger heftig. Endlich, eines Montags, schob die Sonne ihre Hand zwischen die Wolken und rang mit ihnen auf Leben und Tod, um sie auszulöschen. Das Wasser hörte, besiegt, auf zu strömen. Zwei Tage später erhielten wir in aller Frühe eine Nachricht von Dujovne:

»Machen Sie sich fertig. Das Haus wird aufgestellt. Ich hole Sie mit dem Wagen ab.«

María Teresa und ich gingen sofort auf die Straße hinunter, und dann fuhren wir mit Dujovne, so schnell es ging, um bei dem großen Ereignis dabeizusein. Um halb zehn waren wir schon im Verlorenen Hain. Der Boden begann schon wieder fest zu werden, aber unter einem bedeckten Himmel, der unsere Illusionen jeden Augenblick wieder ertränken konnte. Nach zehn Uhr, als wir schon unruhig wurden, hielt auf der Straße nach La Vidalita ein riesiger, mit Holz beladener Lkw seinen siegreichen Einzug. Sechs entschlossene Männer stiegen aus. Niemand würde ge-

dacht haben, daß dieser Haufen säuberlich gestapelter Bretter ein Haus sein könnte. Der ganze Hain verwandelte sich augenblicklich in einen berühmten Film: DAS DACH. Man mußte rasch arbeiten, denn das Wetter war nach wie vor unsicher. Das ganze Unternehmen war einfacher, als María Teresa und ich gedacht hatten. Zu je zweien stellten die Arbeiter an den entsprechenden Stellen um das Betonfundament herum die Bauteile auf, die wie die Stücke eines riesigen Puzzles oder wie Theaterkulissen aussahen und in wenigen Tagen unser Refugium im Wald darstellen sollten. Das Wichtigste war jedoch das Dach. Es durfte nicht regnen. Das Holz im Inneren des Hauses durfte nicht naß werden. Mit dieser neuen, noch schlimmeren Besorgnis kehrten wir nach Buenos Aires zurück. Drei Nächte voller Alpträume von Zyklonen und Regengüssen verbrachte ich dort. Als wir am nächsten Sonntag mit Dujovne wieder nach Castelar fuhren, schienen die Zypressen und Pappeln des Verlorenen Hains, die aufrechter dastanden als je zuvor, unser Haus zu grüßen, das mit seinem frischen sauberen Holz wie ein seltsames Schiff aussah, das mitten in die Wälder versetzt worden war, um dort gestrichen zu werden. Ein Schiff? Poetischer Wahn!

»Sie werden das mit Zweigen zudecken müssen. Hier dürfen keine Schuppen gebaut werden. Haben Sie den Kaufvertrag nicht gelesen? Die Nachbarn haben schon protestiert«, sagte mir jemand von der Parkverwaltung, als ich gerade dabei war, mein Haus von weitem zu betrachten.

»Schuppen?«

Ein Steinwurf gegen die Stirn hätte mich weniger geschmerzt.

»Na schön, ein Fertighaus. Das ist dasselbe.«

»Was heißt dasselbe? Schaun Sie in ein paar Tagen noch einmal vorbei.«

»Sie müssen sich mit der Baukommission einigen, die jeden Augenblick kommen kann. Decken Sie es nur rasch mit ein paar Zweigen zu. Hören Sie auf mich . . .«

Damit ging er und ließ mich mit der Angst vor dieser Kommission zurück, die ich schon mit einer riesigen Holzfälleraxt heranrücken sah.
Sobald diese neue Sorge vorüber war – wenn auch nicht ganz –, schloß ich mich Dujovnes Begeisterung für das Haus an. Er suchte in der Gegend dort die Arbeiter, die es fertigstellen und ihm den letzten Schliff geben sollten. Als erster erschien auf einem riesigen Schimmel Martínez, der Vorarbeiter, ein gesprächiger, unterhaltsamer Mann, mit seinen Gehilfen, Schildknappen zu Fuß, gewissermaßen. Nach ihnen kamen auf einem Motorrad die Maler, zwei junge Männer von bäuerlichem Aussehen; der eine war früher Trompeter in einer Militärkapelle gewesen. Einige Tage darauf war der Installateur an der Reihe und nach ihm der Bodenleger ... Ein bezauberndes kleines Schauspiel voll ländlicher Anmut: Mate und auf offenem Feuer gebratenes Fleisch im Freien. Wir besuchten den Hain zwei- oder dreimal die Woche in Begleitung des Ingenieurs und manchmal auch Berardos, seines Sohnes, der beinahe schon Architekt war und die Farben für Aitanas Zimmer und die Tönung des Firnisses für den Außenanstrich aussuchte und den Fliesenboden der Terrasse entwarf, der mich durch die Feinheit der Arbeit an den spanischen Mudejarstil erinnerte. Rasche morgendliche Fahrten voll kindlicher Erregung und gespannter Erwartung: wie das Weiß der Fensterrahmen oder das Schwarz der Gitter hervortrat, oder wie die grünen und braunen Mosaiksteine ihre verwirrenden Kreuzmuster auf die Wände der Küche und der Waschküche zeichneten, oder wie auf seinem schlanken Stahlgerüst der Wassertank vor dem Hintergrund der Bäume glänzte ...!
Nun ist der Verlorene Hain fertig trotz Regen und Wind. Der Ingenieur Dujovne lächelt zufrieden, als hätte er Kinder vor sich, denen er geholfen hat, ein hübsches Spielzeughäuschen zu bauen. Martínez, der gute Vorarbeiter, ist, ein wenig traurig und verdrossen auf seiner für mich so wunderbaren weißen Mähre, wieder in den

Wäldern verschwunden, und wie er auch die beiden Maler auf ihrem schnellen Motorrad ... Die Nachbarn, die sich, dem Verwaltungsbeamten zufolge, anfangs beschwert haben, sind später gekommen, um uns zu beglückwünschen. Einige haben sich sogar nach dem Preis des Hauses erkundigt. Sie wollen es uns abkaufen!
Aber noch fehlt eine Zisterne, eine Wasserfläche, in der sich die Wolken spiegeln und die Vögel baden. Um sie herum wollen wir dann Orangen- und Zitronenbäume pflanzen. Den Namen jedes Freundes, der uns einen Obstbaum schenkt, wollen wir – das haben wir versprochen – zur dankbaren Erinnerung in den Stamm ritzen. Alles wird gutgehen.
Und dennoch ... Insgeheim warte ich immer noch auf den Besuch der Baukommission ... Aber es wird nichts geschehen. Der Ingenieur versichert es mir.
Wir blicken nach oben. Es regnet nicht. Der Himmel strahlt in einem Blau, das beinahe an das von Cádiz erinnert. Über meinen argentinischen Hain zieht still die Sonne, und ich gebe ihr im Geiste einen Gruß mit an jenen anderen, fernen, verlorenen meiner Kindheit.

Im Verlorenen Hain, Juli 1959

Die Titel der in deutscher Übersetzung vorliegenden Werke wurden hinter dem Originaltitel in Klammern und kursiv gesetzt; die Titel nicht in deutscher Übersetzung erschienener Werke wurden, in Klammern und gerader Schrift, in wörtlicher Übersetzung angeführt. Bei Mehrdeutigkeit eines spanischen Titels wurde eine Übersetzung nicht versucht.

Namen- und Titelverzeichnis

Bibliothek Suhrkamp

Alphabetisches Verzeichnis